새로 읽는
한국고전문학사
3
고려편
지은이 최강현
明文堂

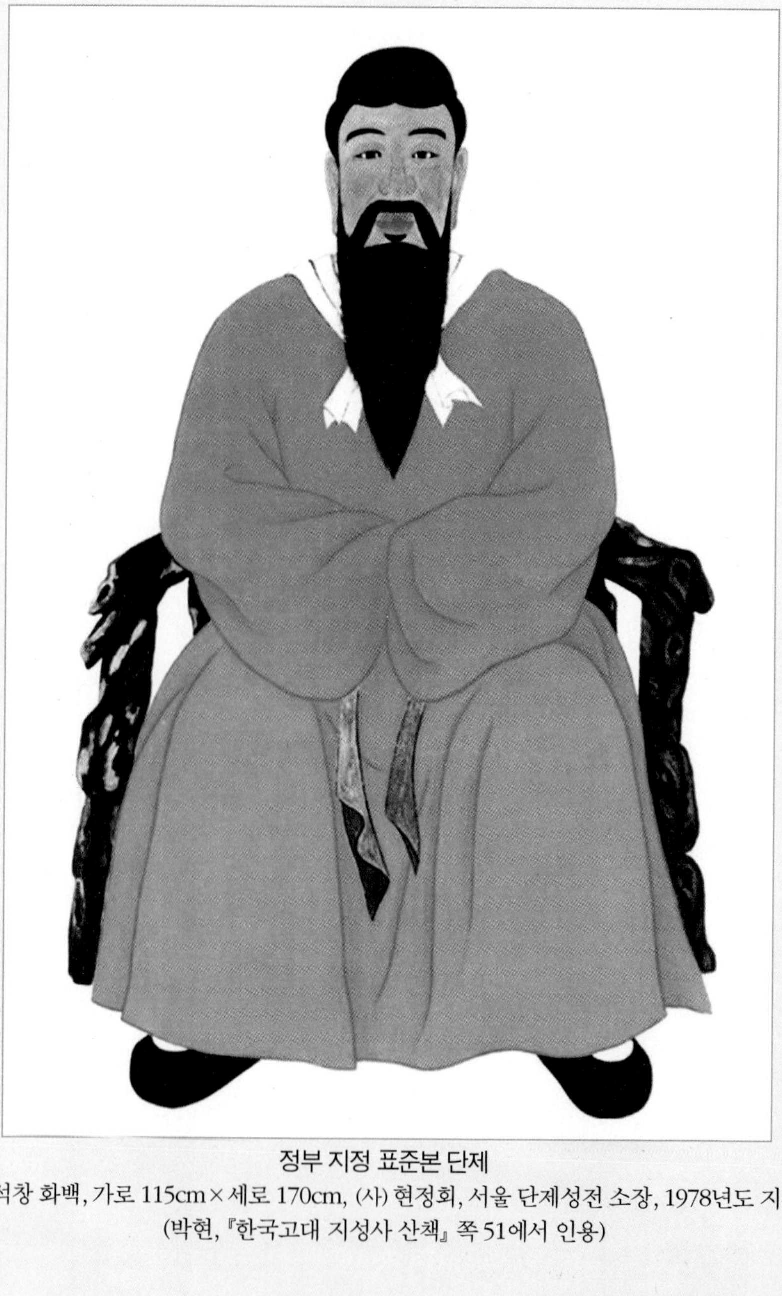

정부 지정 표준본 단제
홍석창 화백, 가로 115cm × 세로 170cm, (사) 현정회, 서울 단제성전 소장, 1978년도 지정
(박현, 『한국고대 지성사 산책』 쪽 51에서 인용)

서울 사직단에 있는 단제상
신상균 조각, (사) 현정회, 1977년 국민경모 단제상, 문공부심의번호 77-16
(이덕일 외, 『고조선은 대륙의 지배자였다』 쪽 44에서 인용)

myungmundang

책머리에

이 책에서는 상고시대 우리 천손족(天孫族)이 살던 옛 고향을 일연(一然 : 3539 – 3621, 1206 – 1289)스님의 『삼국유사(三國遺事)』에 있는 "환웅(桓雄)" 천신께서 지금의 중화인민공화국 섬서성(陝西省)에 있는 서안(西安) 근처의 "삼위태백산(三危太伯山)" 에 천부인(天符印) 세 개와 무리 3천 명을 거느리고 내려오셔서 신시(神市)를 열고 홍익인간(弘益人間) 정치를 펴시었다는 기록을 따르기로 하였다. 삼위산은 지금의 돈황시(敦煌市)에 있는 차이나 미술의 보고가 있는 곳이고, 태백산은 높이가 3,767m이고, 지금은 태백시와 함께 관광 명소가 된 곳이므로, 우리 선조님들이 살았던 원 고향은 지금은 남의 땅 중화인민공화국의 땅이 되었지만, 진(秦)나라 이전 시대 그 지역의 토박이들은 바로 우리 선조님들이었기 때문에 지은이는 이를 바탕으로 하여 한국 고대문학사를 서술하였다.[1]

1 惠煥章 외, 『陝西歷史白迷』, 陝西旅游出版社, 2001.

고대문학사를 이어서 중고문학사→고려문학사→조선문학사로 하여 모두 4권의 다발책으로 나오게 되었다. 또한 요즈음 같은 어려운 출판 사정을 무시하고 국학 진흥에 사명감을 가지고, 상업성이 적은 이 책을 즐거운 마음으로 출판하여 준 명문당 김동구 사장님을 비롯한 사원 여러분들게 고마움을 표한다.

단제기원 4352(2019)년 5월

한국기행문학 연구소 최강현 합장

머리말

이 책은 『새로 읽는 한국고전문학사 3(고려편)』의 셋째 책으로, 고려왕조시대 문학의 흐름을 살펴보려고 노력한 보고서이다.

지금 우리가 읽을 수 있는 고려왕조의 문학사를 집필하는데 참고할 수 있는 기본 자료 문헌은 그리 많지 아니하였다.

혁연정(赫連挺)이 지은 『大華嚴首座圓通兩重大師均如傳(대화엄수좌 원통 양중대사 균여전)』을 비롯하여 의천(義天) 왕후(王煦 : 3388-3434, 1055-1101)스님의 『大覺國師文集(대각국사문집)』, 뇌천(雷川) 김부식(金富軾 : 3408-3484, 1075-1151)이 왕명에 의하여 지은 『三國史記(삼국사기)』, 임춘(林椿)의 『西河集(서하집)』, 이인로(李仁老 : 3485-3553, 1152-1220)의 『破閑集(파한집)』, 이규보(李奎報 : 34501-3574, 1168-1241)의 『東國李相國集(동국이상국집)』, 혜심(慧諶 : 3511-3567, 1178-1234)스님의 『無衣子詩集(무의자시집)』, 최자(崔滋 : 3521-3593, 1188-1260)의 『補閑集(보한집)』, 천인(天因 : 3538-3681, 1205-1248)스님의 『靜明國師詩集(정명국사시집)』, 일연(一然 : 3539-3622, 1206-1289)스님의 『三國遺事(삼국유사)』, 동안거사(動安居士) 이승휴(李承休 : 3557-3634, 1224-1301)의 『帝王韻紀(제왕운기)』, 『動安居士集(동안거사집)』, 충지(冲止 : 3559-3625, 1226-1292)스님의 『圓鑑國師歌頌集(원감국사가송집)』, 이제현(李齊賢 : 3620-3700, 1287-1367)의 『益齋亂藁(익재난고)』, 최해(崔瀣 : 3620-3673, 1287-

1340)의 『拙藁千百(졸고천백)』·『東人之文(동인지문)』, 경한(景閑 : 3625 - 3707, 1293 - 1374)스님의 『白雲和尙語錄(백운화상어록)』, 이암(李嵒 : 3630 - 3697, 1297 - 1364)의 『檀君世紀(단군세기)』, 이곡(李穀 : 3631 - 3684, 1298 - 1351)의 『稼亭集(가정집)』, 보우(普愚 : 3634 - 3715, 1301 - 1382)스님의 『太古和尙語錄(태고화상어록)』, 혜근(慧勤 : 3653 - 3709, 1320 - 1376)스님의 『懶翁和尙法語集(나옹화상법어집)』·『懶翁和尙歌頌集(나옹화상가송집)』, 이색(李穡 : 3661 - 3729, 1328 - 1396)의 『牧隱集(목은집)』, 정몽주(鄭夢周 : 3670 - 3725, 1337 - 1392)의 『圃隱集(포은집)』, 이숭인(李崇仁 : 3682 - 3725, 1349 - 1392)의 『陶隱集(도은집)』 등과 조선 세종 때에 간행된 『高麗史(고려사)』, 조선 문종 때에 이루어진 『高麗史節要(고려사절요)』, 성종 때에 이루어진 『東文選(동문선)』과 『樂學軌範(악학궤범)』, 연산군 때에 간행된 것으로 보이는 『時用鄕樂譜(시용향악보)』, 중종 때에 편찬된 것으로 추정되는 『樂章歌詞(악장가사)』 등을 기본 자료로 하여 새로운 시각으로 문학 작품들을 조명하여 그 흐름을 살펴보았다.

특히 고려 말엽에 일연(一然 : 3539 - 3622, 1206 - 1289)스님에 의하여 이루어진 『三國遺事(삼국유사)』는 고려시대의 한국 국문학사 책으로 그 가치가 매우 크다는 사실을 새삼 깨닫고 증명하여 보았다. 뇌천의 『三國史記(삼국사기)』가 역사책이면서도 뜻글 열전문학(列傳文學)의 보물 창고라는 사실의 확인도 이 책의 독자들에게는 이 책에서 얻을 수 있는 큰 수확이 될 것이다.

이 책의 중요 내용은 아래와 같이 구성되어 있다.

"8. 1. 고려(高麗)의 온빈글노래[完全借字歌]",[2] "8. 2. 고려(高麗)의 반빈글노래[部分借字歌]", "8. 3. 고려의 속요(俗謠)", "8. 4. 고려(高麗)의 경기하여체가(景幾何如體歌)", "8. 5. 고려(高麗)의 이름만 전하는 노래", "8. 6. 단·장가(短·長歌)의 발전", "8. 7. 고려(高麗)의 놀이문학[演戲]", "8. 8. 고려(高麗)의 이야기 문학(수필·소설)", "8. 9. 고려(高麗)의 뜻글문학[韓·漢文學]", "8. 10. 고려(高麗)의 종교문학(宗敎文學)", "8. 11. 휘갑의 말" 등 11개 장으로 필자는 이 책을 엮어 보았다.

특히 필자는 이 책에서 일연(一然)스님의 『삼국유사』를 고려시대에 편찬된 『한국문학사』 책으로 보고, 서거정(徐居正)들이 지은 『東文選(동문선)』을 조선시대에 이루어진 『한국문학사』로 다루어 독자들의 귀한 평가를 들으려 하였다.

2 "8. 1. 고려(高麗)의 온빈글노래[完全借字歌]"에서 "8"은 한국 고전문학사의 시대구분에서 여덟째 시대임을 뜻하는 것이다. 필자는 "새로 읽는 한국 상고문학사"의 "Ⅳ. 언제 어떤 문학이 있었나?"에서 "한국 첫째 시대 원시문학(原始文學)", "한국 둘째 시대 신시문학(神市文學)", "한국 셋째 시대 밝다나라문학", "한국 넷째 시대 선진문학(先秦文學)", "한국 다섯째 시대 부여(夫餘)와 삼한문학(三韓文學)", "한국 여섯째 시대 오국문학(五國文學)", "한국 일곱째 시대 남북조(南北朝)의 문학"에 이어지기 때문임을 밝혀둔다.

먼저 알기[범례]

1. 국조 단군 → 국조 단제(檀帝)로 고쳐 부름.
2. 우리 겨레의 통칭은 될수록 천손족 또는 부여족이라고 그 영역을 넓혔다.
3. 선진시대 문학 → 지금의 중화인민공화국이 저희 글자라고 하는 세종대왕 창제의 우리 국자인 훈민정음처럼 우리의 것을 바로 찾기 위하여 이제까지 중공 전설이라고 자랑하는 복희 신농과 공자와 장자들도 우리의 조상으로 모시었다.
4. 주나라, 제나라, 초나라, 한(韓)나라, 몽골, 거란, 원나라, 청나라들도 우리 조상 나라로 다루었다.
5. 향가 → 온빈글노래〔完全借字歌〕로 고쳐 부름.
6. 향찰 → 빈글쓰기글자〔借字表記文字〕이나 실재하지 아니함.
7. 이두 → 부분 빈글쓰기〔部分借字表記文〕로 고쳐 부름.
8. 한문 → 한나라 글자가 아니기 때문에 뜻글이라고 함.
9. 『삼국유사』를 우리나라 최초 문학사로 다룸.
10. 『동문선』은 조선시대에 된 한국고전문학사로 다룸.
11. 처음 나오는 사항은, 뜻글쓰기와 생몰연대를 단제기원으로 겸하여 씀을 원칙으로 함.
12. 개화기 → 일본인들이 우리나라 개항기 때에 저희는 문명인이고, 조선인들은 미개인들이라고 부른 데서 연유됐기에 쓰지 아니하고 개항기로 고쳐 씀.
13. 인용문의 앞에는 반딧불이를 달고 한 단 아래로 낮춰 표기하였음.
14. 각주의 뜻글 → 띄어쓰기에 따라 뜻이 달라지기에 원문대로 붙여쓰기를 취하였음.
15. 익어진 뜻글말 → 될수록 새로운 우리말로 고쳐 썼음.
16. 제주도문학 → 탐라문학
17. 발해문학 → 발해국문학(바다와 구별함)
18. 인명 뒤의 "선생 · 박사 · 교수" 등 호칭은 붙이지 아니함.

차례

고려 태조 왕건 청동상

1993년 개성에 있는 고려 태조릉인 현릉(顯陵)에서 출토됨, 출처 : 국립중앙박물관

Ⅷ. 한국 여덟째 시대 고려문학(高麗文學)

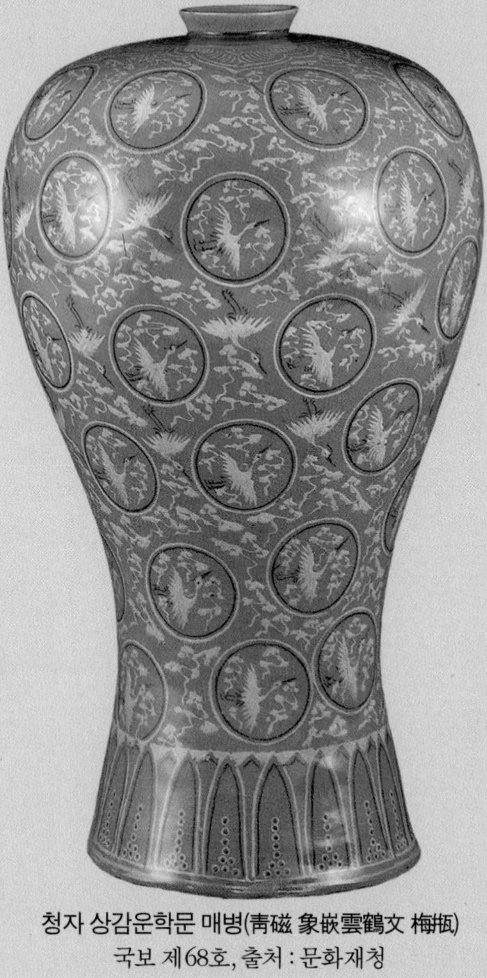

청자 상감운학문 매병(靑磁 象嵌雲鶴文 梅甁)
국보 제68호, 출처 : 문화재청

귀면 청동로(鬼面靑銅爐, 고려 시대)
국보 제145호, 국립중앙박물관 소장

Ⅷ. 한국 여덟째 시대 고려문학(高麗文學)

1. 고려(高麗)의 온빈글노래[完全借字歌]

1. 1. 普賢十種願歌(보현십종원가)

이 작품은 이제까지 많은 학자들이 "신라의 향가(鄕歌=詞腦歌=시골노래)"로 다루어 왔다.[3] 그러나 현재 전하는 몇 가지 문헌에 의하면, 고려시대에서도 완전 차자표기(完全借字表記) 체계를 유지하여 왔었던 사실을 알 수 있기 때문에 여기서는 고려의 온빈글노래로 독립시키어 다루기로 한다.

이 작품은 현재 고려 문종(文宗) 29(3408, 1075)년에 진사(進士) 혁연정(赫連挺)에 의하여 지어진 『大華嚴首座圓通兩重

3 필자 이전에는 균여대사가 지은 이 노래와 예종의 「悼二將歌(도이장가)」를 묶어서 "고려향가"라고 한 姜吉云의 『鄕歌新解讀研究』(太學社, 1995)가 있다.

大師均如傳(대화엄 수좌 원통 양중대사 균여전)』 또는 『大華嚴歸法寺主圓通首座均如傳(대화엄 귀법사주 원통수좌 균여전)』 또는 『均如大師傳(균여대사전)』이라고 일컬어지는 균여스님의 전기 책에 실리어 전한다.

그리고 현재 우리가 읽을 수 있는 "향가(鄕歌)"라든가 "향찰(鄕札)"이라는 말은 바로 이 책에서 언급된 것으로 현재 전하는 우리 기록 중에서는 가장 오래된 것이다.

이 책의 내용 중 「第七歌行化世分者(제칠 가행화세분자)」와 「第八譯歌現德分者(제팔 역가현덕분자)」가 바로 이 작품에 관계되는 부분인데, 「제칠 가행화세분자」는 당시의 고려어(高麗語) 입말로 노래하여 온빈글로 써서 전한 것이고, 「제팔 역가현덕분자」는 뜻글시 형태로 옮기어 뜻글자[韓·漢文)에 익어진 사람들에게 불교의 정신을 널리 알리려고, 최행귀(崔行歸)라는 이가 뜻글로 뒤친[漢譯] 노래이다.

특히 우리들이 주목하여야 할 중요한 내용은 이 최행귀가 「제팔 역가현덕분자」에서 발언한 아래와 같은 대목이다.

한림학사 내의승지 지제고 청하 최행귀(翰林學士內衣承旨知制誥淸河崔行歸)는 대사[4]와 같은 때에 사는 사람으로 대사를 흠모한 지 오래이었다. 이 노래가 이루어지자 그것을 뜻글시

4 대사 = 균여대사.

로 뒤치게 되었다. 그 서문에 이르기를, (중략) 그러나 뜻글시는 당나라 말로 엮어서 5언과 7자로 다듬었으며, 우리 노래는 우리말을 늘어놓아 3구와 6명으로 다듬었다. 그 소리를 가지고 말하면, 그 차이는 동방에 있는 삼성(參星)과 서방에 있는 상성(商星)만큼이나 동서로 달라서 쉽게 가릴 수가 있고, 문리(文理)를 바탕으로 하면, 적의 창과 아군의 방패와 같아서 강하고 약한 것을 헤아리어 알기가 어렵다. 비록 서로 말의 수준이 뛰어나다고 자랑하여도 함께 뜻의 바다로 돌아가는 데에 넉넉함이 인정되어 각기 제 나름의 몫을 하니, 어찌 잘된 일이 아니겠는가마는 한스러운 것은 우리나라의 학생들과 벼슬아치들은 당나라의 시들을 이해하고 읊조리지만, 당나라의 박식하고 덕망이 높은 선비들은 우리나라의 노래들을 이해하지 못하는 일이다. 하물며 그 위에 당나라 글은 그물을 엮듯이 엇바꿔 벌여놓아서 우리나라에서도 읽기가 쉬우나, 우리나라에서 쓰는 글들은 인디아의 산스크리트 글자를 이어서 펴놓은 것과 비슷하여 저 나라에서는 이해하기가 어렵다. 옥신궁조(玉宸宮調)인 「양주곡(梁州曲)」과 송대(宋代)의 시여(詩餘)인 「송사(宋詞)」의 글들이 동쪽으로 오는 배편을 따라 들어오고, 우리나라[秦韓]의 훌륭한 글들이 서쪽으로 가는 사신들을 따라 전하여져서 나라 사이에 소통되기를 바랐지만, 역시 매우 슬픈 일을 견디어야 하였다. 어찌하여 노(魯)나라의 공자(孔子)께서 이 땅에서 살고 싶어 하셨으나 우리나라[鰲頭]에 오시지 못한 것이 그 때문이 아니랴? 한림학사 설총(薛聰)께서 억지로 이 뜻글을 변용하여 번거롭게 쥐꼬리를 이루게 된 까닭이 아니겠는가?[5]

이것이 바로 오늘날 우리들이 읽을 수 있는 "향가(鄕歌)"라는 말과 "향찰(鄕札)"이라는 부끄러운 말이 우리 국어국문학의 학술용어로 쓰이게 된 근거이다. 이 글의 주제는 철저히 당나라의 뜻글시[韓·漢詩]의 우월성을 강조하는 데 있다. 그래서 순수 우리말로 지어서 불리어진 「보현십종원가」를 뜻글시로 뒤치어 불교 전파에 기여하겠다는 깊은 속뜻을 드러내고 있다.

따라서 필자는 이름만 전하는 『삼대목(三代目)』과 같은 새로운 신라시대 문헌이 발굴되지 아니한 현재로서는 신라인들이 당시에 자기들이 부르던 신라 노래를 스스로 "향가(鄕歌)"라고 부르지는 아니하였을 것으로 확신한다. 그것은 현재 우리가 읽을 수 있는 문헌, 곧 『삼국사기』와 『삼국유사』나 『제왕운기』 같은 데에서 우리들의 문화와 정체성을 깎아내리는 용어들을 쓰고 있는데, 이것은 송(宋)나라의 문화에 스스로 고개 숙인 경

5 "有翰林學士內議丞旨知制誥清河崔行歸者與師同時鑽仰日久及此歌成以詩譯之其序云(중략)然而詩構唐辭磨琢於五言七字歌排鄕語切磋於三句六名論聲則隔若參商東西易辨據理則敵如矛盾强弱難分雖云對衒詞鋒足認同歸義海各得其所于何不臧而所恨者我邦之才子名公解吟唐什彼土之鴻儒碩德莫解鄕謠矧復唐文如帝網交羅我邦易讀鄕札似梵書連布彼土難諳使梁宋珠璣數托東流之水秦韓錦繡希隨西傳之星其在局通亦堪嗟痛庸詎非魯文宣欲居於此地未至鰲頭薛翰林强變於斯文煩成鼠尾之所致者歟.(하략)"

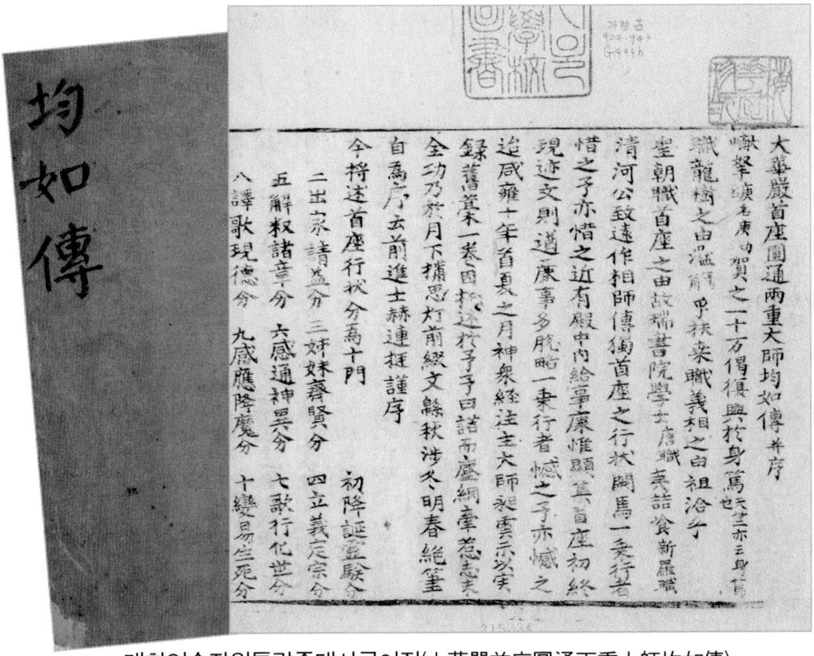

대화엄수좌원통량중대사균여전(大華嚴首座圓通兩重大師均如傳)
赫連挺(혁연정, 高麗) 著, 청구기호 : 가람古 922.943－G999h
출처 : 서울대학교 규장각한국학연구원

우와 몽골의 만행에 대한 저주(詛呪)에 가까운 고려인들의 저항의식이 오히려 송나라의 문화를 숭상한 것으로 판단되기 때문이다. 그러니까 지금 우리들이 『삼국사기』나 『삼국유사』에서 읽을 수 있는 “신라 향가(新羅鄕歌)”, “향요(鄕謠)”, “향찰(鄕札)” 따위의 말은 신라 당시의 말들이 아니라, 고려시대에 잘 쓰이던 말이라는 것이다. 그것을 우리들이 잘못 이해하여 신라 당시에 신라인들이 사용한 말로 잘못 이해하는 것이다. 예를 들면, 역사 영화나 역사극에서 고구려시대의 일들을 배경으로 하여 말을 주고받는데, 현대인들이 알아듣기 쉽게 하느라, "작전상 후퇴!" 라든가 "정보를 수집하라!" 운운한다면, 독자나 청중 또는 관중은 그 말[臺詞]을 바로 그 당시에 쓰던 말이라고 착각 오해하는 것과 같은 이치이라고 생각한다.

그러면 "삼구 육명(三句六名)" 이란 무엇인가? 근래에 와서 논란이 매우 분분하다.[6] 현재로서는 많은 수의 사람들이 "삼구 육명" 을 시조(時調)의 "삼장 육구(三章六句)" 와 연계시키고 있다.

그러나 필자는 견해가 다르다. 그 이유는 이 최행귀의 글이 철저히 4 · 6 변려문체(騈儷文體)로 기술하고 있으며, 또한 철저히 대구법 수사를 쓰고 있는 점에서 볼 때에 우리가 현재 잘 알고 있는 뜻글시의 체를 바탕으로 하여 이 문제를 풀어야 하기 때문이다. 최행귀는 뜻글시의 형식을 "오언 칠자(五言七字)" 라고 하였다. 그리고 고려 노래는 "삼구 육명(三句六名)" 이라고 하였다. 그러므로 "언(言)=자(字)" 이듯이 "구(句)=명(名)" 이어야 한다. 이것은 다시 말하면, 뜻글시가 "오자(五字)" 또는 "칠언(七言)" 이듯이 "삼구 육명" 도 "삼명(三名)" 또는 "육구(六

6 김수업, 「三句六名에 대하여」, 『국어국문학』 68-69호, 1975.
금기창, 「三句六名에 대하여」, 『국어국문학』 79-80호, 1979.
양희철, 「三句六名에 관한 檢討」, 『국어국문학』 88호, 1982.
정창일, 「三句六名에 對하여」, 『국어국문학』 88호, 1982.
김학성, 「삼구육명의 해석」, 『한국고시가의 거시적 탐구』, 집문당, 1997.

句)" 이어야 한다. 따라서 필자의 주장은 적어도 균여대사가 지은 「보현십종원가」는 "삼구체도 있고, 육구체도 있다."는 말로 풀이하여야 한다는 것이다.

이제 그 작품을 감상하기로 한다. 원전의 띄어쓰기를 끊어 쓰기로 한다.

1. 1. 1. 禮敬諸佛歌(예경제불가)

心未筆留慕呂白乎隱佛體前衣
마음의 붓으로 그려 삷은 부처 앞에
拜內乎隱身萬隱法界毛叱所只至去良
절 듫온 몸만은 법계 못고지 이거라.
塵塵馬洛佛體叱刹亦刹刹每如邀里白乎隱
드틀마락 부첫 절도 절절마다 모시리 삷온
法界滿賜隱佛體九世盡良禮爲白齊
법계 차샨 부처 구세 다아 예하삷제
歎曰　아아!
身語意業无疲厭此良夫作沙毛叱等耶
내 말뜻 일없이 지침 이에 부질 사뭇드라.
(의역) 마음의 붓으로 그려 여쭌 부처님께
절 드리는 몸만은 법계 모꼬지로 가렵니다.
티끌마락 부첫 절도 절절마다 모시고 여쭈온
법계에 가득한 부처 구세까지 예 올리렵니다.

아아!
내 말뜻 일없이 지침 이에 쓸모가 뼈에 듭니다.

뒤친 뜻글시[韓·漢譯頌]

禮敬諸佛頌	**여러 부처께 예경함을 기림**
以心爲筆畵空王	마음으로 붓을 삼아 부처님 그리오며,
瞻拜唯應遍十方	우러러 절하오니 두루 세상 비치소서.
一一塵塵諸佛國	한 티끌 티끌마다 모두가 불국이고,
重重刹刹衆尊堂	곳곳의 절 많은 부처 우러러 모시었네.
見聞自覺多生遠	불법을 듣고 보면 다생 멂을 깨치리니,
禮敬寧辭浩劫長	오랜 세월 두고두고 예경으로 모시겠네.
身體語言兼意業	몸과 말 그리고 생각의 세 가지 업
總無疲厭此爲常	싫증 하나 내지 않고 열심히 하오리다.

1. 1. 2. 稱讚如來歌(칭찬여래가)

今日部伊冬衣南无佛也白孫舌良衣
오늘 주비달에 나무불여 숣손 혀여
無盡辯才叱海等一念惡中涌出去良
다함없는 말 재줏바달 일념 악속에 솟아 나거라!
塵塵虛物叱邀呂白乎隱功德叱身乙對爲白惡只
티끌 허믌 모시려 숣온 공덗 몸을 대하 숣악기
際于萬隱德海肹間王冬留讚伊白制

가에 만은 덕 바다할 새왕달류 기리 삷제

隔句 아아!

必只一毛叱德置毛等盡量白乎隱乃兮

반드기 일못 덕두 모들 다 아라 삷오네.

(의역) 오늘 주비달이 나무불이라 사뢴 혀여!

다함없는 말 재주 바다를 일념 악속에 솟아 나거라!

티끌 허물 모시려 사뢴 공덕의 몸을 대하여 사뢰었기

가에 많은 덕바다를 서왕들로 기려 사뢸 때에

아아!

반드시 일못 덕도 모들 다 알아 사뢰네.

뒤친 뜻글시[韓·漢譯頌]

稱讚如來頌　　여래 칭찬함을 기림

遍於佛界罄丹衷　부처님의 나라 안에 붉은 마음 비우고서

一唱南無讚梵雄　한 소리로 부처님을 기리어 귀의하죠.

辯海庶生三寸抄　말의 바다 세 치 혀가 한없이 베껴내니,

言泉希涌兩脣中　말의 샘 두 입술 사이에서 평평 솟죠.

稱揚覺帝塵沙化　부처께선 티끌먼지 교화하심 칭양하고,

頌詠醫王剎土風　약사여래 나라 살림 송영을 하옵니다.

縱未談窮一毛德　끝끝내 털끝만큼 덕담을 못하고도

此心直待盡虛空　이 마음은 부처세계 되기를 바랍니다.

1. 1. 3. 廣修供養歌(광수공양가)

火條執音馬佛前等灯乙直體良焉多衣
불가락 잡음마 부처 앞 등불을 고초란다에
灯炷隱須彌也灯油隱大海逸留去耶
등심지는 수미여 등기름은 대해이루거야
手焉法界毛叱色只爲旀手良每如法叱供乙留
손안 법계 못빗기하며 손에마다 法공을류
法界滿賜仁佛體佛佛周物叱供爲白制
법계 차샨 부처 부처마다 온갖 공양 하삷제
阿耶　아야!
法供沙叱多奈伊於衣波最勝供也
법공삿 하나이 어의바 가장 나은 공양여!

(의역) 부저까락 잡은 참에 부처 앞 등불을 돋우는데,
등 심지는 수미이오. 등 기름은 큰 바다 같아라.
손은 법계 못 벗어나게 하며 손마다 법공양으로
법계에 가득하신 부처들마다 온갖 공양하실 때에
아아!
법공양이야 한결같이 어의바 가장 나은 공양이여!

뒤친 뜻글시[韓 · 漢譯頌]

廣修供養頌　널리 공양 닦음을 기림

至誠明照佛前燈　지성으로 부처님께 등불을 밝히오니,
願此香籠法界興　이 향롱이 법계에서 피어나기 원합니다.

香似妙峯雲䨴䨴　향내가 수미산에 구름이 피어나듯
油如大海水洪澄　기름이 큰 바다의 물결처럼 맑습니다.
攝生代苦心常切　중생 살림 고심 대행 언제나 간절하고,
利物修行力漸增　만물을 이롭히니 수행력도 점증하며,
餘供取齊斯法供　나미지 공양함이 법공양과 같게 하면,
直饒千萬總難勝　바로 천만 주드라도 더할 것이 없습니다.

1. 1. 4. 懺悔業障歌(참회업장가)

顚倒逸耶菩提向焉道乙迷波造將來臥乎隱
거꾸로 일야 보제 향언 길을 헤매믈 지어와 누온
惡村隱法界餘音玉只出隱伊音叱如支
모진 법계 남옥기 나은 임ㅅ다기
惡村習落臥乎隱三業淨戒叱主留卜以支乃遣只
모진 버릇 누온 삼업 정곗주류 디니기누곡
今日部頓部叱懺悔十方叱佛體閼遣只賜立
오늘 부돈붓 참회 시방ㅅ부처 알고 지사서
落句 아아!
衆生界盡我懺盡來際永良造物捨齊
중생계 다 내 뉘우쳐 올 제 오래 짓갓사제!
(의역) 거꾸로 일어 보제로 향한 길을 헤매며 지나온
모진 법계 넘었기 나온 임께
모진 버릇 지은 삼업 정계의 임자로 있게 하고 싶네.

오늘 성심껏 참회, 온 세상 부처 알고 계시게 하소서.
아아!
중생계가 다 뉘우쳐 올 때에 오래 지은 죄 버리고 싶네.

뒤친 뜻글시[韓·漢譯頌]

懺悔業障頌	**업보 참회를 기림**
自從無始劫初中	아득히 먼 무시겁의 과거에서 처음 맞춰
三毒成來罪幾重	삼독을 지어오니 그 죄 엄청 무겁겠죠.
若此惡緣元有相	이와 같은 악연에도 본바탕이 있다 하면,
盡諸空界不能容	많은 불계 어디에도 용납될 수 없겠지요.
思量業障堪惆悵	업보를 생각하니 슬픔을 견뎌내며
罄竭丹誠豈惰慵	온 정성 다할 뿐 왜 게으르리?
今願懺除持淨戒	이제 바람 참회하며 불문 계율 지켜내어
永離塵染似青松	청송처럼 길이길이 티끌세상 떠납니다.

1. 1. 5. 隨喜功德歌(수희공덕가)

迷悟同體叱緣起叱理良尋只見根
미오 한 몸ㅅ 연깃 이치에 찾기보리
佛伊衆生毛叱所只吾衣身不喩人音有叱下呂
부체 중생 못도록 나의 몸 아닌 사람 있아려.
修叱賜乙隱頓部叱吾衣修叱孫丁得賜伊馬落
닥ㅅ살은 돈붓 나의 닥ㅅ손저 얻사 이마락.

人米無叱昆於內人衣善陵等沙不冬喜好尸置乎理叱過

사람이 업곤 어내 사람의 사른들사 안달 기폴 두오릿과?

後句　뒷글

伊羅擬可行等嫉妬叱心音至刀來去

이라 비가 가든 질투 마음 이르칼올가

(의역) 미오는 한 몸에서 일어나는 이치로 찾아보리.

부처는 중생 다하도록 내몸 아닌 남도 있으리.

닦으심은 돈붓 내가 닦아서 얻으실 이마

사람이 없으니 어떤 사람에 이른들 기뻐하지 아니할까?

뒷글

이리 여겨 행한 질투하는 마음을 말할까?

뒤친 뜻글시[韓·漢譯頌]

隨喜功德頌　　공덕 닦기 따른 기쁨을 기림

聖凡眞妄莫相分　성과 범과 진과 망을 나누려 하지 말라.

同體元來普法門　실체는 같아서 본래 법문 안에 들죠.

生外本無餘佛義　삶 밖에 부처님 뜻 어디에도 없거니와

我邊寧有別人論　나도 남과 다른 점은 아무것도 없습니다.

三明積集多功德　삼명[7]이 쌓아지니 공덕도 많아져서

六趣修成少善根　육취[8]가 닦아지니 선근을 이룹니다.

---

7 삼명(三明)= 아라한(阿羅漢)의 세 가지 밝은 지혜로, 과거의 일에 밝은 숙명통(宿命通)과 미래의 일에 밝은 천안통(天眼通)과 현재의 일에 밝은 누진통(漏盡通)을 가리킴.

8 육취(六趣)= 육도(六道). 천상(天上), 인간(人間), 수라(修羅), 축생(畜生), 아귀(餓鬼), 지옥(地獄)의 여섯 세계. 중생이 선악의 업인(業因)에 따라 윤회(輪廻)한다고 함.

他造盡皆爲自造　남이 이룬 업장도 다 내 업이 되겠지요.
總堪隨喜總堪尊　모두가 따라서 기뻐하고 존경하죠.

1. 1. 6. 請轉法輪歌(청전법륜가)

彼仍反隱法界惡之叱佛會阿希
저 너반 법계 아짓 불회아헤
吾焉頓叱進良只法雨乙乞白乎叱等耶
나는 돈ㅅ나악 법우를 비삷들아
無明土深以埋多煩惱熱留煎將來出米
무명토 깊이 묻다 번뇌열류 지저 와 나메
善芽毛冬長乙隱衆生叱田乙潤只沙音也
선아 몯 잘은 중생ㅅ밭을 저지삼여
後言　뒷말
菩提叱菓音烏乙反隱覺月明斤秋察羅波處也
보젯열음 올반은 깬달 밝은 가잘라 바처여!
(의역) 저 넓은 법계 안엣 불회야말로
나는 문득 나아진 법우를 빌어 아뢸까요?
무명토 깊이 묻어진 번뇌 열로 지져내어 나매
착한 싹 못 자란 중생의 밭을 적심이여!
뒷말
보젯 열음 옳은 깬 달 밝은 가을에 바쳐라.

뒤친 뜻글시[韓·漢譯頌]

請轉法輪頌	**법륜 돌리기 청함을 기림**
佛陀成道數難陳	부처께서 이룬 도는 말하기 어려우나
我願皆趣正覺因	저는 오직 정각의 인 따르기 원합니다.
甘露洒消煩惱熱	단 이슬은 번뇌의 열 시원하게 식혀 주고,
戒香熏滅罪慾塵	경계의 향 죄악의 먼지를 다 멸해 준답니다.
陪隨善友瞻慈室	선지식을 따라 모셔 자교를 우러르고
勸請能人轉法輪	능인[9]께 법륜 돌림 권하여 청합니다.
雨寶遍沾沙界後	법보의 비 사바세계 두루두루 적신 뒤에
更於何處有迷人	다시 어디 미혹인이 있을 이치 있으리까?

1. 1. 7. 請佛主世歌(청불주세가)

皆佛體必于化緣盡動賜隱乃

모든 부처 빌우 화연 다 무이샨나,

手乙寶非鳴良며世呂中止以友白乎等耶

손을 보비 울며 누리에 머물이우 삷오드라.

曉留朝于萬夜未向屋賜尸朋知良闆尸也

새배류 아침 우만 바메 향오샬 벗 아라세라.

伊知皆矣爲米道尸迷反群良哀呂舌

이지개에 하매 길을 이반 무리여 서러셔.

落句　아아!

9 능인(能人)=남을 교화시킬 수 있는 사람이라는 뜻에서 부처님을 가리킴.

吾里心音水淸等佛影不冬應爲賜下呂
우리 마음믈 맑들 불영 안들 응하샤려.
(의역) 모든 부처 비록 화연 다 마치셨으나,
손을 비벼 울며 누리에 머물기를 말하시었다.
새벽부터 아침과 밤에 향하오실 벗 알게라.
착하게 하매 길을 잃은 무리여 슬퍼하소.
아아!
우리 마음을 맑게 하는 불영이 아니 응하시리요?

뒤친 뜻글시[韓 · 漢譯頌]

請佛住世頌	**부처님이 세상에 머무시기 청함을 기림**
極微塵數聖兼賢	극히 작은 티끌만큼 많은 성현 부처시여!
於此浮生畢化緣	이 덧없는 생계에서 교화 인연 끝내시네.
欲示泥洹歸寂滅	열반에 드시어서 적멸하심 보이시네.
請經沙劫利人天	인간계와 천상계에 길이 이익 주오소서.
談眞盛會猶堪戀	진리의 담론 성회 그립기만 하답니다.
滯俗群迷實可憐	세속에 매인 중생 참으로 불쌍하죠.
若見惠燈將隱沒	지혜의 등불들이 가물거림 보입니다.
盖傾丹懇乞淹延	단성을 쏟아 오래 머무시기 청합니다.

1. 1. 8. 常隨佛學歌(상수불학가)

我佛體皆往焉世呂修將來賜留隱
우리 부처 다 가언 누례 닦오려 샤륜

難行苦行叱願乙吾焉頓部叱逐好友伊音叱多

난행 고행ㅅ바람을 나는 돈붓 조초받임따.

身靡只碎良只塵伊去米命乙施好尸歲史中置

몸미지부서지드틀이가매명을베풀나스에두

然叱皆好尸卜下里皆佛體置然叱爲賜隱伊留兮

그렇게 다홀디아리 다 부처두 그러하샨 이루혜.

城上人　스님이여!

佛道向隱心下他道不冬斜良只行齊

불도 향은 마음하 년 길 안달 빗겨지 녈져.

(의역) 우리 부처 모두 가는 누리에 닦으러 사신

난행과 고행의 바람을 나는 듬뿍 좇아 받습니다.

몸이야 부서져 티끌이 가매 명을 베풀 나이에도

그렇게 다하여 떨어질 모든 부처도 그리하셔 이뤘네.

스님들이여!

불도 향한 마음이야 온 길 빗겨 가지 않으시리.

뒤친 뜻글시[韓·漢譯頌]

常隨佛學頌　늘 부처님 따라 배움을 기림

此裟婆界舍那心　사바세계 비로나자 보리심을 내시어서

不退修來迹可尋　물러나지 아니하고 닦은 자취 찾으시네.

皮紙骨毫兼血墨　살가죽 종이에다 뼈붓으로 혈서하여

國城宮殿及園林　나라와 궁궐과 원림까지 버리시고

菩提樹下成三點　보리수 아래에서 삼점[10] 깨침 이루셨고,

10 삼점(三點)=법신(法身)과 반야(般若)와 해탈(解脫)의 세 가지 덕이 한 덩이임을 이름.

衆會場中演一音　대중이 모인 곳서 한마디로 설법하셔
如上妙因總隨學　이러한 묘한 수행 모두 따라 배우고서
永令身出苦河深　길이 이 몸 괴로움의 깊은 강서 나옵니다.

1.1.9. 恒順衆生歌(항순중생가)

覺樹王焉迷火隱乙根中沙音賜焉逸良
각수왕언 미불은을 뿌리에 사음주언이라.
大悲叱水留潤良只不冬萎玉內乎留叱等耶
대빗물류 적시악 안달 시들옥 들오룻드라
法界居得丘物叱丘物叱爲乙吾置同生同死
법계 거득 구믌 구믌할 우리두 동생동사
念念相續无間斷佛體爲尸如敬叱好叱等耶
염염상속 그침없이 부처할 고맛홋드라
打心　아아!
衆生安爲飛等佛體頓叱喜賜以留也
중생 안ᄒᆞ날들 부처 돈ㅅ 깃그샤 이류야.
(의역) 각수왕은 중생들을 뿌리로 삼으시었다.
대빗 물류 적셔야 아니 시들게 하셧더라.
법계 가득 구물구물하는 우리도 함께 났다 죽으니,
염불에 염불 이어 끊임없이 부처님께 공경하였다.
아아!
중생들이 편안하면 부처께선 듬뿍 기쁨 이루시리.

뒤친 뜻글시[韓·漢譯頌]

恒順衆生頌　　늘 중생 따름을 기림

樹王偏向野中榮　부처님이 들 가운데 나가시어 깨치시고,
欲利千般萬種生　천만가지 중생들을 구제하려 하십니다.
化果本爲賢聖體　교화의 열매들은 부처님의 본체시고,
幹根元是俗凡精　근간은 본래가 범속들의 정기이죠.
慈波若洽靈根潤　자비의 물결 마치 영근을 적셔 주어
覺路宜從行業成　깨침의 길 행업 따라 이루심이 마땅하죠.
恒順遍教群品悅　늘 순리로 가르치니 중생들이 기뻐하고,
可知諸佛喜非輕　여러 부처님의 기쁨 또한 크시지요.

1. 1. 10. 普皆廻向歌(보개회향가)

皆吾衣修孫一切善陵頓部叱廻良只
모든 나의 닦을 손 일체 사른 돈붓 돌악
衆生叱海惡中迷反群无史悟內去齊
중생ㅅ바다아헤 미븐 무리 업싀 깨달나가져.
佛體叱海等成留焉日尸恨懺爲如乎仁惡村業置
부쳣바달 이뤈 날은 참하다온 구즌 업두
法性叱宅阿叱寶良舊留然叱爲事置耶
법성ㅅ집앗 보배라 녜 그랏 하일두야.
病吟　아아!
禮爲白孫隱佛體刀吾衣身伊波人有叱下呂

예하삷손은 부처도 나의 몸 이바 사람 있어라.

(의역) 모든 내가 닦을손 일체 선행 듬뿍 돌리고,
중생의 바다 안에 미혹한 무리 없이 깨쳐가고 싶네.
부처의 바다를 이루는 날 뉘우쳐 온 궂은 업도
법성의 집에 있는 보배라 옛날 그릇한 일도야.
아아!
예하여 올리는 부처도 나의 몸 미혹하는 사람 있으리.

뒤친 뜻글시[韓·漢譯頌]

普皆廻向頌	**널리 중생에 다 돌림을 기림**
從初至末所成功	처음부터 끝날까지 공을 이루어서
廻與含靈一切中	성령을 먹음은 채 일체의 속을 돌아
咸覬得安離苦海	모두가 넘겨보면 어찌 고핼 벗어날까?
總斯消罪仰眞風	모두가 죄를 씻고 참법을 공경하라.
同時共出煩塵域	번뇌의 홍진세계 동시에 함께 나와
異體咸歸法性宮	다른 몸도 모두 함께 법궁으로 돌아가소.
我此至心廻向願	나는 이제 정성으로 서원 위해 돌아가서
盡於來際不應終	끝없이 오는 날에 서원을 이으리라.

1. 1. 11. 總結無盡歌(총결무진가)

生界盡尸等隱吾衣願盡尸日置仁伊而也
생계 다할 들은 나의 바람 다할 날두 이니이여

衆生叱邊衣于音毛際毛冬留願海伊過
중생ㅅ가의 우음모 갓 모달류 바람바다이과.
此如趣可伊羅行根向乎仁所留善陵道也
이같이 닫가이라 녀곤 아혼 데류 사른 길여.
伊波普賢行願又都佛體叱事伊置耶
이바 보현원도 다 부첫 일이두라.
阿耶　아야!
普賢叱心音阿于波伊留叱餘音良他事捨齊
보현ㅅ 마음 아우바 이륫 남아 여느 일 버리져.
(의역) 생계 다할 때는 내 바람 다할 날도 있을 거여!
중생 가에 가니 끝 모를 바람바다 있구나.
이처럼 빨리 이루어져 달려야 향한 데마다 착한 길이리라!
이봐 보현원행 또 모두 부처님의 일이어라.
아야!
보현의 마음 알았으니 이로부터 남은 여느 일은 버리고 싶네.

뒤친 뜻글시[韓·漢譯頌]

總結無盡頌　"끝없이 함"으로 끝맺음을 기림

盡衆生界以爲期　중생계를 다하도록 서원 실천 기약하라.
生界無窮志豈移　생계는 무궁한데 못 이룬 뜻 어찌 옮겨?
師意要驚迷子夢　스님의 뜻 미몽에서 헤매는 중생 깨침

法歌能代願王詞　법가는 원왕의 시 대신하여 불려지니
將除妄境須吟誦　미망의 어름 제거 반드시 읊조리소.
欲返眞願莫厭疲　사홍서원 이루려면 피로 싫증 내지 말고,
相續一念無間斷　일념으로 세세생생 끊임이 없이 하여
大堪隨學普賢慈　보현의 대자비를 따라서 배우소서.

이 작품에서 "뒤친 뜻글시[韓·漢譯頌]"는 최행귀(崔行歸)의 작품이다. 결국 "향찰(鄕札)", "향가(鄕歌)", "삼구 육명(三句六名)"이라는 학술용어가 모두 최행귀의 작품이라는 것을 명심하고, "삼구 육명(三句六名)"을 제외한 다른 말들은 큰 나라 섬기기 생각[事大主義思想]에서 비롯된 말이므로 앞으로는 쓰지 말아야 할 것이다.

여기서 필자는 줄 끊기를 원전의 띄어쓰기와 소창진평(小倉進平) 이후 여러 학자들이 십구체(十句體)로 자른 것을 무시하고, 최행귀(崔行歸)의 말을 따라서 육구체(六句體)로 마디를 끊어 보았다.[11] 이 형태는 뒷날 조선시대에 꽃을 피운 가곡형(歌曲形)의 단가(短歌)를 연상하게 한다. 따라서 일부 학자들이 "3구 6명"을 훗날의 3장 6구체 시조(時調)의 원형으로 본 것은 잘못이라고 필자는 본다.

최행귀가 말한 "3구 6명"은 당나라 뜻글시[唐詩]의 5언체와

11 이 작품의 감상은 강길운·신재홍·최학선·황패강의 저작물에 힘입은 바 크다.

7언체처럼 3구체의 아주 짧은 노래와 6구체의 짧은 노래의 두 유형을 말한 것으로 풀이하여야 함을 강조한다.

이 작품의 지은이인 균여대사(均如大師)는 속성이 변씨(邊氏)이고, 이름이 균여(均如)이다. 아버지는 환성(煥性)인데, 이름을 감추고 숨어 사는 선비이고, 어머니는 점명(占命)인데. 60세에 이상한 꿈을 꾸고 임신하여 7개월 만에 출산하여 남모르게 키웠더니, 기저귀에 쌓인 채로 『화엄경』의 게송(偈頌)을 잘 읽었다. 어려서 고아가 된 균여대사는 15세에 사촌 형인 스님 선균(善均)을 따라 부흥사(復興寺)로 가서 식현(識賢)스님을 모시고 공부하다가 영통사(靈通寺)의 의순공(義順公)을 찾아가서 불법을 배웠고, 뒤에는 견훤(甄萱)왕의 복전인 남악파와 고려 태조의 복전인 북악파로 나뉜 당시 불교계의 지도 세력들의 갈등을 풀기 위하여 청년 스님들을 모아 통일시키고 각종 불경의 주석서를 많이 저술하였다. 그의 저술은 『수현방궤기(搜玄方軌記)』 10권, 『공목장기(孔目章記)』 8권, 『오십요문답기(五十要問答記)』 4권, 『탐현기석(探玄記釋)』 28권, 『교분기석(教分記釋)』 7권, 『지귀장기(旨歸章記)』 2권, 『삼보장기(三寶章記)』 2권, 『법계도기(法界圖記)』 2권, 『십구장기(十句章記)』 1권, 『입법계품초기(入法界品抄記)』 1권 등이라고 하는데, 현재 전하는 것은 『교분기석』 7권, 『지귀장기』 2권, 『삼보장기』 2권, 『법계도기』 2권, 『십구장기』 1권 등 5종뿐이라고 한다.

1. 2. 예종(睿宗)의 悼二將歌(도이장가)

이 작품은 고려의 예종(睿宗)이 그의 15(3453, 1120)년에 지은 것으로 알려져 온다. 이 작품은 『平山申氏高麗太師壯節公遺事(평산신씨고려태사 장절공유사)』에 다음과 같은 기록 속에 들어 있다.

《고려 태조께서 대구의 오산 오동나무 숲에서 크게 싸우던 중 싸움이 불리하여 견훤(甄萱)의 군사들이 태조를 에워싸 위급하여졌을 때에 장절공께서 대장이 되어 용모가 태조와 매우 닮았으므로 전세가 불리함을 알고 자기 몸으로 대신 죽을 것을 각오하고 태조께 무성한 숲속으로 숨기를 청하고, 마침내 임금의 수레를 대신 타고 나아가 원보 김낙(元甫 金樂)과 같이 힘써 싸우다가 전사하시었다. 태조께서 일찍 팔관회를 열어 여러 신하들과 서로 즐거움을 나누는데, 싸우다가 전사한 공신에게 내린 벼슬자리의 반열에 없음을 언짢게 생각하시고, 유사에게 명하시어 짚을 엮어 장절공과 김낙공의 형상을 만들어 반열에 따라 윗자리에 앉히고 술과 음식을 주게 하시니, 술이 곧 말라 버리고 가상(假像)이 거듭 일어나 춤을 추는 것이 마치 산 사람처럼 보이었다. 이로부터 늘 악정(樂庭)에 이 두 사람의 가상을 모시어 왔다.(중략) 예종 15(3453, 1120)년 경자(庚子) 가을에 서경(西京=지금의 평양)을 돌아보고 팔관회를 열었는데, 가상이 둘이 머리에 관을 쓰고 자줏빛 조복(朝服)을 입고 손에 홀을 잡고 금으로 꾸민 말을 타고 용약하며 뜰을 두루 돌아다니니, 임금님께서 기이하여 좌우의 사람들에게 물으시니 말하기를, "이것은 신숭겸(申崇謙)과 김낙(金樂)입니다." 하며 인하여 그들에 관한 본말을 여쭈니, 임금님께서 슬퍼하시며 두 공신의 후예에 대하여 묻고 임금님께서 시의 제목을 내어 사운(四韻) 시 절구 하나와 단가(端歌) 두 수를 지어 주시니, 뜻글시[韓・漢詩]는 이러하다.

見二功臣像　　두 공신의 상을 이제야 보게 되니,
汎濫有所思　　그때의 생각이 철철 넘쳐 계속 나네.
公山蹤寂寞　　팔공산의 옛 자취 이제는 적막하고,
平壤事留遺　　평양의 지난 일은 마음에만 있었다네.
忠義明千古　　두 공신의 순절 충의 천고에 길이 밝고,
死生唯一時　　죽고 사는 그것이야 오직 한때이네.
爲君跡白刃　　임금을 위하여 칼날을 밟았기에
從此保王基　　나라의 기틀을 그 때문에 보존했네.

이고, 온빈글노래는 아래와 같다.

主乙完乎白乎心聞　　임금을 온오 살오시문
際天乙及昆　　갓 하늘에 밎곤
魂是去賜矣中三烏賜敎職麻又欲
넋이 가샤에데 삼오 내리신 샥 마또려.
望彌阿里剌及彼　　바라며 아리랄 밎저

可二功臣良 옳 두 공신에
久乃直隱跡烏隱現乎賜丁 오라나 곧은 자촌 낱오샤정.
(의역) 임금을 안전하게 살리신 공
하늘 끝까지 미치고
넋이야 가셔도 사모 내리신 직분 다하겠지?
바라보며 알기를 미쳐서는
훌륭한 두 공신에
오래 되었으나 곧은 자취 들어내셨네.

이었다.

이로 보면, 고려 중기는 물론 고려 말엽까지도 고려인들은 입말 노래를 흔히 불러왔음을 확인할 수가 있다.

2. 고려의 반빈글노래[部分借字歌]

필자가 여기서 "반빈글노래[部分借字歌]"라고 하는 것은 이제까지의 많은 국문학자들이 무심코 "이두가(吏讀歌)"라고 일컬어온 작품을 가리킨다. 필자는 우리글에 "이두문자(吏讀文字)"는 따로 있었던 것이 아니고 기존의 뜻글자의 뜻과 소리를 활용하여 쓴 것이기 때문에 "반빈글쓰기[部分借字表記]"라고 하여야 옳다고 주장한다. 그리고 그러한 쓰기 방식으로 노래된 작품을 필자는 "반빈글노래[部分借字歌]"라고 일컬을 것을 거듭 주장한다.

훈민정음이 창제되기 이전에 우리 조상들이 생활하여 오던 문자 중에 뜻글자(韓·漢字)를 활용하여 소리 중심의 입말을 눈으로 볼 수 있는 시각 중심의 글말[문자언어]로 바꾸는 과정에서 완전히 뜻글자의 뜻[訓]과 소리[音]를 빌어서 표기한 "죽살이 길은"을 "生死路隱"으로 적는 경우와 뜻글말에다가 우리말 활용어미나 토씨 같은 부분적인 말들만을 뜻글자의 뜻과 소리를 빌어서 쓰는 "석탑 오층을 이루옵는"을 "石塔五層乙成是白乎"로 쓰듯이 반만 빌어서 쓰는 두 가지 예가 있을 뿐이기 때문이다. 이제까지는 많은 학자들이 최행귀(崔行歸)의 말대로 앞의 경우를 "향찰(鄕札)식 표기"라고 하고, 후자를 누구에 의하여 처음 일컬어지게 되었는지를 알 수 없는 "이두(吏讀)식 표기"라고 일컬어 왔다.

그러나 순진한 우리의 어린 학생들이 생각할 때에는 "향찰"이라는 글자와 "이두"라는 글자가 다르지 아니한데 구별하여 일컫는가 하면, "한문(韓·漢文)"이라는 뜻글자와도 구별이 되지 아니하는데 이름만 달리 부르는 것은 혼란스럽기만 하다.

이는 어른들이 잘못 가르친 때문이라고 필자는 생각하여 바로잡아 그 혼란을 피하고자 한다. 그러니까 다시 거듭 밝히어 두지만, 이른바 "향가(鄕歌)"와 같은 쓰기는 향찰문자로 기록한 것이 아니라, 온빈글쓰기[完全借字表記]로 뜻글자를 빌어서 우리말 노래를 기록한 것이므로 "온빈글노래[完全借字歌]"라고 하여야 옳고, "이두가"는 반만 뜻글자를 빌어서 표기한 노래이므로 "반빈글노래[部分借字歌]"라고 일컬어서 그 뜻을 명확하게 하여 주어야 한다고 주장한다.

오늘날까지 전하여 오는 고려시대 반빈글노래[部分借字歌]는 신득청(申得淸 : 3665-3725, 1332-1392)이 지은 것으로 알려져 오는 「역대전리가(歷代轉理歌)」와 나옹화상(懶翁和尙) 혜근(慧勤 : 3653-3709, 1320-1376)스님이 지은 것으로 알려져 오는 「승원가(僧元歌)」가 있다. 이제 그 전문을 감상하기로 한다.

2. 1. 歷代轉理歌(역대전리가)

이 작품은 현재 『화해사전(華海師全)』 권 5와 지금의 경상남도 영덕군지인 조선시대 『영녕승람(盈寧勝覽)』과 『예주세록(禮州世錄)』에 각각 실려서 전하여 오는 3종의 이본이 있다.

伊難　　　　為也
貪虐無道 夏桀이ᄂᆞᆫ　丹朱尙均不肖ᄒᆞ야

矣　　　　於以他可　為古
堯舜禹의禪位相傳　어이타ㄱ不知ᄒᆞ고

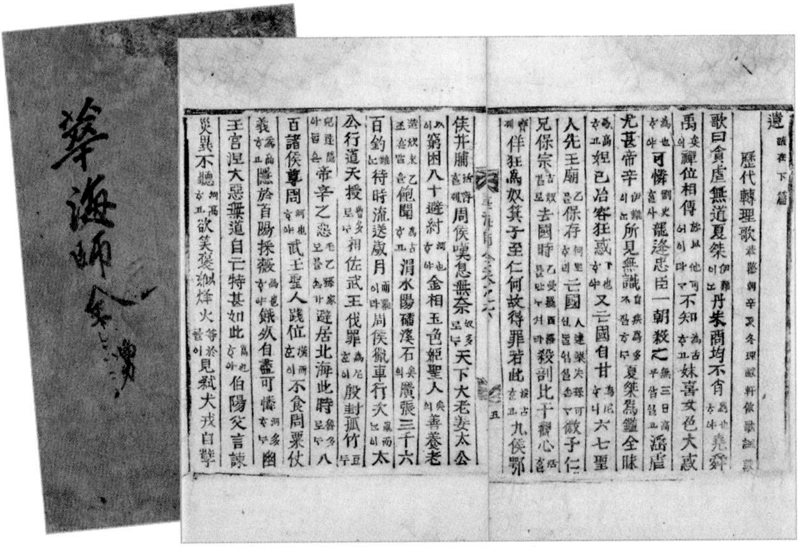
遺讀本下篇

歷代轉理歌

歌曰貪虐無道夏桀이 丹朱商均不肖ᄒᆞ야 堯舜

禹의 禪位相傳 不知ᄒᆞ고 妹喜女色大惑

ᄒᆞ야 可憐ᄒᆞᆯ사 龍逄忠臣 一朝殺之 淫虐

尤甚帝辛이ᄂᆞᆫ 所見無識 夏桀爲鑑全昧

ᄒᆞ고 妲己冶容狂惑ᄒᆞ야 又亡國自甘ᄒᆞ니 六七聖

人先王廟 保存ᄒᆞ리 亡國 微子仁

兄保宗 去國時 殺剖比干觀心

佯狂爲奴箕子至仁何故得罪若此 九侯鄂

侯幷脯 周侯嘆息無奈 天下大老妾太公

窮困八十避紂 金相玉色姬聖人 善養老

飽聞 渭水陽磻溪石 廣張三千六

百釣 待時流送歲月 周侯獵車行次 太

公行道天授 相佐武王伐罪 殷封孤竹

帝辛之惡 避居北海此時 八

百諸侯尊周 武王聖人踐位 不食周粟仗

義 隱於首陽採薇 餓死自盡可憐 幽

王宮涅大惡無道自己特甚如此 伯陽父言諫

災異不聽 欲笑褒姒烽火 見弒犬戎自擧

화해사전(華海師全)

范世東(범세동, 朝鮮) 編輯, 간행연도 : 哲宗 11年(1860)

출처 : 서울대학교 규장각한국학연구원

爲也
妹喜女色大惑ᄒᆞ야

割史
可憐ᄒᆞᆯ사龍逄忠臣

無三日高
一朝殺之무삼일고

伊隱
淫虐尤甚帝辛이ᄂᆞᆫ

自疾爲多
所見無識자질ᄒᆞᄃᆞ

爲高
夏桀爲鑑全昧ᄒᆞ고

下也
妲己冶容狂惑ᄒᆞ야

爲尼
又亡國自甘ᄒᆞ니

六七聖人

乙　何里
先王廟를保存ᄒᆞ리

人達業失孫可
亡國인ᄃᆞᆯ업실손ᄀ

吉奴
微子仁兄保宗길로

乙曼羅西羅
去國時을만ᄂᆞ서라

活齊
殺剖比干觀心ᄒᆞᆯ제

佯狂爲奴箕子至仁	漢古 何故得罪若此ᄒᆞᆫ고
活齊 九後鄂侯竝脯ᄒᆞᆯ제	盧多 周侯歎息無奈로ᄃᆞ
以 天下大老 姜太公이	何也 窮困八十避紂ᄒᆞ야
矣 金相玉色姬聖人의	造欣末乙 爲古 善養老조ᄒᆞᆫ말을飽聞ᄒᆞ고
矣 渭水陽磻溪石의	難 廣張三千六百釣ᄂᆞᆫ
而羅 待時流送歲月이라	亂而 周侯獵車行次난이
魯多 太公行道天授로ᄃᆞ	相佐武王伐罪ᄒᆞᆫ이
豆 兒達陰 殷封孤竹 두 아ᄃᆞᆯ은	毛乙孫家 帝辛之惡모ᄅᆞᆯ손가
魯多 避居北海此時로ᄃᆞ	河也 八百諸侯尊周ᄒᆞ야
漢而 武王聖人踐位ᄒᆞᆫ이	爲高 不食周粟仗義ᄒᆞ고
爲而 隱於首陽採薇ᄒᆞ야	爲多 餓死自盡可憐ᄒᆞᄃᆞ
幽王宮涅大惡無道	爲而 自亡特甚如此ᄒᆞ야
爲高 伯陽父言諫災異不聽ᄒᆞ고,	等於 欲笑褒姒烽火ᄃᆞᆯ어
日多 見弑犬戎自孽일ᄃᆞ	陰 强暴天子秦始皇은
爲高 趙高之惡全昧ᄒᆞ고	爲高 仁能太子扶蘇殺之
爲多 무삼일고 可憐ᄒᆞᄃᆞ 無三日高	爲高 築長城北方ᄒᆞ고
爲羅 送徐市東海ᄒᆞᄂᆞ	爲而 天下豪傑爭起ᄒᆞ니

臥
燕臺壯士荊卿匕와

其安人歌
切齒報讐그안인ᄀ

爲也
汾水秋風悔心ᄒᆞ야

河那 擧錄爲多
艱辛ᄒᆞ나 거록ᄒᆞᄃᆞ

爲高
亡國之兆不知ᄒᆞ고

其高眞可
蘭臺石室그도진ᄀ

刀也難高
佛經閣 되야ᄂᆞᆫ고

爲也
王家事佛代作ᄒᆞ야

矣奴 日於羅
佛門으로 일어나

韓丹末隱
明心見性ᄒᆞᆫ단말은

나도남남도 乃家到也
羅到南南道ᄂᆡ가되야

矣 亂
獲罪天의 無所禱ᄂᆞᆫ

發斤末魯
日月中天발근말노

而乃嫩狎喜撥可益高
이ᄂᆡ눈압희발ᄀ잇고

乃貴 下尼
ᄂᆡ귀聰明又在ᄒᆞ니

底羅韓古
無見無聞 져라ᄒᆞᆫ고?

跋西
卽地 발셔

難
韓室忠臣子房椎ᄂᆞᆫ

割齊
漢武帝求仙할졔

咸隱
亡秦跡不係ᄒᆞᆷ은

咸焉
事佛明帝繪像ᄒᆞᆷ은

之於刀以
夷狄君長지어되이

無三日魯
史策庫무삼일로

河多
垂統萬世罔測ᄒᆞᄃᆞ

伊
覆宗絶祀這人君이

道也難伊
荒迷迷滅되야ᄂᆞᆫ이

而羅
一身破作二物이라

本可
본ᄀ

末三
萬古大聖孔子말삼

布在方册墨卿跡

河如室齊
師父訓書하여실졔

無三日魯
耳目若此무삼일노

而
漢帝子楚王英이

道丹末可
劍下塵되단말ᄀ

咸焉
佛鬼於 世無靈ᄒᆞᆷ은

伊道
蜀漢後帝劉禪이도

爲齊
西域佛說借誣ᄒᆞᆯ제

爲高
一夕驅亡全昧ᄒᆞ고

果
昭烈皇孫北地王과

爲多
虛委劒塵可憐ᄒᆞᄃᆞ

活諸
淸談浮屠橫行ᄒᆞᆯ제

多尤習多
朝得暮失ᄃᆞ우습ᄃᆞ

爲也
今是昨非始覺ᄒᆞ야

都羅澳而
就荒三逕 도라오니

達以
候門指點稚子ᄃᆞᆯ이

河而
携幼入室自酌ᄒᆞ니

爲高
秫酒盞前更勸ᄒᆞ고

爲乃
能知翁意含情ᄒᆞ늬

亂
園中松庭畔柯ᄂᆞᆫ

刀羅本而
山外世界도라ᄇᆞᆫ이

河古
南北朝紛競ᄒᆞ고

活家馬亂
誰人不知ᄒᆞᆯ가마ᄂᆞᆫ

韓末魯
凶宦妖巫惑ᄒᆞᆫ말로

四百年大漢基業

無三日魯
酷信巫佛무삼일로

乙
丞相子諸葛瞻을

爲也
晉代衣冠倏忽ᄒᆞ야

而
咈諫逆理這人君이

而
羲皇上人陶元亮이

河高
彭澤印綬乃解ᄒᆞ고

而五
歡迎谷口童僕이오

林齊刃可
典午老人마져인ᄀᆞ

隱
漉酒葛巾翟夫人은

焉
北窓枕無絃琴은

果
門前柳籬下菊과

爲羅
晉時光色尙帶ᄒᆞᄂᆞ

日世
寄奴草色劉宋일세.

隱
五胡五季擾亂時은

割也爲而
唱歌草起ᄒᆞᆯ야ᄒᆞᆫ이

焉
大唐大宋可觀跡은

矣
枚枚盡說難處中의

日世
帝心暗弱南宋일셰.

咸道
阿諛苟容蠹悅ᄒᆞᆷ도

咸果
宦寺寵貴振動ᄒᆞᆷ과

日世
前世秦漢不鑑일셰.

河高
善安從生興平ᄒᆞ고,

道
創興治平安社稷도

道
敗亂家國亡社稷도

伊
烈士忠直眞儒賢이

伊
蠹小奸諛凶賊臣이

矣
人君心事如何中의

日於爲尼
亂反平平反亂일어ᄒᆞ니,

可
嗚呼人君獨豈然ᄀᆞ?

造他馬所
一時寵貴조타말소.

以
媚諛要華富貴身이

下高
管子毛生汗穢ᄒᆞ고

濶也爲伊
墨卿與議ᄒᆞᆯ야ᄒᆞ니

而五
宮淫溺寵大唐이오.

咸果
仙學佛術蠱惑ᄒᆞᆷ과

而五
前世秦漢同轍이오.

含道
忠賢嘉謨戮逐ᄒᆞᆷ도

河如五以
不鑑前世ᄒᆞ여오니

爲高
亂亡不至安在ᄒᆞᆯ고?

伊五
前世興王同轍이오.

日世
前世不君同轍일셰.

羅高邑實孫可
亂世ᄅᆞ고읍실손ᄀᆞ?

羅高邑實孫歌
平時ᄅᆞ고읍실손ᄀᆞ?

日於爲高
蠹反忠忠反蠹일어ᄒᆞ고

無三日高
胡爲不思무삼일고?

多其於尼
嗟亦人臣ᄃᆞ글어니,

矣
季世誤君貪榮家의

矣 爲乃
傾國前의 屠戮ᄒᆞᄂᆡ.

矣
殉忠死義不顧家의

矣道 爲乃
他國의도 師則ᄒᆞ닉.

爲尼 羅
無私ᄒᆞ니萬代眸라

漢而
季世事蹟揣摩ᄒᆞ니

爲古
千世萬世遺芳ᄒᆞ고

日世
千世萬世恒殺일셰

爲也
百諫一謨無用ᄒᆞ야

闊也
林水之樂豈窮홀야

爲尼 日世
無恨위니安身일셰

道 日世
止則止도聖人일셰

道也西羅
節節懇惻도야셔라

河狎時古
傳世無窮하압시고

都如難而
永命無窮되여느니

以也兮
世世上爲君臣이야혜.

隱
殺身夷族樂節人은

以
昭昭史册春秋筆이

爲高
興世事蹟披閱ᄒᆞ고

道也
可憐賢人榮華도야

道野
富貴小人可憐되야

活如他可
致身行志홀여타ㄱ

活也爲面
退終巖穴홀야ᄒᆞ면

爲面
天理此間順命ᄒᆞ면

而羅
比干見殺殷仁이ᄂᆞ

爲那
一章歌言荒謐ᄒᆞᄂᆞ

爲也時面
人君爲鑑ᄒᆞ야시면

河也時面
人臣取則ᄒᆞ야시면

於噫乎

(『화해사전(華海師全)』권 5, 전문)

이 작품의 지은이 신득청(申得清 : 3665–3725, 1332–1392)은 호를 이유헌(理猶軒)이라고 하며, 쌍생 형인 시직재(矢直齋) 신

백청(申伯淸)과 27세 때인 공민왕 7(3691, 1358)년에 동방 급제하여 40세 때인 공민왕 20(3704, 1371)년에 공민왕의 난정을 풍간하여 차이나의 역대 제왕들의 치란 홍망(治亂興亡)이 변화무상함을 노래하여 이 작품을 짓고, 그의 나이가 47세 때인 우왕 4(3711, 1378)년에는 이부상서(吏部尙書)를 지내다가 나라의 정사(政事)가 점점 어지러워지는 것을 보고 고향 마을인 지금의 경상남도 영덕군 봉정산(鳳停山) 아래 인량촌(仁良村)으로 내려가서 숨어 살다가 조선이 건국하자 고려의 망국을 슬퍼하여 자결하였다고 한다. 이 작품은 2율각(律刻) 1구로 헤아리어 모두 185구의 그리 길지 아니한 작품이다. 매 구마다 앞부분은 뜻글말을 쓰고 용언(用言)부에 해당하는 곳에 우리말 토를 달아 표현하고 있어서 필자는 이를 부분차자가(部分借字歌), 곧 반빈글노래라고 일컬으면서 이제까지의 "이두가(吏讀歌)"라고 일컫는 것을 부정한다.

이 작품이 실려 있는 『華海師全(화해사전)』 권 5의 발문적 성격의 글에 따르면, 이 작품의 국문 표기는 매죽(梅竹) 성삼문(成三問 : 2751–2789, 1418–1456) 근보(謹甫)가 붙이어 준 것이라고 밝혀 주고 있다.[12]

이 작품이 우리 국어국문학계에 처음 알려지게 된 것은 최익한(崔益翰)에 의하여 4271(1938)년에 "高麗歌詞 〈歷代轉理

12 전석만, 「華海師全小考」, 『鄉土硏究』 5, 鄉土硏究協議會, 1993.

歌〉를 紹介함(『正音』 22호)"으로 발표된 이후이다. 학계에서는 "참 고려시대 작품이다." "아니다. 후인의 위작이다."라는 진위(眞僞)의 논란이 팽팽하다.[13]

2. 2. 僧元歌(승원가)

主人公 主人公我	(주인공 주인공아!)
世事貪着 其萬何古	(세사탐착 그만하고)
慙愧心乙 而臥多西	(참괴심을 이와다서)
一層念佛 何等何堯	(일층염불 어떠하요?)
昨日 少年乙奴	(어젯날 소년으로)
今日白髮 惶恐何多	(오늘 백발 황공하다.)
朝積那殘 無病陁可	(아적나잔 무병타가)
夕力羅乭 未多去西	(저녁나절 못다 가서)
手足接古 死難人生	(손발 접고 죽는 인생)
目前厓 頗多何多	(눈앞에 파다하다.)
今日以士 無事早達	(오늘 이사 무사한들)
明朝乙 定爲孫可	(명조를 정하손가)
困困而 拾我會我	(곰곰이 주어모아)
幾百年 生羅何古	(몇백 년 살라하고)
財物 不足心隱	(재물 부족심은)

13 李相寶, 朴炳采, 崔範勳, 李壬壽 등은 긍정적이고, 鄭在鎬, 姜銓燮 등은 부정적이다.

天子羅道 無殘難而	(천자라도 없잔나니)
貪慾心乙 揮耳治古	(탐욕심을 후리치고)
精神乙 振體出余	(정신을 떨쳐내여)
奇妙旱 山水間厓	(기묘한 산수간에)
物外人而 道汝文多	(물외인이 되려문다.)
人道其 難業去等	(사람되기 어렵거던)
盲龜遇木 如陁何而	(맹구우목 같다 하니)
佛菩薩 恩德以奴	(불보살 은덕으로)
此身道也 出臥是以	(이몸 되야 나왔으니)
伊安耳 多幸何也	(이 아니 다행하냐?)
佛體主 恩德乙奴	(부처님 은덕으로)
寸步道 忘之末古	(촌보도 잊지 말고)
阿彌陀佛 於西何也	(아미타불 어서 하야)
極樂乙奴 歸我可自	(극락으로 돌아가자.)
主人公 主人公我	(주인공 주인공아!)
殘傷古 可憐何多	(불상코 가련하다.)
百年刀 牟多生隱	(백년도 못다 사는)
以一身乙 具之未陁	(이 한 몸을 구지 믿아)
無散滋味 見羅何古	(무슨 재미 보랴 하고,)
飲古餘隱 田畓四其	(먹고 남은 전답 사기)
用古餘隱 財物以難	(쓰고 남은 재물로난)
時士老 經營何也	(시사로 경영하야)
無益旱 貪心乙奴	(무익한 탐심으로)

頂上厓 寶羅限多	(정상에 보라 한다.)
覺治餘隱 主人公我	(깨치렴은 주인공아!)
石崇耳刀 財物奴死古	(석숭이도 재물로 죽고)
苑丹耳刀 君殘羅而	(원단이도 구잔나니,)
艱難界 有餘界臥	(가난계 유여계와)
乽刀其 未刀其難	(잘되기 못되기는)
前生厓 造隱大奴	(전생에 지은 대로)
此身刀也 出來除介	(이몸 되야 나올 적에)
天定以奴 馬鍊何也	(천정으로 마련하야)
在天明白 何也去等	(재천 명백 하엿거든)
草木末厓 露如隱	(초목 끝에 이슬 같은)
危太旱 以命壽乙	(위태한 이 목숨을)
千年外厓 生羅何古	(천년밖에 살라하고,)
其大道奴 乞加其那	(그대도록 걸덕이나?)
嗔心惡生 顏太上禮	(진심 악생 낱에 우에)
對面何其 哀納道多	(대면하기 애달도다.)
主人公 主人公我	(주인공 주인공아!)
目前厓 見銀去是	(목전에 보는 것이)
枚枚治 鏡于以堯	(낱낱이 거울이요.)
耳末厓 聞難去是	(귀 끝에 듣는 것이)
枚枚治 鏡于以而	(낱낱이 거울이니,)
未聞難也 主人公我	(못듣난야? 주인공아!)
未見難也 主人公我	(못보난야? 주인공아!)

吾意用心 毛於去等	(나의 용심 모르거든)
南乙見古 覺治我文	(남을 보고 깨치라문,)
秦蘇晉漢小光道	(진소진 한소광도)
財物奴覺治去隱	(재물로 깨쳤거는)
汝隱何之 毛奴難多	(너는어찌 모르난다.)
期別無隱 惡眞病以	(기별 없는 모진 병이)
一朝厓 身愛入於	(일조에 몸에 들어)
三百六身 骨絶馬當	(삼백 육신 골절마당)
寸寸 苦痛割除	(마디마디 고통할 제)
八珍味 造隱飮食	(팔진미 좋은 음식)
好陁何古 飮去寶羅	(좋다 하고 먹어보라.)
最親至親 會我入於	(최친 지친 모아들어)
至誠乙奴 勸何也道	(지성으로 권하야도)
冷水朴其 未食介多	(냉수밖에 못먹겠다.)
哀希古 主人公我	(아이고 주인공아!)
前生厓 怨讐奴西	(전생에 원수로서)
債報厓 入病耳	(빚갚을 날 든 병이)
牛黃乙奴 何之下面	(우황으로 어찌하며)
人三乙奴 保其何也	(인삼으로 보기하야)
鞭作如加依迷人達	(편작에 들이민들)
天命乙 何爲耳	(천명을 어찌하리)
千金乙 虛費何古	(천금을 허비하고)
萬財乙 皆入於道	(만재를 다 들여도)

勞耳無功 分耳奴多	(노이무공 뿐이로다.)
於臥 可笑吾古 可笑吾多	(어와! 가소롭고 가소롭다.)
佛法乙 于笑內幾	(불법을 웃어내기)
念佛一番 不以何古	(염불 한번 아니하고)
毫活呼如單耳多可	(호활부려 다니다가)
病中厓 後悔何也	(병중에 후회하야)
其前那也佛供何面	(기전나야 불공하며)
觀音菩薩 急希呼	(관음보살 급히 불러)
項乾羅 井未破其老	(목말라 샘 못파기로)
本來無難 汝情誠乙	(본래 없는 네 정성을)
臨渴界四 我當何達	(임갈계사 아당하달)
何隱佛體感應何耳	(어떤부처 감응하리)
閻羅大王 使忍差使	(염라대왕 부린차사)
令惡何古 險限使者	(영악하고 험한사자)
汝門前厓 當到何也	(너 문전에 당도하야)
人情無是 達那入於	(인정 없이 달라들어)
霹靂可治 者所來除	(벽력같이 잡아내제)
去大馬當 交主人	(간데마다 사귄 주인)
死自生自 親限友至	(죽자사자 친한 벗이)
生覺建大 其誰在是面	(생각건대 그 누이시며)
愛仰何古 貴限志乙	(사랑하고 귀한 뜻을)
毛來而 生覺何隱	(모름이 생각하는)
妻子眷屬 一家中厓	(처자권속 일가중에)

代身去而 其誰有古 (대신 갈 이 그 누 있고)
限平生 晝夜無是 (한평생 주야 없이)
寒爲暑爲 生覺殘古 (추위더위 생각잖고)
千深 萬古何也 (천신 만고하야)
懃心以奴 莊萬何古 (근심으로 장만하고)
慾心以奴 成奴生隱 (욕심으로 일워놓은)
玉地玉畓 家莊器物 (옥지 옥답 가장기물)
奴婢牛馬 千財萬財 (노비우마 천재만재)
我毛而 我可溫達 (아무리 아까운들)
何而去 人情何面 (어디가 인정하며)
負古去面 抱古去也 (지고가며 안고가랴.)
空手以奴 出我多可 (빈손으로 나왔다가)
空手以奴 入於去而 (빈손으로 들어가니)
百年貪物 一朝塵乙 (백년탐물 일조진을)
親古無信 冥間路厓 (친구없신 명간길에)
割吉無難 孤魂以金 (할 길 없는 고혼이쇠)
十王殿厓 推列割除 (시왕전에 추열할 제)
牛頭那刹 馬頭那刹 (우두나찰 마두나찰)
左右片厓 列立何也 (좌우편에 열립하여)
番介如隱 目乙浮古 (번개같은 눈을 뜨고)
霹靂如隱 惡眞聲 (벽력같은 모진 소리)
一時禮 呼痛何面 (일시에 호통하며)
秋霜如歎 創劍以奴 (추상같은 창검으로)

腑腑被 擧西其每	(엿엿이 들서기매)
直奴何羅 呼令割除	(바로하라 호령할 제)
骨節耳 頹於之古	(골절이 무너지고)
萬身耳 血色治羅	(만신이 핏빛이라,)
何隱親古 後發見耳	(어느 친구 뒤 밟으리.)
妻子眷屬 一家馬當	(처자권속 일가마당)
我乙死多古 哀被哭達	(날 죽다고 슬피 운달)
底彦掘 於耳知耳	(저런 줄 어이 알리)
悲抱古 庶論之羅	(슬프고 서론지라.)
高聲大聲 痛哭何古	(고성대성 통곡하고)
子孫親戚 他不以達	(자손친척 남안이달)
死隱父母 思覺何也	(죽은 부모 생각하야)
遷度何自 議論何其	(천도하자 의논하기)
千萬中厓 幾枚治古	(천만중에 몇 낱이고)
哭其難 者其何古	(울기난 작이하고)
初喪三喪 去隱日愛	(초상삼상 가는 날에)
生命壽 除乙捉夫面	(산 명수 덜잡으면)
其大道奴 西乙殘難伊	(그대도록 설잖나니)
我年故依 托何古	(내년고 의탁하고)
他無目乙 慰老何也	(남의 눈을 위로하여)
摩之馬羅 何去萬隱	(마지마라 하거만은)
罪隱 汝造如道	(죄는 너 지어도)
霹惡隱 我當據等	(벼락은 내당커던)

雪上加霜 無散事古	(설상가상 무산일고)
生前富貴 多子孫乙	(생전부귀 다자손을)
人巖馬中 不所何達	(사람마중 불바하달)
死隱後厓 加玉雪多	(죽은 후에 더욱 섧다.)
平生厓 造隱罪乙	(평생에 지은 죄를)
曆曆希 相考何也	(역력히 상고하여)
八蠻四千 無邊獄厓	(팔만 사천 무변옥에)
重恨罪奴 磨鍊何古	(중한 죄로 마련하고)
其餘隱 小隱 罪奴	(그 남은 적은 죄로)
牛爲建耳 馬爲建而	(소되거니 말되거니)
犬獸生 蛇岩九令爲面	(개짐승 뱀구렁 되면)
何等恨 善事奴西	(어떠한 선사로서)
人道厓 還生何耳	(인도에 환생하리)
生覺建大 加玉說多	(생각컨대 더욱 섧다.)
主人公 主人公我	(주인공 주인공아!)
盟誓何古 念佛何也	(맹세하고 염불하여)
釋迦世尊 勸恨 念佛	(석가세존 권한 염불)
十六觀經 謂乙 馬乙三	(십육관경 이를 말삼)
日沒觀而 第一而羅	(일몰관이 제일이라.)
西山厓 知隱年乙	(서산에 지는 해를)
開目 閉目厓	(개목 폐목에)
眼前厓 掛於置古	(안전에 걸어두고)
阿彌陀佛 大聖號乙	(아미타불 대성호를)

晝夜無是 誦五多可	(주야없이 외오다가)
定念而 道亡何古	(정념이 도망하고)
雜念而 西道乙去等	(잡념이 서둘거든)
勸勸何耳 自嘖何也	(권권하리 자책하여)
還尙活可 懃心何以	(환생할가 근심하여)
世事可治 愛着何也	(세사같이 애착하여)
日久月深 工夫何耳	(일구월심 공부하리.)
世事念隱 小去只古	(세사념은 적어지고)
念佛而 主丈道也	(염불이 주장되야)
一心 念佛 何等何堯	(일심 염불 어떠하뇨.)
念佛經 甑映何古	(염불경 구경하고)
至誠矣奴 念佛何面	(지성으로 염불하면)
念佛人 姓名字隱	(염불인 성명자는)
閻羅大王 冥府案內	(염라대왕 명부 안내)
必多是 拔去古	(반다시 빼가고)
極樂世界 蓮花上禮	(극락세계 연화 위에)
明白希 記錄何古	(명백히 기록하고)
觀音勢至 大菩薩耳	(관음세지 대보살이)
中媒道也 多而多可	(중매되어 다니다가)
以命壽 盡割底計	(이 목숨 다할 적에)
無數恨 大菩薩果	(무수한 대보살과)
數多恨 聲門緣覺	(수다한 성문연각)
各各而 香火執古	(각각이 향화 잡고)

雙雙而 舞乙秋面　　(쌍쌍이 춤을 추며)
百千風流 鳴理是古　　(백천 풍류 울리시고)
頃刻間 往生何耳　　(경각간 왕생하리.)
極樂世界 莊嚴見小　　(극락세계 장엄 보소)
黃金以 地而爲古　　(황금이 땅이 되고)
七寶澤 廣隱池是　　(칠보택 넓은 못이)
處處厓 生氣是乃　　(처처에 생기시니)
滿澤而 馱臥有古　　(만택이 태워 있고)
水下 伸如沙來　　(물 아래 피여 모래)
旬色疑奴 黃金而堯　　(순색으로 황금이요.)
池中厓 蓮花花讚　　(지중에 연화꽃은)
靑蓮花 黃蓮花臥　　(푸른 연화 누른 연화와)
赤蓮花 白蓮花臥　　(붉은 연화 흰 연화와)
車厓 朴古可歎蓮花　　(수레바퀴 같은 연화)
四節 無時 伸如有古　　(사절 없이 피어 있고)
七寶難 自自恨大　　(칠보는 자자한데)
靑色而面 靑光而堯　　(청색이면 청광이요,)
黃色而面 黃光而堯　　(황색이면 황광이요,)
靑黃赤白 四色光明　　(청황적백 사색광명)
西奴西奴 相雜何古　　(서로서로 상잡하고)
香臭難 美妙恨大　　(향취는 미묘한데)
其上厓 樓閣家耳　　(그 위에 누각집이)
虛空中厓 生其是乃　　(허공 중에 생기시나)

七寶奴 莊嚴何耳　(칠보로 장엄하니)
黃金 白銀耳堯　(황금 백은이요,)
琉璃柱臥 瑪瑙柱奴　(유리주와 마노주로)
色色矣奴 所治是古　(색색으로 바치시고)
七疊軒間 造隱上厓　(칠첩마루 지은 위에)
七寶網乙 揮如治古　(칠보망을 둘러치고)
七寶香水 寶拜木以　(칠보 향수 보배목이)
七寶奴 揮如西羅　(칠보로 둘렀어라.)
靑鶴白鶴 鸚鵡孔雀　(청학백학 앵무공작)
可鷹可鵾功名等而　(가응가곤 공명등이)
可枝可枝 鳥金生耳　(가지가지 새짐승이)
七寶池 香樹間厓　(칠보지 향수간에)
一以飛那 切以可古　(이리 날라 저리 가고)
切以飛那 一以來耳　(저리 날라 일리 오니)
去面來面 鳴隱 聲厓　(가며오며 우는 소리)
聲以馬當 說法以堯　(소리마다 설법이요,)
淸風以 蕭蕭何面　(청풍이 소소하며)
七寶行樹 搖動何古　(칠보행수 요동하고)
彦經當經 出隱聲厓　(은경당경 나는 소리)
百千風流 泣而是古　(백천 풍류 울리시고)
聞而隱 聲哀麻當　(들리는 소리마당)
念佛說法 盆以奴多　(염불 설법뿐이로다.)
其分仁加 底極樂隱　(그뿐인가 저 극락은)

農事乙 不以何也道	(농사를 아니하여도)
衣食乙 生覺何面	(의식을 생각하면)
衣食而 自來何古	(의식이 자래하고)
默默何古 生覺何小	(묵묵하고 생각하소.)
少年時厓 未恨念佛	(젊을 때에 못한 염불)
老懃後厓 割吉無多	(늙은 후에 할길 없다.)
無常殺鬼 人情無西	(무사 살귀 인정 없어)
二十前 三十前厓	(이십 전 삼십 전에)
限定無是 死難人生	(한정없이 사는 인생)
如其底其 無數何而	(여기저기 무수하니)
老去隱 念佛何自	(늙거는 염불하자.)
稱歎末古 念佛何小	(칭탄 말고 염불하소)
平坐割除 未恨念佛	(평좌할 제 못한 염불)
病入後厓 割吉無多	(병든 후에 할길 없다.)
今日明日 此日這日	(오늘 내일 이날저날)
嚴犯 加犯 過內多可	(엄벙덤벙 지내다가)
意無是 死去之面	(뜻없이 죽어지면)
寒氷地獄 火湯地獄	(한빙지옥 화탕지옥)
銅柱地獄 鐵床地獄	(동주지옥 철상지옥)
可枝可枝 深隱 地獄厓	(가지가지 깊은 지옥에)
裂底出面 斬也來面	(찢어내며 베어오며)
煎之去耳 烹馬去耳	(지지거니 삶아거니)
壹夜 壹晝厓	(하룻밤 하룻 낮에)

萬邊 死其面	(만번 죽으면)
萬邊 脫羅來耳	(만번 달아오니)
誰多臨而 道也何古	(누다맞이 되랴 하고)
婆分說 節隱 伸脫	(바쁜 말 저른 신탈)
可枝可枝 稱脫奴西	(가지가지 칭탈로서)
嚴處隱 世嚴師馬	(엄처는 세엄사마)
念佛厓 拜道去等	(염불에 배도거든)
以世上厓 生我有西	(이 세상에 살아 있어)
乽被古 乽食去刀	(잘 입고 잘 먹어도)
一那乽 腸古布古	(한낮을 배고프고)
一那乽 寒隱去刀	(한낮을 추운 것도)
忍其難 吾去隱	(견디기 어렵거든)
況物面 百千萬劫厓	(하물며 백천만겁에)
間短無是 大苦痛乙	(간단 없이 큰 고통을)
其大之 無散乃其	(그다지 업신여겨)
豪活不如 行割小也	(호활불여 행할소냐)
可怜人生 我人事乙	(가령 인생 내 인사를)
稱讚恨達 無於何面	(칭찬한들 무어하며)
悔傍恨達 時氣何也	(훼방한들 시기하랴.)
主人公 主人公我[14]	(주인공 주인공아!)
稱耳 苦樂乙	(일컬어 고락을)
八風厓 謂汝刀	(팔풍에 일여도)

14 국립중앙도서관 소장 필사본 『自責歌』에 따름.

風岩如坦 人間事乙	(바람같은 인간사를)
知建體 婆而末古	(알건체 바이 말고)
如聾 如盲何也	(여롱 여맹하여)
人事不成 夫大道如	(인사불성 부디 되어)
阿彌陀佛 於西何自	(아미타불 어서 하자)
于耳不體 大聖尊而	(우리 부처 대성존이)
去之末奴 欺其是也	(거짓말로 소기다가)
誹傍心 饋之末古	(비방심 먹지 말고)
耳萬人生 道也悉除	(이만 인생 되었을 제)
極樂國 蓮花臺乙	(극락국 연화대를)
掌中厓 決斷何自	(장중에 결단하자.)
南無阿彌陀佛	(나무 아미타불)
入我世上 豪傑野羅	(이바 세상 호걸들아)
離苦得樂 何吾乙法乙	(이고득락 하올 법을)
四十九年 說法中厓	(사십구년 설법 중에)
可抄可抄 見如建萬隱	(가초가초 뵈였건만)
五濁惡世 末法中厓	(오탁악세 말법 중에)
幸得人身 道也產耳	(행득인신 되었으니)
罪上耳 重恨之羅	(죄상이 중한지라)
六道萬行 悉大業西	(육도 만행 쓸데 없어)
諸法文乙 盟器是耳	(제 법문을 맹기시니)
念佛何也 極樂 可文	(염불하여 극락감은)
末世羅事 有益恨珠乙	(말세라사 유익한 줄)

邊地上庢 觀察何耳	(변지상애 관찰하리.)
文殊菩賢 大菩薩果	(문수보현 대보살과)
揷三祖師 歷代聖賢	(삽삼조사 역대 성현)
次次奴 奉持何事	(차차로 봉지하사)
至今可至 流通何耳	(지금까지 유통하니)
于耳可歎 罪惡凡夫	(우리같은 죄악 범부)
念佛末古 何之謁古	(염불말고 어찌 알꼬.)
忉利天 帝釋主道	(도리천 제석님도)
天上人君 道也悉除	(천상인군 되었을 제)
七寶宮殿 好隱家庢	(칠보궁전 좋은 집에)
天上福而 盡內之面	(천상복이 다해지면)
生前罪奴 落於底西	(생전 죄로 떨어져서)
地獄道庢 入多恨耳	(지옥도에 들다 하니)
人間庢 若干豪傑	(인간에 약간 호걸)
下勿面 美達孫也	(하물며 믿을소냐!)
念佛隱 廉恥業西	(염불은 염치없어)
一生庢 馬執古牛執隱	(일생에 말잡고 소잡은)
屠牛坦耳 至惡人道	(도우탄이 지악인도)
臨終庢 念佛何也	(임종에 염불하여)
地獄報乙 消滅何古	(지옥보를 소멸하고)
極樂矣奴 所奴去而	(극락으로 바로 가니)
一念無奴 念佛乙	(일념으로 염불을)
十方世界 恒沙佛而	(시방세계 항사불이)

同可之奴 讚嘆何古	(한가지로 찬탄하고)
歷代 聖賢 奉持奴多	(역대성현 봉지로다.)
阿彌陀佛 念佛法隱	(아미타불 염불법은)
溫可事厓 碍臨業西	(온갖 일에 걸림없어)
僧俗男女 勿論何古	(승속 남녀 물론하고)
有識無識 貴賤間厓	(유식무식 귀천간에)
所業乙 弊治末古	(소업을 폐치말고)
農夫去加隱 農事何面	(농부거든 농사하며)
遊難口厓 阿彌陀佛	(노는 입에 아미타불)
織女去如陰 績三何面	(직녀거든 길삼하며)
今生厓 利他何古	(금생에 이타하고)
行住坐臥 耳於何面	(행주좌와 이어하면)
後生極樂 難亶可	(후생극락 어려울까?)
多隱則 六字念佛	(많은즉 육자염불)
小隱則 四字念佛	(적은즉 사자염불)
行住坐臥 語默間厓	(행주좌와 어묵간에)
高聲以那 隱念以那	(고성이나 은념이나)
大小間 六字四字 念佛乙	(대소간 육자사자 염불을)
懃力大奴 念佛何刀	(근력대로 염불해도)
悲感去隱 阿彌陀佛	(비감거는 아미타불)
好隱耳刀 阿彌陀佛	(좋은 이도 아미타불)
遊難口厓 雜談末古	(노는 입에 잡담 말고)
阿彌陀佛 言友三我	(아미타불 말벗삼아)

念念厓 阿彌陀佛	(염염에 아미타불)
時時厓 阿彌陀佛	(시시에 아미타불)
處處厓 阿彌陀佛	(처처에 아미타불)
事事厓 阿彌陀佛	(사사에 아미타불)
一生厓 壹於何面	(일생에 이러하면)
極樂去其 難奴溫可	(극락가기 어려운가.)
一日殺而 小隱 蟲耳	(하루살이 작은 벌레)
千里馬乙 挾者吾面	(천리마를 잡자오면)
千里去其 難吾殘古	(천리 가기 어렵잖고)
金石耳 重何也道	(금석이 중하여도)
廣大船厓 載於斗面	(광대선에 실어두면)
瞬息間厓 濟去耳	(순식간에 건너가리.)
于以如歎 罪惡人道	(우리 같은 죄악인도)
阿彌陁 念佛德厓	(아미타 염불덕에)
釋迦如來 大悲船乙	(석가여래 대비선을)
船價無示 得加乘古	(선가 없이 얻어 타고)
念佛三昧 法海水厓	(염불삼매 법해수에)
言這是 這於內如	(언저시 저어내어)
方便楫大 高被達古	(방편 돛대 높이 달고)
精進勞乙 具持執古	(정진노를 굳이 잡고)
諸大聖賢 引接路厓	(제대성현 인접길에)
阿彌陀佛 玉毫光乙	(아미타불 옥호광을)
還出耳 照治是古	(훤출이 비치시고)

四十八願 大願風乙	(사십팔원 대원풍을)
太虛空厓 非戒見而	(태허공에 빗겨보니)
十萬億 國土外乙	(십만억 국토 밖을)
頃刻間厓 往生何而	(경각간에 왕생하리.)
而安耳 念佛船耳	(이 아니 염불선이)
萬船中厓 上船耳羅	(만선 중에 상선이라)
其安耳 長割孫也	(그 아니 장할소냐)
耳寶世上 長老信來	(이보 세상 어르신네!)
于耳道 其心這心	(우리도 이맘 저맘)
多婆而古	(다 버리고)
信心矣奴 念佛何也	(신심으로 염불하야)
先亡父母 薦道何古	(선망부모 천도하고)
一切衆生 濟渡何也	(일체 중생 제도하야)
世上事 多婆而古	(세상사 다 버리고)
蓮花船乙 得加乘古	(연화선을 얻어 타고)
極樂矣奴 於書去自	(극락으로 어서 가자.)
極樂世界 好歎言乙	(극락세계 좋단 말을)
僧俗男女 多知去乙	(승속 남녀 다 알거늘)
於西於西 底極樂厓	(어서어서 저 극락에)
速耳速耳 受耳可自	(속히속히 수이 가자!)
南無阿彌 陀佛成佛	(나무아미타불! 성불!)[15]

(필사본 「懶翁和尙僧元歌(나옹화상승원가)」)

15 金鍾雨, 「懶翁和尙僧元歌」, 『國語國文學』 10, 釜山大學校.
———, 『鄕歌文學研究』, 宣明文化社, 1974.

이 작품도 불교계에서는 나옹화상의 작품으로 인정하는데 반하여 일부 학자들은 후인의 안작(贋作)이라고 주장하여 두 가지 주장이 팽팽하다. 이 작품은 일명 『自責歌(자책가)』라는 필사본으로도 전하고 있다.

3. 고려(高麗)의 속요(俗謠)

여기서 말하는 속요(俗謠)는 일반 민중 사이에서 널리 퍼져 돌아다니는 시속(時俗)의 노래로 고려시대에 노래되었던 일명 "여요(麗謠)"라고도 일컬어지는 일종의 고려시대 민요를 가리킨다.

여기서 논의하는 속요는 조선 성종의 명을 받아 성현(成俔 : 3772 - 3837, 1439 - 1504), 유자광(柳子光 : ? - 3845, ? - 1512), 신말평(申末平)들에 의하여 성종 24(3826, 1493)년에 이루어진 『악학궤범(樂學軌範)』과 연산군(燕山君 : 재위 3828 - 3839, 1495 - 1506) 때에 이름을 알 수 없는 이에 의하여 이루어진 것으로 추정되는 『시용향악보(時用鄕樂譜)』와 중종(中宗 : 재위 3839 - 3877, 1506 - 1544) 때에 이루어진 것으로 추정되는 이름을 잊은 이의 『악장가사(樂章歌詞)』를 비롯하여 숙종 때의 문신이며 학자인 병와(甁窩) 이형상(李衡祥 : 3986 - 4066, 1653 - 1733)이 편찬한 것으로 알려진 『악학편고(樂學便攷)』 등의 가집(歌集)을 근거로 하였다.

여기서의 작품 배열은 위에 든 가집마다 그 배열순이 같지 아니한 것을 보면, 일정한 원칙이 없었던 것 같으므로, 필자는 현재 전하는 작품들만을 대상으로 하여 지어진 연대를 모르는 작품이 많으므로 그 이름의 가나다순으로 배열하여 소개한다.

3. 1. 가시리

이 작품은 일명 "귀호곡(歸乎曲)", 또는 "가시리(嘉時理)"라고도 한다.[16]

가시리 가시리잇고? 나는
버리고 가시리잇고? 나는
위 증즐가 대평성대(大平聖代)

날러는 엇디 살라 ᄒᆞ고,
ᄇᆞ리고 가시리잇고? 나는

16 『時用鄕樂譜』, 연세대학교, 影印, 1954.
李衡祥, 『樂學便攷』, 螢雪出版社, 1976.
인용하는 작품의 표기는 원전에 가까운 현대어로 고치어 쓴다.

위 증즐가 대평성대(大平聖代)

잡ᄉᆞ와 두어리마ᄂᆞᆫ
선ᄒᆞ면 아니올세라.
위 증즐가 대평성대(大平聖代)

셜온님 보내ᄋᆞᆸ노니 나ᄂᆞᆫ
가시ᄂᆞᆫ ᄃᆞᆺ 도셔 오쇼셔. 나ᄂᆞᆫ
위 증즐가 대평성대(大平聖代)

(『악장가사(樂章歌詞)』)

『악장가사(樂章歌詞)』에 실려 있는 작품을 띄어쓰기를 포함하여 현대식으로 끊어서 소개하였다. 지은이를 알 수 없는 『시용향악보(時用鄕樂譜)』에는 이 작품을 「귀호곡(歸乎曲)」이라 하고, "속칭(俗稱) 가시리"라는 주를 달아 제1연만 표기를 조금 달리하여 싣고 있다. 학자에 따라서는 "나ᄂᆞᆫ"을 뜻이 없는 홍(興)만을 돕는 소리[助興詞]로 풀이하는데, 필자는 지은이 자신을 가리키는 실사(實辭)로 다루며, "위 증즐가 대평성대(大平聖代)"만을 조홍사로 다룬다. 그 이유는 위에 인용한 노래에서 볼 수 있듯이 "위 증즐가 대평성대(大平聖代)"와 연결되지 아니하고 "나ᄂᆞᆫ"만이 있는 것으로 보아 단순하게 홍만을 돋우려고 한 "나ᄂᆞᆫ"이 아니라고 판단되기 때문이다. 이 작품에서의

"나는"은 지은이, 곧 버림받은 남편 또는 부인이 이 작품을 읽는 사람으로는 쉽게 상상할 수 없는 자기의 결심을 침묵으로 대변하는 침묵표현법(沈默表現法), 곧 묵시법(默示法)을 쓴 것이라고 필자는 풀이한다.

또 학자에 따라서는 끊어쓰기를 "가시리/ 가시리/ 잇고/ 나?"으로 하여 네 마디로 정리하는 이도 있으나, "가시리잇고"를 "가시리/ 잇고"로 끊는다면, "가실 사람이 있고"의 뜻이어야 하는데, 노래의 전체 흐름으로 볼 때에 "가시리잇고"는 "(진정코) 꼭 가시겠습니까?"라고 다짐하는 뜻으로 풀이하여야 옳다고 생각된다. "가실 이(사람) 있고"의 뜻이 아니라면, 굳이 "가시리/ 잇고"로 끊어서 노래의 뜻을 해칠 이유가 전혀 없다.[17] 이 작품의 조흥사를 빼고 뜻이 있는 노랫말만을 정리하여 보이면, 그 형식은 대략 다음과 같다.

가시리 가시리잇고? 나는
버리고 가시리잇고? 나는

날러는 엇디 살라 ᄒᆞ고,
ᄇᆞ리고 가시리잇고? 나는

17 박성의, 『韓國詩歌文學論과 史』, 예그린, 1978.
朴炳采, 『高麗歌謠語釋硏究』, 宣明文化社, 1968.

잡ᄉᆞ와 두어리마ᄂᆞᄂᆞᆫ
선ᄒᆞ면 아니올셰라.

셜온님 보내ᄋᆞᆸ노니 나ᄂᆞᆫ
가시ᄂᆞᆫ ᄃᆞᆺ 도셔 오쇼셔. 나ᄂᆞᆫ.

이 작품의 형식은 4연 8줄에 77자의 아주 짧은 노래이지만, 그 속에 담긴 지은이의 진솔한 사랑의 마음과 그 표현의 솔직성이 헤어짐의 끝을 보려는 의지가 아니고, 무한한 영원성을 가지고 기다리려는 느긋함과 동시에 "가시는 듯 도로 오소서."라고 표현한 것은 우리나라 현대 시인으로 유명한 소월(素月) 김정식(金廷湜 : 4236-4267)의 "죽어도 아니 눈물 흘리오리다."보다 훨씬 여유 있는 표현이기에 어떤 이는 이 작품을 고려시대 문학 작품 중 백미라고 극찬하고 있다.[18]

또 가람(嘉藍) 이병기(李秉岐 : 4205-4301)는 이 작품을 「예성강곡(禮成江曲)」의 전편(前篇)이라고 하였다. 참고로 그 「예성강곡(禮成江曲)」에 얽힌 이야기를 소개하면 이러하다.

옛날에 당(唐)나라 장사꾼 하두강(賀頭綱)이라는 사람은 바둑을 잘 두었다. 일찍이 예성강에 이르러 한 아름다운 부인을

18 梁柱東, 「古歌今釋(二題)」, 『國學硏究論攷』, 乙酉文化社, 1962.

보고 첫눈에 반하여 그 부인의 남편을 꼬여 내기 바둑을 두기로 하였다. 하두강은 거짓으로 못이기는 척 그 여인의 남편에게 져서 많은 재물을 잃었다. 끝으로 하두강은 그 부인을 걸고 한판 승부를 하여 마침내 이겨 그 부인을 배에 싣고 뱃길을 떠났다. 이에 그 남편은 회한(悔恨)의 눈물을 흘리면서 노래를 지어 불렀는데, 그 노래가 곧 「예성강곡(禮成江曲)」으로 세상에 전한다.

그 부인이 갈 때에 몸단속을 매우 단단히 하여 하두강이 그 부인을 범하려 하다가 끝내 뜻을 이루지 못하였을 때에 배가 바다 가운데에서 전혀 앞으로 나아가지 아니하고 제 자리에서 빙빙 돌며 금방 풍랑에 뒤집힐 것만 같았다. 하두강이 점을 쳐보니, "부인의 정절에 감동하여 그러하니, 만약 그 부인을 돌려보내지 아니하면 배가 침몰하게 될 것"이라는 점괘를 얻었다. 뱃사람들이 겁을 먹고 하두강에게 그 부인을 돌려보내 주기를 권하여 마침내 그 부인을 돌려보내 주었다. 이에 그 부인이 노래를 불렀으니, 이것이 「예성강곡(禮成江曲)」 후편이다.[19]

필자는 이 작품을 우리나라 도처문학(賭妻文學)의 대표적 작품으로 본다. 속된 말로 쉽게 풀어서 말한다면, 아내를 걸고 하는 도박을 소재로 한 문학이라는 뜻으로 쓴다. 이러한 도처문

19 "昔有唐商賀頭綱善棋嘗至禮成江見一美婦人欲以棋賭之與其夫棋佯不勝輸物倍其夫利之以妻利之以妻注頭綱一擧賭之載舟而去其夫悔恨作是歌世傳婦人去時粧束甚固頭綱欲亂之不得舟至海中旋回不行卜之曰節婦所感不還其婦舟必敗舟人懼勸頭綱還之婦人亦作歌後篇是也."(『고려사』 권 71, 「악지」 2.)

학의 예들은 구전문학(口傳文學)에는 많이 전한다.

또 여기서 "당상(唐商)" 이라고 한 것은 꼭 당나라 장사꾼을 가리키는 것이 아니고, 차이나 상인이라는 뜻으로 보아야 한다. 그리고 위의 이야기를 자세히 읽어보면, 「예성강곡(禮成江曲)」 전편이, 곧 남편이 아내를 상품으로 걸고 시행한 무모한 도처(賭妻)의 놀음으로 인한 사랑하는 아내와의 이별이 안타까워 부른 "가시리" 이라는 것은 말이 안된다. "가시리" 의 내용으로 볼 때에 차이나 사람[唐人] 장사꾼에게 팔려가는 아내에게 "버리고 가시리잇고? 나는" 이라든가 "날러는 엇디 살라 ᄒᆞ고/ ᄇᆞ리고 가시리잇고? 나는/ 잡ᄉᆞ와 두어리마ᄂᆞᄂᆞᆫ/ 선ᄒᆞ면 아니올셰라." 라고 노래한 것은 아내를 걸고 도박을 한 철면피(鐵面皮)한 남편의 노래일 수도 없을 뿐 아니라, 또 한족(漢族) 장사꾼 하두강에게 끌려가는 아내가 남편을 사랑하여 부른 슬픈 이별가일 수도 없기 때문에 이 노래는 결코 「예성강곡(禮成江曲)」 전편일 수가 없으며, 또 「예성강곡(禮成江曲)」 후편이 돌아온 아내의 작품이라면, 자기[아내]를 물건처럼 농락한 자기 남편과의 재회를 기뻐하는 내용으로 노래하였을까? 설혹 되돌아온 아내의 작이 「예성강곡(禮成江曲)」 후편이라고 한다면, 이 「가시리」 노래의 내용과 전혀 다른 뜻이기 때문에 필자는 결국 "가시리" 와 "예성강곡" 과는 전혀 다른 작품들이라는 것을 확언한다.

3. 2. 動動(동동)

德으란 곰비예 받줍고,
福으란 림비예 받줍고,
德이여 福이라 호늘
나ᅀᆞ라 오소이다.
　아으 動動다리.

正月ㅅ나릿 므른
아으 어져 녹져 ᄒᆞ논ᄃᆡ,
누릿 가온ᄃᆡ 나곤
몸하! ᄒᆞ올로 녈셔
　아으 動動다리.

二月ㅅ보로매
아으 노피 현
燈ㅅ불다호라.
萬人 비취실 즈ᅀᅵ샷다.
　아으 動動다리.

三月 나며 開ᄒᆞᆫ
아으 滿春 ᄃᆞᆯ욋고지여
ᄂᆞᄆᆡ 브롤 즈슬

디녀 나샷다.
　아으 動動다리

四月 아니 니져
아으 오실셔 곳고리 새여!
므슴다 錄事니믄
녯 나를 닛고신뎌
　아으 動動다리.

五月 五日에
아으 수릿날 아춤 藥은
즈믄 힐 長存ᄒᆞ샬
藥이라 받줍노이다.
　아으 動動다리.

六月ㅅ 보로매
아으 별해 ᄇᆞ룐 빗다호라.
도라보실 니믈
젹곰 좃니노이다.
　아으 動動다리

七月ㅅ 보로매
아으 百種 排ᄒᆞ야 두고,

니믈 ᄒᆞᆫᄃᆡ 녀가져.
願을 비ᅀᆞᆸ노이다.
　아으 動動다리

八月ㅅ ᄇᆞᄅᆞᄆᆞᆫ
아으 嘉俳 나리마ᄅᆞᆫ
니믈 뫼셔 녀곤
오ᄂᆞᆯ낤 嘉俳샷다.
　아으 動動다리.

九月 九日에
아으 藥이라 먹논
黃花 고지 안해 드니,
새셔가 만ᄒᆞ얘라.
　아으 動動다리.

十月에
아으 져미연 ᄇᆞᄅᆞᆺ다호라
것거 ᄇᆞ리신 後에
디니실 ᄒᆞᆫ 부니 업스샷다.
　아으 動動다리.

十一月ㅅ 봉당 자리예

아으 汗衫 두퍼 누워
슬흘 ᄉᆞ라온뎌
고우닐 스싀옴 녈셔
　아으 動動다리.

十二月ㅅ분디남ᄀᆞ로 갓곤
아으 나ᄉᆞᆯ 盤잇 져다호라
니믜 알퓌 드러 얼이노니
소니 가재다 므ᄅᆞᇰ습노이다.
　아으 動動다리.　　　　(『악학궤범(樂學軌範)』)

이 작품은 성호(星湖) 이익(李瀷)의 주장처럼 큰 북을 두드릴 때에 울려 퍼지는 북소리의 "둥둥"의 의성어인 동동(鼕鼕)과 같은 뜻으로 보인다. 『고려사』 권 71, 「악지」 2에는 "(전략) 송도(頌禱)하는 말이 많은데, 대체로 신선들의 말을 흉내 내었으나 그 말이 입말로 되어 있어서 싣지 아니한다[(전략) 其歌詞多有頌禱之詞盖效仙語而爲之然詞俚不載]"고 되어 있으나, 『중종실록(中宗實錄)』 권 32, 13(3851, 1518)년, 4월조에서는 "(전략) 동동은 말이 거칠고 남녀 사이의 음탕한 노랫말이므로 신도가(新都歌)로 대신한다.(하략)[(전략) 動動語濫男女間淫詞代以新都歌.(하략)]"로 되어 있어서 그 평가의 표현이 서로 차이가 있다. 현재 『악장가사』본을 놓고 보면, 후자의 평가가 옳다

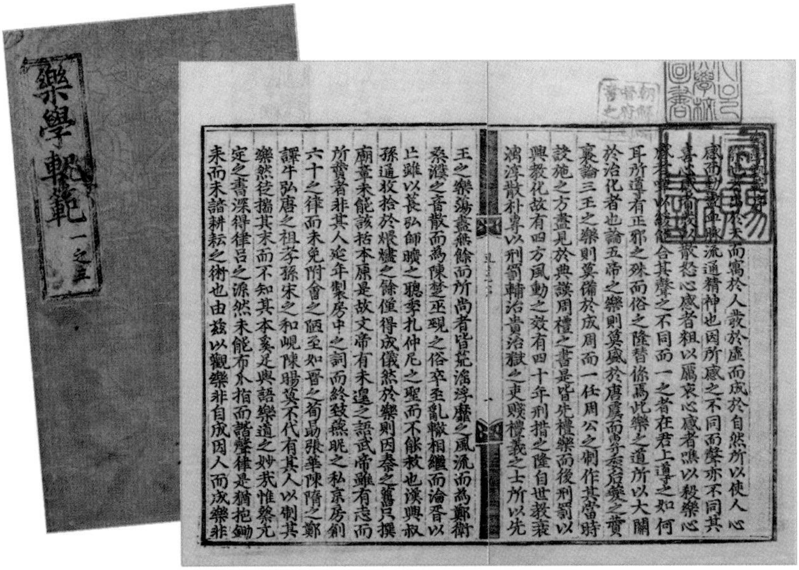

악학궤범(樂學軌範)
成俔(성현, 朝鮮) 等受命編, 청구기호 : 奎貴 1807-v.1-3
출처 : 서울대학교 규장각한국학연구원

고 보인다.

이 작품은 전체 13연으로 구성되어 있는데, 제1연은 서사이고, 제2연부터 13연까지는 달거리체로 1월부터 12월까지 1년 12개월의 명절을 이끌어 사랑에 굶주린 한 여인이 사랑하는 임에게 향한 자기의 진솔한 정감을 소박한 생활 언어로 기리면서 빌기[頌禱]도 하고, 원망(怨望)도 하면서 여인이 가질 수 있는 애상(哀想)의 단면을 잘 나타내고 있다.

제1연은, 『고려사』에서 이 작품을 송도가(頌禱歌)로 평가한 근거가 되는 연이다. 사랑하는 임이 이어지는 술잔에 따라 복과 덕을 받으라는 염원(念願)의 노래이다.

제2연은, 정월달의 물과 얼음의 상관관계를 자기의 처지에 견주어 풀릴 듯 안 풀리는 현상을 은유하여 임과의 사랑이 옛 시인의 표현처럼 봄날인 듯하면서도 봄날 같지 아니한 "춘래불사춘(春來不似春)"의 애정 전선의 이상 기류를 잘 표현하고 있다.

제3연은, 자기를 살갑게 보살펴주지 아니하는 임이지만, 자기의 마음속에서 우러나는 임에 대한 정은 2월 보름날 밤 연등회(燃燈會)에 달려 있는 등불처럼 밝은 임의 용모를 연상하는 진솔한 자기 애정의 짙음[濃度]을 표현하여 보이고 있다.

제4연은, 3월에 봄기운 가득하게 활짝 핀 진달래꽃처럼 젊음과 아름다운 풍모를 연상하며 흠모하는 정을 담고 있다. 학자들 사이에는 ① "滿春 돌욋고지여"를 ② "滿春돌 욋고지여"로 푸는 이와 ③ "滿春 돌욋 고지여"로 해석하는 이등 다양하나, 필자는 ①을 따르되 "봄기운이 넘치는 진달래꽃"으로 본다. ①의 경우에도 "늦봄 달래꽃"으로 보는 이도 있으나, 달래꽃 곧 봄의 미각을 대표하는 달래나물의 꽃은 3월에 피지 아니하기 때문이다. 또 ②와 ③의 경우는 "만춘(滿春=晩春)"이라면, 그 자체로서 3월 달을 뜻하는데, 굳이 "역전앞"처럼 불필요하게 겹쳐 표현할 이유가 없기 때문에 "늦봄 달 외꽃"이라고 풀이할 수가 없다. 더욱이 "외꽃"은 "오야꽃[李]"일 수 없고, 또 "외꽃[瓜花]"은 요즈음처럼 온실 재배가 불가능할 당시로서는 3월에 피는 꽃이 아니기 때문에 말이 안되는 주장이다.

제5연은, 이 작품에서 지은이가 흠모하는 임이 "녹사(錄事)님"임을 밝힌 유일한 연이다. 고려시대 녹사(錄事)는 목종(穆宗 : 재위 3330-3342, 997-1009) 이래로 정7품관인 문하녹사(門下錄事)를 비롯한 사헌부(司憲府)에 딸린 이속(吏屬)들을 가리키는 벼슬 이름이다. 이로 보면, 이 작품이 지어진 연대는 아무리 빨라도 목종 이전으로 올라갈 수는 없다는 사실을 알 수가 있다. 이 연의 내용은 꾀꼬리는 봄이 되면, 다시 찾아와서 그 아름다운 소리를 들려주는데, 어찌하여 나의 임은 이 봄에도 오지 아니하시니, 나를 영영 잊으셨는가 하고 궁금하게 생각한다.

제6연은, 5월 단오날을 맞이하여 아침에 장수하실 약을 바친다면서 임에게 향한 깊은 애정을 돌려서 표현하고 있다.

제7연은, 유두절(流頭節)에 머리를 감고 머리를 빗은 뒤에 물가에 내버려진 빗과 같이 버림받은 빗에 비유하여 고독한 지은이의 서러움을 흐느끼고 있다.

제8연은, 7월 보름 백중(百中)날 맛있는 음식과 과일로 성찬을 차려 부처님께 바치는 우란분회(盂蘭盆會)에 임과 같이 가고 싶다는 소박한 지은이의 소망을 빌고 있다.

제9연은, 8월 추석 명절날에 임을 모시고 즐겁게 보내니 정말 한가위 날이 좋다는 기쁨을 역설적으로 노래하고 있다. 필자는 여기서 지은이가 그렇게도 사모하며 그리워하는 임(녹사님)은 이미 고인이 된 지은이의 남편으로 풀이한다. 그것은 한가위에 돌아간 남편께 제사를 모시고 제사상 앞에 앉아서 정신적(마음속)으로 남편과 함께 식사를 한다고 생각하니 너무 기쁘다는 뜻으로 보여지기 때문이다.

제10연은, 중구일(重九日) 곧 중양절(重陽節)을 맞이하여 무병장수한다는 노란 국화잎으로 담근 황국주(黃菊酒)를 마시면서 가신 임을 그리워하노라니, 어느덧 이 해도 저물어간다고 탄식하고 있다. 학자에 따라서는 "새셔가만ᄒᆞ얘라"를 ① "세서(歲序)가 만(晩)하여라."로 보는 설과 ② "새서[茅椽]" 가 "가만[閑寂]하여라."로 보려는 설이 있다. 전자는 철이 늦어졌다는 뜻이 되고, 후자는 초가 집안이 조용하기만 하다는 뜻이다. 이 작품 전체의 분위기로 볼 때에 뒤의 것보다는 앞의 것으로 풀이하는 것이 더 그럴 듯하다. 더욱이 뒤에 오는 11연의 내용과도 전자가 더 근사하다. 그러나 이 주장을 부정하려는 이들은 "세서(歲序)가 만(晩)하여라."에서 "가" 주격조사가 이 시대에는 쓰인 보기가 없다는 사실을 들어 "새서[茅椽]" 가 "가만[閑寂]하여라."를 주장하고 있다. 앞으로 더 깊은 연구가 있어야 하겠다.

제11연은, 버림받은 자기 신세가 저며 놓은 보리수 열매처럼 매력이 전혀 없어서 맛있게 먹어야 할 때를 놓친 산과일과 같이 쓸모없이 된 것을 탄식하고 있다.

제12연은, 동지섣달 추운 겨울임에도 난방시설이 전혀 아니된 흙바닥의 봉당에서 홑이불을 덮고라도 임만 생각하면 따뜻하다고 임을 사모하는 지은이의 마음이 매우 깊음을 고백하고 있다. 누가 고려시대 여인들은 성윤리가 문란하다고 하였는가?

제13연은, 고소한 향내가 나는 분디라는 산초(山椒)나무로 만든 젓가락을 임께 올리는 밥상 위에 올려놓았더니 다른 사람이 가져다가 자기 입에 넣으니, 이 얼마나 안타까운 일인가를 탄식하며 가신 임에 대한 애틋한 지은이의 정을 듬뿍 쏟아내고 있다.

필자는 이 작품을 어느 지체 높은 집안의 젊은 여인이 결혼한 지 얼마 지나지 아니하여 남편을 여읜 청상과부가 되어 아직 삼년상을 다 마치지 아니하여 아침저녁으로 상식상(上食床)을 차려 올리면서 남편에 대한 흠모의 정을 1년 내내 읊은 열녀가(烈女歌) 또는 절부가(節婦歌)로 감상(鑑賞)한다.

이 작품은 국어학계에는 "△(반치음)"과 "ㆁ"이 표기되어 『악학궤범』이 편찬된 조선 성종 때까지는 이 두 글자와 소리가 실용되었다는 증거가 되어 매우 귀중히 생각한다.

3. 3. 滿殿春(만전춘)[20]

어름 우희 댓닙자리 보와 님과 나와 어러 주글만뎡

어름 우희 댓닙자리 보와 님과 나와 어러 주글만뎡

情둔 오ᄂᆞᆳ 밤 더듸 새오시라. 더듸 새오시라.
정

耿耿 孤枕上애 어느 ᄌᆞ미 오리오?
경경 고침샹

西窓을 여러 ᄒᆞ니 桃花ㅣ 發ᄒᆞ두다.
서창 도화 발

桃花ᄂᆞᆫ 시름업서 笑春風ᄒᆞᄂᆞ다. 笑春風ᄒᆞᄂᆞ다.
도화 쇼츈풍 쇼츈풍

넉시라도 님을 ᄒᆞᆫᄃᆡ 녀닛 景 너기다니,
경

넉시라도 님을 ᄒᆞᆫᄃᆡ 녀닛 景 너기다니,
경

벼기더시니 뉘러시니잇가? 뉘러시니잇가?

올하! 올하! 아련 비올하!

여흘란 어듸 두고 소해 자라 온다?

소콧 얼면 여흘도 됴ᄒᆞ니, 여흘도 됴ᄒᆞ니.

南山애 자리 보와 玉山을 벼여누어
남산 옥산

錦繡山 니블 안해 麝香각시를 아나 누어
금슈산 샤향

20 제목 끝에 "別詞(별사)"라는 주가 있음.

南山애 자리 보와 玉山을 벼여누어
남 산 옥 산

錦繡山 니블 안해 麝香각시를 아나 누어
금 슈 산 샤 향

藥 든 가슴을 맛초ᄋᆞᆸ사이다. 맛초ᄋᆞᆸ사이다.
약

아소 님하! 遠代平生애 여힐 술 모ᄅᆞᄋᆞᆸ새.
원 딕 평 싱

(『악장가사(樂章歌詞)』)

이 작품은 5연으로 구성되어 있는데, 조선 숙종 때의 문신인 병와(甁窩) 이형상(李衡祥)이 편찬한 『악학편고(樂學便攷)』하에서는 "「만전춘(滿殿春)」 5장(章) 윤회찬(尹淮撰)" 이라고 지은이를 밝혀 놓고 있으나, 현재 학계에서는 인정하지 아니한다.[21]

내용은 연인(戀人)에게 버림받은 남자가 고운 여인에게 자기의 간절한 애정을 호소한 것이다. 현전 고려 속요 중에서는 가장 노골적으로 남녀 간의 애정을 진실 솔직하게 고백하고 있어서 조선시대 유학자들의 눈에 비친 "남녀상열지사(男女相悅之詞)" 의 대표적 작품이다.

제1연에서는, 남녀 사이의 이글이글 타오르는 정욕의 밤을 차가운 얼음 위에, 또 차가운 댓닢 자리를 펴고 날이 새도록 즐기자는 소망을 적나라하게 밝히고 있다.

21 權寧徹解題, 『樂學便攷』, 螢雪出版社, 1976.

제2연에서는, 독수공방에 임 생각으로 잠이 안와 창을 여니 남정네의 욕정을 뒤흔드는 분홍빛 복숭아꽃이 봄바람에 웃고 있어 지은이의 가슴이 미어지도록 유혹되고 있음을 그려내고 있다.

제3연에서는, 영혼만이라도 함께 지내고 싶었는데, 그렇게도 허락하지 아니하신 이가 누구냐고 따지면서 원망(怨望)하고 있다.

제4연에서는, 가버린 임을 연약한 비오리[花鴨]에 비유하여 목을 놓아 부르면서 물 흐름이 급한 여울은 어디에 두고 깊은 소(沼)에 와서 편안한 잠을 자려 하는가? 소는 얼지만, 여울은 얼지 아니하니, 변함없는 사랑이 더 좋다고 한다. 여기서 여울에서 잔다는 것은 불안한 환경, 곧 역경 속에서의 삶을 뜻하고, 소에서 잔다는 것은 안온하고도 평화롭게 사는 것을 은유한 것이다. 은유의 기법이 뛰어나다.

제5연에서는, 남산에 자리를 펴고 옥산을 베어내어 금수산 이불 안에 사향각씨를 안고 약이 든 두 가슴을 맞추자고 빌면서 영원히 이별 없이 살자고 한다. 일부 학자들은 이 노래의 주인공을 유녀(遊女)라고 보았는데, 필자는 위에서 밝힌 제2연이나, 이 5연의 사연을 보면, 사별한 아내를 그리워하는 남자의 애절한 연가(戀歌)로 풀이한다.

「만전춘」과 「만전춘별사」와의 관계에 관하여는 필자의 소견을 말한다면, 「만전춘」이 본래의 노래이고, 「만전춘별사」는

「만전춘」을 극화(劇化)하여 연희(演戲)로 전파되매, 전자와 구별이 필요하여 「만전춘」과는 다른 작품임을 드러내려고 "별사(別詞)"라는 접사를 붙인 것으로 풀이한다.

3. 4. 思母曲(사모곡)

호미도 놀히언마ᄅᆞᄂᆞᆫ 낟ᄀᆞ티 들리도 업스니이다.
아바님도 어이어신마ᄅᆞᄂᆞᆫ
위 덩더둥셩
어마님ᄀᆞ티 괴시리 업세라.
아소! 님하 어마님ᄀᆞ티 괴시리 업세라.

(『樂章歌詞(악장가사)』)

이 작품은 모두 5구로 된 현재 전하는 고려 속요 중에서 가장 민요적 향내가 짙은 작품이다. 어머니에 대한 순수한 애정을 농촌 생활 속에서 얻은 지혜와 소재를 바탕으로 진솔하게 표현하고 있다. 일부 학자들은 이 작품을 신라시대 효녀가로 알려진 「木州歌(목주가)」를 이 노래의 원형으로 보기도 하고, 나아가서는 같은 노래를 다른 이름으로 부른 것이라고 하여 동가이칭(同歌異稱)으로 다루기도 한다.[22]

22 김명준, 『악장가사연구』, (다운샘, 2004), 쪽 125.

이 작품의 형식은 셋째 줄의 "위 덩더둥셩" 이 조흥사(助興詞)이므로 본 노래에서 빼어 버리면, 아래와 같이 가곡(歌曲)의 형태가 된다.

> 호ᄆᆡ도 ᄂᆞᆯ히언마ᄅᆞᄂᆞᆫ 낟ᄀᆞ티 들리도 업스니이다.
> 아바님도 어이어신마ᄅᆞᄂᆞᆫ
> 어마님ᄀᆞ티 괴시리 업세라.
> 아소!
> 님하 어마님ᄀᆞ티 괴시리 업세라.

조선 초기에 보이는 가곡류(歌曲類)의 불완전한 형태와 매우 흡사하다. 앞으로 관심을 가지고 살펴볼 필요가 있다.

3. 5. 相杵歌(상저가)

> 듥기둥 방해나 디히 히얘
> 게우즌 바비나 지어 히얘
> 아바님 어마님 받줍고 히야해
> 남거시든 내 머고리 히야해 히야해
> (『시용향악보』)

이 작품은 일종의 노동요라고 할 넓은 의미의 방아찧기 노래이다. 정확하게 말한다면, 맞절구질 노래라고 할 것이다. 일연(一然)스님이 「바람노래[風謠]」를 방아찧기 노래라고 하였는데, 그것이 이른바 디딜방아를 찧으면서 부른 노래라면, 이 작품은 절구질하면서 부른 노래라고 하겠다. 거친 밥이라도 지어서 부모님께 드리고, 남으면 내가 먹으리라는 소박하면서도 진실된 고려인들의 효성심이 잘 드러나 있다. "히얘"와 "히야해"는 일종의 홍돋우기소리[助興詞]이다. 이를 일부 학자들은 "여음(餘音)" 또는 "여음구(餘音句)"라고 하기도 하나, 필자의 생각으로는 옳지 않다고 본다. 문학에서는 문학적 용어로 표현하여야 한다고 생각하기 때문이다.

3. 6. 雙花店(쌍화점)

솽화뎜에 솽화 사라 가고신던
휘휘(回回)아비 내 손모글 주여이다.
이 말숨미 이 뎜 밧긔 나명 들명
다로러 거디러
죠고맛감 삿기 광대 네 마리라 호리라.
더러 둥셩 다리러디러 다리러디러.
다로러 거디러 다로러
긔 자리예 나도 자라 가리라.

위 위 다로러 거디러 다로러.
긔 잔ᄃᆡᄀᆞ티 덦거츠니 업다.

삼장ᄉᆞ(三藏寺)애 블 혀라 가고신ᄃᆡᆫ
그 뎔 샤쥬(社主)ㅣ 내 손모글 주여이다.
이 말ᄉᆞ미 이 뎔 밧긔 나명 들명
다로러 거디러
죠고맛간 삿기 샹좌(上座)ㅣ 네 마리라 호리라.
더러 둥셩 다리러디러 다리러디러
다로러 거디러 다로러
긔 자리예 나도 자라 가리라.
위 위 다로러 거디러 다로러
긔 잔ᄃᆡᄀᆞ티 덦거츠니 업다.

드레우므레 므를 길라 가고신ᄃᆡᆫ
우뭇 룡이 내 손모글 주여이다.
이 말ᄉᆞ미 이 우믈 밧긔 나명 들명
다로러 거디러
죠고맛간 드레바가 네 마리라 호리라.
더러 둥셩 다리러디러 다리러디러
다로러 거디러 다로러
긔 자리예 나도 자라 가리라.
위 위 다로러 거디러 다로러

긔 잔ᄃᆡᄀᆞ티 덦거츠니 업다.

술 ᄑᆞᆯ 지븨 수를 사라 가고신ᄃᆞᆫ
그 집 아비 내 손모글 주여이다.
이 말ᄉᆞ미 이 집 밧긔 나명 들명
다로러 거디러
죠고맛간 ᄉᆡ구비가 네 마리라 호리라.
더러 둥셩 다리러디러 다리러디러
다로러 거디러 다로러
긔 자리예 나도 자라 가리라.
위 위 다로러 거디러 다로러
긔 잔 ᄃᆡᄀᆞ티 덦거츠니 업다.

이 작품은 모두 4연(聯)으로 구성되어 있다. 그 형식이 꼭 같아서 매연이 10줄씩으로 이루어져 어느 한 연만을 충분히 이해하면, 나머지 전체 노래의 내용도 쉽게 이해할 수가 있다.

이 작품은 고려 노래 중에서 가장 음탕한 노래로 인식되어 논란이 많다. 이 작품에서 논쟁거리가 되는 것은 ① 지은이, ② 지어진 때, ③ 노랫말의 뜻풀이, ④「삼장(三藏)」과의 관계, ⑤ "우뭇용"의 정체, ⑥ 극가(劇歌)인가? ⑦ 조흥사(助興詞)의 뜻 등이다.

①의 경우, 지은이는 이 노래의 전체 내용으로 볼 때에 여자

이거나 절대 권력자의 시종인(侍從人)인 것이 확실하다.

일부 학자들은 이 노래의 지은이를 충렬왕 때의 간신(奸臣) 오잠(吳潛)이라는 주장[23]과 김원상(金元祥)이라는 주장[24]과 오잠과 김원상 등 몇 사람의 합작이라는 주장[25]과 어느 특정인의 작이 아니라는 주장[26] 등 다양하다.

필자는 여증동의 오잠 창작설을 따르고자 한다. 따라서 이 작품의 지은이는 오잠임을 『고려사』의 「열전」 오잠조에 의하여 확인이 가능하다.

②의 경우는 역시 『고려사』의 「열전」 오잠조에 근거하여 충렬왕 시대라고 하겠다.

③의 경우는 이 작품에서 제목으로 쓰인 "쌍화점(雙花店)"의 "쌍화", "가고신딘", "덦거츠니", "위위", "다로러 거디러 다로러" 등의 말뜻을 어떻게 풀어야 할 것인가?인데, 필자는 조선 중종 때에 이루어진 『朴通事諺解(박통사언해)』 초간본에서 "第七道는 스면과 상화를 ᄒᆞ면[第七道粉湯饅頭]"라고 한 것과 역시 중종 때에 최세진(崔世珍)의 『訓蒙字會(훈몽자회)』에 "饅 상화만"이라 있는 것 등을 근거로 볼 때에 "만두"를 "상화 · 쌍화"라고 한 것을 알 수가 있다. 또 "가고신딘"은 "가고싶지만"

23 呂增東, 「雙花店考究」, 『鄕歌麗謠硏究』, 二友出版社, 1985.
24 정병욱, 『한국고전시가론』, 신구문화사, 1980.
25 정병욱, 앞의 주.
26 朴魯埻, 『高麗歌謠의 硏究』, 새문社, 1990.

으로 풀어야 할 것이다. 그러면 이 노래는 주인공의 행위가 처음 시행하는 것이 아니고, 한 번 이상의 경험을 통하여 터득한 사실을 전한 것으로 보면, 충분히 이해가 될 것이다. 또 "덦거츠니"는 "거칠고 지저분하니"로 풀이하는 것이 좋을 것이다.

④「삼장(三藏)」과의 관계에 관하여는 이 작품의 둘째 연에 등장하는

삼장ᄉᆞ애 블 혀라 가고신ᄃᆡᆫ
그 뎔 샤쥬ㅣ 내 손모글 주여이다.
이 말ᄉᆞ미 이 뎔 밧긔 나명 들명
다로러 거디러
죠고맛간 삿기 샹좌ㅣ 네 마리라 호리라.

와 같은 내용이 『고려사』 권 71, 「지」 25, "악" 2에 다음과 같은 기록이 있는 것을 미루어 이 작품의 지은이를 오기(吳祈, 뒤에 오잠으로 개명)로 규정할 수 있다.

三藏(삼장)

삼장사 안에 불을 켜러 갔더니[三藏寺裏點燈去]
사주가 있다가 내 손목을 잡네.[有社主兮執吾手]
혹시 이 말이 절밖에 나간다면[倘此言兮出寺外]
상좌야 네가 한 말이라 할 것이다.[謂上座兮是汝語]

蛇龍(사룡)

어떤 뱀이 용의 꼬리를 물고서[有蛇含龍尾]
태산 꼭대기로 간다고 하네.[聞過太山岑]
만인이 각각 한 마디씩 하드라도[萬人各一語]
내가 딴마음 가졌는가 짐작하소.[斟酌在兩心]

위 두 편의 노래는 충렬왕 때에 지어진 것이다. 왕이 여러 소인들을 가까이하며 유흥을 좋아하니, 왕의 사랑을 독차지한 행신[倖臣] 오기(吳祈)와 김원상(金元祥)과 내시(內侍) 석천보(石天補)와 석천경(石天卿) 등이 소리와 여색(女色)으로 임금을 즐겁게 하여 드리기를 힘썼다. 관현방의 태악(太樂)과 재인(才人)들이 부족하여 행신들을 여러 지방에 보내어 관기(官妓) 중에서 인물과 재예(才藝)가 뛰어난 자를 뽑고, 또 서울[都城] 안의 관비(官婢)나 무녀들 중에서 노래와 춤을 잘 추는 사람을 가려 뽑아서 명단을 만들어 궁궐 안에서 머물러 있게 하였다. 비단옷을 입히고, 말총 모자를 씌워 따로 한 무리를 만들어 남장(男粧)이라 부르고, 이 노래를 가르치고 시험하며 낮이나 밤이 없이 노래와 춤으로 뒤엉켜서 임금과 신하가 지켜야 할 예의를 다시 찾아볼 수 없었으며, 공궤하고 하사하는 경비가 너무 많아 이루 기록할 수가 없다.(하략)[27]

27 "(노래 약) 右二歌忠烈王朝所作王狎群小好宴樂倖臣吳祈金元祥內僚石天輔天卿等務以聲色容悅以管絃房太樂才人爲不足遣倖臣諸道選官妓有姿色伎藝者又選城中官婢及女巫善歌舞者籍置宮中衣羅綺戴馬鬃笠別作一隊稱爲男粧敎閱此歌與群小日夜歌舞褻慢無復君臣之禮供億賜與之費不可勝記.(하략)"

라고 한 데에서 이 작품이 지어진 때와 지은이와 향유자들까지를 두루 알 수가 있다. 다만 그 지은이에 관하여는 이미 앞에서 말한 바와 같이 학자들에 따라 각각 다르나, 필자는 『고려사』 열전의 오잠(吳潛=吳祈)조와 여증동의 고증을 따라 오잠의 작으로 규정한다.

⑤ "우뭇용"의 정체에 관하여는 앞에서 잠깐 말한 바의 충렬왕(忠烈王)이라는 설이 있다. 이미 다른 학자들이 인정한 바와 같이 "우뭇용"의 "우뭇"은 우물이고, 이 우물은 궁중(宮中)을 풍유한 것이고, "용"은 궁중에 계시는 임금 곧 충렬왕을 이른 것이라고 본 것이다. 그것은 남장별대의 여자들 하나하나가 다 용에게 손목을 잡힌 "나"인 것이다. 그것은 남장별대가 왕의 앞에서 이 노래를 부르며 춤을 추어 왕을 즐겁게 하였고, 그 유흥이 끝나면 주흥과 연희에 도취된 왕은 남장 중의 어떤 미인을 낙점하여 왕의 수청을 담당하게 하였을 것이고, 이와 같은 행위는 매일 되풀이되었을 것이라는 추측이다.

⑥ 이 작품이 극가(劇歌)인가? 하는 문제는 여증동에 의하여 학계에 관심을 끌게 되었다.[28] 그러나 필자는 다른 여러 학자들과 같은 견해로 남장별대라는 가무단이 연창(演唱)한 노래로, 원(元)나라 희곡(戲曲=元曲)을 영향 받아서 궁중에서 즐기

28 呂增東, 「雙花店考究」 2, 『국어국문학』 47, 국어국문학회, 1970.

어 부른 연희가(演戲歌), 또는 연희곡(演戲曲)이었을 것이라고 본다.

⑦ 조흥사(助興詞)의 뜻은 이 작품에서 "위위"와 "다로러 거디러 다로러"는 모두 남장별대들이 연주하던 악기의 소리를 흉내 낸 조흥사이다. 다만 "위위"는 대금소리를 흉내 낸 것이고, "다로러 거디러 다로러"는 장고소리를 의성화하여 흥을 돋운 것으로 필자는 풀이한다.

3. 7. 西京別曲(서경별곡)

西京(셔경)이 아즐가 西京(셔경)이 셔울히마르는
위 두어렁셩 두어렁셩 다링디리

닷곤ᄃᆡ 아즐가 닷곤ᄃᆡ 쇼셩경 고외마른
위 두어렁셩 두어렁셩 다링디리

여히므론 아즐가 여히므론 질삼뵈 ᄇᆞ리시고,
위 두어렁셩 두어렁셩 다링디리.

괴시란ᄃᆡ 아즐가 괴시란ᄃᆡ 우러곰 좃니노이다.
위 두어렁셩 두어렁셩 다링디리.

구스리 아즐가 구스리 바회예 디신ᄃᆞᆯ
위 두어렁셩 두어렁셩 다링디리.

긴히ᄯᆞᆫ 아즐가 긴히ᄯᆞᆫ 그츠리잇가? 나ᄂᆞᆫ
위 두어렁셩 두어렁셩 다링디리.

즈믄 ᄒᆡ를 아즐가? 즈믄 ᄒᆡ를 외오곰 녀신ᄃᆞᆯ
위 두어렁셩 두어렁셩 다링디리.

信 잇ᄃᆞᆫ 아즐가? 信 잇ᄃᆞᆫ 그츠리잇가? 나ᄂᆞᆫ
신 신
위 두어렁셩 두어렁셩 다링디리.

大同江 아즐가? 大同江 너븐디 몰라셔
대 동 강 대 동 강
위 두어렁셩 두어렁셩 다링디리.

ᄇᆡ 내여 아즐가? ᄇᆡ내여 노ᄒᆞᆫ다? 샤공아!
위 두어렁셩 두어렁셩 다링디리

네 가시 아즐가? 네 가시 럼난디 몰라셔
위 두어렁셩 두어렁셩 다링디리

널 ᄇᆡ에 아즐가? 널 ᄇᆡ예 연즌다. 샤공아!

위 두어렁셩 두어렁셩 다링디리

大同江 아즐가 大同江 건넌편 고즐여!
대동강 대동강
위 두어렁셩 두어렁셩 다링디리

비타 들면 아즐가 비타 들면 것고리이다. 나는
위 두어렁셩 두어렁셩 다링디리.

(『악장가사』)

이 작품은 조흥사를 기준으로 하여 분련하면, 모두 12연이 된다. 그러나 노래의 제재(題材)를 중심으로 분련하면, 아래와 같은 3개 연으로 압축된다. 제1연은 임을 사모하는 마음을 노래한 공간상의 「西京(서경)」[29]이고, 제2연은 믿음은 불변한다는 다짐인 「鄭石歌(정석가)」 제10연이며, 제3연은 임과의 이별을 뱃사공에 돌리며 버려지는 자기 신세의 절망을 노래하고 있는데, 역시 공간적 위치는 「대동강(大同江)」[30]이다. 이 작품은 적어도 분위기만으로는 서로 다른 세 노래의 한 부분씩을 모아 새로 엮어 놓은 것으로 보인다.

29 「西京(서경)」=『고려사』 권 71, 「志(지)」 21, "악 2" 에는 노랫말을 잊은 「西京(서경)」이 있다고 한다.

30 「대동강(大同江)」=『고려사』 권 71, 「志(지)」 21, "악 2" 에는 노랫말을 잊은 「대동강(大同江)」에 관한 언급이 있다.

이 작품의 내용을 쉽게 파악하기 위하여 "아즐가", "위 두어렁셩 두어렁셩 다링디리"와 같은 흥을 돋우는 말[조흥사]를 제거하고 다시 정리하여 보이면 아래와 같이 된다.

西京이 서울이기는 하지마는
서 경
닦았는데 작은 서울 사랑하시는데,
여의기보다는 질삼 베 버리시고,
사랑하시는데 울면서 따르겠습니다.

구슬이 바위에 떨어진들
끈이야 끊기겠습니까? 나는.
일천년을 홀로 가신들
믿음이야 끊기겠습니까?

大同江 넓은 줄 몰라서
대 동 강
배 내어 놓았느냐? 사공아!
네 가시 럼난디 몰라서
녈 빅에 연즌다. 사공아!
大同江 건넌편 고즐여!
대 동 강
빅타 들면 것고리이다. 나는

이 된다. 이렇게 서로 다른 세 작품을 짜깁기한 새 노래의 이름을 굳이 "서경별곡"이라고 한 것은 우리 선인인 공자(孔子)나 맹자(孟子)의 저술에서 처음 나오는 구어(句語)로 편명을 지은 것과 같은 사리(事理)라고 하겠다. 『논어』의 「학이(學而)」편이나, 『맹자』의 「양혜왕(梁惠王)」장과 같은 것이라고 풀이한다.

끝 연의 대동강은 지은이(노래하는 이)가 떠나는 임을 배에 태워 넓은 대동강을 건네 준 사공에게 원망하여 꾸짖는 말이 "네 아내가 발정하는 줄 몰라서 떠날 배에 태웠느냐? 사공아!" 라고 호령한다. 이어서 "대동강(大同江) 건너편 꽃들이야/ 배를 타고 들어가면 꺾어지리이다." 그러면 "나는(어찌하라는 말이냐?)"이라고 탄식하는 것이다.

이 노래는 주제가 "이별"이기 때문에 "별곡(別曲)"이라는 접사가 붙었다고 볼 수도 있으나, 필자는 이 작품이 조선시대까지 전하여오는 과정에서 고려시대에 원(元)나라의 희곡(戱曲=元曲)이 고려로 들어오매, 그 영향을 받은 이 작품은 춤과 노래가 극화(劇化)되어 연희(演戱)되면서 원곡(元曲 : 원나라 희곡의 준말)과 변별(辨別)하여 "별곡(別曲)", 곧 "고려의 희곡"이라는 뜻으로 붙인 접사라고 본다. 그러니까 「대동강(大同江)」과 「서경(西京)」은 연희되지 아니한 상태의 구조(舊調)이고, 「서경별곡(西京別曲)」은 극화된 새 노래[新歌=新曲=新調]를 이르는 이름이라고 본다. 뒤에서 다룰 「청산별곡(青山別曲)」도 이와 같다고 필자는 생각한다.

3. 8. 維鳩曲(유구곡)[31]

비두로기 새는
비두로기 새는
우루믈 우루딕
버곡댱이사
난 됴해
버곡댱이사
난 됴해

(『시용향악보』)

현재 우리 학계에서는 고려 예종(睿宗)이 지었다는 「伐谷鳥(벌곡조)」노래라고 한다. 이 「伐谷鳥(벌곡조)」라는 말은 우리말의 "뻐꾹새"의 빈글쓰기[借字表記]이다. 여기서는 "뻐꾹새"를 "버곡댱"이라고 하였으니, 더욱 그럴 듯하다. "뻐꾹새"는 뜻글말로 "포곡조(布穀鳥)"라고도 한다. 이 노래는 몇 글자가 되지 아니하는 매우 짧은 노래임에도 전체 7구에서 3개 구가 되풀이 노래되니, 어떻게 보면 강조법적 말꾸미기 같아 보이기도

31 제목 끝에 "俗稱비두로기○平調"라는 원주가 있다.

한다. 현전 『고려사』 권 71 「지」 25, "속악" 2의 "伐谷鳥(벌곡조)" 조에,

> 뻐꾸기는 새 중에서 잘 우는 놈이다. 예종께서 당신이 그때그때 행하는 정치의 잘잘못에 대한 평가를 듣고 싶어서 언로(言路)를 널리 열어놓았더니, 오히려 많은 신하들이 후환이 두려워 말을 하지 아니하므로 이 노래를 지어서 그것을 풍유한 것이다.[32]

라고 한 기록에 의하여 이 노래는 예종께서 지은 온빈글노래일 것인데 오래 동안 입에서 입으로 전하여 오다가 조선 초 훈민정음이 창제된 뒤에 기록되어 남게 된 귀중한 우리 국문학 유산인 것이다. 다만 그 분량에 있어서 본래의 노래는 훨씬 길었을 것이다. 『시용향악보』를 편찬한 분이 "가사는 오직 제1장만 싣는다.[歌詞只錄第一章.]"라고 한 것으로 미루어 보면, 이 노래도 본래는 꽤 긴 노래이었을 것으로 추정되며 전하지 아니하는 후반부의 내용이 궁금하다.

32 "伐谷鳥之善鳴者也睿宗欲聞己過及時政得失廣開言路猶恐群下不言作此歌以諷諭之也."

3. 9. 履霜曲(이상곡)

비 오다가 개야
아! 눈 하 디신 나래
서린 석석사리
조ᄇᆞᆫ 곱도신 길헤
다롱디우셔 마ᄃᆞᆨ사리 마두너즈세 너우지
잠ᄯᅡ간 내 니믈 너겨
깃ᄃᆞᆫ 열 명 길헤 자라오리잇가?
종종 霹靂 生 陷墮無間
　　　벽 력 싱 함 타 무 간
고대셔 싀여딜 내 모미종
霹靂아 生 陷墮無間
벽 력　　싱 함 타 무 간
고대셔 싀여딜 내 모미
내 님 두ᅀᆸ고 년 뫼ᄅᆞᆯ 거로리.
이러쳐 뎌러쳐
이러쳐 뎌러쳐 期約이잇가?
　　　　　　　긔 약
아소! 님하! ᄒᆞᆫᄃᆡ 녀젓 期約이이다.
　　　　　　　　　　기 약

(『歌詞(가사)』上)

이 작품은 지은이를 알 수 없었는데, 이 작품이 실려 있는 『樂學便攷(악학편고)』를 편찬한 조선 숙종 때의 문신 병와(甁

窩) 이형상(李衡祥 : 3986 – 4066)이 지은 그의 문집인 『瓶窩先生集(병와선생집)』 권8에서는 이 작품의 지은이를 고려 충숙왕 때의 시중(侍中)을 지낸 중암(中菴) 채홍철(蔡洪哲 : 3595 – 3673, 1262 – 1340)을 지은이로 지목하고 있다. 그렇게 보면, 이 노래에서의 "님"은 바로 채홍철이 섬긴 충선왕과 충숙왕중의 어느 분일 것이고, "무간 지옥에 떨어져/ 그곳에서 시어질 내 몸이/ 내 임을 두고 어느 산을 걷겠습니까?" 하여 자기의 충성심을 확인한 절의가(節義歌)로 보아야 할 것이다. 이제까지의 청상과부(青孀寡婦)가 남편을 생각하여 읊은 노래로 보는 견해와는 전혀 다르다. 『고려사』 권 71, 「지」 25, "악" 제2의 "紫霞洞(자하동)"이라는 뜻글로 뒤친 노래[韓 · 漢譯歌]가 실려 있는데, 그 노래의 지은이도 "시중 채홍철"이라고 밝히고 있다.[33]

3. 10. 鄭瓜亭曲(정과정곡)[34]

(前腔) 내 님믈 그리ᅀᆞ와 우니다니

(中腔) 山접동새 난 이슷ᄒᆞ요이다.

33 "8. 5. 18. 자하동(紫霞洞)" 참조.

34 이 작품이 실려 있는 『악학궤범』에는 「정과정(鄭瓜亭)」으로 되어 있으나 지은이와 작품 이름이 혼동되기 때문에 필자는 지은이 정과정과 구별하기 위하여 "정과정곡"이라고 부른다.

(後腔) 아니시며 거츠르신 돌 아으!

(附葉) 殘月曉星이 아ᄅᆞ시리이다.

(大葉) 넉시라도 님은 ᄒᆞᆫᄃᆡ 녀져라 아으!

(附葉) 벼기더시니 뉘러시니잇가?

(二葉) 過도 허믈도 千萬 업소이다.

(三葉) ᄆᆞᆯ힛마러신뎌.

(四葉) ᄉᆞᆯ웃븐뎌 아으!

(附葉) 니미 나ᄅᆞᆯ ᄒᆞ마 니ᄌᆞ시니잇가?

(五葉) 아소 님하! 도람 드르샤 괴오쇼셔.

(『악학궤범』)

이 작품은 일명 "삼진작(三眞勺)"이라고도 하는데, 이는 노래 이름이 아니라 곡조의 이름이다. "진작(眞勺)"에는 1진작에서 4진작까지 있는데, 1진작이 가장 느린 곡조이고, 4진작이 가장 빠른 곡조임을 가리킨다. 따라서 이 문학작품을 "삼진작"이라고 부르는 것은 잘못이다. 그리고 이 작품은 국문으로 기록된 고려가요로서 지은이가 명확하게 알려진 것으로, 조선시대 선비들이 "충신 연군지사(忠臣戀君之詞)"라고 하여 대단히 훌륭한 작품으로 평가되어 왔다. 그러나 지은이가 이 작품을 지은 동기를 생각하면서 그 수사된 노랫말을 분석하여 음미하여 볼 때에는 그리 훌륭한 작품이 아니다. 지은이 정서(鄭敍)는 인종(仁宗)의 동서로 의종(毅宗)의 이모부인데,

의종이 세자로 있을 때에 인종이 세자를 못마땅하게 생각하며, 둘째 아들 대령후 경(大寧侯璟)을 총애할 때에 정서는 인종과 함께 어울려 세자의 불안한 심정을 돌보지 아니하고 왕이 총애하는 대령후와 가깝게 지냈다. 인종이 승하하고, 세자가 왕위에 올라 의종이 되니, 오늘날의 정치적 보복으로 이모부인 정서가 조의(朝議)를 빌미로 그의 고향인 동래로 귀양을 보냈다. 따라서 이 작품은 지은이 정서가 그 왕의 말을 믿고 "잠시 가 있으면 곧 다시 부르겠다."는 말에 기대를 가지고 1-2년을 보내며 기다리다가 3년을 지낸 뒤에 여름철 참외밭 원두막에서 한가로이 이 노래를 지어 의종임금에 대한 원망을 읊은 것이라고 풀이된다. 그의 호가 "과정(瓜亭)"인 것은 바로 이 유배생활을 하면서 지은 원두막에서 연유된 것이라고 풀이된다. 이러한 사정을 바탕으로 하여 이 작품을 읽어보면, 이 작품은 대체로 의종 4(3483, 1150)년경에 지어진 것으로 추정된다.

현재 전하는 『고려사』에 의하면, 지은이 정과정은 생몰 연대를 알 수 없으며, 본관은 동래(東萊), 지추밀원사(知樞密院事) 항(沆)의 아들이고, 아내는 인종비 공예태후(恭睿太后)의 동생이라서 인종과는 동서 간으로 왕의 총애를 받아 벼슬이 내시낭중(內侍郎中)에 이르렀다가 인종이 승하하고, 의종이 즉위한 뒤 곧 고향 동래로 쫓겨났다. 저술로 『瓜亭雜書(과정잡서)』가 있다고 하나 현재는 전하지 아니한다. 유배지에서 왕의 핑계를 진정한 말로 믿었던 것을 보면, 매우 어리석은 사람이었음을 짐작할 수가 있다.

나는 왕이 그리워 울며 지내니,
산 접동새와 흡사합니다.
여러 사람들의 참소가 사실이 아니며 거짓임을
지다 만 달과 새벽 별들이 알 것입니다.
저는 영혼만이라도 왕과 함께 지내겠습니다.
제가 벌을 받아야 한다는 사람은 누구입니까?
저는 아무 잘못도 없습니다.
물리치지 마소서.
슬픕니다./왕께서 벌써 저를 잊으셨습니까?
마소서.
왕께서는 돌이켜 생각하시고 저를 사랑하여 주소서.

에서 "지다 만 달과 새벽 별들이 알 것입니다."라고 한 것은 피의자가 법정에서 자기의 주장이 옳았음을 증명하기 위하여 채택한 증인들로, 지다 만 달과 새벽 별들이란 그 빛들이 바래어 또렷하지 아니하니, 그 묘사가 바람직하지 아니하거니와 왕이 세자 때에 이모부로서 자기를 미워한 아버지 인종과 어울려 자기의 세자 자리를 넘보는 아우를 사랑한 그 행위가 의종의 마음에 섭섭함이 있어서 벼슬을 빼고 내쫓은 것을 이해하지 못하고, 자기 결백을 주장하는 것은 시인답지 못한 행위이다.

3. 11. 鄭石歌(정석가)

딩아 돌하 當今에 계샹이다.
당 금
딩아 돌하 當今에 계샹이다.
당 금
先王 聖代예 노니ᄋᆞ와지이다.
션 왕 셩 ᄃᆡ

삭삭기 셰몰애별혜 나ᄂᆞᆫ
삭삭기 셰몰애별혜 나ᄂᆞᆫ
구은밤 닷되를 심고이다.

그 바미 우미 도다 삭나거시아
그 바미 우미 도다 삭나거시아
有德ᄒᆞ신 님믈 여ᄒᆡᄋᆞ와지이다.
유 덕

玉으로 蓮ㅅ고즐 사교이다.
옥 련
玉으로 蓮ㅅ고즐 사교이다.
옥 련
바회 우희 接柱ᄒᆞ요이다.
접 듀

그 고지 三同이 퓌거시아
삼 동
그 고지 三同이 퓌거시아
삼 동
有德ᄒᆞ신 님 여ᄒᆡ ᄋᆞ와지이다.
유 덕

므쇠로 텰릭을 ᄆᆞᆯ아 나ᄂᆞᆫ
므쇠로 텰릭을 ᄆᆞᆯ아 나ᄂᆞᆫ
鐵絲로 주롬 바고이다.
텰 ᄉᆞ

그 오시 다 헐어시아
그 오시 다 헐어시아
有德ᄒᆞ신 님 여ᄒᆡ ᄋᆞ와지이다.
유 덕

므쇠로 한쇼를 디여다가
므쇠로 한쇼를 디여다가
鐵樹山애 노호이다.
텰 슈 산

그 쇠 鐵草를 머거아
텰 초
그 쇠 鐵草를 머거아
텰 초
有德ᄒᆞ신 님 여ᄒᆡ ᄋᆞ와지이다.
유 덕

구스리 바회예 디신ᄃᆞᆯ
구스리 바회예 디신ᄃᆞᆯ
긴힛ᄃᆞᆫ 그츠리잇가

즈믄ᄒᆡ를 외오곰 녀신ᄃᆞᆯ
즈믄ᄒᆡ를 외오곰 녀신ᄃᆞᆯ
信(신)잇ᄃᆞᆫ 그츠리잇가.

(『가사』 상)

이 작품은 현재 『樂章歌詞(악장가사)』와 『歌詞(가사)』 상(上)에 그 11연의 전문이 실려 있고, 『時用鄕樂譜(시용향악보)』에는 첫 연만이 실려 있다.

이 작품은 내용상으로는 제1연의 서사와 4개 연의 본사와 제6연의 결사로 되어 있다. 그러나 이 작품의 내용중 일부는 『서경별곡』의 일부 내용과 꼭 같은 구절이 있다. 이 작품의 제 5 · 6 두 연인

구스리 바회예 디신ᄃᆞᆯ
구스리 바회예 디신ᄃᆞᆯ
긴힛ᄃᆞᆫ 그츠리잇가

즈믄ᄒᆡ를 외오곰 녀신ᄃᆞᆯ
즈믄ᄒᆡ를 외오곰 녀신ᄃᆞᆯ

信잇돈 그츠리잇가.
신

의 2연이 『서경별곡』에는 제5-8연으로 변형되어 들어 있다. 아마도 당시에 전승되던 『西京(서경)』과 『정석가』와 『대동강』에 있는 몇 연의 민요를 모아 엮은 『서경별곡』이 이 작품보다 뒤에 이루어지면서 이처럼 같은 노랫말이 중복된 것이 아닌가 추정된다. 『서경별곡』에는,

구스리 아즐가/ 구스리 바회에 디신돌/
위 두어렁셩 두어렁셩 다링디리.(제5연)

긴힛돈 아즐가/ 긴힛돈 그츠리잇가 나는/
위 두어렁셩 두어렁셩 다링디리.(제6연)

즈믄히를 아즐가/ 즈믄히를 와오곰 녀신돌/
위 두어렁셩 두어렁셩 다링디리.(제7연)

信잇돈 아즐가/ 信잇돈 그츠리잇가 나는/
신 신
위 두어렁셩 두어렁셩 다링디리.(제8연)

으로 변형되어 있는 것으로 보아 이 작품은 노랫말 중심의 노래가 아니고, 음악 중심의 노래임을 짐작할 수가 있다. 그것은

곧 필자가 앞에서 이미 말한 것처럼 『서경별곡』이 극가적 성격(劇歌的性格)을 지니어 연희(演戲)되었음을 반증하는 것이라고 풀이된다. 조흥사(助興詞)가 많이 삽입되어 가락이 없이 그냥 읽기만 하여도 흥이 저절로 일어나기 때문이다.

한편 『정석가』는 "당금(當今)에 계시는" "딩아 돌하"를 주인공으로 은유하여 애정을 노래하여 자기의 지조(志操) 또는 정조(貞操)를 강조한 애정의 노래이다. 여기서의 "딩아 돌하"는 정석(鄭石)이라는 한 사람의 이름이 아니라, "정(釘)"과 "돌[石]"이거나, "정(鉦)"과 "돌[磬]"이다. 앞의 두 가지는 돌을 다듬는 석공(石工)과 관계가 있는 연장으로서의 "정"과 재료로서의 "돌"을 이르는 것이고, 뒤의 두 가지는 금석악기(金石樂器)이다. 필자는 전자를 남녀에 비유하여 애정을 표현한 것으로 풀이한다.

또 이 작품은 불가능이나, 비존재의 현실을 전제로 하여 서약을 하는 특수한 표현 기법을 쓰고 있는 것이 기발하다. 예를 들면,

제2연과 3연에서 "바삭바삭하는 고운 모래 벼랑에 구은 밤닷 되를 심고 싶습니다. 그 밤이 움이 돋아 싹이 나야 有德하신 임을 여희고 싶습니다."라는 뜻을 표출한 것 같은 것이다. 우선 구은 밤[栗]은 아무리 좋은 땅에 심어도 싹이 날 수가 없다. 그러한 밤을 바삭바삭 소리가 나게 바싹 말라 물기가 전혀 없

는 고운 모래 벼랑에 심는다면, 이는 도저히 싹이 날 수가 없으매 실현 불가능한 일이다. 이 불가능한 일이 현실로 나타나게 될 때에 그때에야 사랑하는 임과 헤어지고 싶다는 것이다. 그 다음 제4연과 5연의 "옥으로 조각한 연꽃을 바위에 접을 붙여 그 꽃이 삼동에 피면 그때에야 임과 이별하고 싶다."는 것이며, 제6연과 7연의 "무쇠로 철릭[綴翼·天翼·帖翼=옛날 군복]을 만들어 철사로 박아 그 옷이 다 헐어질 때에야 임과 이별하고 싶다"는 것과, 제8·9연에서의 "무쇠로 소를 만들어 그 소를 철수산(鐵樹山)에 놓아 그 소가 무쇠로 된 풀[鐵草]을 먹으면, 그때에야 임을 이별하고 싶다."는 것들도 마찬가지로 속뜻은 영원히 임과 이별하고 싶지 아니하다는 깊은 속뜻을 반영하는 고급 수사법의 표현이 고려 문학의 특징이다.

여기서 덧붙일 것은 「정석가」의 "정"을 "정도전(鄭道傳: 3675-3731)"으로 보고, "석"을 독곡(獨谷) "성석린(成石璘: 3611-3756)"이라고 주장한 김도련(金都鍊)의 새로운 주장이 있다는 것이다. 김도련은 『國譯獨谷先生文集(국역독곡선생문집)』(成道鎔, 1988)에서 조선시대인들이 독곡과 정삼봉을 추모하여 지은 노래라고 하나 현재로서는 수긍이 가지 아니한다.

3. 12. 靑山別曲(청산별곡)

살어리 살어리랏다.
靑山애 살어리랏다.
청 산
멀위랑 ᄃᆞ래랑 먹고,
靑山애 살어리랏다.
청 산
얄리 얄리 얄랑셩 얄라리 얄라

우러라 우러라 새여 자고 니러 우러라.
새여 널라와 시름한 나도
자고 니러 우니로라.
얄리 얄리 얄라셩 얄라리 얄라

가던 새 가던 새 본다.
믈 아래 가던 새 본다.
잉 무든 장글란 가지고
믈 아래 가던 새 본다.
얄리 얄리 얄라셩 얄라리 얄라

이링공 뎌링공 ᄒᆞ야
나즈란 디내와손뎌
오리도 가리도 업슨 바므란
ᄯᅩ 엇디 호리라.

얄리 얄리 얄라셩 얄라리 얄라

어듸라 더디던 돌코
누리라 마치던 돌코
믜리도 괴리도 업시
마자셔 우니노라.
얄리 얄리 얄라셩 얄라리 얄라

살어리 살어리랏다.
바ᄅᆞ래 살어리랏다.
ᄂᆞᄆᆞ자기 구조개랑 먹고
바ᄅᆞ래 살어리랏다.
얄리 얄리 얄라셩 얄라리 얄라

가다가 가다가 드로라
에졍지 가다가 드로라.
사ᄉᆞ미 짒대예 올아셔
奚琴을 혀거를 드로라.
ᄒᆡ 금
얄리 얄리 얄라셩 얄라리 얄라

가다니 ᄇᆡ브른 도긔
설진 강수를 비조라
조롱곳 누로기 ᄆᆡ와

잡ᄉᆞ와니 내 엇디 ᄒᆞ리잇고?
얄리 얄리 얄라셩 얄라리 얄라

(『가사』 상)

이 작품이야말로 현재까지로는 고려가요 중에서 제일 많은 사람들에 의하여 가장 자주 논의된 문제의 작품이다. 이 작품이 논의되는 문제점은 대체로 지은이, 지어진 때, 아래와 같은 노래 구절의 속뜻

믈 아래 가던 새 본다.
잉 무든 장글란 가지고
믈 아래 가던 새 본다.

에졍지 가다가 드로라.

사ᄉᆞ미 짐ㅅ대예 올아셔
奚琴을 혀거를 드로라.
ᄒᆡ 금

등의 뜻풀이에 다양한 연구 성과가 화려하기 때문이다. 이제 그 문제점들에 관하여 간략히 살펴보기로 한다.

첫째, 지은이에 관한 문제는 이제까지 문헌적 근거가 없으므로 불확실하다. 다만 학자들에 따라 이 작품을 분석하여

① 궁중에 잡혀온 관기나 관비라고 본 주장,[35]

② 신분을 감춘 귀족 계급인이라는 설,[36]

③ 민란에 가담한 무리들 또는 삼별초의 난에 동참하였던 농어민이나 이서(吏胥), 노예, 광대들일 것이라는 주장,[37]

④ 지배 계급의 수탈로 삶의 터전을 잃은 농민이라는 설,[38]

⑤ 평범한 고려의 남성이라는 주장,[39]

⑥ 피란민이라고 보는 설,[40]

⑦ 고려 무인 정치에 불만과 울분을 가진 봉건 선비로 보는 견해,[41]

⑧ 현재적 질서를 유지하려는 의지를 가진 이들이라는 설,[42]

⑨ 궁중의 주방기(廚房妓)라는 주장[43]

등 여러 가지 주장들이 속출하고 있다. 필자는 ②의 "신분을 감춘 귀족 계급인" 이라는 주장에 찬성의 표를 던지고 싶다.

둘째, 이 작품이 지어진 때에 관하여는 지은이가 어떤 사람

35 成賢慶, 「青山別曲考」, 『국어국문학』 58-60합집, 국어국문학회, 1972.
36 李勝明, 「青山別曲研究」, 『高麗時代의 言語와 文學』, 螢雪出版社, 1975.
37 金學成, 『韓國古典詩歌의 研究』, 圓光大出版局, 1980.
38 申東旭, 「青山別曲과 평민적 삶의식」, 『高麗時代의 가요문학』, 새문사, 1982.
39 尹江遠, 「青山別曲의 새로운 理解」, 『廣場』 116, 世界平和協議會, 1983.
40 朴魯埻, 『高麗歌謠의 研究』, 새문사, 1990.
李聖周, 『高麗詩歌의 研究』, 雄飛社, 1991.
41 현종호, 『국어고전시가사연구』, 보고사, 1996.
42 임주탁, 「〈青山別曲〉의 讀法과 解釋」, 『韓國詩歌研究』 13, 韓國詩歌學會, 2003.
43 이영태, 『한국고시가의 새로운 인식』, 景仁文化社, 2003.

이냐에 따라 그 지어진 시기도 달라진다.

위에 제시한 ①과 ⑨의 주장은 고려 충렬왕 시대를 배경으로 한다. ③의 주장을 따르면, 고려 신종(神宗) 1(3531, 1198)년 만적(萬積)의 난 이후가 된다. ④의 경우는 농업정책이 문란하여지면서 초래된 현상으로 볼 때에 자연스럽게 고려 말엽임을 알게 된다. ⑤의 경우는 어느 특정한 시기로 추정할 수가 없으나, 당시의 시대 상황으로 보아서 평범한 고려인으로는 이렇게 훌륭한 작품을 창작할 수가 없다는 점을 지적하고 싶다. ⑥의 경우는 몽고인들의 침입 이후의 충렬왕대로 그 지어진 연대를 추정할 수가 있다. ⑦의 경우는 ②의 경우보다 뒤가 될 듯하다. 필자는 이 노래의 구조나 시어들로 볼 때에 무식한 일반 고려인 남녀는 이 작품을 창작할 수 없다고 보아 유배된 귀족 중의 어떤 사람이 지은 것으로 본다. 이를 더 좁혀서 밝혀본다면, 이미 썩 잘된 작품은 아니지만 「정과정곡(鄭瓜亭曲)」을 지은 바 있는 정서(鄭敍)가 아닐까 추정한다. 정과정은 지금의 부산광역시에 딸린 동래(東萊 : 당시에는 동래에 부산이 딸리어 있었음)로 유배된 상태이었으므로 뒤로는 산을 지고, 앞에는 바다를 바라볼 수 있는 지역이었다. 그러니까 여름이면, 지은이의 마음대로 산으로 올라가 머루랑 다래를 따 먹으며 참외밭을 관리하기도 하고, 가을이나 겨울이면, 바다로 나가서 나마자기 구조개를 캐 먹으면서 살 수 있었기에 "청산에 살어리랏다.", "바다에 살어리랏다."가 가능하였을 것이다.

셋째, 뜻이 아리송한 낱말들에 관하여 간략히 살펴본다.

① 믈 아래 가던 새 본다 = 이 구절은 김종오(金鍾五)의 풀이를 따라 "거두어 둔 새[薪]"로 풀이한다. 지은이를 정서로 비정한다면, 동래에서 낙동강 하류의 낮은 지대[水下洞]인 "물아래" 언덕에 "거두어 둔 새[薪 : 땔감]" 더미를 바라보며 자기 능력에 대한 희열을 느끼는 것으로 풀이할 수 있다. 그러면 "녹이 쓴 연장을 가지고[잉 무든 장글란 가지고]" 추운 겨울 난방거리로 땔감을 마련하여 놓은 지은이의 마음은 스스로가 스스로에게 대견함을 느끼었을 것이다.[44]

② 에졍지 가다가 드로라 = "마당이나 들판을 돌아 부엌으로 가다가 듣는다."

③ 사ᄉᆞ미 짒대예 올아셔 = "사슴이 짐대에 올라서"로 풀이하되, 여기서의 "사슴"은 동물 "사슴[鹿]"이 아니고, 광대(廣大)가 분장한 사슴으로 보아야 한다. 원래 동래의 오광대(五廣大)놀이는 유명하였던 사실을 염두에 둔다면, 이 작품의 감상은 한층 쉬워질 것이다.

④ ᄒᆡ금(奚琴)을 혀거를 드로라. = "해금을 연주하는 것을 듣는다."로 풀이한다.

44 김종오, 『고려가요의 감상』, 민족문화추진회, 1986.

특히 "울어라 새여!" 와 "너보다 근심이 많은 나도 자고 일어 운다" 는 둘째 연의 내용은 지은이를 정과정으로 비정할 경우, 「정과정곡」에서 "산접동새처럼 울며 지낸다" 고 한 것과 그대로 일치한다. 다섯째 연의 "어디다 던지던 돌인가?" 도 정과정으로 지은이를 비정하면, "우기시던 이가 누구십니까?" 라고 외치는 원망의 심정이 여러 해 뭉쳐지면서 증오의 감정으로 바뀌어 땅에서는 비석 치기식으로 돌을 던져 지은이의 분한 감정을 삭이려 하였을 것이고, 물가에서는 수제비뜨기식으로 물위에 돌을 던지어 자기의 부글거리는 불만스러운 심사를 풀어내었음직하여 꼭 들어맞는다.

그리고 이 작품이 지어진 연대는, 앞에서 말한 바 있듯이 「정과정곡」이 의종(毅宗 : 재위 3480-3503, 1147-1170)이 즉위한 후 3-4년 사이에 지어진 것이라면, 이 작품은 의종이 폐위되고, 명종(明宗 : 재위 3504-3530, 1171-1197)이 즉위한 초기라고 본다. 또 이 작품이 정과정에 의하여 처음 노래된 것으로 가정할 경우, 이후에 계속되는 내우외환(內憂外患)에 대사회적 울분을 느끼게 된 많은 사람들이 이 작품의 내용에 공감하고 마치 자기 노래처럼 즐겨 부르는 과정에서 원(元)나라 희곡의 영향을 받아 극가화(劇歌化)되어 연희되자 원곡(元曲 : 원나라 희곡의 준말)과 구별되는 "별곡(別曲)" 이라는 접사가 뒤에 붙게 된 것이라고 본다.

또 이 작품의 홍을 돋우는 말[助興詞]인 "얄리 얄리 얄라셩 얄라리 얄라"를 "달래(위로하다, 신에게 기구하다의 뜻)"로 풀이하는 기발한 설도 있으나, 필자는 고증이 더 필요하다고 보아 여기서는 단순한 홍을 돕는 말로만 다룬다.[45]

4. 景幾何如體歌(경기하여체가)

"景幾何如體歌(경기하여체가)"라는 말은 일명 "경기체가(景幾體歌)"라고도 하는데, 이는 「翰林別曲(한림별곡)」에 "景 긔 엇더ᄒᆞ니잇고?"라는 홍을 돋우어 주는 말[助興詞]이 있으므로 이러한 작품들을 묶어서 일컬어 오고 있다.

4. 1. 翰林別曲(한림별곡)[46]

元淳文 仁老詩 公老四六
원슌문 인노시 공노ᄉᆞ륙

45 李藤龍, 「青山別曲 後斂句-얄리얄리 얄라셩 얄라리 얄라-의 語彙的 意味研究」, 『大東文化研究』 19, 大東文化研究院, 1985.

46 원전에는 "翰林別曲" 제목 아래 "高宗時諸儒所作"이라는 주가 있음.

李正言 陳翰林 雙韻走筆
니경언 진한림 ᄊᆞᆼ운주필

冲基對策 光鈞經義 良鏡詩賦
튱긔ᄃᆡᄎᆡᆨ 광균경의 량경시부

위 試場ᄉ景 긔 엇더ᄒᆞ니잇고?
　시댱　경

(葉) 琴學士의 玉笋門生 琴學士의 玉笋門生
　금ᄒᆞᆨᄉᆞ　옥슌문ᄉᆡᆼ 금ᄒᆞᆨᄉᆞ　옥슌문ᄉᆡᆼ

위 날조차 몃 부니잇고?

唐漢書 莊老子 韓柳文集
당한셔 장로ᄌᆞ 한류문집

李杜集 蘭臺集 白樂天集
니두집 난ᄃᆡ집 ᄇᆡᆨ락텬집

毛詩尙書 周易春秋 周戴禮記
모시샹셔 쥬역춘추 주ᄃᆡ례긔

위 註조쳐 내 외온ᄉ景 긔 엇더ᄒᆞ니잇고?
　주　경

(葉) 太平廣記 四百餘卷 太平廣記 四百餘卷
　태평광긔 ᄉᆞᄇᆡᆨ여권 태평광긔 ᄉᆞᄇᆡᆨ여권

위 歷覽ᄉ景 긔 엇더ᄒᆞ니잇고?
　력람　경

眞卿書 飛白書 行書 草書
진경셔 비ᄇᆡᆨ셔 ᄒᆡᆼ셔 쵸셔

篆籒書 蝌蚪書 虞書南書
뎐류셔 과두셔 우셔남셔

羊鬚筆 鼠鬚筆 빗기 드러
양슈필 셔슈필

위 딕논ᄉ景 긔 엇더ᄒᆞ니잇고?
　경

(葉) 吳生劉生 兩先生의 吳生劉生 兩先生의
오싱류싱 량션싱 오싱류싱 량션싱

위 走筆ㅅ景 긔 엇더ᄒᆞ니잇고?
주필 경

黃金酒 栢子酒 松酒 醴酒
황금쥬 빅ᄌᆞ류 송쥬 례쥬

竹葉酒 梨花酒 五加皮酒
듁엽쥬 리화쥬 오가피쥬

鸚鵡盞 琥珀盃예 ᄀᆞ득 부어
잉무잔 호박비

위 勸上ㅅ景 긔 엇더ᄒᆞ니잇고?
권샹 경

(葉) 劉伶陶潛 兩仙翁의 劉伶陶潛 兩仙翁의
류령도좀 량션옹 류령도좀 량션옹

위 醉혼ㅅ景 긔 엇더ᄒᆞ니잇고?
취 경

紅牡丹 白牡丹 丁紅牡丹
홍모란 빅모란 뎡홍모란

紅芍藥 白芍藥 丁紅芍藥
홍쟉약 빅쟉약 뎡홍쟉약

御榴玉梅 黃紫薔薇 芷芝冬柏
어류옥미 황ᄌᆞ쟝미 지지동빅

위 間發ㅅ景 긔 엇더ᄒᆞ니잇고?
간발 경

(葉) 合竹桃花 고온 두 분 合竹桃花 고온 두 분
합듁도화 합듁도화

위 相映ㅅ景 긔 엇더ᄒᆞ니잇고?
샹영 경

阿陽琴 文卓笛 宗武中琴
아양금 문탁뎍 종무듕금

帶御香 玉肌香 雙伽倻ㅅ고
ᄃᆡ어양 옥

金善琵琶 宗智稽琴 薛原杖鼓
금션비파 종ᄒᆡ디금 셜원댱고

위 過夜ㅅ景 긔 엇더ᄒᆞ니잇고?
파야 경

(葉) 一枝紅의 빗근 笛吹 一枝紅의 빗근 笛吹
일지홍 뎍취 일지홍 뎍취

위 듣고아 ᄌᆞᆷ드러지라.

蓬萊山 方丈山 瀛洲三山
봉ᄅᆡ산 방댱산 영쥬삼산

此三山 紅樓閣 婥約仙子
ᄎᆞ삼산 홍루각 쟉약션ᄌᆞ

綠髮額子 錦繡帳裏 珠簾半捲
록발ᄋᆡᆨᄌᆞ 금슈댱리 쥬렴반권

위 登望五湖ㅅ景 긔 엇더ᄒᆞ니잇고?
등망오호 경

(葉) 綠楊綠竹 栽亭畔애 綠楊綠竹 栽亭畔애
록양록쥭 ᄌᆡ뎡반 록양록듁 ᄌᆡ뎡반

위 囀黃鶯 반갑두세라.
뎐황잉

唐唐唐 唐楸子 皁莢남긔
당당당 당츄ᄌᆞ 조협

紅실로 紅글위 ᄆᆡ요이다.
홍 홍

혀고시라. 밀오시라. 鄭少年하!
뎡쇼년

위 내 가논딕 놈 갈셰라.

(葉) 削玉纖纖 雙手ㅅ길헤 削玉纖纖 雙手ㅅ길헤
샥옥셤셤 솽슈　　　샥옥셤셤 솽슈

위 攜手同遊ㅅ景 긔 엇더ᄒᆞ니잇고?
휴슈동유　경

(『가사』 상)

이 작품은 한국 문학사상 "별곡(別曲)"이라는 접사가 붙은 작품 이름으로, 그 지어진 연대를 막연하게나마 짐작할 수 있는 작품 중에서 현재로는 가장 오래된 것이기에 "별곡"의 뜻을 파악하는 데에도 중요한 역할을 한다. "별곡"이라는 말에 관하여 여러 학자들이 서로 다른 주장을 하고 있으나 필자는 앞의 「서경별곡」과 「청산별곡」에서 언급한 것처럼 이 작품들은 연희된 극가(劇歌)이기 때문에 당시 정치와 사회 풍습에 있어 직간접적으로 많은 영향을 끼친 원(元)나라의 희곡(戲曲)과 구별하기 위하여 "고려의 희곡"이라는 뜻으로 "별곡(別曲)"이라는 접사가 붙은 말로 풀이한다.

이 작품이 지어진 연대와 지은이는 『고려사』 권 71, 「지」 25, "악" 2의 기록에 따라 고려 고종(高宗 : 재위 3547－3592, 1214－1259) 때에 한림학사들이 지은 것임을 알 수 있다. 전체 8연 중에서 제1연에는 한림학사들의 실제 이름으로 그들의 뛰어난 시문 실력이 소개되고, 제2연에는 그들이 즐겨 읽던 서적

(書籍)들을 소개하고, 제3연에는 그 당시에 이름 난 서예가[名筆]들의 실명을 들어 소개하고, 제4연에는 당시에 인기 있었던 이름난 고급 술[名酒]들을 소개하고, 제5연에는 주로 봄과 여름철에 흔히 피는 꽃들로 기녀들을 은유하여 소개하고, 제6연에는 당시에 유행하던 음악들을 열거하며 그 음악을 들으며 밤을 새우고서야 잠들었음을 소개하고, 제7연에는 명종(明宗 : 재위 3503－3530, 1170－1197) 26(3529, 1196)년에 집권한 최충헌(崔忠獻 : 3483－3552, 1150－1219) 도방(都房)의 정원에 있었던 삼신산의 누각(樓閣)들을 소개하고, 제8연에는 그네뛰기 놀이를 소개하고 있다.

이 작품을 필자는 아래와 같이 감상한다.

제1연에서 8명의 한림학사와 그들을 과거 시험에서 등용한 "금학사(琴學士 : 이름 儀)"가 추가되어 9명이 등장하는데, "琴學士(금ᄒᆞᆨᄉᆞ)의 玉笋門生(옥슌문성)/ 위 날 조차 몇 부니잇고?"라고 한 것을 근거로 이 작품의 지은이를 "琴學士"라고 주장하는 이도 있으나,[47] 필자는 1연에 소개된 "원순(元淳)"부터 "양경(良鏡)"까지 8명이 금학사(琴學士)의 제자들임을 밝히면서 "날 조차 몇 부니잇고"라는 발언은 금의(琴儀 : 3486－3563, 1153－1230)의 말이라

47 琴基昌, 『韓國詩歌의 硏究』, 螢雪出版社, 1982.

고 볼 수 없음을 밝힌다. 금학사가 뽑아준 급제자 8인이 각각 돌아가며 부른 것으로 본다. 따라서 여기서의 "날"은 8인의 각자라고 필자는 풀이한다. 그리고 이들의 일상생활을 차례대로 2-3연에서 그들이 읽은 책들과 그들의 이상인 당시의 명필들을 각각 소개하고, 이어서 4-5연에서는 그들이 좋아하는 이름 있는 술과 아름다운 기녀들을 꽃의 이름을 빌어서 소개하고, 6연에서는 배경음악의 연주자를 소개하고, 7연에서는 신선들이 사는 곳으로 그려진 정원의 화려함이 침실의 배경임을 암시하고, 8연에서는 성행위를 은유하는 그네타기의 놀이로 비유하여 표현한 것으로 풀이한다.

특히 제5연의 "合竹桃花(합듁도화) 고온 두 분/위 相映(상영)ㅅ景(경) 그 엇더ᄒᆞ니잇고?"라고 한 것을 필자는 당시의 최고 권력자인 최충헌(崔忠獻 : 3483-3552, 1150-1219)과 그의 아들 최이(崔怡 : ?-3582, ?-1249) 두 사람을 은유한 표현으로 풀이한다. "합죽(合竹)"은 오늘날도 흔히 쓰는 "합죽선(合竹扇)"이라는 부채를 가리키는 것이 아니고, 사람이 남녀 간에 늙어서 이가 다 빠져서 양 볼과 입술이 안으로 오므라진 노인을 "합죽 노인"이라고 이르는 말을 뜻글자를 빌어서 표기한 "온빈글쓰기[完全借字表記]"로 본다. 최충헌의 회갑년은 고려 희종(熙宗) 6(3543, 1210)년인데, 이 작품이 지어진 해는 김동욱(金東旭)·박노준(朴魯埻)들의 주장에 따르면, 고종 3(3549, 1216)년이라고 하니, 그 해로 볼 경우, 최충헌의 나이는 66세가 된다. 남의 신하가 되어 임금이 오히려 그의 권세에 눌려 지낼 정도의 실권자(實權者)인 그의 건강은 오늘날의 병명으로 표현한다면, 아마도 고도비만(高度肥滿)에 당뇨 합병증(糖尿合併症) 등으로 치아손실(齒牙損失)에 의한 합죽 노인이 되었을 가능성이 너무도 충분하며, 또 그의 아들 최이(崔怡)는 당시 나이가 40대 후반이었을 터인데, 역시 영양 섭취를 잘하고 운동량이 적어 비만증(肥滿症)이거나 다혈질(多血質)로 인하여 평소에 얼굴이 붉어 보이어서 마치 밝은 촛불에 반영된 그의 얼굴이 복숭아꽃처럼 보였을 것으로 풀이할 수 있기 때문이다. 필자는 이 표현 "合竹桃花(합듁도화) 고온 두 분"을 절묘한 은유라고 풀이한다. "고온"은 오늘날의 "고운"이고, "두 분"은 "2분(盆)"의 뜻이기도 하지만, 한편으로는 "두 어르신"의 뜻으로도 풀이할 수가 있다.

그리고 마지막 연의 "唐唐唐 唐楸子(당당당 당츄ᄌᆞ)"와 "皁莢남긔(조협남긔)"는 모두 남자의 성상징(性象徵)을 은유한 것으로 필자는 풀이한다. "唐楸子(당츄ᄌᆞ)"는 "차이나산 추자"이니, 곧 남자의 작은 모양의 고환(睾丸=불알)을 상징하고, "皁莢남긔(조협남긔)"는 결코 그네를 맬만한 교목(喬木=굵은 줄기나무)이 아니고, 관목(灌木=잔 가지나무)이므로

조협나무
출처 : 식품의약품안전처

그네를 맬 수 없는 나무이다. "紅(홍)실로 紅(홍)글위 미요이다."는 남녀의 접합(接合)을 은유한 것이고, "혀고시라. 밀오시라. 鄭少年(뎡쇼년)하!"는 성행위의 즐거움을 풍유한 것으로 풀이한다. 근래 젊은이들이 속뜻도 모르고 여럿이 둘러앉아서 손뼉 치며 수건돌리기를 하며 "샅치기 샅치기 샅뽀뽀"를 연발하는 놀이의 노랫말과 같은 표현으로 필자는 풀이한다. 그 사실을 증명하는 것은 "鄭少年(뎡쇼년)하!"이니, 이는 곧 "정말 웃기는 아름다운 여인[正笑

姘]아!" 이고, 이어지는 말 "위 내 가논ᄃᆡ ᄂᆞᆷ 갈셰라"는 "너는 나의 전유물이니, 나 아닌 다른 사람에게 가면 안 된다!"는 우회적 다짐이다. 노래 부르는 사람의 정욕(情慾)이 상대에게 향한 의구심(疑懼心)과 시기심(猜忌心)을 반영하는 것이라고 필자는 감상한다. 그리고 끝 연의 후렴(後斂) 또는 후념(後念)이라고 할 수 있는 "(葉) 削玉纖纖 雙手ㅅ길헤"는 "옥으로 깎은
샥옥셤셤 솽슈
듯이 예쁘고 보드라운 여인의 손길에", "위 攜手同遊ㅅ景 긔
휴슈동유 경
엇더ᄒᆞ니잇고?"는 "아! 손에 손을 잡고 같이 얼려 노는 그 광경이 보기에 어떠하십니까?"라고 하여 자기네들의 놀음놀이가 대단히 멋짐을 과장되게 뽐내는 말로 강한 자기 만족감을 다른 사람에게 동의(同意)하게 강요하는 것이라고 필자는 풀이한다.

이 작품은 무신들의 무단정치(武斷政治)에 길들여진 문인들이 최고 권력자인 무사(武士)가 베푸는 후의(厚誼)에 영합하는 자세에서 아첨하는 비굴성(卑屈性)까지 드러낸 새로운 형태의 새로운 연희 문학양식(演戲文學樣式)이라고 필자는 감상한다.

이 작품의 외형적 율조 형식은 그 율조의 구조가 3 · 3 · 4/ 3 · 3 · 4/ 4 · 4 · 4./ 위 3 · 3 · 4/ (葉) 4 · 4 · 4 · 4/ 위 3 · 5, 또는 위 3 · 7, 또는 위 5 · 7로 되어 있어서 주홀수율각[主奇數律刻]에 종짝수율각[從偶數律刻]의 형식을 취하고 있다. 이것

은 시간적으로 후대에 속하는 조선시대에 활발하게 창작되는 시가[短長歌]의 형식인 "홀수 율각→짝수 율각"으로 이행되는 좋은 보기이라고 필자는 주장한다.

4. 2. 關東別曲(관동별곡)

海千里 山萬疊 關東別境	(해천리 산만첩 관동별경)
碧油幢 紅蓮幕 兵馬營主	(벽유당 홍연막 병마영주)
玉帶傾盖 黑朔紅旗 鳴沙路	(옥대경개 흑삭홍기 명사로)
爲 巡察景 幾何如	(위 순찰경 기하여)
朔方民物 慕義起風	(삭방민물 모의기풍)
爲 王化中興 景 幾何如	(위 왕화중흥 경 기하여)
鶴城東 元帥臺 穿島國島	(학성동 원수대 천도국도)
轉三山 移十洲 金鼇頂上	(전삼산 이십주 금오정상)
收紫霧 卷紅嵐 風恬浪靜	(수자무 권홍람 풍염랑정)
爲 登望滄溟 景 幾何如	(위 등망창명 경 기하여)
桂棹蘭舟 紅粉歌吹	(계도난주 홍분가취)
爲 歷訪景 幾何如	(위 역방경 기하여)
叢石亭 金幱窟 奇巖怪石	(총석정 금란굴 기암괴석)
顚倒岩 四仙峰 蒼苔古碣	(전도암 사선봉 창태고갈)

我也足 石巖回 殊形異狀 (아야족 석암회 수형이상)
爲 四海天下 無豆舍叱多 (위 사해천하 없두삿다)
玉簪珠履 三千徒客 (옥잠주리 삼천도객)
爲 又來悉 何奴日是古 (위 또 오다하노니잇고?)

三日浦 四仙亭 奇觀異迹 (삼일포 사선정 기관이적)
彌勒堂 安祥渚 三十六峰 (미륵당 안상저 삼십육봉)
夜深深 波瀲瀲 松梢片月 (야심심 파염렴 송초편월)
爲 古溫貌 我隱 伊西爲乎伊多 (위 고은모양난 이슷하요이다.)
述郞徒矣 六字丹書 (술랑도의 육자단서)
爲 萬古千秋 尙分明 (위 만고천추 상분명)

仙遊潭 永郞潭 神淸洞裏 (선유담 영랑호 신청동리)
綠荷洲 靑瑤嶂 風烟十里 (녹하주 청요장 풍연십리)
香冉冉 翠霏霏 琉璃水面 (향염염 취비비 유리수면)
爲 泛舟 景幾如何 (위 범주 경기하여)
蓴羹鱸膾 銀絲雪縷 (순갱노회 은사설루)
爲 羊酪豈 勿參爲里古 (위 양락기 무삼하리고?)

雪嶽東 洛山西 襄陽風景 (설악동 낙산서 양양풍경)
降仙亭 祥雲亭 南北相望 (강선덩 상운정 남북상망)
騎紫鳳 駕紅鸞 佳麗神仙 (기자봉 가홍란 가려신선)
爲 爭弄珠絃 景幾何如 (위 쟁롱주현 경기하여)

高陽酒徒 習家池館	(고양주도 습가지관)
爲 四節 遊伊沙伊多	(위 사철 노니사이다.)
三韓禮義 千古風流 臨瀛古邑	(삼한예의 천고풍류 임염고읍)
鏡浦臺 寒松亭 明月清風	(경포대 한송정 명월청풍)
海棠路 菡萏池 春秋佳節	(해당로 함담지 춘추가절)
爲 遊賞景 何如爲尼伊古	(위 유상경 하여 하니이고?)
燈明樓上 五更鐘後	(등명루상 오경종후)
爲 日出景何如	(위 일출경기하여)
五十川 竹西樓 西村八景	(오십천 죽서루 서촌팔경)
翠雲樓 越松亭 十里青松	(취운루 월송정 십리청송)
吹玉篴 弄瑤琴 清歌緩舞	(취옥수 롱요금 청가완무)
爲 迎送佳賓 景何如	(위 영송가빈 경하여)
望槎亭上 滄波萬里	(망사정상 창파만리)
爲 鷗伊鳥 藩甲豆斜羅	(위 구이조 반갑두사라)
江十里 壁千層 屏圍鏡澈	(강십리 벽천층 병위경철)
倚風巖 臨水穴 飛龍頂上	(의풍암 임수혈 비룡정상)
傾綠蟻 聳氷峰 六月清風	(경녹의 용빙봉 유월청풍)
爲 避暑 景幾何如	(위 유서 경기하여)
朱陳家世 武陵風物	(주진가세 무릉풍물)
爲 傳子傳孫 景幾何如	(위 전자전손 경기하여)

[『근재집(謹齋集)』 권2]

이 작품은 근재(謹齋) 안축(安軸 : 3615-3681, 1282-1348)이 충혜왕(忠惠王) 즉위(3636, 1330)년에 강릉도(江陵道) 존무사(存撫使)로 부임하여 처음 관내를 둘러보는 여행길에서 관동(關東)지방의 아름다운 경치를 읊은 "경기하여체가(景幾何如體歌)" 식의 연희곡(演戲曲)이다.

이 작품의 외형 구조는 자수율의 경우, 제1연은 "3 · 3 · 4/ 3 · 3 · 4/ 4 · 4 · 3/ⓐ 위 3 · 3/4 · 4/ⓑ 위 4 · 4"로 되어 있는데, 제2연 이하 제9연(제7연만 4 · 4 · 4/3 · 3 · 4/3 · 3 · 4임으로 제외)까지 본사의 자수율(字數律)은 "3 · 3 · 4/ 3 · 3 · 4/3 · 3 · 4"의 판박이로 똑같으나, 제1연의 ⓐ "위 3 · 3, ⓑ 위 4 · 4"는 같지 아니한 보기가 훨씬 많다. 예를 보이면, 제2연은 ⓐ 위 4 · 4, ⓑ 위 2 · 3, 제3연은 ⓐ 위 4 · 5, ⓑ 위 3 · 5, 제4연은 ⓐ 위 5 · 6, ⓑ 위 4 · 3, 제5연은 ⓐ 위 2 · 4, ⓑ 위 3 · 5, 제6연은 ⓐ 위 5 · 3, ⓑ 2 · 5, 제7연은 ⓐ 위 3 · 6, ⓑ 위 3 · 6, 제8연은 ⓐ 위 4 · 3, ⓑ 위 3 · 5, 제9연은 ⓐ 위 2 · 4, ⓑ 위 5 · 4으로 되어 있어서 매우 자유롭다. ⓐ 와 ⓑ 사이의 "4 · 4"는 제1연-9연까지 통일되어 있다. 이와 같이 3율각(律刻)의 홀수 율각과 2율각의 짝수 율각의 공존 형태는 조선시대 짝수 율각의 "경기하여체가(景幾何如體歌)"로 자연스럽게 이어져 달라지고 있다.

이 작품의 지은이 안축(安軸)은 본관이 순흥(順興)이고, 자는 당지(當之)이며, 호는 근재(謹齋)이고, 시호는 문정(文貞)이다. 고려 문과에 급제한 뒤 충숙왕 11(3657, 1324)년에는 원(元)나라의 제과(制科)에도 급제하여 여러 벼슬을 거쳐 충혜왕 즉위년(3663, 1330)에 강릉도 존무사(江陵道存撫使)에 이르렀으며, 이때에 관동지방을 두루 돌아보고 뜻글시집[韓·漢詩集]으로 『관동와주(關東瓦注)』를 짓고 경기하여체가로 이 작품을 남기었는데, 그 두 작품을 두고 그 작품 속에 반영된 지은이의 인물을 분석하면, 전혀 다른 양면성을 발견할 수가 있다. 이 작품에 나타난 지은이는 목민관(牧民官)으로서의 책임감과 애민의식(愛民意識)이 전혀 없는 사사로운 개인적 풍류(風流)만을 즐기는 나쁜 벼슬아치인데 비하여 뜻글시집인 『관동와주(關東瓦注)』에 나타난 지은이는 자자구구(字字句句)마다 백성들의 굶주림을 구휼할 방법과 연민의 눈물로 범벅되어 있다. 여기서 우리는 경기하여체가를 감상할 때에 특별히 조심하지 아니하면 아니 된다는 교훈을 얻을 수가 있다.

지은이가 이 작품에서 뽐낸 것은 관동지방을 "순찰(巡察)하는 경", "왕화(王化)를 다시 일으키는 경[中興景]", "원수대와 국도에 올라 푸른 바다를 바라보는 경[登望滄溟景]", "두루 돌아다니며 구경하는 경[歷訪景]", "뱃놀이하는 경[泛舟景]", "각종 악기를 연주하는 경[爭弄珠絃景]", "사행하며 감상하는 경[遊賞景]", "해맞이 구경하는 경[日出景]", "귀한 손님 맞고 보내는 경[迎送佳賓景]", "더위를 피하는 경[避暑景]", "자손들에게 대대로 전하는 경[傳子傳孫景]" 등으로 표현하여 전혀 위민 위국(爲民爲國)하는 목민자의 의식이 나타나 있지 아니하다.

4. 3. 竹溪別曲(죽계별곡)

竹嶺南 永嘉北 小白山前 (죽령남 영가북 소백산전)
千載興亡 一樣風流 順政城裏 (천재흥망 일양풍류 순정성리)
他代無隱 翠華峰 王子藏胎 (타대무은 취화봉 왕자장태)
爲 釀作中興 景幾何如 (위 양작중흥 경기하여)
淸風杜閣 兩國頭御 (청풍두각 양국두어)
爲 山水高景 幾何如 (위 산수고경 기하여)

宿水樓 福田臺 僧林亭子 (숙수루 복전대 승림정자)
草庵洞 郁錦溪 聚遠樓上 (초암동 욱금계 취원루상)
半醉半醒 紅白花開 山雨裏良 (반취반성 홍백화개 산우이량)
爲 遊興 景幾何如 (위 유흥 경기하여)
高陽酒徒 珠履三千 (고양주도 주리삼천)
爲 攜手相遊 景幾何如 (위 휴수상유 경기하여)

彩鳳飛 玉龍盤 碧山松麓 (채봉비 옥룡반 벽산송록)
低筆峰 硯墨池 齊隱鄕校 (저필봉 연묵지 제은향교)

영주 소수서원 강학당(榮州 紹修書院 講學堂)
경북 영주시 순흥면 소백로에 위치. 보물 제1403호, 출처 : 문화재청

心趣六經 志窮千古 夫子門徒 (심취육경 지궁천고 부자문도)
爲 春誦夏絃景幾何如 (위 춘송하현경기하여)
年年三月 長程路良 (년년삼월 장정로에)
爲 呵喝迎新 景幾何如 (위 가갈영신 경기하여)

楚山曉 小雲英 山苑佳節 (초산효 소운영 산원가절)
花爛熳 爲君開 柳陰谷 (화란만 위군개 류음곡)
忙待重來 獨倚闌干 新鶯聲裏 (망대중래 독의난간 신앵성리)
爲 一朶綠雲 垂未絶 (위 일타녹운 수미절)
天生絶艶 小紅時 (천생절염 소홍시)

爲 千里相思 又奈何　　　　(위 천리상사 또어떄)

紅杏紛紛 芳草萋萋 樽前永日 (홍행분분 방초처처 준전영일)
綠樹陰陰 畵閣沈沈 琴上薰風 (녹수음음 화각침침 금상훈풍)
黃菊丹楓 錦繡春山 鴻飛後良 (황국단풍 금수춘산 홍비후에)
爲 雪月交光 景幾何如　　　(위 설월교광 경기하여)
中興聖代 長樂太平　　　　(중흥성대 장락태평)
爲 四節 游是沙伊多　　　　(위 사철 놀이사이다.)

이 작품은 근재(謹齋) 안축(安軸)이 고향인 지금의 경상북도 영주시 순흥면 죽계리(慶尙北道順興面竹溪里)에 돌아와서 고향의 아름다운 경치를 즐기며 한가롭게 사는 자기의 행복을 과장하여 멋스럽게 "경기하여체(景幾何如體)"로 표현한 것이다.

「죽계별곡」은 "山水高景", "攜手相遊景", "遊興景", "春誦夏絃景", "雪月交光景"으로 지은이의 쾌감을 자연의 아름다움과 한가한 선비의 즐거움으로 뽐내고 있다.

이 작품의 형식은 그 자수율에 있어서 『翰林別曲(한림별곡)』과도 다르며 『關東別曲(관동별곡)』과도 다른 변형된 노래이다. 이 변형의 경기하여체가는 조선시대의 같은 유의 작품으로 이어진다.

그 자수율을 간략히 소개한다.

제1연 3·3·4/4·4·4/4·3·4/ⓐ 위 5·3/4·4/ⓑ 4·4,
제2연 3·3·4/3·3·4/2·4·4/ⓐ 위 2·4/4·4/ⓑ 4·4,
제3연 3·3·4/3·3·4/4·4·4/ⓐ 위 4·4/4·4/ⓑ 4·4,
제4연 3·3·4/3·3·3/4·4·4/ⓐ 위 4·3/4·4/ⓑ 4·3,
제5연 4·4·4/4·4·4/4·4·4/ⓐ 위 4·4/4·4/ⓑ 2·5.

로 되어 있어서 같은 안근재의 작품 3편이 모두 다른 형태이다.

5. 이름만 전하는 노래

여기서 이름만 전하는 노래라고 한 것은, 노랫말은 전하지 아니하고, 그 지어진 사연과 대체의 내용을 소개하여 『고려사』 권 71, 「지」 25, "악" 2에서 소개한 것들과 이제현(李齊賢)이 악부시(樂府詩)의 형태를 빌어서 소개한 것들과 그 밖의 문헌들에 실려 있는 것들을 가려서 살펴보기로 한다.

5. 1. 居士戀(거사련)

이 작품은 부역에 끌려가서 올 때가 되었는데도 돌아오지 아니하는 남편을 그리며 지금까지도 전하여오는 우리 민속적

방법의 기다림의 답답한 심정을 풀려는 민요를 빌어서 노래한 것을 고려 말엽의 대학자 이제현(李齊賢)이 악부시체로 옮긴 것이다.[48]

鵲兒籬際噪花枝	까치가 울타리의 꽃가지서 우짖고,
蟢子床頭引網絲	거미가 상머리에 거미줄 치고 있네.
余美歸來應未遠	내 낭군 돌아옴이 반드시 가까움을
精神早已報人知	정신이 일찍 와서 내게 먼저 알려주네.

5.2. 金剛城(금강성)

이 작품에 관하여 『고려사』 권 71, 「지」 25, "악" 2에서는 아래와 같이 설명하고 있다.

> 거란(契丹)의 성종(聖宗 : 재위 3315-3353, 982-1020)이 개경(開京)을 쳐들어와서 궁궐을 불태웠다. 뒤에 고려 현종(顯宗 : 재위 3342-3364, 1009-1031)이 개경을 수복하여 나성(羅城)을 쌓으니, 나라 사람들이 모두 기뻐서 그 사실을 노래한 것이라고 하였다. 어떤 이는 몽고(蒙古)가 침입하매, 그들을 피하여 강화도(江華島)로 들어갔다가 개경을 수복하여 돌아와서 이 노

48 "行役者之妻作是歌托鵲蟢以冀其歸也李齊賢作詩解之曰(하략)" (『고려사』 권 71, 「지」 25, "악" 2.)

래를 지었다고도 한다. 금강성은 그 성이 탄탄함이 마치 금강석과 같다는 말이다.[49]

라고 한 것에서 전자의 이야기를 따르면, 이 작품이 지어진 연대는 현종 20(3362, 1029)년임을 짐작할 수가 있으며, 후자를 따르면, 대략 고종 46(3592, 1259)년에 개성의 궁궐을 재건하기 시작하여 원종(元宗) 1(3593, 1260)년에 나성(羅城) 수축을 준공한 사실에 따라 원종 1(3593, 1260)년임을 헤아릴 수가 있다. 필자는 여러 가지 정황으로 볼 때에 후자일 가능성이 짙다고 본다.

5. 3. 大同江(대동강)

이 작품에 관한 이야기도 『고려사』 권 71, 「지」 25, "악" 2에 아래와 같이 기록되어 있다.

주(周)나라 무왕(武王)이 은(殷)나라 태사 기자(箕子)를 조선(朝鮮)에 봉하여 8조의 가르침을 베풀어 예속이 일어나 온 나라 안이 평화롭고 인민들이 기뻐하고 즐거워하였다. 대동강

49 "契丹聖宗侵入開京焚燒宮闕顯宗收復開京築羅城國人喜而歌之或曰避蒙兵入都江華復還開京作是歌也金剛城言其城堅如金之剛也."(『고려사』 권 71, 「지」 25, "악" 2.)

으로써 황하(黃河)를 삼고, 영명재[永明嶺]로써 숭산(嵩山)으로 삼아서 그 임금을 기리며 축도하였다. 이 노래는 고려가 건국된 이후에 지어진 것이다.[50]

이 작품이야말로 우리 천손족(天孫族)의 정체성을 망각하게 된 큰 나라 섬기기 생각[事大主義思想]의 씨앗이 되었다. 서경(書經)』의 「홍범(洪範)」에는 "기자는 주나라 신하일 수 없다.[箕子不可臣.]"라든가 "기자는 주나라 신하로 간 것이 아니다.[箕子之不臣周也.]"라는 주가 보인다. 또 "무왕은 그의 13(1269, 서기전 1064)년에 기자를 예방하였다.[惟十有三祀王訪于箕子.]"는 기록이 보여주듯 기자는 "홍범구주(洪範九疇)"를 조카인 주나라 무왕에게 친절하게 가르쳐 주었음이 자세히 기록되어 있다. 이는 같은 "이족(吏族=天孫族)"으로 기자가 살아 있을 당시에는 지금의 중화인민공화국 강소성(江蘇省), 길림성(吉林省), 산동성(山東省), 섬서성(陝西省), 안휘성(安徽省), 요녕성(遼寧省), 하남성(河南省), 하북성(河北省), 흑룡강성(黑龍江省) 등 은(殷)·주(周)와 고조선의 땅에 우리 조상님들이 중원 대륙의 원 토박이로 살고 있었을 것이기 때문이다.

그러므로 한편으로 이 작품의 주제는 어찌 보면, 우리 천손

50 "周武王封殷太師箕子于朝鮮施八條之敎以興禮俗朝野無事人民歡悅以大同江比黃河永明嶺比嵩山頌禱其君此入高麗以後所作也."(앞주와 같은 책)

기자묘(箕子墓)
출처 : 평양에 있는 기자묘, 지정문화재 제478호, 국립민속박물관

족들이 살던 잃어버린 옛 고향의 산하(山河)에 대한 그리움을 대동강은 황하, 영명재는 숭산으로 바꾸어 생각하면서 빛났던 옛날의 영광을 회억한 노래라고 필자는 감상한다.

5. 4. 冬柏木(동백목)

이 작품에 관한 이야기도 『고려사』 권 71, 「지」 25, "악" 2에 아래와 같이 기록되어 있다.

충숙왕 때에 채홍철(蔡洪哲)이 죄를 입고 멀리 외딴 섬

> 으로 유배되어 덕릉(德陵 : 충선왕)을 생각하며 이 노래를 지어 불렀더니, 충숙왕이 그 이야기를 듣고 그날로 돌아오게 하였다고도 하며, 또 어떤 이는 옛날에 이 노래가 있었던 것을 채홍철이 자기의 뜻을 덧붙여 노랫말을 바꿔 부른 것이라고도 하였다.[51]

이 기록에 의하면, 「동백목」은 임금님을 사모하는 연군가(戀君歌)임을 짐작할 수가 있으며, 노랫말 바꾸어 부른 노래의 예가 되는 작품임도 이해된다.

5. 5. 萬壽山(만수산)

이 노래는 『增補文獻備考(증보문헌비고)』「象緯考(상위고)」 11, "동요(童謠)조"에 아래와 같은 기록이 있다.

> 고려 충렬왕 때의 동요(童謠)인데, 충렬왕 20(3627, 1294)년 정월에 만수산에 연기와 안개가 자욱하게 끼었다는 동요가 있더니, 얼마 안 되어 원세조(元世祖)의 부고가 왔다.[52]

고 하였으니, 아마도 원(元)나라 세조(世祖)의 죽음을 예언하는

51 "忠肅王朝蔡洪哲以罪流遠島思德陵作此歌王聞之卽日召還或曰古有此歌洪哲就加正焉以寓己意."(『고려사』 권 71, 「지」 25, "악" 2.)

52 "忠烈王二十年正月有童謠萬壽山煙霧蔽未幾元世祖訃至."

참요(讖謠)이었을 듯하다.

5. 6. 墨册(묵책)

이 작품도 참요의 하나로, 고려시대에 유행하던 "도목정사(都目政事)" 또는 "묵책정사(墨册政事)"라는 말과 관계가 있는 노래로 『증보문헌비고』「상위고」"동요" 조에 실려 있다.

충숙왕 시에 동요에 이르기를,

用綜布作都目	종포를 써서 도목을 만드니,
政事眞墨册	정사가 참으로 먹칠한 책이네.
我欲油	내가 기름을 바르려 하였더니,
今年痲子少	올해에는 피마자 농사가 잘 안되었네.
噫不得及	아아아! 어쩔 수가 없구나.

김지경(金之鏡) 등이 인사권을 가지고 있으니, 일을 만들기 좋아하는 사람들이 다투어 서로 지우니, 붉은 글씨와 검은 글씨가 뒤섞였다. 이를 일러서 "묵책정사"라고 하였다.[53]

는 것이다. 여기서 우리는 고려 왕조 말년의 정치 현상이 얼마나 혼란하였는가를 짐작할 수가 있다.

53 "忠肅王時童謠云(중략)金之鏡等掌銓曹用事者爭相塗抹朱與墨相渾謂之墨册政事."

5. 7. 普賢刹(보현찰)

이 작품은 고려시대 무신들에 의한 변란이 일어났을 때의 참혹상을 전하여 주는 노래라고 하겠다. 『동국통감』 권 25, 의종(毅宗) 24(3503, 1170)년조와 『증보문헌비고』「상위고」 11에 실려 전한다.

고려 의종시 동요에 이르기를,

何處是普賢刹　어디가 참으로 보현찰이냐?
隨此盡同力殺　여기에 따라온 사람 모두 죽는다네.

하였다. 얼마 뒤에 왕이 보현사에 행행하시니, 무신들이 일으킨 변란을 당하였다.[54]

왕인 의종이 보현원에 행행하시니, 무신 정중부(鄭仲夫)와 이의방(李義方)과 이고(李高)들이 변란을 일으켜 왕을 따라온 문신들과 환관들을 죽이니,(중략) 쌓인 시신들이 산더미 같았다.(중략) 이보다 앞서 어린이들이 노래를 불렀는데, 그 노랫말에 이르기를,(하략)[55]

이 정중부(鄭仲夫)의 난 때에 주모자들인 무신들은 왕과 어

54 "高麗毅宗時童謠云(중략)未幾行普賢寺遭武臣之變."(『증보문헌비고』)
55 "王毅宗幸普賢院武臣鄭仲夫李義方李高等作亂殺扈從文官宦寺(중략)積尸如山(중략)先是童謠云.(하략)"(『동국통감』)

울려 권세를 누리던 문신들에게 사무친 원한의 풀이로 여러 문신들과 환시(宦侍)들만을 죽인 것이 아니라, 그 문신들이 남긴 많은 귀중한 문헌들까지 불태워 없이하였다. 그것이 오늘날 우리들에게 역사적 기록물들과 문학 유산들이 귀하게 되어 안타까운 감정을 억제할 수 없게까지 한다.

5. 8. 沙里花(사리화)

이 작품은 『고려사』 권 71, 「지」 25, "악" 2에 아래와 같이 실리어 전하여 온다.

세금이 많이 부과되고, 권력과 돈이 있는 사람들의 약탈이 심하여 백성들이 곤궁한데다가 재물마저 손상을 보매, 이 노래를 지었으니, 참새가 곡식을 쪼아 먹는 것에 비유하여 살기 어려움을 원망한 것이다. 이제현이 그 노랫말을 풀이하여 뜻글시로 지으니 이르기를, [賦斂繁重豪强奪攘民困財傷作此歌托黃鳥啄粟以怨之李齊賢作詩解之曰]

黃雀何方來去飛　참새들 어디서 날아왔다 날아가니?
一年農事不曾知　일 년 농사 일하기가 힘든 줄 모르느냐?
鰥翁獨自耕芸了　늙은 홀아비가 외롭게 지은 농사
耗盡田中禾黍爲　밭 가운데 곡식들을 다 먹어 없이하네.

라고 한 것이다.

이 작품이 언제 지어진 것인지는 알 수 없지만 이 작품을 감상하노라면, 이 작품이 지어질 그 당시의 고려 사회가 경제적으로 얼마나 궁핍하였었는가를 짐작할 수 있다.

5. 9. 雙鷰曲(쌍연곡)

이 작품은 『동국통감(東國通鑑)』 권 40에 아래와 같은 사연으로 실리어 전한다.

> 임금인 충렬왕은 염소 200두와 술 200통을 가지고 원(元)나라 임금에게 바치어 오래오래 살 것을 빌고, 이튿날 또 대궐에 들어가니, 부두연(扶頭宴)을 열고 원나라 임금이 고려 노래를 부르게 하매, 충렬왕이 고려의 대장군 송방(宋邦)과 송영(宋英) 등으로 하여금 쌍연곡을 부르게 하였다. 먼저 왕충선이 단판을 치고, 충렬왕이 일어나 원나라 임금이 오래 살기를 비는 춤을 추니, 원나라 임금이 황후와 같이 기뻐하였다.[56]

56 "王忠烈王以羊二百頭酒二百榼上壽于帝元主翌日于詣闕設扶頭宴帝命唱高麗歌王令大將軍宋邦宋英等歌雙燕曲前王忠宣王執檀板王起舞獻壽帝與后悅."(『東國通鑑』 권 40, 충렬왕 26년조)

이 기록에 의하면, 이 『쌍연곡』은 원나라의 궁중 잔치 때에 불리어진 고려 말로 된 노래임을 추단할 수가 있다. 그러나 이 기록에 따르면, 이 노래는 당시 국제 사회에서 고려의 체통이 어떤 상황이었는가를 짐작할 수 있는 부끄러운 노래인 것을 깨닫게 한다. 이 작품이 노래된 때는 충렬왕 26(3633, 1300, 경자)년이고, 불려진 곳은 당시의 원(元)나라 수도이었던 지금의 북경인 것으로 밝혀져 있다.

5. 10. 西京城(서경성)

이 작품도 참요(讖謠)의 하나로,고려 말에 이성계(李成桂 : 3668 - 37341, 1335 - 1408, 조선 태조)가 우군도통사(右軍都統使)로 요동(遼東)을 정벌하러 나갔다가 위화도(威化島)에서 군사를 돌이켜 온 뒤에 군인과 어른과 아이들이 모두 불렀다고 한다.

西京城外火色	서경성 밖에는 불빛이 환하고,
安州城外煙光	안주성 밖에는 연기 자욱하네.
往來其間李元帥	그 사이를 오가는 이원수여!
願言救濟黔蒼	우리 백성들을 살려내어 주소서.

지옥 같은 도탄에 빠져 허덕이고 있는 일반 서민들이 걸출한 이인(異人)이 출현하여 병든 사회를 개혁하고, 나라를 부강하게 하여 줄 것을 기대하는 소박한 염원을 노래한 것으로 풀이가 된다.

5. 11. 松山(송산)

이 작품에 관하여는 『고려사』 권 71, 「지」 25, "악" 2에 아래와 같이 실려 있다.

> 송산은 개성의 진산이다. 태조께서 개경에 도읍을 정한 이후 여러 대를 이어오며, 나라의 복조가 길어 그것을 노래하고자 지은 것이다.[松山開京之鎭也自太祖都開京累世相承國祚延長歌之所由作也.]

라는 기록으로 보면, 지금의 개성 시내에 있는 송악산을 제재로 하여 고려의 평안과 번영을 기린 노래임을 짐작할 수가 있다. 아울러 이 이야기에서의 "태조(太祖)"라고 한 태조는 왕건(王建 : 3210-3276, 877-943)장군을 가리키는 것임도 알수가 있다.

5. 12. 安東紫靑(안동자청)

한번 결혼한 부인은 그 지아비를 섬기는데 정성을 다하여야 하였다. 한 번 그 몸을 잃어 더럽히면 사람들이 천대하며 미워하므로, 이 노래를 지은 이는 뻔뻔스럽게도 오히려 이 노래를 지어서 취사선택할 수도 있지 아니하냐는 자기변명을 강하게 주장한 노래인 듯하다. 고려 여인들의 정절수호 의식의 굴레를 벗어나려는 고려판 바람둥이 신여성이 옛 관습을 타파하려는 몸부림의 노래인 저항가(抵抗歌)라고 하겠다.

> 부인이 한 남자의 아내가 되어 남편을 섬기다가 한 번 그 몸가짐을 잃으면, 사람들이 천한 사람으로 보거나 미워하는 까닭으로 이 노래를 지어서 붉은 실과 녹색실과 푸른 실과 흰 실을 가지고 되풀이하여 견주어보고 취하고 버리는 결단을 하여야 한다고 하였다.[57]

이 작품에서는 오늘날의 이른바 계약 결혼이라는 말을 연상하면서 결혼의 순결성 지키기를 비웃기라도 하는 듯한 반도덕적 사고의 여성이 당시 사회에도 있었음을 엿보게 한다.

57 "婦人以身事人一失其身人所賤惡故以絲之紅綠靑白反覆比之以致取舍之決焉." (『고려사』 권 71, 「지」 25, "악" 2.)

5. 13. 楊州(양주)

이 작품은 『고려사』 권 71, 「지」 25, "악" 2에 아래와 같이 실려 있다.

> 양주(楊州)는 곧 고려의 한양부이니, 북으로는 화산(華山)에 기대고, 남으로는 한수(漢水)에 닿아 있다. 땅이 평평하여 사람들이 살기가 좋아서 번화하기가 다른 고을과 견줄 수가 없다. 사람들이 남녀가 봄만 되면, 서로 어울려 놀기를 좋아하여 그것을 노래한 것이다.[58]

라고 한 것으로 보면, 오늘날의 "서울찬가"와 흡사한 향토 예찬가이었던 것으로 짐작이 된다.

5. 14. 禮成江曲(예성강곡)

이 작품도 『고려사』 권 71, 「지」 25, "악" 2에 실려 있는데, 노랫말은 전하지 아니하고 그 제작 동기에 관한 이야기만이 언급되어 있다. 필자는 이미 앞의 고려 속요 "가시리"조에서 소개하였기에 여기에서는 줄인다.

58 "楊州卽高麗漢陽府北據華山南臨漢水土地平衍富庶繁華非他州比州人男女方春好遊相樂而歌之也."

5. 15. 五冠山(오관산)

이 작품도 앞의 노래와 같은 책에 실려 있는데, 그 내용은 이러하다.

오관산(五冠山)은 효자 문충(文忠)이 지은 것이다. 문충이 오관산 밑에서 어머니를 지극 정성으로 효도하며 모시고 살고 있었다. 그가 사는 곳과 서울(지금의 개성)과는 거리가 30리(약 12km)나 되었는데, 어머니를 봉양하기 위하여 벼슬살이를 하니, 아침에 출근하여 해가 저문 뒤에 돌아왔으나, 아침 문안과 저녁 인사를 한결같이 하였다. 그 어머니께서 늙으시는 것을 탄식하여 이 노래를 지어 불렀는데, 이제현(李齊賢)이 그 뜻을 풀어서 시로 지었는데, 그 시는 이러하다.

木頭雕作小唐鷄	나무 토막 깎아내어 작은 당닭을 만들어서
肋子拈來壁上栖	죽지를 잡아묶어 닭홰 위에 두었다가
此鳥膠膠報時節	이 닭이 꼬끼오 시간을 알리거든
慈顏始似日平西	그제야 어머니의 얼굴이 조금 여위소서.

이 시에서 고려인들의 효성심을 짐작할 수가 있을 뿐 아니라, 그 노랫말의 꾸밈새가 불가능한 일을 전제하여 그 불가능한 일이 이루어질 때까지라는 영원성의 비유법을 쓰는 것이 특징인 것 같다. 마치 「정(釘)과 돌노래[鄭石歌]」에 보이는 "삭

삭기 세몰애 별혜/ 구은 밤 닷 되를 심고이다/ 그 바미 우미도 다 삭 나거시아" 와 너무도 흡사한 비유법이기 때문이다.

5. 16. 牛大吼(우대후)

이 작품은 『고려사』 권 39, 「공민왕」 "10(3694, 1361)년 12월 18일(을미)" 조에 아래와 같이 기록되어 있다.

공민왕께서 복주(福州 : 지금의 경상북도 안동시)의 영호루(映湖樓)에 가셔서 마침내 배를 타고 뱃놀이를 하시다가 곧 못가에서 활쏘기를 하시니 안렴사 이왕(李王)과 구경하는 사람들이 담장처럼 둘러섰는가 하면, 어떤 이는 한숨을 내 쉬면서 돌아서 가기도 하고, 어떤 이는 참요를 외우면서 탄식하기를, "갑자기 남쪽 도둑 와우봉까지 들어왔네." 하기도 하고, 또 "소가 큰 소리로 우니, 용이 바다를 떠나 얕은 물에서 맑은 물을 희롱하네." 하더니, 이제 그 옛말을 직접 내 눈으로 보는구나.[59]

木頭雕作小唐鷄　나무 끝에 작은 당닭을 새겨내어
肋子拈來壁上栖　쪽지를 벽 위에 매달아 살게 하여
此鳥膠膠報時節　이 닭이 꼬끼오 시간을 알릴 때에

59 "(恭愍王至福州)幸映湖樓遂乘舟遊賞仍射於湖邊按廉使李王觀者如堵或有反袂興嗟者或誦讖而嘆曰忽有一南寇深入臥牛峰又云牛大吼龍離海淺水弄清波古聞其言今見其驗."

慈顔始似日平西　어머니의 얼굴빛이 석양처럼 붉으소서.

라고 하였다.

이 노래는 고려 왕조가 멸망할 시기가 멀지 아니하였음을 암시하는 노래인 줄을 알겠다.

5. 17. 元興(원흥)

이 작품도 『고려사』 권 71, 「지」 권 25, "악" 2에 실려 있는데, 노랫말은 전하지 아니한다.

원홍(元興)은 진동북면으로 화령부(和寧府=지금의 함경남도 영홍시)에 딸린 지명으로, 큰 바닷가에 있는 고을이다. 배를 타고 장사를 다니는 남편이 무사히 돌아온 것을 장사꾼의 아내가 기뻐하여 그 기쁜 마음을 노래한 것이다.[60]

라고 하였다.

60 "元興鎭東北面和寧府屬邑濱于大海邑人船商而還其妻悅而歌之."

5. 18. 月精花(월정화)

이 작품은 『고려사』 권 71, 「지」 25, “악” 2에 아래와 같이 기록되어 있다.

> 월정화(月精花)는 진주(晉州) 기생이다. 사록 위제만(魏齊萬)이 그녀에게 혹하여 부인을 돌보지 아니하니, 부인이 근심하며 성을 내다가 세상과 길이 이별하게 되었다. 고을 사람들이 그 부인의 죽음을 슬퍼하며, 그 부인이 살아 있을 때에 위제만이 서로 사랑하지 아니하고 이 여자에게 미치게 빠진 것을 꾸짖었다.[61]

라고 한 것을 보면, 이는 고려시대 여성들의 성윤리가 타락되었다고만 볼 수 없음을 반증하는 노래라고 하겠다.

5. 19. 紫霞洞(자하동)

이 작품은 앞의 작품과 같은 책에 아래와 같이 뜻글로 뒤치어져[韓 · 漢譯] 전하고 있다.

家在松山紫霞洞　　　집은 송악산 자하동에 있는데요.

61 “月精花晉州妓也司錄魏齊萬惑之令夫人憂恚而死邑人哀之迫言夫人在時不相親愛以刺其狂惑也.”

雲煙相接中和堂	구름과 놀이 가득 중화당에 닿아 있죠.
喜開今日耆英會	오늘은 기영회가 기쁘게 열렸으니,
來獻一杯延壽漿	예 오시면 연수장을 한 잔씩 올립지요.
一杯可獲千年算	이 한 잔을 드신다면 천년은 더 사시지요.
願君一杯復一杯	원컨대 한잔한잔 거듭 한잔 드시오소.
世上春秋都不管	세상일과 시절 변함 모두가 알 바 없죠,
池塘生春草	연못에는 봄풀들이 파릇파릇 돋아나고,
園柳徧鳴禽	정원의 버들에는 새들이 지저귀죠.
三韓元老開宴中和堂	삼한의 원로들이 중화당서 잔치하니,
白髮戴花手把金觴	흰머리에 꽃을 꽂고 손에는 황금 술잔
相勸酒誰道風流	서로 술을 권하시니 누가 풍류 말하시죠?
勝神仙亦何傷	신선보다 낫다 한들 안 될 일 무엇이죠?
月留琴奏太平年	월류금을 뜯으면서 태평년을 연주하니,
願公酩酊莫辭醉	공들은 명정토록 취했다 사양 마소.
人生無處似尊前	사람 사는 세상에는 술 마심이 제일이니,
斷送百年無過酒	술 없이는 백 년 인생 살 수가 없는 거죠.
杯行到手莫留殘	술잔이 손에 가면 들고 있지 마소서.
殷勤爲公歌一曲	공들을 위하여 은근히 한 곡 하죠.
是何曲調萬年懽	이 곡조 무엇인가? 만년 환입니다.
此生無復見羲皇	이승에선 희황시절 다시 보기 어렵겠죠.
願君努力日日飮	매일매일 술 마시기 힘쓰시기 바랍니다.
太平身世惟醉鄕	태평한 신세는 오직 취향 한 곳이죠.
紫霞洞中和堂	송악산 밑 자하동의 중화당 집에서는

管絃聲裏滿座佳賓	음악소리 높은 자리 귀한 손님들이
皆是三韓國老	모두가 삼한의 귀하신 국로들로
白髮戴花	하얀 머리에는 꽃들을 꽂으시고,
手把金觴相勸酒	황금 술잔 손에 잡아 서로들 권하시니,
蓬萊仙人	신선세계 삼신산의 봉래의 신선들도
却是未風流	이렇게는 놀 수 없는 멋진 풍류이죠.

운운하여 입말로 노래하였다.

시중(侍中) 채홍철(蔡洪哲)이 지은 것이다. 홍철은 자하동에 살면서 그의 집 높은 마루를 “중화당(中和堂)”이라고 하였다. 매일 60세 이상의 노인[耆老]들을 모셔다가 더할 수 없이 즐겁게 하였으니, 그날의 놀이가 다 파하고서 이 노래를 지어 불렀다. 이제도 그 집의 여자 종을 시켜 그 노래를 부르게 하였다. 노랫말은 모두 신선들의 말이니 대개 자하동에 사는 신선을 가탁한 것이다. 기로회(耆老會)가 중화당(中和堂)에서 열린다는 말을 듣고 와서 이 노래를 불렀다.[62]

고 한다. 이 노래의 원문이 전하였다면, 뒤치어진 뜻글시보다는 훨씬 우리들의 심금을 울려줄 훌륭한 문학 작품이었을 지도 모르겠다는 생각이 든다. 그리고 이 작품을 지었다는 채홍

62 “(노랫말은 줄임) 侍中蔡洪哲所作也洪哲居紫霞洞爲其堂曰中和日邀耆老極懽乃罷作此歌今家婢歌之詞皆仙語盖托紫霞之仙聞耆老之會中和堂來歌此詞也.”

철(蔡洪哲 : 3595 - 3673, 1262 - 1340)은 호가 중암(中庵)이고, 전단원(栴檀園)을 개설하여 당시의 왕사(王師) 태고화상(太古和尙)을 머물게 하였으며, 불심(佛心)이 두터워서 자기 셋째 아들을 태고(太古) 보우(普愚 : 3634 - 3715, 1301 - 1382)의 제자로 불문에 출가시키었으니, 대선사(大禪師) 계조연진(繼祖演眞)이 바로 그이이다.[63]

이 이야기에 따르면, 고려 말까지도 입말노래 곧 온빈글노래[完全借字歌]가 전하여 왔음을 짐작할 수가 있다.

5. 20. 長湍(장단)

이 작품도 『고려사』 권 71, 「지」 25, "악" 2에 아래와 같이 기록되어 전한다.

> 태조께서 민풍을 두루 돌며 살피어 굶주리는 사람들에게 먹고 입을 것들을 나누어 주면서 백성들과 함께 같이 즐기시니, 백성들이 왕의 덕을 오래도록 잊지 아니하고 생각하였다. 뒤에 왕께서 장단에 놀러 가시니, 악공들이 태조의 성스런 덕을 칭송하고 빌며 바르게 경계하려고 노래한 것이다.[64]

63 李穀, 「順天君蔡公」 『稼亭文集』, 권 11, 「祭文」.
64 "太祖巡省民風補助不給與民同樂民思其德久而不忘後王遊長湍工人歌祖聖之德因以頌禱而規戒之."

라고 하였다. 이 노래에서의 "태조(太祖)"가 고려 건국의 왕건(王建 : 재위 3251-3276, 918-943) 태조인지? 조선 건국의 이성계(李成桂 : 재위 3725-3731, 1392-1398)인 지가 분명하지 아니하다.

필자는 생각하건대, 고려 왕건 태조 생존 시에 지어진 것이라고 보기보다는 조선 태조인 것으로 짐작한다.

그 이유는 이 노래에 관한 이야기가 실려 있는 책은 『고려사』이지만, 권 126, 「열전」 39, "조민수(曹敏修)"·"변안열(邊安烈)"조에 보면, 조선 이(李)태조를 일컬을 때에 "我 太祖" 또는 "태조(太祖)"라고 한 것을 자주 볼 수 있는 점에서 고려의 왕건 태조이라기보다는 이성계 조선 태조일 가능성이 크다고 느껴지기 때문이다. 그러나 필자가 이 작품을 고려시대 노래로 다루는 것은 종전의 학설과 오래된 옛 문헌의 기록을 믿어서이나, 조선 태조일 것이라는 의문을 제기하는 것은 후학들에게 연구의 빌미를 주면서 앞으로는 이 작품을 조선시대 작품으로 다루어야 옳을 것이라는 주장을 편다.

5. 21. 長巖(장암)

이 작품도 『고려사』 권 71, 「지」 25, "악" 2에 아래와 같이 소개되어 있다.

평장사 두영철(杜英哲)이 일찍이 장암(長巖)에 유배되어 머물고 있을 때에 한 노인과 친하게 지냈다. 귀양이 풀릴 무렵이 되어 노인이 두영철에게 경계하여 구차하게 벼슬길에 나가지 말 것을 당부하여 두영철도 "그러겠습니다." 하고 승락하였다. 뒤에 두영철이 벼슬길에 나아가 평장사(平章事)에 이르렀더니, 과연 죄에 빠져 그곳을 지나가게 되었다. 그 노인이 그를 보내면서 이 노래를 지어서 그를 놀려 주었다. 이제현(李齊賢)이 뜻글시로 지어 그 노래의 뜻을 풀이하여 이르기를,

拘拘有雀爾奚爲　그물에 걸린 참새 너는 왜 그랬느냐?
觸着網羅黃口兒　그물에 걸렸구나! 햇병아리 닮았는가?
眼孔元來在何許　눈구멍은 처음부터 어디에 두었더냐?
可憐觸網雀兒癡　가엽구나 그물 걸린 어리석은 참새 새끼

라고 하였다.[65]

이는 오늘날에 있어서도 권력에 눈이 멀어 있는 많은 벼슬아치들에게 통용될 수 있는 매우 지당한 교훈이다.

65 "平章事杜英哲嘗流長巖與一老人相善及召還老人戒其苟進英哲諾之後位至平章果又陷罪貶過之老人送之作是歌以譏之李齊賢作詩解之曰(하략)"

5. 22. 濟危寶(제위보)

이 작품도 『고려사』 권 71, 「지」 25, “악” 2에 아래와 같이 실려 있다.

> 남의 아내인 여자가 죄를 지어 제위보에서 부역을 하고 있었는데, 다른 남자에게 손을 잡히어 씻을 수 없는 부끄러움을 슬퍼하면서 이 노래를 지어 스스로를 원망한 것이다. 이제현(李齊賢)이 시를 지어 그 노래의 뜻을 전하여 주고 있다.[66]

浣沙溪上傍垂楊　수양버들 시냇가서 빨래를 하는 중에
執手論心白馬郎　백마 탄 어르신이 내손 잡아 정을 주네.
縱有連簷三月雨　가령 석 달 긴긴 장마 처마 끝 빗물인들
指頭何忍洗餘香　손끝에 남은 향내 차마 어이 씻어지랴?

라고 한 이 노래는 고려 여인의 성 윤리감이 매우 깨끗하였다는 사실을 반증하는 좋은 자료라고 필자는 생각한다. 백마랑에게 한 번 잡힌 자기 손, 더럽혀진 자기의 순결성, 석 달간의 오랜 장맛비로도 자기 손에 남아 있는 다른 남자의 체취를 어찌 다 씻어낼 수가 있겠느냐는 자기 결백의 공사(供辭)라고 필자는 풀이한다.[67]

66 “婦人以罪徒役濟危寶恨其手爲人所執無以雪之作是歌以自悲李齊賢作詩解之日(하략)”
67 이 작품에서 “三月雨”를 “봄철의 꽃비로 풀이하는 이도 있다. 또 어떤 학자는 백마랑을 “정인(情人)”으로 잊지 못한다는 뜻으로 풀이하기도 한다.

5. 23. 叢石亭(총석정)

이 작품도 『고려사』 권 71, 「지」 25, "악" 2에 다음과 같이 기록되어 전하고 있다.

총석정은 기철(奇轍 : ?-3689, ?-1356)이 지은 것이다. 기철은 원(元)나라 순제(順帝)의 후궁 기황후(奇皇后)가 친 누이이므로 벼슬이 평장사(平章事)가 되어 사신으로 고려에 귀국하여 강릉에 이르러 이 정자에 올라 네 신선의 자취(오늘날 해금강산의 三日浦에 있는 四仙亭의 자리, 필자 주)를 둘러보고 동해를 바라보며 이 노래를 지어 불렀다.[68]

해금강 총석정(海金剛 叢石亭)
일제강점기 金剛山 사진엽서, 가로 14cm, 세로 9cm
소장품 번호 : 국립수목원 150115-8, 국립수목원 산림박물관 소장, 출처 : e뮤지엄

68 崔"叢石亭奇轍所作也轍以元順帝中宮之弟仕爲平章事奉使東還至江陵登此亭覽四仙之迹臨望大海作是歌也."

고 한 이 작품은 오늘날의 해금강산(海金剛山)의 노래라고 하겠다. 지은이 기철(奇轍)은 누이동생이 원(元)나라 순제(順帝)의 후궁으로 황태자를 낳아 순제의 총애를 받으매 원나라의 평장사(平章事)가 되어 고려로 사신이 되어 귀국한 뒤 교만을 부리다가 피살되었다고 한다.

5. 24. 風入松(풍입송)

이 작품도 『고려사』 권 71, 「지」 25, "악" 2에 아래와 같이 실려 전한다. 현재로서는 지은이와 지어진 연대를 알 수 없는 속악가사의 하나로, 『樂章歌詞(악장가사)』에는 뜻글시에 토를 달아놓은 형태로 실려 있는데, 자구의 차이가 조금 있다. 여기서는 『악장가사』의 것을 소개한다.

聖明天子當今帝 셩 명 텬 ᄌ 당 금 뎨	성명하신 임금님은 지금의 천자시니,
神補天助敷化來 신 보 텬 조 부 화 릐	천지 신명께서 도우시어 이어 왔네.
理世欣나! 리 셰 흔	세상 잘 다스리니 기쁘구나!
恩深遐邇 은 심 하 이	성은이 원근에 너무 깊네.
古今稀外國躬趨 고 금 희 외 국 궁 추	고금에 드문 외국 절하며 달려와서

盡歸依야! 진 귀 의	모두가 달려와서 품에 안기누나!
四境寧淸 ᄉᆞ 경 령 청	온 천하가 화평하고 깨끗하니,
罷槍旗盛德 파 창 긔 셩 덕	전쟁은 끝이 나고 덕이 일어나네.
堯湯難比야! 요 탕 난 비	요와 탕임금도 견주기 어렵구나!
且樂大平時 챠 락 대 평 시	또한 태평한 세월을 즐기노니,
是處笙簫聲아! 시 쳐 싱 쇼 셩	이곳서 일어나는 생황 피리 소리들아!
鼎沸야 졍 비	솥의 물 너무너무 시끄럽게 들끓누나!
幷闐樂音家家喜 병 뎐 락 음 가 가 희	가득 찬 음악소리 집집이 기뻐하네.
祈祝焚香抽玉穗야! 긔 츅 분 향 튜 옥 슈	향 살라 밤늦도록 기도하며 축원하자!
惟我聖壽萬歲야! 유 아 셩 슈 만 셰	오직 우리 임금님의 성수 만세소서!
永同山嶽天際야! 영 동 산 막 뎐 졔	산악과 하늘처럼 오래오래 사오소서!
四海昇平 ᄉᆞ ᄒᆡ 승 평	모든 천하가 하나같이 태평하여
有德咸勝堯時야! 유 덕 함 승 요 시	덕 있음이 요임금님 때보다도 더 낫구나!
邊庭無一事 변 뎡 무 일 ᄉᆞ	대궐 뜰 안에는 아무 일도 없다 하네.
將軍아! 쟝 군	장군아! 장군아!
寶劍休更揮야! 보 검 휴 괭 휘	보검을 다시는 휘두르지 말으소서!

梯山航海自來朝 뎨산항ᄒᆡᄌᆞᄅᆡ됴	산 넘고 바다 건너 제 발로 조회 와서
百寶獻我天墀야! ᄇᆡᆨ보헌아텬디	온갖 보물 우리 왕께 바치누나!
金階玉殿呼萬歲! 금계옥뎐호만셰	화려한 대궐 안서 다 같이 만세 불러
願我主長登寶位야! 원아쥬댱등보위	우리의 임금님 보위 오름 원합시다!
對此大平時節아! ᄃᆡᄎᆞ대평시졀	이렇게 태평한 시절 언제 또 있으리?
絃管歌謠聲美야! 관현가요셩미	관현악과 노래 소리 너무도 아름답네!
主聖아! 臣賢아! 쥬셩 신현	임금은 성인답고 신하들은 어진지라!
邂逅河淸海晏아! ᄒᆡ후하청ᄒᆡ안	서로 만나 물은 맑고 바다 잔잔하네!
梨園弟子奏霓裳 리원뎨ᄌᆞ주예샹	이원의 악공들이 예상곡을 연주하니,
白玉簫我皇前아! ᄇᆡᆨ옥쇼다황쳔	백옥 통소가 우리 황제 앞에 있네!
仙樂盈庭皆應律 션악영뎡ᄀᆡ응률	신선의 음악이 대궐 뜰에 가득하네!
君臣共醉大平筵 군신공췌대평년	태평연서 군신이 함께 취하시니,
帝意多懽是 뎨의다환시	임금님의 뜻은 오직 기쁨뿐이네!
此日銀漏莫催頻傳아! ᄎᆞ일은투막최빙뎐	이날의 시계야! 더디더디 가려무나!
文아! 武아! 문 무	문신들아! 무장들아!
官僚拜賀共祝皇齡아! 관료ᄇᆡ하공축황령	관료들이 함께 임금 장수를 절해 비네!

天臨玉輦 텬 림 옥 연	임금님이 타신 가마 하늘 높이 메고
廻金闕碧閣繞아! 회 금 궐 벽 각 요	화려한 대궐 주위 빙글빙글 도는구나!
祥煙아! 샹 연	상서로운 안개 놀아!
繽紛花戴列千行 빈 분 화 딕 렬 천 항	뒤얽힌 꽃다발을 머리에 인 많은 신하
笙歌寥亮盡神仙 성 가 요 량 진 선 션	생황과 노래 소리 드높은 곳 모두 신선
爭唱還宮樂詞아! 징 챵 환 궁 악 ᄉᆞ	다투어 부르는 궁중 음악 노래 소리
爲報聖壽萬歲아! 위 보 셩 슈 만 셰	임금님 만수무강 위하여 아룁니다.
爲報聖壽萬歲아! 위 보 셩 슈 만 셰	임금님 만수무강 위하여 아룁니다.

『고려사』본에 비하여 이 『악장가사』본은 국문으로 독음이 달려 있다는 것과 조흥사에 가까운 “나, 아, 야” 등의 토가 달린 것이 큰 차이이고, 노랫말 중에서 “성명(聖明)”이 “海東”, “신보(神補)”가 “佛補”로 되어 있는 것이 다르다. 또 『악장가사』본에는 “흔(欣)”이 있는데, 『고려사』본에는 없는 것과 “병(騈)”이 “幷”으로만 되어 있는 것도 다르고, 『악장가사』본의 “뎨산(梯山)”이 “南蠻北狄”으로 되어 있고, “화대(花戴)”가 “花黛”로 되어 있으며, 맨 끝 구절의 “爲報聖壽萬歲아!”가 『고려사』본에는 중복되지 아니한 것만이 다르다. 이로 보면, 이 노

래는 고려 왕건 태조 때에 지어져서 왕건 태조를 천자(天子)로 우러렀던 자취가 조선시대까지 궁중 음악으로 이어져 오면서 약간의 수정이 있었던 것처럼 풀이된다.

5. 25. 瓠木(호목)

이 작품은 『문헌비고(文獻備考)』의 「상위고(象緯考)」 "동요(童謠)"에 실려 있는데, 고종 36(3582, 1249)년 11월에 어린이들이 부른 노래라고 한다. 그 노랫말은 뜻글시 4 · 5언 혼용체로 뒤치어져서 전한다. (　) 속의 부분은 필자가 끼워 넣은 것이다.

瓠之木枝	박의 굵은 가지를
切之一水鐥	그것 잘라 한 개 복자
陋台木枝	낮은 언덕 나뭇가지
切之一水鐥	그것 잘라 한 개 복자
去兮去兮	가세나 가세나
遠而去兮	멀리 멀리 갈 거야.
彼山之巓	저 산 높은 꼭대기로
遠而去兮	멀리 멀리 갈 거야.
霜之不來	찬 서리 오기 전에
磨鎌刈麻	낫 갈아 삼을 베러

去兮(去兮) 가세나 (가세나!)
(遠而去兮) (멀리 멀리 가세나!)

이 작품은 어린이들이 불렀다고 하나 내용상으로 볼 때에 참요(讖謠)의 성격이 짙다. 첫 구의 "호지목지"는 일반 상식으로는 이해가 잘 되지 아니한다. 원래 "호(瓠)"는 우리말 "바가지의 박"과 "호로박 모양의 술병"이라는 뜻이 있다. 박은 넝쿨풀[蔓草]이기 때문에 나무가 아니니, 나뭇가지[枝]가 있을 수 없다. 넝쿨은 가닥이 있다. 여기서는 "가지다[持]"의 뜻으로 잘못 쓰인 것이 아닌가 싶다. 둘째 구에서는 넝쿨가닥을 잘라서 물복자를 만든다고 하였으니, 역시 어떤 깊은 상징성이 있는 것이 분명하다. 또 5-8구는 모두 "간다[去]"는 것이다. 가되 멀리 가고, 저 산꼭대기로 간다는 것이다. 이것은 도피(逃避)이다. 그리고 9-10구에서는 계절이 늦가을이라는 것을 알 수가 있다. 결국 이 작품은 고려시대 정치 변란과 사회 관습을 좀 더 깊이 천착하여 연구하면, 그 감상이 정확하게 이루어질 수 있을 것 같다.

6. 단(短) · 장가(長歌)의 발전(發展)

여기서 "단 · 장가(短 · 長歌)"라고 하는 말은 이미 앞에서 언급한 바 있지만 다시 한 번 밝히면, "단가(短歌=가곡+시조)"와 "장가(長歌=뜻글 긴 노래+가사)"를 줄여서 이른 것이다. 이제까지 단 · 장가의 발생 원인과 시기에 관하여 여러 학자들의 여러 가지 이론이 있었지만, 근래에 와서는 대체로 신라시대의 온빈글노래[完全借字歌]에서부터 비롯된 것으로 보고들 있다. 사실 필자는 『花郎世紀(화랑세기)』와 『均如大師傳(균여대사전)』과 『三國遺事(삼국유사)』 및 『高麗太師平山申氏壯節公遺事(고려태사 평산신씨 장절공 유사)』에 실리어 전하는 온빈글노래는 모두 단가라고 본다. 그리고 장가는 홍재휴(洪在烋)가

> (전략) 景德王代에 月明師가 지은 兜率歌 이야기에 「別有散花歌, 文多不載」라 한 三國遺事의 기록이라 할 수 있다. 이것은 곧 短型인 兜率歌보다 훨씬 더 긴 詩形態였음을 시사해주기 때문이다.(하략)[69]

라고 한 주장을 수용하여 단 · 장가 형식은 이미 삼국시대의 온빈글노래에서부터 발전되어 온 것으로 보아야 할 것이다.

69 洪在烋, 「歌辭文學論」, (『國文學槪論』, 螢雪出版社, 1985), 쪽 36.

이제까지 일본인 소창진평(小倉進平)이 처음 언급한 이른바 "4구체, 8구체, 10구체가"라는 말과 고려 때 최행귀(崔行歸)가 말한 "3구 6명체가" 등의 학술 용어들은 "단가형(短歌形) 온빈글노래"를 두고 이른 말들이라고 필자는 풀이한다. 온빈글노래 중에서는 장가(長歌)가 전하여 오는 작품이 없으므로 그 형식에 관하여 언급할 수가 없었던 것뿐이다.

그러나 필자는 단가와 장가는 동근이지(同根二枝)이므로 같은 시대에 같이 발생되었다고 본다.

6. 1. 고려의 단가(短歌)

6. 1. 1. 寒松亭(한송정)

이 작품은『고려사』권 71,「지」25, "악" 2에 아래와 같이 기록되어 전한다.

이 노래는 세상에 전하는 말로는, 큰 거문고 밑바닥에 쓰여진 것인데, 이 거문고가 물에 빠져 흘러서 강남땅에 닿았다. 강남 사람들이 그 노랫말을 풀이하지 못하고 있었다. 광종(光宗 : 재위 3282-3308, 943-975) 때에 고려 사람 장진공(張晉公)이 강남에 사신으로 갔더니, 강남 사람들이 그 노랫말의 뜻을 물으매, 장진공이 한시로 지어서 풀이하여 이르기를,

月白寒松夜 달빛 밝은 한송정 밤에
波安鏡浦秋 물결 잔잔한 경포대 가을이여
哀鳴來又去 슬피 울며 왔다가 돌아가니
有信一沙鷗 한 마리 갈매기만 신의가 있구나.

라고 하였다.[70]

박노춘(朴魯春 : 4245 – 4331, 1912 – 1998)은 “장진공은 곧 장연우(張延祐)”이라고 하며, 그 표기문자는 김윤경(金允經)의 말을 빌어서 빈글쓰기[借字表記]임을 밝히면서 아래와 같이 주장하였다.

(전략) 현전(現傳) 고시조(古時調)에,

寒松亭 ᄃᆞᆯ ᄇᆞᆰ은 밤의 鏡浦臺에 물결 잔 제
有信ᄒᆞᆫ 白鷗는 오락가락 ᄒᆞ것마는
엇덧타 우리의 왕손은 가고 안이 오는이.(『海東歌謠』)(중략)

라는 것이 있는데, 이 시조의 작자에 대하여 『海東歌謠』에는 〈紅粧〉이라고만 하였고(중략), 고려 초엽인 광종 · 현종 년간의 장연우(張延祐)와 고려 말엽의 홍장과는 너무도 경정(逕庭)이 심하며, 또 시조의 발생을 고려 중엽 내지 말엽으로 잡

70 “世傳此歌書於瑟底流至江南江南人未解其詞光宗朝國人張晉公奉使江南江南人問之晉公作詩解之曰(하략)”

> 는 것이 오늘날의 정설(定說)임에도 불구하고, 이 시조를 바로 「寒松亭曲」의 원사(原詞)로 잡을 수는 도저히 없다.(중략) 「寒松亭曲」의 원사(原詞)가, 고려 중엽까지 우리말 노래의 주류 장르인 사뇌가(詞腦歌)였을 것은 의심할 여지가 없다.

라고 하여 온빈글노래[完全借字歌]임을 주장하였다.[71]

위의 「한송정」을 뜻글시로 뒤친 사람이라는 광종 때의 장진공(張晉公)을 『東文選(동문선)』에서는 장연우(張延祐 : ? – 2349, ? – 1016)라고 하고 있다. 이 「한송정」은 『악학습령』 544에도 강릉기(江陵妓) 홍장(紅粧)을 지은이로 하여 아래와 같이 실려 있다.

> 寒松亭 달 밝은 밤에
> 鏡浦臺에 물결 잔 제
> 有信한 白鷗는 오락가락 하건마는
> 어떻다
> 우리의 王孫은 가고 아니 오는고?

라고 되어 있는 것으로 보면, 전 왕조시대의 온빈글노래가 입으로 전하여 오다가 자연스럽게 5장 7구의 가곡 형태로 틀을

71 朴魯春, 「'寒松亭曲'에 對하여」, 『韓國文學雜稿』, 시인사, 1987.

잡은 것임을 확인할 수가 있다.

그리고 이 노래에서 "가고 아니 오는" "우리의 王孫"은 누구일까? 의문이 일어난다. 필자는, 혹 신라의 끝 임금인 경순왕(敬順王 : 재위 3260-3268, 927-935)의 왕자들 중의 어떤 사람을 두고 이른 것이 아닐까 의문을 가지면서 이 작품이 지어진 때를 확인하기 위하여는 반드시 깊이 있게 연구되어야 하기 때문에 후학들에게 앞으로의 과제로 남겨둔다.

강릉 한송사지 석조보살좌상(江陵 寒松寺址 石造菩薩坐像)
국보 제124호, 높이 92.4cm, 소장품 번호 : 신수 1370,
국립중앙박물관 소장, 출처 : 문화재청

6. 1. 2. 최충(崔冲)의 단가(短歌)

이제까지 전하여 오는 오래된 노래 책[古歌集]에는 병와(甁窩) 이형상(李衡祥 : 3986 – 4066, 1653 – 1733)의 『樂學拾零(악학습령)』(4066 이전)과 남파(南波) 김천택(金天澤)의 『靑丘永言(청구영언)』(4061, 1728)과 김수장(金壽長)의 『海東歌謠(해동가요)』(4096, 1763)에는 고려시대 해동공자(海東孔子)라고 일컬어지는 성재(惺齋) 최충(崔冲 : 3317 – 3401, 984 – 1068)의 단가로 아래와 같은 작품들을 소개하고 있다.[72]

一生에 恨하기를
羲皇時節 못난 줄이
草衣를 무릅고 木實을 먹을망정
人心이
淳厚하던 줄을 못내 불워하노라.

(『악학습령』 43, 진본 『청구영언』 377)[73]

白日은 西山에 지고
黃河는 東海로 든다.
古來英雄은 北邙으로 가단 말가?

72 편의상 현대 맞춤법으로 고치어 소개한다. 이하 같음.

73 원문을 필자가 오늘의 맞춤법으로 옮겨 쓰며 형태도 가곡형으로 바꾸었음을 밝혀 둔다. 이하 인용 시가 작품은 같음.

두어라!
物有盛衰니 恨할 줄이 있으랴?

(『악학습령』 44, 일석본 『해동가요』 447)

앞의 작품은 지은이가 살고 있던 시대의 사회상이 불만스러운 것을 일러서 자기가 동경하는 이상세계를 그리워하며 노래한 것이다. 오늘날의 말로 표현한다면, 부(富)와 권세가 있다고 다 행복한 것이 아니며, 풀잎으로 부끄러운 곳을 가리고, 나무열매를 먹으며 살더라도 자신이 생각하는 행복감에 만족하는 것이 더할 수 없는 즐거움임을 강조한 것이다. 오늘날 남아메리카 아마존 강 유역에서 살고 있는 원시인들을 문명인들이 볼 때에는 무척이나 불쌍하고 참혹한 삶을 사는 것으로 생각하고 동정하는 이들이 많겠지만, 실제로 그들이 느끼는 행복지수는 애증(愛憎)과 탐욕(貪慾)으로 갈등하는 문명인들에 비하여 훨씬 높음을 확인하는 예와 같다.

뒤의 작품은 지금의 우리들이 차이나 땅으로 생각하고 있는 만주(滿洲)는 우리의 국토이었기에 밝은 태양이 서산으로 지는 진리와 황하(黃河)가 발해(渤海)의 동쪽으로 흘러드는 엄연한 사실을 전제(前提)하고, 예로부터 이제에 이르기까지 그 수많은 영웅호걸들도 죽음 앞에는 예외가 없음을 밝히고, 세상만사가 다 성쇠가 있으니 한하지 말고 순순히 받아들이자는 인생 달관(達觀)의 명언(名言)을 노래로 표현하고 있다.

지은이 최충(崔冲)은 본관이 대녕(大寧)이니, 지금의 황해도 해주(海州)가 아니고, 백이(伯夷)와 숙제(叔齊)가 살며 고사리를 캐어 먹던 고죽국(孤竹國)의 수양산(首陽山)이 있던 해주 사람이다. 자는 호연(浩然), 호는 성재(惺齋)·월포(月圃)·방회재(放晦齋), 시호는 문헌(文憲)이다. 고려 목종(穆宗) 8(3338)년에 갑과에 장원급제하여 현종(顯宗 : 재위 3342-3364, 1009-1031) 때에 습유보궐(拾遺補闕)·한림학사(翰林學士)·예부시랑(禮部侍郞)·간의대부(諫議大夫) 등 여러 벼슬을 거쳐 덕종(德宗 : 재위 3364-3367, 1031-1034) 때에 동지중추원사(同知中樞院事)·형부상서(刑部尙書) 등을 지내고, 정종(靖宗 : 재위 3367-3379, 1034-1046) 때에 상서좌복야(尙書左僕射)·판서북로병마사(判西北路兵馬使)·문하시랑평장사(門下侍郞平章事) 등의 요직을 지내고, 문종(文宗 : 재위 3379-3416, 1046-1083) 때에 문하시중(門下侍中)으로 도병마사(都兵馬使)를 지내고 동여진(東女眞)의 침입을 물리쳤으며, 문종 7(3386, 1053)년에 중서령(中書令)으로 치사(致仕)한 뒤에 후생을 기르며 여생을 보내었는데, 학도들이 너무 몰려 9재(齋)로 나누어 제자들을 길렀는데, 이들이 모두 과거에 급제하여 출세하게 되자, 이를 "구재학당(九齋學堂)"이라 하였고, 당시의 유명인들이 모두 그를 따라서 학당을 여니, 그중에서 이름이 널리 알려진 곳

만도 11이나 되어 후세인들은 구재학당을 포함하여 "12공도(公徒)"라고 하였다. 그리고 구재학당 출신을 "문헌공도(文憲公徒)"라고 하였다. 그리고 성재를 "해동공자(海東孔子)"라고 일컬으며 존경하였다. 특히 구재학당의 재명(齋名)을 "경업(敬業)·대빙(待聘)·대중(大中)·성명(誠明)·솔성(率性)·악성(樂聖)·조도(造道)·진덕(進德)·태화(大和)"라고 하였으니, 이는 유가 철학의 핵심이라고 하는 『중용(中庸)』의 가르침을 실천하도록 한 것에서 한국 유가 철학, 곧 성리학(性理學)이 송(宋)나라보다 앞섰음을 반증하는 것이 된다. 다만 그 저술들이 여러 차례의 무신난(武臣亂)을 통하여 불에 타 없어졌다고 생각된다. 그렇다고 화려하게 꽃 피었던 우리의 유가 철학을 주희(朱熹 : 1130 - 1200)에게 접을 붙이는 것은 한·한(韓·漢)의 민족 자존심의 문제 이전에 참과 거짓의 문제가 더 크기 때문에 언급하는 것이다. 주희의 조사(祖師)인 염계(濂溪) 주돈이(周敦頤 : 1017 - 1073)보다 성재(惺齋)는 33년이나 선배이었으니, 고려의 성리학(性理學)이 송(宋)나라의 그것보다 앞섰음을 우리들 스스로가 인정하여야 한다.

6. 1. 3. 곽여(郭輿)의 武侯歌(무후가)

아래 작품의 지은이 곽여(郭輿 : 3392 - 3463, 1059 - 1130)는

본관이 청주(淸州), 자는 몽득(夢得), 시호는 진정(眞靜)이다. 과거에 급제하여 후궁의 합문지후(閤門祗侯)로 있다가 홍주현(洪州縣)의 감무(監務)로 내려갔다. 임기를 마치고 사직한 뒤 금주(金州)로 가서 후학 양성에 힘쓰던 중 예종(睿宗 : 재위 3438-3455, 1105-1122)이 즉위한 뒤 불러주어 궁중에서 사부(師傅)의 대접을 받다가 물러나매, 왕이 약두산(若頭山) 한 봉오리를 주어 서재를 짓고, 머물게 하고 왕이 자주 산책하며 시를 읊고 담소하였다. 진정공이 작고하매, 왕은 정지상(鄭知常)으로 하여금 「山齋記(산재기)」를 짓게 하시고 시호를 내리시었다. 위에 든 옛 노래집에는 진정공이 지었다는 단가 두 편이 실리어 전한다.

南陽에 躬耕함은
伊尹의 經綸이오.
三顧草廬함은 太公의 王佐才라.
三代後
正大한 人物은 武候런가 하노라.

(『악학습령』 48, 가람본 『청구영언』 177)

五丈原 秋夜月에
어여뿔손 諸葛武侯
竭忠報國다가 將星이 떨어지니,

至今에
兩表 忠言을 못내 슬퍼하노라.

(『악학습령』 49, 일석본 『해동가요』 426)

위의 두 편은 모두 촉한(蜀漢)의 재상(宰相) 제갈량(諸葛亮 : 181-234)에 관한 송찬(頌讚)과 애도(哀悼)의 노래이다.

위의 최성재(崔惺齋)와 곽진정(郭眞靜)의 단가(短歌)들에 관하여는 후인의 안작(贋作)이라고 주장하는 이들이 아직도 상당수 있다.

6. 1. 4. 정지상(鄭知常)의 雨歇歌(우헐가)

동문수학한 벗 김부식(金富軾 : 3408-3484, 1075-1151)과 정적(政敵)이 되어 그 친구의 손에 참살된 비운의 문인으로 일컬어져오는 천재 시인 정지상(鄭知常 : ?-3468, ?-1135)은 초명이 지원(之元)이고, 호는 남호(南湖)이다. 예종 7(3445, 1112)년 문과에 급제하여 정언(正言)·사간(司諫)·기거주(起居住)를 지냈다. 역신(逆臣) 이자겸(李資謙 : ?-3459, ?-1126)을 축출한 척준경(拓俊京 : ?-3477, ?-1144)이 그 공을 믿고 참람히 행동하므로 왕께 상소하여 그를 유배시키고, 서경(西京)으로 천도할 것을 주장하는 묘청(妙淸)을 지지하여 백수한(白壽翰) : ?-3468, ?-1135)과 한패가 되어 일시에 삼성(三聖)이라는 칭

호를 받으면서 금(金)나라 토벌을 주장하였으나, 뒤에 오히려 묘청의 난으로 몰리어 김안(金安)·백수한 등과 함께 김부식(金富軾)에 의하여 죽임을 당하였다. 남호는 시에 뛰어나서 후세인들에 의하여 고려 12시인 중의 한 사람으로 존경받기도 하였다. 『청구영언』에는 아래와 같은 단가 1편이 전하여 온다.

雨歇長堤 草色多하니,
送君南浦動悲歌를
大同江水 何時盡고? 別淚年年添綠波l라.
勝地에
斷腸佳人이 몇몇인 줄 몰라라.

(육당본 『청구영언』 252)

이것은 남호가 지은 뜻글시 7언 절구 「送人(송인)」에 우리말 토를 달아 읊은 것이다. 이와 비슷하게 뜻글시에 우리말 토를 달아 지어진 작품으로는, 뒤에서 소개할 「태평곡」도 있지만 다음과 같은 작품도 있다.

千山에 鳥飛絕이오.
萬逕에 人蹤滅을
孤舟簑笠翁이 獨釣寒江雪이로다.

낚시에
절로 무는 고기 기 분인가 하노라.

(『악학습령』 656)

이 작품은 당나라 시인 유종원(柳宗元 : 773－819)의 「강설(江雪)」 시에 우리말 토를 달아 읽은 것에 감탄사(4째장)에 맺음말(결론 : 5째장)을 덧붙인 것이다. 이 덧붙인 4·5장은 뒤에 "어떻다 物外閒情은 漁翁인가 하노라"(서울대학본 『악부』 344)로 바뀌기도 하였다.

또 당나라 시인 전기(錢起 : 722－780)의 7언 절구 「歸雁(귀안)」에 우리말 토를 달고 4·5장을 지은이의 이름을 밝히는 것으로 끝맺은 것도 우리 옛 노래책에는 있다.

瀟湘何事等閑回요,
水碧沙明兩岸苔라.
二十五絃을 彈夜月하니, 不勝淸怨卻飛來라.
아마도
이 글 지은 자는 당 전기라.

(『南薰太平歌(남훈태평가)』 46, 이씨본 『詩餘(시여)』 122)

따라서 우리가 오늘날 가사(歌辭)니, 시조(時調)니 하는 단·장가는 전통적 온빈글노래 형식에 뜻글시 현토체가 가미되어 형성된 새로운 형태의 노래임을 짐작할 수가 있다.

6. 1. 5. 이규보(李奎報)의 단가

고려시대 인물 중에서 현재 가장 많은 저술을 남기고 있는 대문호인 이규보(李奎報 : 4501 - 3574, 1168 - 1241)는 자를 춘경(春卿), 호를 백운거사(白雲居士) · 백운산인(白雲山人), 시호를 문순(文順)이라고 하였다. 어려서부터 글짓기를 잘하였고, 한 번 읽거나 들으면 잊지 아니하고, 시 짓기와 거문고 타기와 술을 좋아하여 세상 사람들이 삼혹호선생(三酷好先生)이라고도 하였고, "권신(權臣)의 압객(狎客)" · "인중용(人中龍)"이라고도 하였다. 명종 20(3524, 1191)년에 진사가 되고, 신종(神宗) 2(3532, 1199)년에 동경(東京 : 지금의 경주시)에 반란이 일어나매 병마녹사(兵馬錄事) 겸 수제(修制)가 되어 종군하고, 희종(熙宗) 3(3540, 1207)년 최충헌(崔忠獻)의 명을 받아 「茅亭記(모정기)」를 짓고, 권보직 한림(權補直翰林)이 되고, 강종(康宗) 2(3546, 1213)년에는 40여운의 「孔雀(공작)」을 짓고, 사재승(司宰丞)이 되고, 고종 5(3567, 1234)년에는 좌사간(左司諫)이 되었다가 고종 17(3563, 1230)년에는 위도(猬島)로 유배되어 머물다가 고종 20(3570, 1237)년에 집현전 태학사(集賢殿太學士)가 되고, 고종 24(3570, 1237)년에는 문하시랑 평장사

(門下侍郞平章事)가 되어 벼슬을 그만두었다. 최충헌의 아들 최이(崔怡 : ? - 3582, ? - 1249)의 각별한 후원을 받아 고려 문인 중에서는 가장 많은 저술이 전할 수 있게 되어 문집 『東國李相國集(동국이상국집)』과 수필집 『白雲小說(백운소설)』이 전한다.

日暖코 風和한데,
鳥聲이 喈喈로다.
滿庭落花에 閑暇히 누었으니,
아마도
山家 今日이 太平인가 하노라.

(『大東風雅(대동풍아)』 72)

시인다운 멋이 느껴지는 봄날의 평화로운 분위기를 예찬한 노래이다.

6. 1. 6. 우탁(禹倬)의 白髮歌(백발가)

늙지 말려 하고
다시 젊어 보려터니
靑春이 날 속이고 白髮이 거의로다.
이따금

꽃밭을 지날 때면 罪 지은 듯하여라.

(『악학습령』 46, 서울대본 『악부』 386)

春山에 눈 녹인 바람
건듯 불고 간 데 없다.
적은 덧 빌어다가 불리고자 머리 위에
귀 밑에
해 묵은 서리를 녹여 볼까 하노라.

(『악학습령』 45, 진본 『청구영언』 403)

한 손에 가시를 들고,
또 한 손에 막대 들고,
늙는 길 가시로 막고 오는 白髮 막대로 치려터니,
白髮이
제 먼저 알고 지름길로 오더라.

(『악학습령』 47, 일석본 『해동가요』 578)

이상 3수의 단가는 그 주제가 늙음을 한탄하는 탄로가(嘆老歌)이다.

지은이 우탁(禹倬 : 3596-3676, 1263-1343)은 본관이 단양(丹陽)이고, 자는 천장(天章) · 탁보(卓甫), 호는 단암(丹巖) · 백운(白雲) · 역동(易東)이고, 시호는 문희(文僖)이다. 문과에 급제하여 영해사록(寧海司錄)이 되어 민심을 현혹시키는 요신(妖神)을 모신 사당(祠堂)을 철폐하게 하고, 감찰규정(監察糾正)으로 있을 때에 충선왕의 잘못을 극간하고 예안(禮安)으로 돌아가 나오지 아니하였다. 역동은 조선 이학(理學)의 시조가 되었다. 뒤에 성균관 좨주(祭酒)가 되었다.

6. 1. 7. 김원상(金元祥)의 太平曲(태평곡)

이 작품은 『고려사』 권 125, 「열전」 38, "김원상(金元祥)" 조에 아래와 같은 기록으로 전한다.

> 김원상(金元祥)은 충렬왕 때에 급제하여 조금 올라 주부(注簿)가 되었다. 이때에 적선래(謫仙來)라는 기생이 왕의 사랑을 받았다. 김원상과 내시 박윤재(朴允材)는 모두 적선래와 한 마을에서 살아 서로 왕래하고 있었다. 하루는 김원상이 새 노래인 「태평곡(太平曲)」을 지어서 적선래에게 가르쳤는데, 어느 날 대궐 안의 잔치에서 그 노래를 불렀더니, 왕이 듣고 질투하듯 낯빛을 바꾸면서 말씀하시기를, "이 노래는 글을 잘 아는 사람이 아니면 짓지 못할 것인데, 누가 지은 것이냐?" 하시니, 적선래가 대답하여 말하기를, "저의 오라비 김원상과 박윤재가 지은 것입니다."라고 하였다. 이에 왕은 기뻐하는 낯빛으로 말씀하시기를, "이러한 재주가 있으니, 등용하지 아니할 수 없다."하시고, 김원상은 통례문지후(通禮門祗候)를 삼고, 박윤재

는 권무(權務)에 임명하였다.(하략)[74]

라고 한 것인데, 필자는 이 「태평곡」이 곧 『時用鄕樂譜(시용향악보)』에 실려 전하는 「橫殺門(횡살문)」이라고 본다. 그 이유는 다음과 같다.

첫째, 「횡살문」의 내용이 당(唐)나라 시성(詩聖)으로 일컬어지는 두보(杜甫 : 712 - 770)가 당시 성도(成都)의 맹장(猛將) 화경정(花驚定)이 반역자 단자장(段子璋)을 소탕하고, 촉(蜀)땅에 머물면서 참람하게도 천자(天子)의 음악을 함부로 즐기는 방자한 행동을 꾸짖기 위하여 "화경(花卿)에게 줌[贈花卿]"이라는 시인 "錦城絲管日紛紛/ 半入江風半入雲/ 此曲祇應天上有/ 人間能得幾回聞"이라는 7언 절구에 우리말 토를 달아 노래한 것이다.[75] 따라서 충렬왕이 "능문자가 아니면, 지을 수가 없다."고 한 기록과 부합한다.

둘째, 이 작품의 이름이 「태평곡」인데, 「횡살문」도 끝구가 "아으 太平曲調를 奏明君ᄒᆞ숩노이다."인 것을 보면, 동일 작품임이 분명하다.

74 "金元祥忠烈朝登第稍遷注簿有妓謫仙來得幸於王元祥與內侍朴允材俱爲妓同里閈相往來元祥製新調太平曲令妓習一日內宴歌之王妬且變色曰此非能文者不能誰所爲耶對曰妾兄弟元祥允材所製王喜曰有才如此不可不用以元祥爲通禮門祇候允材爲權務.(하략)"

75 淸 楊倫箋注,「贈花卿」,『杜詩鏡銓』上,(里仁書局, 1981), 쪽 369.

셋째, 충렬왕께서 이 노래를 들으시고, "질투하듯 얼굴빛을 바꾸면서 누가 지은 것인가"를 물으셨다는 점은 당시 충렬왕의 정치적 처지가 원(元)나라의 지배하에서 불안한 나날을 보내고 있을 때이므로 왕이 원(元)나라에서 자기를 시험하기 위하여 세작(細作)을 보내어 부르게 한 것으로 오해한 결과이기 때문에 「횡살문」의 내용과 일치한다.

넷째, 「횡살문」은 무슨 뜻인가? 이병기(李秉岐)는 "홍살문[紅箭門]"이라고 「횡살문」을 풀이하면서 이 노래를 조선시대 작품으로 주장하였다.[76] 그러나 필자는 "횡살"은 "횡사(橫死)"의 피동형으로 판단한다. 그래서 고려의 망국을 불러온 문이라고 풀이한다. 그것은 왕 이하 많은 신하들이 어울려 주야 장천 "태평곡"을 노래하며 주지육림(酒池肉林)으로 세월을 보내었으니, 제 삼자의 객관적 눈으로 보았을 때에 고려를 횡사시키는 문으로서의 노래가 바로 이 「태평곡」이었다고 본 데에서 「태평곡」의 풍자적 별명으로 "횡살문"이라고 한 것이라고 풀이한다.

다섯째, 「태평곡」과 "신조(新調)"는 어떤 관계인가? 『고려사』의 기록에 따르면, 「태평곡」이 바로 "신조(新調)"이다. 신조는 "새로운 가락"이라는 뜻이니, 김원상이 두보의 뜻글시에

76 李秉岐, 「時用鄕樂譜의 한 考察」, 『한글』 113호.

우리말 토를 달아 읽은 노랫말에 "아으 奏明君ᄒᆞ숩노이다."를 붙이어 새로 만든 단가(短歌)에 새로운 가락을 얹어서 적선래에게 노래하게 한 것이 바로 새 노래인 「태평곡」인데, 이 노래로 인하여 나라가 망하게 되니, 그 이름이 「횡살문」으로 바뀌지게 된 것이라고 본다.

이 작품(태평곡=횡살문)을 아래와 같이 정리하여 적으면 곧 단가(短歌)인 가곡(歌曲) 형태가 된다.

> 錦城絲管이 日紛紛ᄒᆞ니
> 半入江風半入雲이로다.
> 此曲이 祇應天上有ㅣ니
> 人間에 能得幾回[77]聞고?
> 아으!
> 太平曲調를 奏明君ᄒᆞ숩노이다.

이것은 고려시대에 이른바 "가곡(歌曲)" 체의 단가(短歌)라는 문학 양식이 존재하였음을 증명하는 것이라고 하겠다.

6. 1. 8. 이조년(李兆年)의 多情歌(다정가)

이 작품의 지은이 이조년(李兆年 : 3601 – 3675, 1268 – 1342)

77 「횡살문」에는 "回"가 "時"로 되어 있음.

은 본관이 성주(星州)이고, 자는 원로(元老), 호는 매운당(梅雲堂), 시호는 문열(文烈)이다. 충렬왕 20(3627, 1294)년에 향공진사(鄕貢進士)로 문과에 급제하여 충렬왕 32(3639, 1306)년에 비서랑(秘書郎)으로 왕을 따라 원(元)에 들어갔을 때에 원나라 왕유소(王惟紹)와 고려의 송방영(宋邦英) 등이 왕의 부자를 이간하여 그 화를 입고 먼 곳으로 귀양갔다가 곧 풀리어 귀국하여 13년을 고향에 머물다가 충혜왕이 복위하여 정당문학 예문관 대제학(政堂文學藝文館大提學)이 되었다. 왕께 자주 간하여 듣지 아니하므로 벼슬을 그만두었다. 옛 노래책에 다음과 같은 단가 1편이 전한다.

梨花에 月白하고,
銀漢이 三更인 때
一枝春心을 子規야 알랴마는
多情도
病인 양하여 잠 못 들어 하노라.

(『악학습령』 550, 진본 『청구영언』 365)

이 작품은 너무도 유명하여 자하(紫霞) 신위(申緯 : 4102-4180, 1769-1847)가 뜻글시로 뒤친 것이 그의 『소악부(小樂府)』에 실리어 전한다.

6. 1. 9. 이방원(李芳遠)의 何如歌(하여가)

이 작품은 「하여가(何如歌)」라고 널리 알려진 것인데, 지은이는 당시 권력의 실세인 이성계(李成桂) 장군의 다섯째 아들인 이방원(李芳遠)이 정포은(鄭圃隱)에게 자기의 아버지를 도와 역성혁명(易姓革命)의 정치노선에 참여할 것인가 아닌가 그의 뜻을 알아보기 위하여 술자리를 베풀어놓고 넌지시 물어본 것이라고 한다.

이런들 어떠하며
저런들 어떠하리?
萬壽山 드렁칡이 얽어진들 기 어떠하리?
우리도
이같이 얽어져 百年까지 누리리라.

(『악학습령』 797, 진본 『청구영언』 216)

"만수산 드렁칡"은 당시 고려왕조의 정치 혼란상을 풍자한 말이다. 마지막 장의 "백 년까지 누리리라" 한 것은 새 국가를 건설하여 권세를 누리며 오래오래 살아보자는 혁명의 뜻을 은유한 것이다. 이 작품도 심광세(沈光世 : 3910-3957, 1577-1624)에 의하여 「하여가(何如歌)」로 뜻글시화되어 그의 『海東樂府(해동악부)』에 실리어 전한다.

지은이 이방원(李芳遠 : 3700-3755, 1367-1422)의 자는 유

덕(遺德), 호는 송헌(松軒)이다. 조선 태조의 5남으로 조선 개국에 공이 커서 뒤에 정안대군(靖安大君)에 피봉되었다가 조선 제3대왕 태종(太宗 : 재위 3734-3751, 1401-1418)이 되었다. 이 작품은 조선이 개국되기 전에 지어졌기 때문에 태종이 아닌 고려 유신으로 다루어 둔다.

6. 1. 10. 정몽주(鄭夢周)의 丹心歌(단심가)

이 작품은 앞에 든 이방원의 「하여가」와 같은 시간 같은 곳에서 「하여가」의 답가로 지어진 것이라고 한다.

이 몸이 죽어죽어
一百番 고쳐 죽어
白骨이 塵土되어 넋이라도 있고 없고,
임 向한
一片 丹心이야 가실 줄이 있으랴?

(『악학습령』 52, 진본 『청구영언』 8)

이 작품은 결국 정포은의 절명사(絶命詞)가 되고 말았다. 후인에 의하여 뜻글시화되어 심광세(沈光世)의 『해동악부』에는 「丹心歌(단심가)」, 이형상(李衡祥)의 『芝嶺錄(지령록)』에는 「圃隱歌(포은가)」로 이제까지 전하여 오고 있다.

지은이 정몽주(鄭夢周 : 3670－3725, 1337－1392)는 본관이 영일(迎日)이고, 초명이 몽란(夢蘭) · 몽룡(夢龍), 자는 달가(達可), 호는 포은(圃隱), 시호는 문충(文忠)이다. 공민왕 9(3693, 1360)년 삼장(三場)에 모두 장원 급제하여 예문관 검열(藝文館檢閱)이 되고, 공민왕 13(3697, 1364)년에 병마사(兵馬使) 이성계(李成桂 : 3668－3741, 1335－1408)의 종사관(從事官)이 되어 여진(女眞)이 쳐들어왔을 때에 이들을 막아내고, 예조정랑(禮曹正郎) · 사성(司成)을 지내고 공민왕 21(1372)년 서장관으로 명나라를 다녀와서 우왕 1(3708, 1375)년에 대사성(大司成)이 되어 원나라 섬기기를 반대하여 유배되기도 하였다. 우왕 6(3713, 1380)년에는 이성계를 따라 운봉(雲峰)에서 왜구(倭寇)를 물리쳐 밀직제학(密直提學)이 되고, 우왕 10(3717, 1384)년에는 명나라에 들어가 국교를 두텁게 하였으며, 2년 뒤에 또 명나라에 들어가 해마다 바치는 공물을 면제할 것을 청하고 돌아와 영원군(永原君)에 피봉되고, 창왕(昌王) 1(3722, 1389)년에는 대제학(大提學)이 되었으며, 이성계와 같이 공양왕(恭讓王)을 옹립하고 문하찬성(門下贊成)이 되고, 공양왕 4(3725, 1392)년에는 『대명률(大明律)』을 찬정하고, 조준(趙浚) · 정도전(鄭道傳) 등이 이성계를 추대하려는 사실을 알고 반대하다가 이성계의 아들 방원(芳遠)의 문객 조영규(趙英珪)에게 선죽교(善竹橋)에서 살해되었다. 성리학에 밝아 오부학당

(五部學堂)과 향교(鄕校)를 설치하여 유학(儒學) 발전에 공헌하였다.

6. 1. 11. 변대은(邊大隱)의 不屈歌(불굴가)

이 작품은 지은이와 연대를 알 수 없는 일반 서민의 음탕한 사설시조라고 다루어져 오던 것을 황패강(黃浿江 : 4263 - 4343, 1928 - 2010)이 대은(大隱) 변안열(邊安烈)의 「불굴가(不屈歌)」라고 고증하여 충절가(忠節歌)로 그 평가가 바뀌게 되었다.

> 이 가슴에 궁글 둥시렇게 뚫고
> 왼 새끼를 눈 길게 너슷너슷 꼬와 그 궁게 그 삿 넣고
> 두 놈이 두 끝 마주 잡아 이리로 흘근 저리로 훌적 흘근
> 훌적할 적에는 나남즉 남대되 그는 아무쪼로나 견디려니와
> 아마도
> 임 외오 살라면 그는 그리 못하리라.
>
> (진본 『청구영언』 549)

지은이로 알려진 변안열(邊安烈)은 원래 원나라 심양(瀋陽) 사람이었는데, 공민왕을 따라 귀화하여 원주 변씨(原州邊氏)로 사성을 받았다. 홍건적(紅巾賊)을 소탕하고 송도(松都)를 수복하는데 공이 있어 예의판서(禮儀判書)를 지내고, 최영(崔瑩 :

3649－3721, 1316－1388) 장군을 따라 제주를 정벌한 후에 지문하부사(知門下府事)가 되었으며, 나세(羅世) 등과 같이 왜구를 토벌하고 문하찬성사(門下贊成事)가 되었으며, 이성계(李成桂)의 부장(副將)으로 운봉(雲峰)에서 왜구(倭寇)를 토멸하였고, 위화도(威化島)에서 회군한 뒤 세력이 커지더니, 단양(丹陽)·안동(安東)에 침입한 왜구를 물리쳐 원주부원군(原州府院君)에 봉군되고, 공양왕 때에는 삼사사(三司事)에 올랐으나 김저(金佇)의 무고로 한양(漢陽)에 유배되었다가 배소에서 사형되었다. 이 작품은 배소에서 죽기 전에 지은 것인 듯하다.

6. 1. 12. 목은(牧隱)의 白雪歌(백설가)

白雪이 잦아진 골에
구름이 머흘레라.
반가운 梅花는 어느 곳에 피었는가?
夕陽에
홀로 서 있어 갈 곳 몰라 하노라.

(『악학습령』 51, 진본 『청구영언』 7)

이 작품의 지은이 이색(李穡 : 3661－3729, 1328－1396)은 본관이 한산(韓山)이고, 자는 영숙(潁叔), 호는 목은(牧隱), 시호는 문정(文靖)이다. 14세에 성균시(成均試)에 합격하여 16세에 별장(別將)에 보임되고, 20세에 원나라 수도 북경에 가서 성균관생이 되고, 이어서 원나라 태학에서 공부하여 공민왕 2(3686, 1353)년 26세에 문과에 급제하여 이듬해에 서장관(書狀官)으로 원나라에 사행하여 한림지제고(翰林知制誥)가 되고, 공민왕 16(3400, 1367)년에는 성균관 대사성(大司成)이 되었으며, 우왕 3(1377)년에는 우왕의 사부(師傅)가 되었다. 공양왕 때에 판문하부사(判門下府事)가 되었으나 개혁파의 상소로 인하여 장단(長湍) · 함안(咸安) 등지로 유배되어 옮겨 다니다가 조선이 건국된 뒤 태조가 예를 다하여 벼슬길로 나올 것을 권하였으나 사양하고, 피서하러 여강(驪江)으로 가다가 객사하니 후세인들이 의혹을 가졌다. 그의 제자인 권근(權近) · 변계량(卞季良) 등은 조선 유학의 주류를 이루게 되었다. 그의 저술로 『목은집(牧隱集)』이 전한다.

6. 2. 고려의 장가(長歌)

6. 2. 1. 나옹화상(懶翁和尙) 西往歌(서왕가)

나옹화상(懶翁和尙)의 장가(長歌)는 「나옹화상서왕가(懶翁和尙西往歌)」를 이른다. 이 「나옹화상서왕가(懶翁和尙西往歌)」는 4267(1934)년 조선어문학회에서 발행한 김태준(金台俊) 편

『朝鮮歌謠集成(조선가요집성)』 고가편 제1집에 소개된 이래 무관심 속에 묻혀 있던 것을 가람 이병기(李秉岐)가 그의 『국문학전사』에서 가사(歌辭)의 효시(嚆矢) 작품으로 소개한 이후 학계의 주목을 받게 되었다.[78] 이제 그 전문을 소개하겠다.

나도 이럴 만정　　세상에 인자러니,
무상을 생각하니,　　다 거짓 것이로세.
부모의 끼친 얼굴　　죽은 후에 속절없다.
적은 듯 생각하여　　세사를 후리치고,
부모께 하직하고,　　단표자 일납에
청려장을 비껴들고,　　명산을 찾아들어
선지식을 친견하여　　마음을 밝히리라.
천경 만론을　　낱낱이 추심하여
육적을 잡으리라.　　허공마를 비껴 타고,
마야검을 손에 들고,　　오온산 들어가니,
제산은 첩첩하고,　　사상산이 더욱 높다.
육근 문두에　　자취 없는 도적은
나며 들며 하는 중에　　번뇌심 베쳐놓고,
지혜로 배를 무어　　삼계바다 건너리라.
염불중생 실어두고,　　삼승 짐대에
일승 돛을 달아두고,　　춘풍은 순히 불고,

78 "李秉岐 · 白鐵, 『國文學全史』, 新丘文化社, 1960.

문경 대승사 묘적암 나옹화상 영정 (聞慶 大乘寺 妙寂庵 懶翁和尙 影幀)
경상북도 문경시 산북면 전두리에 소장, 시도유형문화재 제408호, 출처 : 문화재청

백운은 섯도는데, 인간을 생각하니,
슬프고 설운지라. 염불 마는 중생들아!
몇 생을 살려 하고, 세사만 탐착하여
애욕에 잠겼느냐? 하루도 열두 시요,
한 달도 서른 날에 어느 날에 한가할까?
청명한 불성은 사람마다 가졌은들
어느 날에 생각하며, 항사 공덕은
본래 구족한 들 어느 시에 내어 쓸까?
서왕은 멀어지고, 지옥은 가깝도세.
이보소! 어르신네. 권하노니
종제선근 심으소서. 금생에 하온 공덕
후생에 수하노니, 백년 탐물은
하루 아침 티끌이오. 사흘 하온 염불은
백천 만겁에 다함 없는 보배로세.
어와! 이 보배 역천겁이 불고하고,
긍만세이 장금이라. 건곤이 넓다 한들
이 마음에 미칠손가? 일월이 밝다 한들
이 마음에 미칠손가? 삼세 제불은
이 마음을 아오시고, 육도 중생은
이 마음을 저버릴세. 삼계 윤회를
어느 날에 그칠손가? 적은 듯 생각하여
마음을 깨쳐먹고, 태허를 생각하니,
산 첩첩 수 잔잔 풍 슬슬 화명명하고,

송죽은 낙락한데, 화장바다 건너지어
극락세계 들어가니, 칠보 금지에
칠보망을 둘렀으니, 구경하기 더욱 좋네.
구품 연대에 염불소리 잦아 있고,
청학 백학과 앵무 공작과
금봉 청봉은 하느니 염불일세.
청풍이 건듯 부니, 염불소리 요요하네.
어와! 슬프다. 우리도 인간에 나왔다가
염불 말고 어이할까? 나무 아미타불!

[수도사판본(修道寺板本)][79]

이 작품의 지은이 나옹화상에 관하여는 이미 앞에서 언급하였기에 여기서는 주린다.

일부 학자들은 이 작품을 후세인의 작이라고 하나, 필자는 나옹화상의 작임을 증명하여 학계에 보고한 일이 있다.[80] 특히 이 작품은 현재 학계에 알려진 이본이 너무도 많다. 그것이 바로 이 작품이 고려시대부터 입에서 입으로 전하여져 오다가 조선시대에 와서 우리나라 글자로 정착되었기 때문임을 증명하는 것이라고 생각한다.

79 崔康賢, 『歌辭文學論』, 새문社, 1986.
80 앞주의 책 참조.

6. 2. 2. 뜻글 장가[韓·漢文長歌]

우리나라는 뜻글을 읽거나 뜻글시를 음영(吟詠)할 때에 우리말 토를 달아 읽거나 읊조린다. 대체로 뜻글시체로 된 장가에 토를 달아 읽으면, 가사형태와 흡사하여진다. 이제 그 예를 조금씩 보기로 한다.

6. 2. 2. 1. 道詵踏山歌(도선답산가)

『고려사』 권 122, 「열전」 35. "김위제(金謂磾)" 조에 보면,

(전략) 또 제가 도선의 답산가를 보니, 거기에 이르기를,

송도 운수 다 하면,　　어디로 가려는가?
삼동에 해 돋는 곳　　그곳에 벌판 있네.
후대의 어진 사람　　이곳에 도읍하면,
한강의 어룡들이　　사해로 통하겠네.(중략)
송악산 진한과　　마한의 주인 되어
아아! 어느 때에　　그 운맥 다할 건가?
뿌리가 미세하여　　지엽 또한 그러하니,
겨우 백년 지나가면,　　어찌 아니 시들 건가?
만약에 새로운 꽃　　다시 한 번 피려거든
서울을 떠나가서　　양강을 건너가니
국왕이 왔다 갔다　　소문을 내려무나.
사해의 어룡들이　　한강으로 모여 들고,

순천 선암사 선각국사 도선 진영
(順天 仙巖寺 先覺國師 道詵 眞影)
보물 제1506호, 가로 112.5cm×세로 147cm, 출처 : 문화재청

나라와 백성들이　　태평세상 이루리라.(중략)
후대에 어진 이가　　인간의 운기 알면,
한강을 안 건너야　　그 운수 오래 간다.
만약 강을 건너가서　　도읍을 정한다면,
나라는 조각나서　　한강이 국경되리.

라고 하였습니다.(하략)[81]

라 하고, 또 김위제는 『三角山明堂記(삼각산명당기)』에서 다음과 같은 글을 인용하여 고려 숙종께 천도(遷都)를 권하고 있다.

(전략) 눈을 뜨고 머리 돌려　산세를 두루 보니,
북쪽을 등에 지고　남쪽을 향한 이곳
바로 명당 대지로다.　음과 양의 조화로
서너 겹 꽃이 피니,　자손이 번창하고,
이 산을 등에 지고　국가를 수호하리.
앞에 놓인 산들은　조공을 바치듯이
오륙 겹 둘러 있고,　부모 삼촌처럼
산봉들은 높이 섰네.　안문과 바깥문에
개가 세 마리씩　서서 왕을 지켜주네.
좌측의 청룡과　우측의 백호가
높낮음을 시비 말라!　사방의 장사꾼들
저마다 보배들을　바치러 올 것이오.
명예를 탐낸 이웃　손님들은 자식들이
부모를 따르듯이　모여 들어 일심으로

81 "(전략) 又竊觀道詵踏山歌曰松城落後向何處三冬日出有平壤後代賢士開大井漢江魚龍四海通(중략)松嶽山爲辰馬主嗚呼誰代知始終花根細劣枝葉然纔百年期何不罷爾後欲覓新花勢出渡陽江空往還四海神魚朝漢江國泰人安致太平故漢江之陽基業長遠四海朝來王族昌盛實爲大明堂之地也(중략)後代賢士認人壽不越漢江萬代風若渡其江作帝京一席中裂隔漢江.(하략)"

나라와 임금을　　　　　정성으로 도우리라.
임자년에 착공하면,　　정사년엔 태자 얻고,
삼각산에 정도하면,　　구년 뒤엔 사방에서
조회하러 모여 오리.(하략)[82]

라고 하였는데, 위의 작품에서 "임자" 년은 고려 인종 10(3465, 1132)년이고, "정사" 는 인종 15(3470, 1137)년이다.

이 노래를 숙종께 올릴 당시에는 숙종이 계속 집정할 것으로 믿고 임자년에 기공하여 정사년에 준공하여 이 글대로 한양으로 서울을 옮긴다면, 5년이 걸릴 것이라는 뜻이 된다.

이 노래에 의하면, 김위제는 한양(지금의 서울특별시)으로 수도 옮기기를 청원하였지만, 역사적으로는 인종 6(3461, 1128)년에 묘청(妙淸) 등이 평양(平壤=西京)으로 천도할 것을 주장하며 인종 13(3468, 1135)년에 난을 일으키었다가 이듬해 2월에 관군에 패하여 실패하였다. 결국 이들 「도선답산가」나 「삼각산명당기」 같은 작품은 풍수도참 사상이 짙은 교본성(教本性) 가사, 곧 장가라고 하겠다.

82 "三角山明堂記曰擧目回頭審山貎背壬向丙是仙鼇陰陽花發三四重親祖負山臨守護案前朝山五六重姑叔父母山聳聳內外門犬各三爾常侍龍顔勿餘心青白相登勿是非內外商客各獻珍賣名隣客如子來輔國匡君皆一心壬子年中若開土丁巳之歲得聖子憑三角山作帝京第九之年四海朝.(하략)"

6. 2. 2. 2. 東明王篇(동명왕편)

이 작품은 이규보(李奎報)가 남긴 문집 『東國李相國集(동국이상국집)』 권 3, 「古律詩(고율시)」에 실려 있다. 앞부분의 천지 창조와 인류 탄생에 관한 언급 몇 구를 소개하겠다. 왼쪽의 뜻글은 원문이고, 오른쪽의 국문은 필자가 뒤쳐 본 것이다.

元氣 ㅣ 判沍渾하여	뭉친 원기 갈라져서
天皇과 地皇氏라.	천황과 지황씨라.
十三과 十一頭니,	머리 십삼 수족 십일,
體貌 ㅣ 多奇異라.	체모가 많이 달라.
其餘 聖帝王도	그 남은 성군들도
亦備 載經史로다.	다 사서에 실려 있네.
女節은 感大星하여	여절은 태성 느껴
乃生太昊 摯하고,	이에 태호 지를 낳고,
女樞는 生顓頊하여,	여추는 전욱 낳아
亦感 瑤光暐로다.	북두성 빛 감응됐네.
伏羲는 制牲犧하고,	복희는 희생 짓고,
燧人은 始鑽燧하니라.	수인씨 불을 냈네.
生蓂은 高帝祥이요,	명엽 낢은 요의 상서,
雨粟은 神農瑞로다.	곡식 냄은 신농 상서.
青天은 女媧補이며,	푸른 하늘 여왜의 덕,
洪水는 大禹理라.	홍수는 우 다스림.

黃帝ㅣ 將升天할 새	헌원이 승천할 때
胡髥龍이 自至니라.	수염 난 용 절로 왔네.
太古의 淳朴時엔	먼 옛날 순박할 땐
靈聖을 難備記라.	영성한 일 못다 적네.
後世엔 漸澆漓하여	후세에는 인심 박해
風俗이 例汰侈로다.	풍속 너무 사치하네.
聖人이 間或生이라도	성인이 간혹 나도
神迹은 少所示라.	신령한 틈 안 뵈셨네.
漢의 神雀三年에	한나라 신작 3년
孟夏의 斗立巳에	4월달 갑인일에
海東의 解慕漱는	해동의 해모수는
眞是 天之子로	하느님 참 아들로
初에 從空中下한데,	하늘에서 처음 내려
身은 乘五龍軌하고,	자신은 오룡 수레 타고,
從者 百餘人은	종자들 백여 인은
騎鵠에 紛襂纚라.	고니 깃옷 현란하네.
淸樂이 動鏘洋하고,	맑은 음악 요란하고,
彩雲은 浮旖旎로다.	채운 펄펄 날리었네.(하략)

6. 2. 2. 3. 서하(西河)의 盤松歌(반송가)

이 작품은 임춘(林椿 : 의종 때 문인)의 문집인 『서하집(西河集)』 권 1에 실려 있는 고율시(古律詩)이다. 앞부분 일부를 토를 달아 읽어본다.

人言萬物이 生於天이라나/사람은 만물을 하늘이 냈다 하나,
天本无心 醜與姸이라./하늘은 본래 미추 뜻이 없다.
豈識紛紜千百態리?/천백가지 온갖 모양 어이 다 알겠나?
神愁鬼泣의 勞雕鐫은/귀신을 울리는 놀라운 조각술은
雖有良工이 騁奇巧라도/비록 양공이 재주를 부리어도
疲精竭慮리니 誰爭先가?/한계가 있으니 누가 앞서겠나?
不爾면 天公이 有造化하사/아니면 하느님이 조화를 부리셔
亦於何處에 施其權가/네게만 그 권세를 하느님이 베푸셨나?
吾觀草木狀하면 不同하여/내게는 초목 모양 모두가 달라보여
如人賦로 與多奇偏이라/사람처럼 치우침이 너무나 많구나.
(중략)
申屠의 兀其足에/申道剛의 지조처럼 올곧은 그의 발에
瓮盎의 高其肩이랴/독과 항아리의 드높은 어깨여라.
大哉여 天地間이로다/큼이여! 하늘과 땅 그 안에 가득하네.
耳目으론 不可窮幽玄일세/눈과 귀만으론 현묘함 다 못보네.
山海地誌는 多汗漫하여/산해경의 지리지는 너무도 산만하여
荒怪라나 萬象不傳이라/만상이 황당하나 다 전하지 않네.
(하략)

이 작품은 그 분량이 7언체 52구로 되어 있다. 키가 크기보다 소나무 가지들이 옆으로 많이 뻗어서 마치 우산 모양으로

자란 기이한 반송(盤松)의 모양을 찬미한 것이다.

지은이 서하(西河)는 성이 예천임씨(醴泉林氏)이고, 이름은 춘(椿) 외자이고, 자는 기지(耆之)이다. 여러 번 과거에 실패하고 정중부(鄭仲夫)의 난에 겨우 목숨을 부지할 수 있어 오세재(吳世才), 이규보(李奎報), 이담지(李澹之), 조통(趙通), 함순(咸淳), 황보항(皇甫沆) 공들과 해동 죽림칠현(海東竹林七賢)이 되어 유랑하며 술과 글짓기로 생을 마치었다.

6. 2. 2. 4. 무의자(舞衣子)의 불가(佛歌)

이 작품의 원명은 "해양(海陽)의 신사(信士) 10여인이 지은 이의 암자로 찾아와서 법어(法語)를 구하매, 송나라의 서암(瑞巖)스님이 즐겨 쓴 '주인공(主人公)' 이라는 화두(話頭)를 가지고 6게를 설(說)함[海陽信士十餘人到菴求法擧瑞巖主人公話因說六偈]" 이라는 뜻으로 된 긴 제목의 시인데, 여기서는 필자가 임의로 "불교가(佛敎歌)" 라고 하였다. 그 전문을 우리 말 토를 달아 읽어 보기로 한다.

主人公아 諾聽我箴하라.	주인공아! 내 훈계 기쁘게 들어주오!
最好는 堅除殺盜婬이네.	살생과 도둑질 음행 않음 가장 좋네.
火聚刀山은 難做得이니,	화취 도산들을 만들기 어려우니,
都緣은 是汝錯行心이라.	그것은 모두가 못된 네 마음 때문.

主人公아 諸聽我諭하라.	주인공아! 이르는 내말을 잘 들어라!
到處逢人이든 須愼口하라	어디서나 남에게는 말을 조심하라!
口是禍門이니 尤可防이라	입은 재앙의 문 막을수록 좋으니라.
維摩의 默昧를 宜叅取하라	유마거사 말없음을 살펴서 취하여라!
主人公아 諸心聽我辭하라	주인공아! 나의 이말 잘들어 명심하라!
十惡寃家를 速遠離하라.	10악의 원수들을 빨리 멀리 떠나거라!
惡自心生하여 還自賊이라.	악은 제 마음에서 나서 절 해치니라.
樹繁花果ㅣ 返傷枝라.	나무와 열매 많아 도리어 가지 찢네.
主人公아 諸聽我語하라	주인공아! 내가 하는 이 말을 잘 들어라!
旦暮에 浮生이 能幾許오?	아침과 저녁으로 뜬 목숨 얼마 살리?
昨日을 虛消하고 今日然이라.	어제를 허송하고 오늘도 그리하면
生來死去를 知何處아?	나서 온 곳 죽어갈 곳 어딘지 아느냐?
主人公아 諸惺惺着하라.	주인공아! 깨끗한 정신 잘 지녀라!
十二時中常自覺하라.	하루종일 언제나 정신 바짝 차려 살라!
從來身世는 太無端이니,	신세는 본래부터 전혀 근거 없는 것.
夢幻空化를 休把捉하라.	꿈과 허깨비와 허공을 잡지 말라!
主人公아 諸心耶佛아?	주인공아! 네 마음? 부처이냐?
非佛非心에 亦非物이면,	부처도 마음도 물건도 아니라면,
畢竟엔 安名喚作誰오?	필경엔 무엇이라 이름하여 부르리오?
喚住主人도 早埋沒이라.	주인이라 부를 때엔 넌 벌써 없으리라.

이 작품에서 나옹화상(懶翁和尙)의 「승원가(僧元歌)」와 비슷한 점을 엿볼 수가 있다. 마음 닦는 법을 가리키는 불교의 교

훈가이다.

6. 2. 2. 5. 동안거사(動安居士)의 帝王韻紀(제왕운기)

이 작품은 이승휴(李承休 : 3557 - 3633, 1224 - 1300)가 충렬왕 13(3620, 1287)년에 지어 왕께 바친 5 · 7언 뜻글시체의 역대가(歷代歌)요, 영사시(詠史詩)이다. 이 작품도 우리말 토를 달아 읽으면 훌륭한 가사(歌辭)형의 장가(長歌)임을 확인하게 된다.

이 작품의 지은이 이승휴(李承休)는 본관이 경산(京山)이고, 자는 휴휴(休休)이며, 호는 동안거사(動安居士)이다. 고종(高宗 : 재위 3546 - 3592, 1213 - 1259) 때에 과거에 급제하였으나 출세에 뜻이 없어 지금의 강원도 삼척시 두타산(頭陀山)에 들어가서 어머니를 모시며 학문에 전념하다가 원(元)나라 사행의 서장관(書狀官)으로 가서 뛰어난 글재주를 떨치었고, 벼슬이 충렬왕 26(3633, 1300)년에는 밀직부사감찰대부사림승지(密直副使監察大夫詞林承旨)에 이르러서 벼슬을 그만두고 다시 두타산으로 들어가서 생애를 마치었다. 저서로는 『제왕운기』와 『동안거사집(動安居士集)』이 전한다.

이제 『제왕운기』 하권의 앞부분 일부를 토를 달아 읽어본다.

(전략) 遼東에 別有一乾坤하여/요수의 동쪽에 딴 세상이 있어서

斗與中朝로 區以分이로다./두드러져 중조와는 지경이 나뉘었네.

洪濤萬頃이 圍三面하고./만경의 넓은 바다 삼면을 에워 있고,

於北有陸하여 連如線이로다./북으로 땅이 있어 실처럼 이어졌네.

中方千里ㅣ是朝鮮이니/한 가운데 일천리가 바로 우리 조선이니,

江山形勝이 名敷天이로다./강산의 좋은 형세 천하에 이름났네.

耕田鑿井하는 禮儀家이니/밭 갈고 우물 파서 예의로 사는 나라

華人이 題作小中華로다./화인이 이름 지어 소중화라 하였구나.

初誰開國하여 啓風雲고?/누가 처음 나라 열어 풍운을 일으켰나?

釋帝之孫이니 名檀君이시라./제석님의 손자이니 밝다 임금이네.

竝與帝高로 興戊辰하사/요임금과 한가지로 무진년에 일어나셔

經虞歷夏하사 居中宸이셨다./우하를 거쳐 나라 다스리고 계셨다.

於殷虎丁의 八乙未에/은나라 무정 임금 팔년 을미에

入阿斯達山하사 爲神이셨다./아사달 산에 드셔 산신이 되시었다.

享國이 一千二十八이라./나라 다스리기 일천 이십 팔년이라.

無奈變化ㅣ 傳桓因고?/환한 나라부터 변해 전함 어찌할까?

却後로 一百六十四에/이 뒤로 일백하고 육십 사년 만에

仁人이 聊復開君臣하니,/비로소 어진 이가 다시 나라 열었으니,

後朝鮮의 祖是箕子로다./후조선의 할아버지 기자 임금일세.

周虎의 元年己卯春에/주나라 무왕의 원년 기묘 봄에

逋來至此하여 自立國하시니/도망하여 이곳 오셔 나라 세우시니,

周虎ㅣ 遙封降命綸하니라./주나라 무왕이 말로써 인정했다.

禮難不謝라 乃入覲하여/사례 않기 어려워서 들어가 인사하고

洪範九疇의 問彝倫하시다./홍범 구주의 이륜을 알리셨다.(하략)

이 작품은 상하 2권으로 되어 있는데, 상권은 반고(盤古)에서 금(金)나라까지의 대륙의 역사를 7언 뜻글시로 짓고, 하권은 제1부에서 "동국 군왕 개국 연대(東國君王開國年代)"로 단제(檀帝)의 개국에서부터 발해국(渤海國)까지의 역사를 7언 뜻글시로 짓고, 제2부에서 "본조 군왕 세계 연대(本朝君王世系年代)"로 고려 태조에서 충렬왕까지의 역사를 5언 뜻글시로 지었다. 이 작품에서부터 지금의 차이나 대륙을 지배하였던 원 토박이 우리 조상들의 오랜 역사를 모두 잊어버리고, 한족(漢族)에게 빼앗긴 우리의 옛 땅을 길이 잊어버린 채 원(元)나라에 찢긴 압록·두만 두 강 이남의 당시의 현실을 그대로 받아들인 어리석음을 저질렀다. 지금 우리가 처한 이 상태가 또 몇 백 년 이어진다면, 고구려나 발해국과 요(遼)나라 금(金)나라까지 모두가 차이나의 역사 속에 묻히게 될 것이다.

6. 2. 2. 6. 태고화상(太古和尙)의 太古庵歌(태고암가)

이 작품은 태고(太古) 보우(普愚 : 3634 – 3715, 1301 – 1382)스님이 충혜왕(忠惠王) 복위 2(3674, 1341)년에 지금의 서울특별시 도봉구에 있는 삼각산(三角山)에 태고암(太古庵)을 짓고 수도하면서 지은 불교의 선가(禪歌)이다. 그 일부를 우리말 토를 달아 읽어 보면 다음과 같다.

吾住此庵에 吾莫識이로다.	내가 이 암자에서 살아도 모르겠네.
深深密密하되 無壅塞이라	아주 깊고 좁지만 옹색하진 아니하네.
函盖乾坤이니 沒向背로다	천지가 함 속이니 앞뒤를 모르겠네.
不住東西하니 與南北이라	동서로 아니 사니 남북에도 아니 사네.
珠樓 玉殿도 未爲對로다.	보배로 지은 집채 마주할 수 없구나.
少室風規도 亦不式이라.	소림사의 풍규를 본받지 않았어도
爍破八萬에 四千門하니,	팔만 사천 법문들을 녹여 부쉈거니,
那邊雲外에 青山碧고?	구름 밖 푸른 청산 어디에 있겠는가?
山上白雲은 白又白인데,	산위의 흰 구름은 희고 또 흰데,
山中流泉은 滴又滴이라.	산속의 샘물 흘러 방울방울 떨어지네.
誰人이 解看白雲容가?	흰 구름의 저 모양을 누가 볼 줄 아나?
晴雨有時에 如電擊이라.	맑은 날 비 오는 날 번개도 번쩍이네.
誰人이 解聽此泉聲고?	이 샘의 물소리를 누가 들을 줄을 아나?
千回萬轉하며 流不息이라.	천만굽이 돌고돌아 쉼없이 흘러가네.
念未生時에 早時訛어니,	생각이 일기 전에 먼저 잘못 되었거니,
更擬開口하면 成狼藉하리.	다시 입을 열면 어지럽기 심하리라.
經霜經雨ㅣ 幾春秋가?	추위와 더위 겪기 몇 해나 되었는가?
有甚閑事ㅣ 如今日이라.	너무도 한가하기 늘 오늘과 같았었네.
麤也湌細也ㅣ 湌食이니,	거칠거나 옥식이나 먹어야 할 음식이니,
任儞人人에 取次喫하라.	사람마다 마음대로 먹도록 맡겨 두라.
雲門糊餠에 趙州茶라도	운문의 풀떡과 조주의 차이라도

何似庵中의 無味食리?	어찌 이 암자의 맛없는 밥 만하리?
本來如此니 舊家風을	본래부터 이러한 옛 이 집의 풍규들을
誰敢與君과 論奇特가?	그대와 누가 감히 기특함을 논하겠나?
一毫端上太古庵이나,	하나의 터럭 위에 태고암이 있지마는
寬非寬兮여 窄非窄이로다	넓어도 넓지 않고 좁아도 좁지 않네.

(하략)

태고스님은 이 「태고암가」 외에 「雜華三昧歌(잡화삼매가)」와 「山中自樂歌(산중자락가)」와 「白雲庵歌(백운암가)」 등의 작품들도 지었다. 지은이 태고스님에 관하여는 이미 앞에서 언급한 바 있으므로 여기서는 줄인다.

6. 2. 2. 7. 나옹화상의 翫珠歌(완주가)

나옹(懶翁) 혜근(慧勤)스님은 앞에서 이미 말한 바 「나옹화상서왕가」의 지은이이기도 한데, 그는 뜻글 장가로 「枯髏歌(고루가)」와 「百衲歌(백납가)」와 일명 「靈珠歌(영주가)」라고도 하는 이 「완주가」도 지었다. 이 작품들은 그의 『歌頌集(가송집)』에 실려서 전한다.

여기서는 「완주가」의 일부를 소개한다.

這靈珠는 歌玲瓏하니,	신령스런 구슬이여! 영롱함을 노래하니,
體徧河沙ㅣ 內外空이라.	하사를 둘러싼 몸 안팎이 비어 있네.

人人이 袋裏堂堂有라　사람마다 당당하게 자루 속에 담겨 있어
弄去弄來에 弄莫窮이로다 오며가며 희롱해도 다함이 전혀 없네.
或摩尼요 或靈珠라니,　때로는 머리되고, 때로는 영주되니,
名相雖多로되 體不殊로다 이름 모양 허다해도 몸은 오직 하나이네.
刹刹塵塵에 明了了하니,　세계마다 티끌마다 분명하기 한없으니,
還如朗月이 滿江秋로다.　밝은 달이 가을 강에 가득 찬 듯하네,
飢也他며 渴也他니,　배고픔도 그것이며 목마름도 그 것이니,
知渴知饑도 不較多ㅣ라　목마르고 배고픔을 알고 나면 별것 없네.
晨朝喫粥에 齋時飯하고,　새벽아침 죽 먹고 재 뒤엔 밥을 먹고,
困則打眠也에 不差로다　곤하여도 자지 않아 어긋남이 전혀없네.
差也他요 正也它이니,　어긋남도 그것이요, 바름도 그것이니,
不勞開口念彌陀로다.　쉽게 입을 열어 아미타불 염호하네.
若能着着하며 無能着이면 집착을 거듭하다 집착하지 않는다면,
在世縱橫이 卽薩埵로다.　세상에서 자유로워 그가 곧 보살이네.
此心珠는 難把捉이니,　이 마음 구슬은 잡을 수가 없으니,
宛轉玲瓏難可得이로다.　이저리 굴리어도 영롱함은 못 잡겠네.
無相無形이 現相形하니,　형상이 없건마는 그 모양을 드러내니,
往返無蹤하여 非可測이라 오감이 자취없어 헤아릴 수 전혀없네.
追不及에 忽自來하고,　좇아가도 못 따를 때 문득 절로 오고,
暫到西天에 瞬目廻로다.　잠시에 극락 갔다 눈 깜짝 돌아오네.
放則虛空이 爲袍內요　풀어두면 넓은 허공 옷깃 안에 감싸 안고,
收則微塵도 難析開로다　거둬 두면 작은 티끌 그것도 못 쪼개네.
不思議로다 體堅剛이여!　이상코도 이상하다. 몸뚱이의 굳음이여!

牟尼ㅣ喚作自心王이라. 스스로 석가모니 심왕이라 부르셨네.
運用이 無窮又無盡인데, 운용이 무궁하고 또한 무진인데,
時人이 妄作本自忘이라 세상 사람들이 망령되어 절로 잊네.

(하략)

이 작품은 사람의 마음을 노래한 참선 수도가(參禪修道歌)이다. 현전 고려 불교문학 작품 중에서는 뛰어난 선시이라고 하겠다.

7. 고려(高麗)의 놀이문학[演戱文學]

7.1. 處容歌(처용가)

처용의 얼굴 가면
『악학궤범』에서 인용함

여기서 말하는 「처용가」는 신라시대 온빈글노래 「처용가」를 바탕으로 한 벽사진경(辟邪進慶)의 놀이문학[演戱文學]으로 풍속이 되어 고려시대까지 전하여지면서 노랫말이 덧붙여져 조선시대 말엽까지 유행되었다. 이는 얼

마 전까지도 음력 정월 보름께 제웅팔기의 민속으로 이어져 왔다.

(前腔) 신라셩ᄃᆡ 쇼셩ᄃᆡ 텬하대평 라후덕
新羅盛代 昭盛代 天下大平 羅候德

쳐용아바
處容

이시인ᄉᆡᆼ애 샹불어ᄒᆞ시란ᄃᆡ
以是人生 常不語

이시인ᄉᆡᆼ애 샹불어ᄒᆞ시란ᄃᆡ
以是人生 常不語

(附葉) 삼ᄌᆡ 팔란이 일시 쇼멸ᄒᆞ샷다.
三災 八難 一時 消滅

(中葉) 어와 아ᄇᆡ이여 쳐용아ᄇᆡ 즈이여
處容

(附葉) 만두삽화계우샤 기울어신 머리예
滿頭挿花

(小葉) 아으 슈명댱원ᄒᆞ샤 넙거신 니마해
壽命長遠

(後腔) 산샹 이슷 길어신 눈썹에
山象

ᄋᆡ인샹견ᄒᆞ샤 오ᄋᆞᆯ어신 눈네
愛人相見

(附葉) 풍입영뎡ᄒᆞ샤 우글어신 귀예
風入盈庭

(中葉) 홍도화ᄀᆞ티 븕거신 모야해
紅桃花

(附葉) 오향 마ᄐᆞ샤 웅긔어신 고해
五香

(小葉) 아으 천금 머그샤 어위어신 이베
千金

(大葉) ᄇᆡᆨ옥류리 ᄀᆞᄐᆡ ᄒᆡ어신 닛바래
白玉琉璃

인찬복셩ᄒᆞ샤 미나거신 ᄐᆞᆨ애
人讚福盛

칠보 계우샤 숙거신 엇게예
七寶

길경 계우샤 늘의어신 ᄉᆞ맷길헤
吉慶

(附葉) 설ᄆᆡ 모도와 유덕ᄒᆞ신 가ᄉᆞ매
有德

(中葉) 복디구족ᄒᆞ샤 브러거신 ᄇᆡ예
福智俱足

홍뎡 계우샤 굽거신 허리예
紅鞓

(附葉) 동락대평ᄒᆞ샤 길어신 허튀예
同樂大平

(小葉) 아으 계면도ᄅᆞ샤 넙거신 바래
界面

(前腔) 누고 지어 셰니오? 누고 지어 셰니오?

바늘도 실도 업시 바늘도 실도 업시

(附葉) 쳐용아비를 누고 지어 셰니오?
處容

(中葉) 마아만 마아만 ᄒᆞ니여!

(附葉) 십이졔국이 모다 지어 셰온
十二諸國

(小葉) 아으 쳐용아비를 마아만 마아만 ᄒᆞ니여
處容

(後腔) 머자 외야자 록리야!
綠李

ᄲᆞᆯ리 나 내 신ᄉ고ᄒᆞᆯ ᄆᆡ야라.

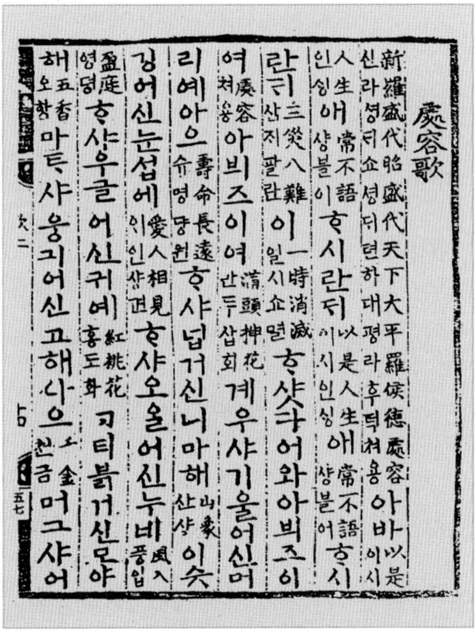
處容歌
新羅盛代昭盛代天下大平羅候德處容아바 以是
人生애常不語ᄒᆞ시란ᄃᆡ 以是人生애常不語ᄒᆞ시
란ᄃᆡ 三災八難이 一時消滅ᄒᆞ샷다 어와아비즈이
여 處容아비즈이여 淸頭揷花계우샤 기울어신머
리예 아으 壽命長遠ᄒᆞ샤 넙거신니마해 山象이슷
깅어신눈섭에 愛人相見ᄒᆞ샤 오올어신누네 風入
盈庭ᄒᆞ샤 우글어신귀예 紅桃花ᄀᆞ티 븕거신모야
해 五香마ᄐᆞ샤 웅긔어신고해ᄂᆞ으 千金머그샤어

樂章歌詞本 處容歌

(附葉) 아니옷 미시면 나리어다. 머즌 말.

(中葉) 동경(東京) 볼근 ᄃᆞ래 새도록 노니다가

드러 내 자리롤 보니 가ᄅᆞ리 네히로새라.

(小葉) 아으 둘흔 내해어니와 둘흔 뉘해어니오?

(大葉) 이런 져긔 쳐용(處容)아비옷 보시면,

열병신(熱病神)이야 회(膾)ㅅ가시로다.

천금(千金)을 주리어 쳐용(處容)아바

칠보를 주리어 쳐용아바
七寶　處容

(附葉) 천금도 칠보도 말오
千金　七寶

열병신을 날 자바 주쇼셔.
熱病神

(中葉) 산이여 ᄆᆡ히여 쳔리외예
山　千里外

쳐용아비를 어여 녀거져.
處容

(小葉) 아으 열병대신의 발원이샷다.
熱病大神　發願

(『장가사』)

이 작품은 신라시대 온빈글노래 「處容歌(처용가)」와 이름이 같으나 내용은 꼭 같지 아니하므로 구별할 필요가 있어서 필자는 이 작품을 "고려처용가"라고 부른다. 이 「고려처용가」가 실려 있는 『樂學軌範(악학궤범)』에는 이 노래 뒤에 다음과 같은 댓글이 실려 있다.

위의 노래는 신라 헌강왕께서 학성(鶴城)에 놀러 가셨다가 돌아오실 때에 개운포에 이르렀을 때에 어떤 괴상한 사람이 이상한 옷을 입고 왕의 앞에 와서 인사를 드리고, 노래를 부르고, 춤을 추며 왕의 덕을 기리고 왕을 따라 서울로 들어왔으니, 스스로 처용(處容)이라고 하였다. 매일 저자에서 노래 부르며 춤을 추었는데, 마침내 그의 행방을 알 수 없었다. 후인이 그를

이상하게 생각하고, 시를 지어 이르기를,

옛날 신라시대 처용이란 늙은이가	新羅昔日處容翁
푸른 바다 건너 왔다 이야기 하였다네.	見說來從碧海中
하얀 이빨 붉은 입술 달밤마다 노래 불러	貝齒赤脣歌夜月
어깨 들썩 붉은 소매 봄바람에 춤을 췄네.	鳶肩紫袖舞春風

라고 하였다.[83]

이 기록은 필자가 이미 간행한 『새로 읽는 한국중고문학사』에서 처용의 정체를 아랍계 상인이라고 밝히고 처용(處容)이라는 이름은 "머물러 사는 것이 용납된 사람[處容]" 곧 오늘날의 말로 표현하면, 신라에서 동양인이 아닌 중동지역 사람으로 영주권(永住權)을 받은 최초의 귀화인(歸化人)이라고 한 주장을 옳다고 증언하여 주는 보기이라고 풀이한다. 또 "매일 저자거리에서 노래 부르고 춤을 추었다.[每日歌舞於市]"는 사실도 바로 필자가 앞에서 논증한 바 처용의 아내(필자는 "살림 도우미"라고 봄)가 신라인(新羅人) 연인(戀人)을 처용 몰래 만날 수 있는 빌미가 되었음을 증언하고 있는 것으로 풀이한다. 그리고 "마침내 그의 행방을 알 수 없었다."고 한 것은 처용이 동양

83 "右新羅憲康王遊鶴城還至開雲浦有一人奇形詭服詣王前歌舞讚德從王入京自號處容每日歌舞於市竟不知其所在後人異之作詩.(하략)"

계(東洋系) 사람이 아니기 때문에 오래 신라에서 머물러 살 수 없는 이방인의 고독감에서 온 회향병(懷鄕病)으로 인하여 결국은 아무도 모르게 죽었거나, 아니면 자기의 고국으로의 귀향을 위하여 비밀리에 출국한 것을 의미한다고 하겠다.

그리고 이 작품의 내용은 고려시대에 놀이문학으로 연희되어 온 극가적(劇歌的) 성격을 지니고 있는 것이 특징이다. 여증동(呂增東)은 그의 「고려 처용노래 연구」[84]에서 첫줄 "신라셩딗 쇼셩딗"에서 "처용 아비즈이여!"까지를 "머리말 노래(Prologue)"라 하고, "만두삽화 계우샤 기울어신 머리에"부터 "아으, 계면 도르샤 넙거신 바래"까지를 "처용의 모습(분장 1) 노래"라고 하고, 전강(前腔)의 "누고 지어 셰니오!"에서 부엽(附葉)의 "처용아비를 누고 지어 셰니오!"까지를 "처용의 모습(분장 2) 노래(모습의 반복)"라고 하고, "마아만 마아만 ᄒᆞ니여"에서 "아으, 처용아비를 마아만 ᄒᆞ니여!"까지를 "처용의 모습(분장 3) 노래(많음의 탄복)"라고 하고, "머자!"의 후강(後腔) 전체를 "명령"으로 보았고, "아니옷"의 부엽(附葉)을 "협박"으로 풀이하였으며, "동경 볼근 ᄃᆞ래"부터 "둘흔 뉘해어니오."까지의 중엽(中葉)과 소엽(小葉)을 "굴러든 노래(Episode)"로 보았으며, "이런 저긔"에서 "회ㅅ가시로다."의 대엽(大葉)의 일부를 "무

84 呂增東, 「고려 처용 노래의 연구」, 『高麗歌謠硏究』, 국어국문학회, 1979. 여증동, 『한국문학사』, 형설출판사, 1983.

대 지시 (1·2)"로 분석하고, 부엽(附葉)의 "천금을 주리여!"에서 " 열병신을 날 자바 주쇼서"까지를 "대화 (1·2)"라 하고, 끝부분 중엽(中葉)과 소엽(小葉)의 전부를 "맺음말 노래(Epilogue)"로 분석하여 "고려 처용 노래"의 구조를 밝히었다. 사실 이 노래는 "열병대신(熱病大神)"을 물리치기 위하여 민간에서 벽사진경(辟邪進慶)의 놀이로 이어오던 연희(演戲)가 고려 고종 23(3569, 1236)년 2월에는 지금의 인천광역시에 딸린 강화도(江華島) 궁중(宮中)에서 놀기 시작하여 이후로는 산대도감(山臺都監)에서 주관하는 궁중나례(宮中儺禮)로 즐겨지면서 조선의 고종 때까지 이어져왔다는 기록이 이 작품이 『서경별곡』·『정석가』·『한림별곡』 등과 같은 놀이문학[演戲文學]임을 분명하게 증명하여 주고 있다.[85]

7. 2. 별곡류(別曲類)

이미 앞에서 언급하였지만, 경기체가류의 「한림별곡」과 같은 별곡류(別曲類)의 작품들은 원(元)나라의 문화적 영향을 받은 결과로 원나라 희곡을 모방한 놀이문학의 고려의 것을 원곡(元曲)과는 다른 고려의 희곡이라는 뜻으로 별곡이라고 일컬

85 『고종황제실록(高宗皇帝實錄)』 광무(光武) 6(4135, 1902), 5월 17일.

어진 것으로 보면 산대도감(山臺都監) 놀이와도 연맥이 된다. 그것은 뒤에 몇 가지 갈래로 나뉘어서 판소리계와 사당패 놀이와 각종 탈춤놀이[假面演戱]로 전승되어졌다고 파악된다. 그 증거로는 조선시대에 들어와서 송강(松江) 정철(鄭澈)이 지어 불렀던 기행가사 「관동별곡(關東別曲)」이 임진왜란 이후까지도 기녀(妓女)들에 의하여 악기 연주와 함께 연창(演唱)된 사실을 들 수가 있다.[86]

8. 고려(高麗)의 이야기 문학(수필 · 소설)

8. 1. 이야기 문학의 세 유형

이야기 문학은 크게 입말 이야기문학[說話]과 글말 이야기문학[隨筆 · 小說]으로 나눌 수 있다.

먼저 입말 이야기문학[說話]은 이제까지 우리 학계에서 "구비문학(口碑文學, Oral Litterature)" 또는 "구전문학(口傳文學)", "유동문학(流動文學)" 또는 "적층문학(積層文學)" 또는 "표박문학(漂迫文學)"이라고도 일컬어지는 문학의 한 하위 종

86 최강현, 『한국기행가사연구』, 신성출판사, 2000.

(種)이다.

입말 이야기문학은 다시 그 하위 양식으로 신화(神話, Myth), 전설(傳說, Legend), 민담(民譚, Folktale) 등 세 분야로 나누어 논의하고 있다.

여기서는 각 유형별로 대표적인 것들을 간략하게 소개한다.

8. 1. 1. 이야기문학[說話]

8. 1. 1. 1. 고려 태조의 출생담

현재 우리가 읽을 수 있는 『고려사』의 책머리[권수]에는 「高麗世系(고려세계)」로 다음과 같은 기록이 있다.

(전략) 세조(世祖 : 王隆)는 송악(松嶽)의 옛집에 살다가 그 남쪽에 또 새집을 지으려 하였다. 그 터는 연경궁(延慶宮) 봉원전(奉元殿)의 터이었다. 이때에 동리산(桐裏山) 조사(祖師)인 도선(道詵 : 3160-3231, 827-898)스님이 당(唐)나라에 들어가서 일항지리법(一行地理法)을 배우고 돌아와서 백두산으로 올라갔다가 곡령(鵠嶺)에 이르러서 세조(世祖, 王隆)가 새로 짓는 집을 보고, "검은 기장[穄]을 심을 땅에 왜 삼[麻]을 심었을까?" 하는 말을 남기고 가는 것을 몽부인(夢夫人)이 듣고 곧 세조께 이를 알리었다. 세조는 급히 도선스님을 따라가서 만나니 전부터 알던 사람처럼 대하여 마침내 도선은 세조와 함께 곡령으로 올라

태조 어진 복원 모사도(太祖 御眞 復原 摸寫圖)
가로 163.5cm, 세로 284.0cm, 출처 : 국립고궁박물관(http://www.gogung.go.kr)

가 산수의 맥을 살펴 위로는 천문을 보고, 아래로는 때의 운수를 살핀 뒤에 말하기를, "이 땅의 맥은 북쪽 백두산에서부터 오고, 물은 모목간(母木幹)에서 흘러와 말머리에 떨어진 명당(明堂)이오. 그대는 수명(水命)이니, 마땅히 물의 큰 운수를 따라 집을 6 · 6으로 짓고 36구(區)로 만들면, 천지의 큰 운수가 부응하여 내년에는 반드시 신성한 아들을 낳을 것이니, 이름을 왕건(王建)이라 짓는 것이 좋겠소." 하고, 이어 관계되는 괘를 짓고 그 밖에 쓰기를 "삼가 글을 받들고 백 번 절하면서 장차 삼한을 통합할 주인인 대원군자(大原君子)님께 바칩니다." 하고는 가버렸다. 이때는 당 희종(僖宗) 건부(乾符) 3(신라 헌강왕 2, 3209, 876)년 4월이었다. 세조는 도선스님의 말대로 집을 짓고 살았다. 그 달에 위숙왕후(威肅王后=夢夫人)는 임신하여 마침내 태조(王建)를 낳았다.(하략)[87]

이 이야기는 오랫동안 입에서 입으로 전하여 오다가 김관의(金寬義)의 『編年通錄(편년통록)』과 민지(閔漬)의 『編年綱目(편년강목)』들을 통하여 조선시대에 이르러 다시 정착된 것으로

87 "(전략)世祖居松嶽舊第有年又欲創新第於其南卽延慶宮奉元殿基也時桐裏山祖師道詵入唐得一行地理法而還登白頭山至鵠嶺見世祖新構第曰種穄之地何種麻耶言訖而去夫人聞而以告世祖倒屐追之及見如舊識遂與登鵠嶺究山水之脈上觀天文下察時數曰此地脈自壬方白頭山水母木幹來落馬頭明堂君又水命宜從水之大數作宇六六爲三十六區則符應天地之大數明年必生聖子宜名曰王建因作實封題其外云謹奉書百拜獻書于未來統合三韓之主大原君子足下時唐僖宗乾符三年四月也世祖從其言築室以居是月威肅有娠生太祖.(하략)"

보아야 할 구전문학 작품이다. 도선스님의 풍수지리설(風水地理說)과 고려 태조의 출생의 비밀에 관한 기록이다. 이 이야기 중에서 도선스님의 풍수설에서 백두대간의 지맥 설명이 나오는 것은 우리 천손족들이 백두산을 신성시하는 백두산관(白頭山觀)의 시원이 되는 것 같다.

이 이야기는 역시 아직 거짓으로 꾸며낸 이야기의 수준에 이르지 못하는 수필이다. 다시 말하면, 소설(小說=허구+갈등)이라고 하기에는 미흡하여 수필이라고 보는 것이 좋겠다.

8. 1. 2. 新羅殊異傳(신라수이전)의 이야기

『新羅殊異傳(신라수이전)』은 흔히 『수이전(殊異傳)』이라고도 줄여서 일컬으면서 그 지은이를 고려 문종 때의 학자요 문신인 박인량(朴寅亮)이라고 하는데, 필자는 이를 잘못이라고 본다. 『고려사』 권 95, 「열전」 8의 "박인량(朴寅亮)" 조에 따르면,

> 박인량의 자는 대천(代天)이니, 죽주(竹州, 옛 경기도 이천도호부에 딸리었던 죽산현)사람이라고도 하고, 혹은 평산(平山, 황해도 평산군)사람이라고도 한다. 문종 때에 과거에 급제하여 여러 벼슬을 지냈다.(중략) 박인량은 문장이 맑고 고상하였으므로 송나라와 요(遼)나라에 보내는 외교 문건들은 모두 그가 초안을 작성하였고, 일찍이 고금록(古今錄) 10권을 편찬하여 비부

(秘府 : 왕실의 서고)에 두었다.(하략)[88]

고 하였다. 여기서 『古今錄(고금록)』이라는 저술은 고려의 역사서로 추정된다. 10권이나 되는 분량의 책을 왕실 서고인 비부(秘府)에 두었다는 것부터가 그 내용이 단순한 흥밋거리의 읽을거리가 아니라는 사실로 이해하게 한다. 아울러 박인량이 『신라수이전』의 지은이라는 기록은 찾아볼 수가 없다. 다만 각훈(覺訓 : 고종 때 사람)스님이 고종 2(3548, 1215)년에 지은 『海東高僧傳(해동고승전)』의 「釋阿道(석아도)」조에서 "약안박인량수이전(若按朴寅亮殊異傳)"이라는 기록에 근거하여 『신라수이전』의 지은이를 박인량으로 비정하고 있다.

그러나 필자는 이에 관하여 일찍이 일연(一然)스님의 『삼국유사』의 「원광서학(圓光西學)」·「보양이목(寶壤梨木)」조에 근거하여 김척명(金陟明)의 저술로 증명한 바가 있다.[89]

여기서는 현재 온전한 책으로 전하지 아니하고, 여러 문헌에 여기저기 흩어져 있는 14편의 『신라수이전』의 내용들을 엿보는 정도로 소개하고자 한다. 이들 14편의 내용은 신라시대

88 "朴寅亮字代天竹州人或云平州人文宗朝登第多所歇歷(중략)寅亮文詞雅麗南北朝告奏表狀皆出其手嘗撰古今錄十卷藏秘府.(하략)"

89 崔康賢, 『韓國文學의 考證的研究』, 고려대학교, 민족문화연구소, 1996.

와 신라인들의 일상생활 속에서 쉽게 볼 수 있는 사소한 일들이 아니고 특수한 인물들에 얽힌 일들에 관한 것들이다. 그 이야기들을 묶어서 한 권의 『신라수이전』을 엮은 사람이 고려 초기 사람이기 때문에 그 속에 나오는 작품들을 고려 문학으로 다룬다. 배열은 그 내용의 소재들의 연대순으로 정리하여 보기로 하되, 일부 작품들은 도선적 성향의 깊이에 따라 종교문학의 항에서 다룬다.

8. 1. 2. 1. 탈해왕 전설(脫解王傳說)

석탈해왕(昔脫解王 : 재위 2390 - 2413, 57 - 80)의 이야기는 조선 초기 문신이며 학자인 사가(四佳) 서거정(徐居正 : 3753 - 3821, 1420 - 1488)이 보진재(寶眞齋) 노사신(盧思愼 : 3760 - 3831, 1427 - 1498)과 같이 왕명을 받들어 지어 올린 『三國史節要(삼국사절요)』 권2 "신라탈해왕(新羅脫解王) 원년(元年 : 2390, 57)" 조에 아래와 같이 실려 있다.

> [수이전] 용성국(龍城國) 왕비는 큰 알을 낳았다. 이를 이상하게 생각하여 작은 궤짝에 담아 노비와 칠보와 문서와 함께 배에 실어 바다에 띄웠다. 그것은 둥둥 떠서 아진포(阿珍浦)에 도착하였다. 촌장 아진(阿珍) 등이 그 궤짝을 열고 알을 꺼내는데, 갑자기 까치들이 날아 와서 그 알을 입으로 쪼아 깨니, 한

사내아이가 있다가 스스로를 탈해라고 일컬었다. 그 마을에 사는 늙은 할머니에게 맡겨져 어머니를 삼고 자라며 경서(經書)와 사기(史記)를 배우면서 지리까지 아울러 통달하였다. 체격과 외모도 매우 컸다. 토함산(吐含山)에 올라서 서울의 지세를 보니, 신월성(新月城)의 터가 살만한데 호공(瓠公)이라는 사람이 살고 있었다. 호공은 박을 타고 바다를 건너와 사는 사람으로 그 근본을 잘 알 수 없는 사람이었다. 탈해는 이 터를 빼앗고자 밤에 몰래 그 집 동산에 야장(冶匠) 기구들을 묻어놓고 조정에 고하여 말하기를, "저는 대대로 쇠불리는 일을 하여 왔었습니다. 잠시 이웃 시골에 가서 살다가 왔더니 호공이 제 집을 빼앗아 살고 있습니다. 바라옵건대, 제 말을 확인하여 주소서." 하였다. 조정에서 그곳의 땅을 파보니 과연 야장의 기구들이 나왔다. 왕은 탈해가 본래 계림(鷄林) 사람이 아님을 알았지만, 그의 비범함을 좋아하여 그 집을 빼앗아 그에게 내려주었다. 마침내 왕은 큰 공주님까지 내려 주어 사위를 삼았다. 용성국은 왜국(倭國)의 동북쪽 2천 리에 있다.[90]

이와 비슷한 석탈해의 이야기가 『삼국사기』와 『삼국유사』

90 "[殊異傳]龍城國王妃生大卵怪之置卵小櫝以奴婢七寶文貼載船泛海來至阿珍浦村長阿珍等開櫝出卵忽有鵲來啄卵開有童男自稱脫解託村嫗爲母學書史兼通地理體貌雄傑登吐含山相京師地勢新月城墟可居而有瓠公者居焉瓠公浮瓠渡來居不知何人也脫解謀欲取之夜入其家園埋鍛金器告於朝曰予世業鍛金暫適隣鄕瓠公取居吾家請驗之掘之果有鍛金器王知脫解非鷄林人也特善其非凡以其家賜之遂降長公主龍城國在倭國東北二千里."(규장각장 목판본 『삼국사절요』)

에도 실려 있으나 그 출전을 밝혀 놓지 아니하여 『신라수이전』의 일문이라고 할 수는 없다. 그러나 내용상으로는 이 이야기가 『삼국사기』에 있는 이야기와 흡사하게 세속화 되고, 『삼국유사』는 석탈해를 이 이야기보다 훨씬 신성시하고 있다.

8. 1. 2. 2. 迎烏 · 細烏夫婦(영오 · 세오부부)

이 迎烏細烏夫婦(영오 · 세오부부)에 관한 이야기는 사가(四佳) 서거정(徐居正)의 『筆苑雜記(필원잡기)』 권 2 "일본국 왕실의 선계는 우리나라에서 간 것[日本國大內殿以其先世出自我]" 조에 아래와 같이 실려 전한다.

> 다만 신라수이전에 이르기를, 동해 물가에 어떤 부부가 살고 있었는데, 그 남편은 이름을 영오(迎烏)라 하고, 그 아내는 세오(細烏)라고 하였다. 하루는 영오가 바닷가에서 바다풀[해초]를 따고 있었는데, 갑자기 물결에 휩쓸려 일본국의 작은 섬에 닿아 임금이 되었다. 세오는 남편을 찾다가 또 표류되어 그 나라에 이르러 왕비가 되었다. 이때에 신라에는 해와 달이 빛을 잃었다. 일관(日官)이 왕께 여쭙기를, "영오와 세오가 해와 달의 정기(精氣)인데, 이제 일본으로 갔기 때문에 이런 이상한 일이 있게 되었습니다." 하였다. 왕은 사신을 보내어 두 사람을 찾아오게 하였으나 영오는 말하기를, "내가 이 땅에 온 것은 하늘의

> 뜻입니다." 하고는, 곧 세오가 짠 비단을 사신에게 주어 보내면서 말하기를, "이것을 가져다가 하늘에 제사를 지내면 될 것입니다." 하였다. 마침내 이것으로 하늘에 제사 지낸 곳을 일컬어 영일(迎日)이라 하고, 인하여 그 고장을 현(縣)으로 승격시켰다. 이는 신라 아달라왕 4(2490, 157)년 때의 일이었다고 한다.[91]

이와 같은 이야기가 일연스님의 『삼국유사』에도 실려 있으나, 『신라수이전』의 잃어버린 글[逸文]이라고 할 수는 없다.

그러나 이 이야기에 나오는 세오녀(細烏女)에 관하여는 앞으로도 계속 깊이 있는 연구가 이어져야 한·일 고대사의 진실을 밝힐 수 있을 것이다. 가야 역사 연구가인 고준환은 그의 『4국시대 신비 왕국 가야』에서 이렇게 말하고 있다.

> (전략) 《위지》 왜인전에는 비미호, 《일본서기》에는 신공왕후, 《삼국유사》엔 세오녀(細烏女), 《고사기》에는 난생녀(卵生女)로 표현되고, 무녀로서 단기 2481년(서력기원 148년)부터 단기 2580(247)년까지 살면서 단기 2512(157)년에 즉위하여 69년간 여왕 노릇을 한 여인, 그가 카리스마가 사라지자 야마

91 "但新羅殊異傳云東海濱有人夫曰迎烏妻曰細烏一日迎烏採藻海濱忽漂至日本國小島爲主尋其夫又漂至其國立爲妃是時日月無光日者奏曰迎烏細烏日月之精今去日本故有斯怪王遣使求二人迎烏曰我到此地天也乃以細烏所織絹付送使者曰以此祭天可矣遂命祭天所曰迎日仍置縣是新羅阿達王四年也."(규장각 소장 필사본 『필원잡기』)

대국이 붕괴하게 된 신공왕후는 과연 어디에서 왔을까?[92]

라고 하여 일본의 역사서인 『일본서기(日本書記)』의 "신공왕후(神功王后)", 『고사기(古事記)』의 "난생녀(卵生女)"와 『삼국유사』의 "세오녀(細烏女)"가 같은 사람이라는 주장을 펴고 있다. 귀 기울이어 들을 만한 이야기라고 필자는 본다.[93]

8. 1. 2. 3. 阿道傳(아도전)

아도(阿道)스님의 이야기는 고종(高宗) 2(3548, 1215)년에 각훈(覺訓)스님이 지은 『海東高僧傳(해동고승전)』 권1에 실려 있는데, 그 전문은 아래와 같다. 아도스님이 신라에 도착한 것은 미추왕(味鄒王) 2(2596, 263)년이라고 한다.

박인량(朴寅亮)이 지은 수이전(殊異傳)을 볼 것 같으면 거기에는 이르기를, "스님의 아버지는 위(魏)나라 사람 굴마(堀摩)요, 어머니는 고도녕(高道寧)이니, 고구려 사람이다. 굴마가 고구려에 사신으로 왔다가 도녕과 사통한 뒤에 위나라로 돌아갔다. 도녕은 태기가 있어서 스님을 낳았다. 스님이 5세가 되자 용모가 이상하였다. 어머니께서 말씀하시기를, '아버지가 안

92 고준환, 『4국시대 신비왕국 가야』, (우리출판사, 1993), 쪽 107.
93 고준환 앞주의 책과 김성호 외, 『한중일 국가 기원과 그 역사』, 맑은소리, 2008. 참조

계시니, 중이 되는 것이 좋겠다.' 하시니, 스님은 어머니의 가르침을 따라 바로 그날로 머리를 깎고 중이 되었다. 16세가 되어서 위나라에 들어가서 아버지인 굴마를 찾아뵙고, 마침내 현창(玄彰)화상의 제자가 되어 불법을 배웠다. 19세 때에 어머니께로 돌아와 인사를 올렸다. 어머니는 스님에게 타이르기를, '이 나라는 인연이 익지 아니하여 불법을 행하기가 어렵다. 오직 저 신라만이 아직 비록 불교가 없기는 하지만, 앞으로 30여 개월 뒤에는 불법을 보호하여 줄 밝은 임금님이 계셔서 궁내에 부처님 모시는 일이 크게 일어날 것이다. 또 그 나라의 서울에는 부처님이 머무실 곳이 7처나 있으니, 첫째는 금교 천경림(金橋天鏡林, 지금의 興輪寺)이고, 둘째는 삼천기(三川岐, 지금의 永興寺)이고, 셋째는 용궁남(龍宮南, 지금의 皇龍寺)이고, 넷째는 용궁북(龍宮北, 지금의 芬皇寺)이고, 다섯째는 신유림(神遊林, 지금의 天王寺)이고, 여섯째는 사천니(沙川尼, 지금의 靈妙寺)이고, 일곱째는 서청전(婿請田, 지금의 曇嚴寺)이다. 이곳들은 불법이 불멸한 전겁(前劫) 때의 가람 터이었다. 네가 그곳에 가서 처음으로 현묘한 불교의 이치를 전하여 그 나라 불교의 시조가 되는 것도 또한 아름답지 아니하겠느냐?' 하시었다.

법사는 어머니의 가르침을 받들어 고구려를 떠나 와서 신라의 왕성 서쪽 마을(지금의 嚴莊寺)에서 살았다. 이때는 미추왕 즉위 2(2595, 262)년 계미(癸未)이었다. 법사는 불교를 행하도록 청하였으나 이전에 보지 못하던 것이어서 이상하게 생각하고 심지어는 몰래 죽이려는 자까지 있었다. 그런 까닭으로 속촌

(續村) 모례(毋禮)의 집으로 달아나서 숨었으니, 지금의 선주(善州)이다. 죽임을 피한 지 3년에 성국궁주(成國宮主)가 병이 들어 낫지 아니하므로 사신을 사방으로 보내어 의원을 구하였다. 법사가 그에 응하여 대궐로 들어가 그 병을 치료하였다. 왕이 크게 기뻐하시어 원하는 것이 무엇인가를 물으시었다. 법사는 청하여 말하기를, '오직 천경림(天鏡林)에 절을 세우기만 하면 제 소원은 만족합니다.' 하였다. 왕은 이를 허락하시었다.

그러나 세상 풍속이 질박하고 백성들이 완고하여 불법에 귀의할 수 없으므로 여염집을 절로 삼았다. 7년 뒤에야 비로소 중이 되고자 하는 사람이 있어서 불법을 전수받았다. 모록(毛祿)의 누이동생 사시(史侍)도 또한 출가하여 비구니가 되고, 삼천기(三川岐)에 절을 세워 영흥사(永興寺)라 하고 그곳에 머물러 살았다.

미추왕이 승하하자, 대를 이은 왕은 불교를 존중하지 아니하고 도리어 불교를 폐하려 하였다. 법사는 속촌(續村)으로 돌아가 스스로 무덤을 만들고 그 속에서 문을 닫고 입적하였다. 이 때문에 불교가 신라에서는 행하여지지 아니하였다. 그 뒤 200여 년만에 원종(原宗=뒤의 법흥왕)이 과연 불교를 다시 일으키니, 모두 고도녕(高道寧)의 말과 같았다. 미추왕에서 법흥왕까지는 무려 11왕이 있었다."[94]

94 "若按朴寅亮殊異傳云師父魏人堀摩母高道寧高麗人也堀摩奉使高麗私通還魏道寧因有娠誕焉師生五稔有異相母謂曰偏孤之子莫若爲僧師依教卽於是日剃髮十六入魏覲省堀摩遂投玄彰和尙受業十九年歸寧於母母諭曰此國機緣未熟難行佛法惟彼

라고 하여 각훈스님은 박인량(朴寅亮)이 지은 『殊異傳(수이전)』에서 「아도전(阿道傳)」을 인용 소개하고 있다. 그러나 필자는 박인량이 『수이전』을 짓지 아니하였다고 보기 때문에 박인량이 베낀 다른 사람의 작품으로 인정한다. 또 이 작품은 『삼국유사』 권 3, 「흥법(興法)」 제3의 "아도기라(阿道基羅)" 조에도 같은 내용이 실려 있으나, 역시 『신라수이전』의 일문이라는 출전과 함께 지은이가 밝혀져 있지 아니할 뿐 아니라 「아도본비(我道本碑)」에서 인용 소개하면서 「본기(本記)」와 내용에 차이가 있는 것으로 일연스님이 고증까지 하였기 때문에 『삼국유사』에 실려 있는 「아도전」은 『신라수이전』의 일문이라고는 할 수가 없으나 고려시대에 이루어진 것으로 믿어지기 때문에 고려왕조 문학으로 다룬다.

新羅今雖無聲教爾後三十餘月有護法明王御于大興佛事又其國京師有七法住之處一曰金橋天鏡林(今興輪寺)二曰三川岐(今永興寺)三曰龍宮南(今皇龍寺)四曰龍宮北(今芬皇寺)五曰神遊林(今天王寺)六曰沙川尼(今靈妙寺)七曰婿請田(今曇嚴寺)此等佛法不滅前劫時伽藍墟也汝當歸彼土初傳玄旨爲浮圖始祖不亦美乎師旣承命子之聲出疆而來寓新羅王闕西里(今嚴莊寺)是也時當味鄒王卽位二年癸未矣師請行竺教以前所不見爲怪至有將殺之者故退隱于續村母禮家今善州也逃害三年成國宮主疾病不愈遣使四方求能治者師應募赴闕爲療其患王大悅問其所欲師請曰但創寺於天鏡林吾願足矣王許之然世質民頑不能歸向乃以白屋爲寺後七年始有欲爲僧者來依受法毛祿之妹名史侍亦投爲尼乃於三川岐立寺曰永興以依住焉味鄒王崩後嗣王亦不敬浮屠將欲廢之師還續村自作墓入其內閉戶示滅因此聖教不行於斯盧厥後二百餘年原宗果興像教皆如道寧所言自味鄒至法興凡十一王矣."

8. 1. 2. 4. 唐太宗牡丹子幷畵花[당태종의 모란씨와 그림꽃]

이 唐太宗牡丹子幷畵花[당태종이 보낸 모란씨와 그림꽃] 이야기는 『삼국사절요』 권 8, "신라 선덕왕" 원년(2965, 632)조에 실려 전하니, 그 전문은 아래와 같다.

> [수이전] 당태종이 목단의 씨와 그 목단을 그린 그림을 보내어 왔다. 선덕왕이 그 꽃을 보시고 웃으시며 좌우의 신하들에게 말씀하시기를, "이 꽃이 요염하고 탐스러워서 꽃 중의 왕이라고 일컬어지기는 하나, 그림에는 벌과 나비들이 없는 것을 보매, 반드시 향기가 없을 것이다. 당태종이 이 꽃과 씨를 보낸 것은 내가 어찌 여인으로서 왕이 될 수 있겠느냐는 기롱의 뜻일 것이오." 하셨다. 그리고 그 씨를 심어서 꽃이 피기를 기다리니, 과연 향기가 없었다.[95]

이 작품도 『삼국유사』 권 1, 「기이」 1의 "선덕여왕 지기삼사" 조에도 실려 있는데, 일연스님이 그 출전을 밝히지 아니하였으므로, 자구(字句)에 약간의 다름이 있을 뿐 거의 일치하지만, 『신라수이전』의 일문이라고는 말할 수가 없다.

95 "[殊異傳] 唐太宗以牧丹子亦畵花遣之王見花笑謂左右曰此花妖艶富貴雖號花王畵無蜂蝶必香不香帝遣此豈朕以女人爲王耶亦有微意種待花發果不香."

8. 1. 2. 5. 圓光法師傳(원광법사전)

원광법사(圓光法師 : ? - 2963, ? - 630)는 신라가 삼국을 통일하기 전의 화랑(花郎)들의 정신 교육용 "세속오계(世俗五戒)"를 가르친 실존 인물로 유명하다.

이 이야기는 현재 일연스님의 『삼국유사』 권 4, 「의해」 제5, "원광서학(圓光西學)" 조에 "또 동경 안일 호장 정효의 집에 있는 고본 수이전에 원광법사전이 실려 있는데, 거기에 이르기를[又東京安逸戶長貞孝家在古本殊異傳載圓光法師傳曰]" 이라고 하여 실려 전한다.

법사의 속성은 설씨(薛氏)이니, 왕경(王京) 사람이었다. 처음에 스님이 되어 불법을 배우다가 나이 30세가 되어서는 참선 수도(參禪修道)하며 홀로 삼기산(三岐山)에서 살았다. 4년 뒤에 어떤 비구니가 와서 가까운 이웃에 따로 절을 짓고 2년을 지냈다. 그 비구니는 사람됨이 억세고 사나운데다가 주문(呪文)을 외워 주술(呪術)하기를 좋아하였다. 법사가 밤에 혼자 앉아서 불경을 외고 있는데, 갑자기 귀신이 그의 이름을 부르는 소리가 났다.

"잘한다! 잘해! 그대의 수행이여! 대체로 수도자는 비록 많지만 법대로 하는 이는 드물다. 이제 이웃의 비구니를 보니, 주술(呪術) 닦기를 좋아하여 얻는 것이 없이 시끄러운 소리로 남의 고요한 염불을 괴롭히고 있다. 그녀가 살고 있는 곳은 내가 오가는 길목을 막고 있어서 늘 오가다가 보면, 거의 악한 마음이 일어나게 하니, 법사는 나를 위하여 충고하여 다른 곳으로 옮겨 가게 하여 주게. 만약 그냥 오래도록 머물러 있는다면, 내가 갑자기 죄업을 짓게 될까 두렵다." 하였다. 이튿날 법사는 비구니에게 가서 알려주어 말하기를, "내가 어젯밤에 귀신의 말을 들었는데, 비구는 다른 곳으로 옮겨가랍디다. 말을 듣지 아니하면, 앙화(殃禍)가 있을 것이라고 합디다." 하였다. 비구니는 대답하여 말하기를, "불업을 수행하는 사람이 마귀에게 현혹되셨군요? 법사는 어찌하여 여우같은 귀신의 말을 듣고 근심하십니까?" 하였다. 그날 밤에 귀신이 또 법사에게 와서 말하기를, "내가 부탁한 일을 알리니까 비구니가 뭐라고 하더냐?" 하매, 법사는 귀신이 눈을 부릅뜨고 성을 낼 것을 두려워하면서 대답하기를, "아직 달래지를 못하였습니다. 만약 힘써 말하면, 어찌 감히 듣지 아니하겠습니까?" 하니, 귀신이 말하기를, "나는 이미 다 들어서 알고 있다. 법사는 어찌하여 군말을 자꾸 하는가? 다만, 아무 말 말고 내가 하는 것을 보기나 하라!" 하고는 마침내 인사를 하고 가버렸다. 밤중에 벼락이 떨어지는 듯한 소리가 났다. 이튿날 그곳을 보니, 산이 무너져 비구니가 살고 있던 절을 폭삭 덮쳐버렸다. 귀신이 또 와서 말하기를, "법사가 보기에 어떻던가?" 하였다. 법사가 대답하기를, "그것을 보니 몹시 놀랍고 두려웠습니다." 하니, 귀신이 말하기를, "내 나이가 거의 3천 살이 되어 신술(神術)이 매우 뛰어나니, 이것은 하찮은 일일 뿐이다. 어찌 놀랄 일이겠는가? 무릇 장래의 일들을 모르는 것이 없고, 천하의 일에 달통하지 아니하는 것이 없다. 이제 생각하니, 법사가 오직 이곳에서만 사는 것은 비록 스스로를 이롭게 하는 행위는 되겠으나 남을 이롭게 하는 공은 없겠네. 지금 이름을 드높이지 못하면, 앞으로도 좋은 과업을 이루지 못할 것이다. 어찌 중국에서 불법을 얻어 동해에서 미욱한 백성들을 인도하지 아니하려는가?" 법사가 대답하기를, "중국에서 도를 배우는 것은 본래 바라던 일입니다. 바다와 육지가 멀고 막히어 제 힘으로 갈 수가 없을 뿐입니다." 하였다. 귀신이 자세히 중국에 갈 방법을 일러주었다. 법사는 그 말에 따라 중국에 가서 11년 동안 머물면서 널리 경(經)·율(律)·논(論)의 삼장(三藏)을 통달하고, 유학(儒學)을 공부하였다. 진평왕 22(2933, 600)년 경신[96]에 법사는 장차 돌아올 계획을 세우던 중 중국에 왔던 조빙사(朝聘使)를 따라 돌아왔다.

법사는 신에게 사례하기 위하여 전에 살던 삼기산(三岐山)의 절로 갔다. 역시 밤중에 신이 와서 이름을 부르며 말하였다. "바다와 육지 길로 갔다가 오는 것이 어떠하였는가?" 법사가 답하기를, "신의 큰 은혜를 입어 편안히 도착하였습니다." 하고는 귀신에게 말하기를, "저도 또한 신에게 계를 드리고 싶습니다." 하여 윤회하는 세계에서 서로 구제할 것을 약속하였다. 법사가 또 청하기를, "신의 참 모습을 볼 수 있겠습니까?" 하니, 귀신이 말하기를, "법사가 내 모습을 보고 싶으면, 동이 틀 무렵

96 원문에 "삼국사에는 이듬해 신유에 왔다고 하였다.[三國史云明年辛酉來]"라는 주가 있다.

에 동쪽 하늘가를 바라보라!" 하였다. 법사가 다음날 바라보니, 큰 팔뚝이 구름을 뚫고 하늘가에 닿아 있었다. 그날 밤 귀신이 와서 말하기를, "법사는 내 팔을 보았는가?" 하였다. 법사는 답하기를, "보니 매우 기이하였습니다." 하였다. 이로 인하여 세속에서는 이 산을 비장산(臂長山)이라고 하였다. 신이 말하기를, "비록 이 몸이 있으나 덧없는 해를 면할 수 없으므로, 내게 시간이 얼마 남지 아니하였다. 몸을 산 고개에 버릴 것이니, 법사는 와서 멀리 가는 넋을 송별하라!" 하였다. 약속한 날을 기다려 가서 보니, 칠흑처럼 검은 빛의 늙은 여우가 다만 급히 숨을 몰아쉬더니 조금 있다가 죽어버렸다.

법사가 중국에서 돌아온 이래로 신라의 임금님과 신하들이 법사를 공경하고 중히 여겨 스승님[師]으로 대접하였다. 법사는 늘 대승경전(大乘經典)을 읽으며 강론하였다. 이때에 고(구)려와 백제가 변방을 침략하여 오게 되면, 왕이 그것을 근심하여 수(隋)[97]에 구원병을 청하고자 법사에게 걸병표(乞兵表)를 짓도록 청하였다. 황제가 보고 삼십만 병으로 고(구)려를 친정하였다. 이로부터 법사가 유술(儒術)에도 널리 통하였던 것을 알게 되었다.

법사는 향년 84세로 입적하니, 명활성(明活城) 서편에 장사지냈다."[98]

97 수(隋) 다음에 "당이어야 한다.[宜作唐]"는 주가 있음.

98 "法師俗姓薛氏王京人也初爲僧學佛法年三十歲思靜居修道獨居三岐山後四年有一比丘來所居不遠別作蘭若居二年爲人强猛好修呪術法師夜獨坐誦經忽有神聲呼其

고 하였다.

이 이야기에서 독자들이 눈길을 주어 읽어야 할 것은 당시의 대륙국인 당(唐)나라를 "중국(中國)"이라고 한 것이다. 신라 당시에는 "중국"이 나라의 이름이 아니었기 때문에 "당"이라고 하거나 "대국"이라고 불렀다. "중국"이라고 우리나라에서 대륙을 부르기 시작한 것은 고려시대에 중원의 대륙에 여러 나라들이 장마철의 구름처럼 느닷없이 일어났다가는 곧 사라져서 일정한 어떤 나라를 가리키기가 어려웠을 때부터임을 짐작할 수가 있다.

따라서 이 작품은 통일 신라 이전에 살았던 원광법사(圓光法

名善哉善哉汝之修行凡修者雖衆如法者稀有今見隣有比丘徑修呪術而無所得喧聲惱他靜念住處礙我行路每有去來幾發惡心法師爲我語告而使移遷若久住者恐我忽作罪業明日法師往而告曰吾於昨夜有聽神言比丘可移別處不然應有餘殃比丘曰至行者爲魔所眩法師何憂狐鬼之言乎其夜神又來曰向我告事比丘有何答乎法師恐神瞋怒而對曰終未了說若强語者何敢不聽神曰吾已具聞法師何須補說但可默然見我所爲遂辭而去夜中有聲如雷震明日視之山頽塡比丘所在蘭若神亦來曰師見如何法師對曰見甚驚懼神曰我歲幾於三千年神術最壯此是小事何足爲驚但復將來之事無所不知天下之事無所不達今思法師唯居此處雖有自利之行而無利他之功現在不揚高名未來不取勝果盍採佛法於中國導群迷於東海對曰學道中國是本所願海陸逈阻不能自通而已神詳諭歸中國所行之計法師依其言歸中國留十一年博通三藏兼學儒術眞平王二十二年庚申(三國史云明年辛酉來)師將理策東還乃隨中國朝聘使還國法師欲謝神至前住三岐山寺夜中神亦來呼其名曰海陸途間往還如何對曰蒙神鴻恩平安到訖神曰吾亦授戒於神仍結生生相濟之約又請曰神之眞容可得見耶神曰法師若欲見我形平旦可望東天之際法師明日有大臂貫雲接於天際其夜神亦來曰法師見我臂耶對曰見已甚奇絶異因此俗號臂長山神曰雖有此身不免無常之害故吾無月日捨身其嶺法師來送長逝之魂待約日往看有一老狐黑如漆但吸吸無息俄然而死法師始自中國來本朝君臣敬重爲師常講大乘經典此時高麗百濟當侵邊鄙王甚患之欲請兵於隋(宜作唐)請法師作乞兵表皇帝見以三十萬兵親征高麗自此知法師旁通儒術也享年八十四入寂葬明活城西.(하략)"

師)의 이야기이지만, 신라 당시에 정착된 것이 아니고 고려시대에 이르러서야 정착된 것임을 증명하는 것이다.

8. 1. 2. 6. 蘇利菴(소리암)

이 「蘇利庵(소리암)」 이야기는 일문(逸文)이 전하는 것은 아니고, 현재 우리가 읽을 수 있는 『新增東國輿地勝覽(신증동국여지승람)』 권 30, 합천(陜川) 불우(佛宇)조의 "소리암(蘇利菴)" 항에서 사가(四佳) 서거정(徐居正)이 지은 「蘇利菴重創記(소리암중창기)」 중에, 다음과 같은 글이 있다.

> 합천(陜川)의 명산은 가야산(伽倻山)이다. 이 산은 우두(牛頭)·설산(雪山)·상왕(象王)·상향(象向)·지달(只怛)이라고도 부른다. 대개 산 하나가 여섯 가지 이름으로 일컬어진다. 산의 절승함이 동방에 널리 알려져 옛날에는 큰 절이 있었는데, 그 이름은 소리(蘇利)라고 하였다. 『신라수이전』에 기록된 것이니, 이미 일천 수백 년 전의 일이므로 그 절이 어느 때에 폐사가 되었는지는 알 수가 없으나 옛날의 절터만은 지금까지도 뚜렷하게 남아 있다.[99]

고 하여 『신라수이전』 일문의 내용을 간접적으로 뒷사람들에

99 "徐居正重創記陜之名山曰伽倻又號牛頭曰雪山曰象王曰衆向曰只怛盖一山而六號者也山之勝聞東方古有大伽藍曰蘇利新羅殊異傳所記已千數百年其廢不知在何時遺址歷歷尙在."(『신증동국여지승람』 권 30, 엽 34.)

게 알려주고 있기 때문에 여기에 그 사실을 밝혀 둔다.

9. 뜻글문학[韓·漢文學]

9. 1. 과거제도(科擧制度)와 뜻글문학

신라시대 후기에 독서출신과(讀書出身科)가 실시되어 신라의 뜻글문학 발전에 크게 기여한 바 있었지만, 본격적인 고시(考試) 제도는 아니었다. 오늘날의 고시(考試)에 해당하는 말을 옛날에는 과거(科擧)라고 하였다. 지금 우리가 읽을 수 있는 『고려사』에 의하면,

> 삼국 이전에는 과거법이 없었는데, 고려 태조께서 처음으로 학교를 세웠으나 과거로서 선비를 뽑는 일은 미처 이루지 못하였다. 광종(光宗)께서 비로소 쌍기(雙冀)의 말을 채용하여 과거로써 선비를 뽑으셨다. 이때부터 문풍이 일기 시작하였으니, 대개 과거법은 당(唐)나라 제도를 썼기 때문이다.[100]

라고 하였는데, 여기서 "당(唐)나라 제도를 썼다."는 것은 한신

100 "三國以前未有科擧之法高麗太祖首建學校而科擧取士未遑焉光宗用雙冀言以科擧選士自此文風始興大抵其法頗用唐制."(『고려사』 권 73, 「지」 27, "선거(選擧) 1")

제(限身制)를 뜻한다. 신라시대의 독서출신과는 골품제(骨品制)라는 신분제에 의하여 할아버지가 독서출신과에 합격하면, 그 아들 손자들까지 대대로 이어 급제자의 대접을 받는 세습제(世襲制)이었으므로 뜻글자[韓·漢文] 보급이 제한적이거나 수직적이어서 그 발전 속도가 더디었는데, 반하여 고려의 과거제도는 한신제(限身制)에 자격 제한이 없었으므로 아버지가 과거에 급제하여 높은 벼슬아치이었더라도 그 아들은 특별한 경우가 아니면, 예외 없이 다시 과거에 급제하여야 관계(官界)에 진출할 수 있게 되었는가 하면, 또 응시자격을 신분에 관계없이 누구나 실력만 있으면 응시할 수 있도록 무제한이었기 때문에 뜻글자의 보급이 수평적으로 무한히 급속하게 확대 보편화되었다. 그 위에 과거의 과목들을 『고려사』 권 73, 「지」 27, "과목(科目) 1"에 따르면,

> 광종 9(3291, 958)년 5월 쌍기(雙冀)의 의견을 받아들여 비로소 과거를 베풀어 시·부·송(詩賦頌)과 시무책(時務策)으로 시험하여 진사(進士)를 뽑았고, 아울러 명경·의·복업(明經醫卜業)들을 뽑았다. 광종 11(3293, 960)년에는 오직 시·부·송으로만 뽑았으며, 15(3297, 964)년에는 또 시·부·송에 시무책(時務策)을 더하여 선비를 뽑았다.[101]

101 "光宗九年五月雙冀獻議始設科擧試以詩賦頌及時務策取進士兼取明經醫卜等業十一年只試詩賦頌十五年復試以詩賦頌及時務策."(『고려사』 권 73, 「지」 27, "과목(科目) 1")

고 한 것과 같이 뜻글문학의 보급과 발전에 놀라운 속도가 부가되었다. 그 결과는 순수한 입말[口語]들의 뜻글자의 뜻과 소리를 빌어서 표기하던 온빈글쓰기[完全借字表記]가 소멸되는 현상을 불러오기에 이르렀다.

9. 2. 뜻글시[韓 · 漢詩]

고려시대 뜻글시[韓 · 漢詩] 문학은 신라의 뜻글자 시문학에 비하여 훨씬 발달되었다. 그 원인은 골품제도(骨品制度)에 묶인 소수인들에게만 응시의 자격이 주어진 독서출신과(讀書出身科) 제도에 비하여 모든 국민에게 응시 자격을 개방하면서도 한신제(限身制)의 인재 등용 방법을 시행함으로 폭발적인 뜻글문학의 보급이 이루어질 수 있었기 때문이다. 이에 힘입어 과거에 출제되는 문체 이외의 다른 뜻글 산문과 함께 빛나는 작품들이 창작되고 훌륭한 작가들이 대량으로 배출될 수 있었다.

조선 초기 성종 9(3811, 1478)년에 왕명을 받든 당시 홍문관 대제학 눌재(訥齋) 양성지(梁誠之 : 3748 - 3815, 1415 - 1482) · 예문관 대제학 사가(四佳) 서거정(徐居正 : 3753 - 3821, 1420 - 1488)들이 우리나라 역대 뜻글자시를 비롯한 각종 뜻글자 문학 작품들을 모아서 엮어 출판한 조선시대에 이루어진 국문학사(國文學史)라고 할 수 있는 『동문선(東文選)』의 정편(正編)에 실려 있는 자료들과 현재까지 전하여 오는 일부 고려시대 개인 문집을 근거로 하여 대략만 훑어보아도 다음과 같이 화려한 작가들과 풍부한 작품들을 감상할 수가 있다.

9. 2. 1. 오언 고시(五言古詩)

"오언 고시(五言古詩)"는 "고시체(古詩體)의 오언시"라는 뜻이다. "고시(古詩)"라는 말은 "근체시(近體詩)"라는 말의 반대말이다. 근체시는 당(唐)나라 때에 율시(律詩)나 절구(絶句)가 보편화되면서 그 이전에 있었던 시체(詩體)의 상대되는 말로 일컬어지게 되면서 그 이전 시대에 유행하던 시체는 자연스럽게 "고체시(古體詩 : 준말 고시)"라는 말이 나타나게 된 것이다. 그러나 이 말의 뜻은 옛것과 새것의 시간 개념이 아니라 시형태상으로, "사성팔병(四聲八病)"설로 유명한 심약(沈約 : 1441-1513)의 성율론(聲律論)에 의하여 평측법(平仄法)과 함께 잘 다듬어진 오언절구와 율시 · 칠언절구와 칠언율시 등으로 세분된 시체를 근체시(近體詩)라고 하게 된 것이다.

조선시대에 이루어진 한국 국문학사(國文學史)라고 할 수 있는 『東文選(동문선)』의 정편(正編)에는 5언 고시와 그 지은이들이 대략 아래와 같은 이들의 작품들을 소개하고 있다.

뇌천(雷川) 김부식(金富軾)의 「결기궁(結綺宮)」 · 문숙공(文淑

公) 최유청(崔惟清 : 3428 - 3507, 1095 - 1174)의 「雜興(잡흥)」 등을 비롯하여 쌍명재(雙明齋) 이인로(李仁老), 노봉(老峰) 김극기(金克己 : 명종 때 사람), 매호(梅湖) 진화(陳澕 : 신종 때 사람), 하서(河西) 임춘(林椿 : 인종 때 사람), 심동로(沈東老), 정명(靜明) 천인(天因 : 3538 - 3581, 1205 - 1248)스님, 고중지(高中址), 백운(白雲) 이규보(李奎報), 김군수(金君綏 : 고종 때 사람), 이혼(李混 : 3585 - 3645, 1252 - 1312), 설손(偰遜 : ? - 3693, ? - 1360), 익재(益齋) 이제현(李齊賢), 졸옹(拙翁) 최해(崔瀣), 유항(柳巷) 한수(韓脩 : 3666 - 3717, 1333 - 1384), 조염(趙廉 : 3623 - 3676, 1290 - 1343), 초은(樵隱) 이인복(李仁復 : 3641 - 3707, 1308 - 1374), 제정(霽亭) 이달충(李達衷 : 3642 - 3718, 1309 - 1385), 설곡(雪谷) 정포(鄭誧 : 3642 - 3678, 1309 - 1345), 곽곤(郭琨 : 충숙왕 때 사람), 김윤(金倫 : 충숙왕 때 사람), 선탄(禪坦)스님, 눌재(訥齋) 장항(張沆 : ? - 3686, ? - 1353), 율정(栗亭) 윤택(尹澤 : 3622 - 3703, 1289 - 1370), 담암(澹菴) 백문보(白文寶 : ? - 3707, ? - 1374), 김두(金枓 : 공민왕 때 사람), 김사도(金師道 : 공민왕 때 사람), 정추(鄭樞 : ? - 3715, ? - 1382), 이무방(李茂芳 : 1319 - 1398), 목은(牧隱) 이색(李穡), 포은(圃隱) 정몽주(鄭夢周), 삼봉(三峰) 정도전(鄭道傳), 어은(漁隱) 민제(閔霽 : 3672 - 3741, 1339 - 1408), 동헌(桐軒) 윤소종(尹紹宗 : 3678 - 3726, 1345 - 1393), 도은(陶隱) 이숭인(李崇仁 : 3682 - 3725, 1349 - 1392), 춘당(春堂) 변중량(卞仲

良 : ? - 3731, ? - 1398), 양촌(陽村) 권근(權近), 쌍매당(雙梅堂) 이첨(李詹 : 3678 - 3738, 1345 - 1405), 통정(通亭) 강회백(姜淮白 : 3689 - 3735, 1356 - 1402), 정재(貞齋) 박의중(朴宜中 : 우왕 때 사람)들로 이어지며 끊임없이 창작되어졌다. 여기서는 천인(天因)스님의 「遊四仙巖有作[사선암에서 놀다가 지음]」과 목은의 「有感(유감)」을 감상한다.

9. 2. 1. 1. 遊四仙巖有作[사선암에서 놀며 지음]

仙遊邈已遠	신선이 놀았던 일 아득한 옛일인데,
嘉境轉幽寂	아름다운 승지 점점 그윽하고 고요하네.
晴川碧如藍	맑은 날 냇물 빛은 푸름이 쪽빛 같고,
石蘚暖於席	돌이끼 두터워서 방석보다 따뜻하네.
逍遙能幾時	이렇게 소요함이 얼마나 이어질까?
俛仰忽陳迹	부앙하는 잠깐 사이 옛 자취 되었다네.
淹留非不佳	오래오래 머물러서 놀고 싶으나
但恐日易夕	오직 해가 빨리 저무는 게 두렵다네.

(『동문선』권 4)

지금 금강산의 해금강에 있는 사선암(四仙巖)의 경치에 빠져 노닐면서 지은 것이다. 신라시대 화랑의 무리이었던 영랑(永郎)과 술랑(述郎) · 안상(安詳) · 남석행(南石行)의 네 신선들이

사선정
출처 : https://blog.naver.com/cdc808/220061900919

이곳에서 놀면서 아름다운 경치에 심취되어 날짜가 가는 줄을 몰라 사흘이나 있었다는 옛 고사를 연상하면서 지은이도 이 삼일포(三日浦)의 바위인 사선암에서 계속 놀고 싶지마는 너무도 빨리빨리 지나가는 시간의 덧없음을 하늘을 우러러보고, 땅을 굽어보는 사이에 날이 저물 것을 근심하고 있다. 이 사선암에는 사선이 놀던 일을 생각하며 아름다운 경치를 마음껏 감상할 수 있도록 아담한 정자를 지어 "사선정(四仙亭)" 이라고 하였다는 설화가 전하여 오고 있다.

9. 2. 1. 2. 有感(유감)

李斯出荀况　　이사가 순자의 제자로 나왔다고
豈非儒雅士　　어찌 유학의 아사가 아니리오?
相秦顯其君　　진나라 재상으로 그 임금을 빛냈으니,
道固在於此　　유도가 참으로 여기에 있다 하리.
竟起焚坑謀　　종당에는 분서갱유 꾀를 내어 행했다고,
高談之弊耳　　고담준론 하는 사람 듣기 싫어 귀를 막네.
其心非禽獸　　그 마음이 길짐승의 무도함이 아니거든
異好其本志　　사람들과 좋아함이 본심마저 다르겠나?
侁侁函丈間　　많은 제자 떼를 지어 모여든 스승님께
搖脣勿容易　　입만은 함부로 놀리지 말려무나.
一字訓之非　　한 글자 뜻풀이를 잘못한 것이기에
流禍明在史　　화를 부름 역사책에 똑똑히 기록됐네.

(『동문선』권 5)

이 시는 목은(牧隱) 이색(李穡)이 지은 「有感(유감)」이다. 진(秦)나라의 재상으로 나라 경영에 귀신같은 재사로 일컬어진 이사(李斯)가 진시황(秦始皇)의 명을 받아 책을 불태우고, 선비들을 땅속에 파묻어 죽인 분서갱유(焚書坑儒)의 참혹한 일을 행한 것을 들어 간접적으로 성악설(性惡說)의 주창자인 순자(荀子)를 비판한 것이다. 이사는 한비(韓非 : 2053－2100, 서기전 280－233)와 순경(荀卿=순자)에게서 동문수학하여 가까운 사

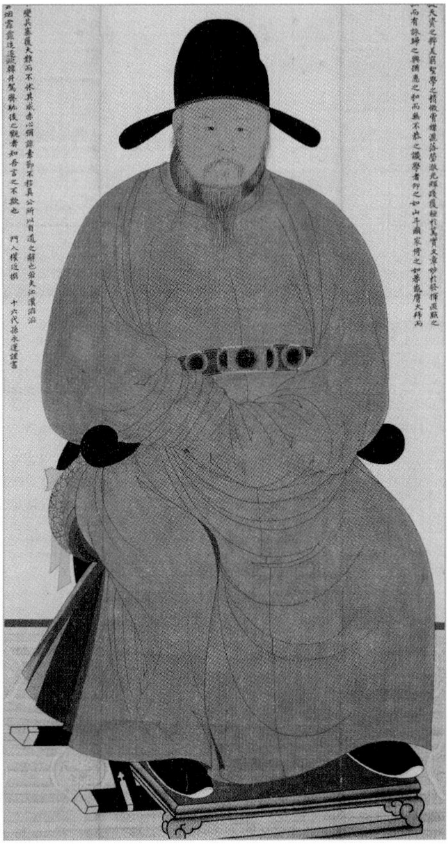

이색(李穡) 초상
가로 75.0cm, 세로 142.0cm, 출처 : 국립중앙박물관

이이었지만, 한비가 진나라에 초빙되어 벼슬길에 오르자 그를 모함하여 억울하게 한비를 죽게 한 나쁜 사람으로 알려지기도 하였으므로 그들을 거울삼아 지은이가 살았을 당시의 정치적 혼란과 사제의 윤리가 깨어진 것을 비판한 풍자시로 풀이된다.

9. 2. 2. 오언 절구(五言絶句)

『동문선』 권 19에는 다음과 같은 작가들의 작품들을 소개하고 있다. 광종(光宗) 때의 외교관으로 이름 높았던 장연우(張延祐)의 「한송정곡(寒松亭曲)」을 비롯하여 최사제(崔思齊)·김부식(金富軾)·고조기(高兆基)·최당(崔讜)·임규(任奎)·최홍빈(崔鴻賓)·김신윤(金莘尹)·정서(鄭敍)·전탄보(全坦夫)·이인로(李仁老)·조준(趙浚)·김양경(金良鏡)·이규보(李奎報)·원감(圓鑑)스님·조인규(趙仁規)·오한경(吳漢卿)·안진(安震)·홍규(洪圭)·최해(崔瀣)·최사검(崔思儉)·이계감(李季瑊)·정지(鄭地)·이인복(李仁復)·이공수(李公遂)·정지상(鄭之祥)·최임(崔林)·정포(鄭誧)·유숙(柳淑)·설손(偰遜)·양이시(楊以時)·함승경(咸承慶)·길재(吉再)·이색(李穡)·정몽주(鄭夢周)·이첨(李詹)·성석린(成石璘)·정도전(鄭道傳)의 작품들로 이어진다. 여기서는 최사제(崔思齊)가 지은 「古意(고의)」와 성석린(成石璘)의 「送僧之楓嶽[풍악으로 가는 중을 보냄]」을 감상한다.

9. 2. 2. 1. 古意(고의)

羲軒去大忙	복희 헌원 왜 그리도 급하게 가셨으며
天地何早闢	하늘과 땅은 어이 그리 빨리 열렸는가?

散髮臥淸風　　풀어헤친 머리털로 청풍 쐬며 누웠으니,
一鳥沒空碧　　푸른 하늘 저편으로 한 마리 새 사라지네.

(『동문선』 권 19)

이 작품은 최사제(崔思齊 : 3370 – 3424, 1037 – 1091)가 지은 「古意(고의)」의 전문이다. 태호(太昊) 복희(伏羲)와 황제(黃帝) 헌원(軒轅), 곧 상고시대(上古時代)에 선정(善政)을 베풀었던 훌륭한 통치자들이 빨리 간 것과 하늘과 땅이 일찍 열린 것을 궁금해하면서 자연에 인공을 더하지 아니한 그 상태에서 인생을 즐기려는 지은이의 시의(詩意)가 예스러울 뿐 아니라 고매 기걸(高邁奇傑)하고 심지어는 불가의 선미(禪味)까지도 느끼게 한다.

지은이는 본관이 해주(海州), 시호는 양평(良平), 해동공자 최충(崔冲)의 손자로 문종 8(3387, 1054)년에 병과에 급제하여 선종 5(3421, 1088)년에 문하부 참지정사(門下府參知政事)를 거쳐 판이부사(判吏部事)에 이르렀다.

9. 2. 2. 2. 送僧之楓嶽[풍악으로 가는 중을 보냄]

一萬二千峰　　금강산의 일만하고 이천의 봉우리는
高低自不同　　산봉의 높고 낮음 저절로 다르구나.
君看日輪出　　그대는 해바퀴 뜨는 모습 잘 보시게.

高處最先紅　　높은 곳 중 어느 봉이 제일 먼저 붉어지나.

(『동문선』 권 19)

이것은 성석린(成石璘 : 3671-3756, 1338-1423)의 「送僧之楓嶽[풍악으로 가는 중을 보냄]」의 전문이다. 제목 그대로 가을 금강산을 향하여 떠나는 스님에게 금강산 일만 이천 봉우리들의 높낮이가 다르듯이 사부 대중(四部大衆)들도 다 다름을 알고, 신선들이 산다는 별천지에서 아침 해돋이를 유의하여 살펴보고 선계의 아름다운 경치 속에서 금강산의 만상(萬狀)을 부처님으로 바르게 보라는 충고의 말로 풀이된다.

해금강
출처 : 위키피디아

지은이 성석린은 본관이 창녕(昌寧)이고, 자는 자수(自修), 호는 독곡(獨谷), 시호는 문경(文景)이다. 공민왕 6(3690, 1357)년 문과에 급제하여 벼슬이 문하찬성사(門下贊成事)에 이르렀고, 조선이 개국된 뒤에는 영의정을 지냈다. 글씨를 잘 썼다.

9. 2. 3. 오언 율시(五言律詩)

역시 『동문선』 권 9－10에 따르면, 고려시대 오언 율시의 작가군은 대체로 오언 절구의 지은이들과 비슷하다. 오학린(吳學麟)의 「重遊九龍山興福寺(중유구룡산 흥복사)」를 비롯한 정습명(鄭襲明 : ?－3484, ?－1151) · 김부식 · 고조기 · 이지심(李知深) · 김돈중(金敦中) · 조통(趙通) · 인빈(印份) · 정지상(鄭知常) · 권적(權適) · 허홍재(許洪材) · 김신윤 · 임종비(林宗庇) · 박공습(朴公襲) · 최영유(崔永濡) · 노영수(盧永綏) · 오세재(吳世才) · 임춘(林椿) · 이인로 · 김극기(金克己) · 계응(戒膺)스님 · 유승단(兪升旦) · 임유정(林惟正) · 이규보 · 익장(益莊)스님 · 최자(崔滋) · 진화 · 원감스님 · 곽예(郭預) · 이혼(李混) · 안진 · 최해(崔瀣) · 백원항(白元恒) · 최여(崔洳) · 안축(安軸) · 안목(安牧) · 정오(鄭頫) · 신천(辛蕆) · 이제현 · 이곡(李穀) · 윤여형(尹汝衡) · 허소유(許少由) · 백문보 · 정거관(鄭居寬) · 이강(李岡) · 정포 ·

권한공(權漢功)·유숙·이달충·이인복·한수(韓脩)·정추(鄭樞)·김구용(金九容)·설손·양이시·이색·정몽주·이숭인·윤소종·이무방·정도전·원송수(元松壽)·한방신(韓方信)·이집(李集)·정총(鄭摠)·권근(權近) 등에 의하여 많은 작품들이 지어졌다.

9. 2. 3. 1. 送人(송인)

庭前一葉落	뜰 앞에 나뭇잎 하나 떨어지고,
床下百蟲悲	마루 밑 온갖 벌레 모두 슬피 울고 있네.
忽忽不可止	홀홀히 떠나는 길 말릴 수야 없지마는
悠悠何所之	유유히 어디로 향하여 가려는가?
片心山盡處	한 조각 마음은 산이 다한 이상세계
孤夢月明時	달이 밝은 밤에 외로운 꿈을 꾸네.
南浦春波綠	남포에 봄 물결이 푸르러질 때야말로
君休負後期	그대는 뒷기약을 제발 잊지 말아 주게.

(『동문선』 권 9)

이 작품은 정지상(鄭知常)의 「送人(송인)」이다. 이상향(理想鄕)을 추구하는 집념가(執念家)로 평가되는 지은이 정지상이 어떤 사람과의 이별을 노래한 것인지는 잘 알려지지 아니하였지만, 이 작품에서 "편심산진처(片心山盡處)"라고 한 것은 분명

현재의 이 세계가 아닌 다른 별세계(別世界)를 가리키는 것이고, 그 이상향이 바로 남포(南浦)이며 그곳에서 떠나는 사람에게 반드시 다시 만날 것을 다짐하고 있다.

9. 2. 3. 2. 紀地名詩(기지명시) 3수

권근(權近)이 명나라에 들어가서 머물러 있다가 돌아오는 동안 그가 지난 곳을 헤아리어 지은 것이다.[淹滯之中數其經歷也.]

北渡桑乾水　　북에서는 상건수를 건너서 들어갔고,
南浮楊子江　　남에서는 배를 타고 양자강을 건너갔네.
金陵朝萬國　　금릉에선 많은 나라 조회를 받았으며,
鍾阜鎮中邦　　종산은 그 드넓은 중원을 진압했네.
齊魯宗親盛　　제나라와 노나라엔 종친이 번성했고,
幽幷醜虜降　　유주와 병주에선 추로가 귀화했네.
三韓非化外　　삼한은 덕화의 밖에 있는 나라 아녀
松嶽氣鴻厖　　송악의 기운이 크고도 도탑구나.

雨暗沙門島　　비가 내리어 사문도가 어두운데,
風高碣石山　　바람이 갈석산에 세차게 부는구나.
燕鴻今已至　　연경의 기러기는 이미 돌아왔건마는
遼鶴幾時還　　요동의 신선 학은 언제나 돌아올까?
水接蓬瀛闊　　물은 봉래섬과 영주섬에 넘실대고,

雲橫海岱閑　　구름은 황해와 태산 비껴 한가롭네.
扶蘇何處在　　부소는 어느 곳에 있는지 모르지만,
夢繞紫霞間　　꿈은 신선 세계에서 에워싸 돌고 있네.

黃縣秋風晩　　황현에는 바람 불어 가을이 저무는데,
靑州落日沈　　청주에는 해가 저서 물속에 잠겨 드네.
浿江歸路阻　　패강은 돌아가는 나의 길을 가로막고,
渤海客愁深　　발해는 나그네의 시름만 깊게 하네.
方丈疑無有　　방장산은 있는지 없는지 알 수 없고,
嗚呼弔古今　　슬픔은 고금의 일 조상을 해야겠네.
嵎夷東表地　　우이는 동이의 드러난 옛 땅인데,
渺渺望鷄林　　계림을 바라보니 아득히 멀고 머네.

(『양촌집』 권 6)

이 작품은 고려 창왕 1(3722, 1389)년 8월에 지은이 양촌(陽村) 권근(權近)이 사신(使臣)의 명(命)을 받아 명(明)나라 수도 남경(南京, 당시 金陵)을 다녀오면서 머물렀던 이름난 곳의 지명을 들어 지은 시 3수이다.

지은이는 민족적으로 같고 다름을 떠나서 동일 문화국으로서의 명(明)나라와 고려의 관계가 같은 나라인 것처럼 생각하고 있었던 듯하다. 첫 수의 "상건수"는 지금의 만주(滿洲) 땅에 있는 속명 "혼하(渾河)"를 가리키고, "금릉"과 "종부"는 당시

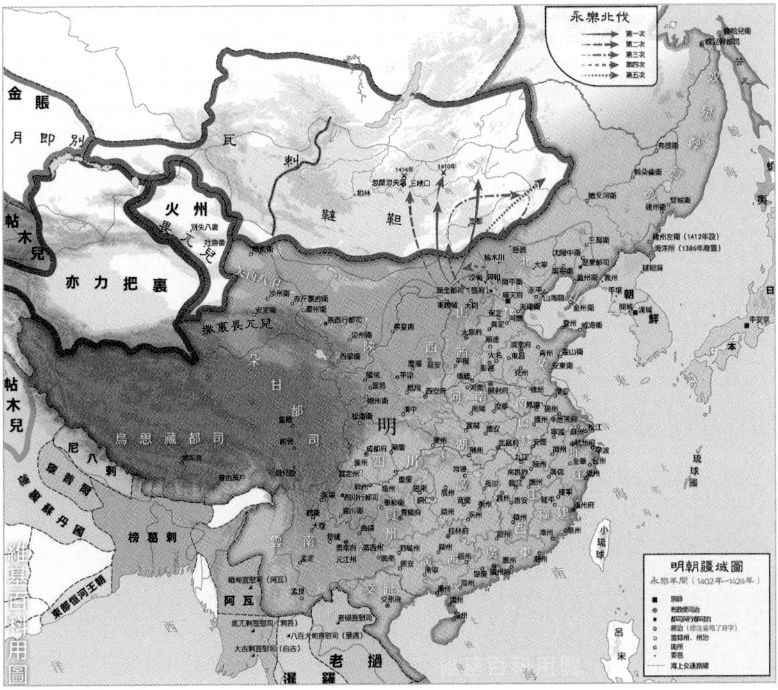

명나라 강역 지도

전성기 시기의 명나라(1415년), 출처 : 위키피디아

명나라의 수도이던 지금의 남경(南京)을 이른 말이다. 제(齊)와 노(魯)의 종친이 번성하다는 것은 이들이 모두 동이족(東夷族)이기 때문에 지금은 명나라 영토가 되어 있으나 그 원 종족들은 지은이와 피를 같이 하는 동족임을 은근히 암시하는 깊은 뜻이 숨겨져 있다.[102] 유주(幽州)와 병주(幷州)는 모두 당시의

102 解維俊, 『走進齊都』, 百花文藝出版社, 2004.
김성호 외, 『한중일 국가기원과 그 역사』, 맑은소리, 2008.

원(元)나라 땅이었으나 명나라에 부분적으로 투항하여 명나라 땅이 된 것을 이른 것이다. "삼한비화외(三韓非化外)"라고 한 것은 곧 삼한의 문화가 명나라와 같음을 강조한 것이다. 또 송악의 기운이 크고도 도탑다고 한 것은 지은이의 애국 충정이 명나라에 가서 소국으로서의 사신인 자기의 기개가 조금도 위축되지 아니하였음을 과시한 것이다.

둘째 수에서 사문도(沙門島)와 갈석산(碣石山)은 지금의 중화인민공화국 요녕성(遼寧省)에 있는 지명이고, 연홍(燕鴻)과 요학(遼鶴)은 대(對)를 이룬 표현이다. 요학은 옛날 정영위(丁令威)라는 사람이 신선이 되어 학으로 변신하여 돌아와서 백탑(白塔)에 앉아 있었던 고사를 말한 것이고, "부소(扶蘇)는 어디에 있는가?"라고 한 것은 아마도 진시황(秦始皇)의 큰 아들로 황제가 분서갱유(焚書坑儒)를 하려 할 때에 그 옳지 아니함을 극간하다가 미움을 받아 배척을 당하다가 시황이 몰한 후 간신들에 의하여 죽임을 당한 부소의 억울한 죽음을 애도한 것으로 풀이된다.

셋째 수의 황현(黃縣)과 청주(靑州)는 지명을 빙자한 황화(黃花), 곧 국화와 청주(淸州) 곧 맑은 고급주를 가탁하여 여행 중의 일상을 노래한 것으로 필자는 감상한다. 또 우이(嵎夷)는 서해 건너 대륙에 있는 우리의 옛땅이었고, 계림(鷄林)은 고려강토에 있는 오늘의 우리 국토임을 밝히면서 옛날과 오늘의 역사적 변화에 관한 지은이 자신의 애국관에 따른 슬픈 마음을 드러내 보이고 있다. 지은이는 이 3수의 작품 속에서 17처의 지명을 소개하고 있다.

9. 2. 4. 오언 배율(五言排律)

역시 『동문선』 권 11에 의하면, 오언 배율도 최유선(崔惟善 : ?－3408, ?－1075)의 「御苑仙桃(어원선도)」를 비롯하여 곽여(郭輿) · 최선(崔詵) · 고영중(高瑩中) · 김양경 · 이규보 · 천인스님 · 원감스님 · 최해 · 설문우(薛文遇) · 이인복 · 정포 · 이달충 · 한수 · 탁광무(卓光茂) · 정몽주 · 이숭인 · 권근 · 윤소종 · 박의중들로 이어져 온다.

9. 2. 4. 1. 御苑仙桃(어원선도)

御苑桃新種	어원에 새로 심은 복숭아 나무들은
移從閬苑仙	낭원의 선계에서 옮겨다 심었다네.
結根丹地上	궁중의 뜰 위에 뿌리를 깊이 박고,
分影紫庭前	옥황전 뜰 앞에서 그림자 어른대네.
細葉看如畵	가냘픈 나뭇잎은 그림처럼 고와 뵈고,
繁英望欲燃	많은 꽃들은 불붙듯 붉게 피네.
品高鷄省樹	중서성의 나무 중에 품격이 가장 높고,

香案獸爐煙　　향탁의 사자 향로 연기를 피워내네.
天近先春茂　　하늘이 가까우니 봄날 일찍 무성하고,
晨淸帶露鮮　　맑은 새벽이슬 머금어 아름답네.
是應王母獻　　이들 복숭아는 서왕모가 바친 거니,
聖壽益千年　　임금의 보령이 천년을 더할 거네.

(『동문선』 권 11)

이 작품은 최유선(崔惟善 : ? – 3408, ? – 1075)이 현종(顯宗) 21(3363, 1030)년 4월에 문덕전(文德殿)에서 임금이 내신 「御苑種仙桃(어원종선도)」에 응제(應製)하여 "을과 독보 제일명(乙科獨步第一名)"의 상을 받은 작품 「御苑仙桃(어원선도)」의 전문이다. 이 작품에서는 지은이가 그의 도선사상(道仙思想)을 드러내 보이고 있다. 지은이는 본관이 해주(海州), 해동공자 최충(崔冲)의 큰아들로 자는 낙보(樂夫), 호는 송탄(松灘), 시호는 문화(文和)이다. 벼슬은 문종 때에 문하시중(門下侍中)에 이르렀다.

9. 2. 4. 2. 自敍[스스로 회포를 씀]

光陰忽已邁　　시간이란 참으로 빨리도 달리는 것,
老病鎭相依　　늙음과 질병은 언제나 따르누나.
脚跛筇全力　　절룩이는 두 다리는 지팡이에 의지하고,

身羸帶減圍	깡마른 몸뚱이는 허리띠만 길어지네.
飽閑仍得懶	배부르고 한가하니 게으름만 더해지고,
飧道不成肥	도를 먹고 사니 살이 찌지 아니하네.
日晏方麤糲	해가 뜬 뒤 겨우겨우 거친 밥을 먹고 보니,
春深尙衲衣	봄은 깊었으나 아직도 솜옷이네.
居貧禪侶少	삶이 궁하니 참선의 벗도 적고,
城遠俗緣稀	성시 멀리 있어 속세 인연도 드물구나.
獨有孤雲伴	외로운 나의 벗은 오직 구름 그뿐이고,
時從簷下歸	때맞춰 구름들이 처마 끝에 몰려오네.

(『동문선』 권 11)

이 작품은 원감(圓鑑)스님이 지은 「自敍[스스로 회포를 씀]」의 전문이다. 이 작품은 고려시대 스님들의 참선 수도 양상을 이해하는데 도움이 될 일종의 선시(禪詩)이다. 육신의 안일을 떠나서 도(道)를 수행하노라니, 늙고 병들고 식음이 뜻과 달라서 먹지 못하여 파리하여진 그 몸마저 지팡이에 전신을 의지하고 지내노라면, 무심히 떠가는 구름만이 외로운 도반(道伴)임을 술회하고 있다.

9. 2. 5. 칠언 고시(七言古詩)

고려시대 7언 고시도 역시 『동문선』 권 6-8에 따르면, 5언

시와 거의 비슷한 시인들의 작품들이 주류를 이룬다. 7언 고시의 지은이들은 임춘(林椿)의 「寄洪天院[홍천원에 부침]」을 비롯하여 이인로(李仁老)·진화(陳澕)·이윤용(李允用)·김희제(金希磾)·송국첨(宋國瞻)·손습경(孫襲卿)·천인(天因)스님·곽예(郭預)·최자(崔滋)·김지대(金之岱)·백문절(白文節)·홍간(洪侃)·달전(達全)스님·윤기(尹頎)·안진·오수(吳璲)·최해·형군소(荊君紹)·안축·우천계(禹天啓)·주현(周賢)·한종유·선탄(禪坦)스님·이제현·윤여형·양온·이인복·전녹생·이존오·백문보·이변(李弁)·이강(李岡)·정포(鄭誧)·김광재(金光載)·이연종(李衍宗)·권한공·유숙·남긍(南兢)·이달충·한수·박효수(朴孝修)·정추·이방직(李邦直)·설손·이색·정몽주·이숭인·권근·윤소종·정도전·굉연(宏演)스님·박의중·이첨들로 이어지면서 많은 작품들이 지어졌다.

9.2.5.1. 碁局[바둑]

玉石交飛紅日晩　옥돌이 번갈아 날아 붉은 해가 지니,
遊人也宜樵柯爛　나무꾼의 도낏자루 썩음이 마땅하네.
苒苒蛛絲籠碧虛　가냘픈 거미줄은 푸른 허공 얽어내고,
翩翩雁影倒銀漢　기러기 은하수에 거꾸로 비쳐 나네.
鼠穴纔通趙將鬪　쥐구멍은 조자룡이 싸우며 겨우 지나

鶴唳已覺秦兵散　학이 울매 진병 군사 이미 망함 알만하네.
兀坐凝神百不聞　꼿꼿이 앉아서 정신 쓰니 귀먹은 듯
座中眞得巢由隱　그 자리는 소부 허유 숨은 듯이 조용하네.

(『동문선』 권 6)

이 작품은 이규보가 지은 「碁局[바둑]」이다. 이 작품을 통하여 고려시대에도 바둑이 이미 널리 보급되어 있었음을 확인할 수가 있다. 첫구에서 6구까지는 바둑판 위에서 펼쳐지는 검은 돌과 하얀 돌과의 싸움[烏鷺之爭] 현장을 보고(報告)하는 장면이고, 7 · 8구는 바둑을 두는 기사들이 너무도 진지하여 삼매경에 빠져 있는 자세를 요(堯)임금님 때의 고사(高士)인 소부(巢父)와 허유(許由)의 고사(古事)를 이끌어 자연 속의 산수에 숨어서 마음의 평안을 얻어 스스로 인생을 즐기는 속세를 벗어난 신선놀이를 은유한 것이다.

9. 2. 5. 2. 仲秋節[한가위]

去年中秋翫月時　작년 한가위에 달구경을 할 때에는
歌舞縱謔開華筵　노래와 춤판으로 웃음 잔치 화려했네.
高堂簾捲夜如晝　높은 마루 발을 걷자 낮같이 밝은 달밤
清光凝座羅神仙　환한 자리에는 신선들이 앉아 있네.
醉中呼月作金盆　취중에 달아달아! 황금 쟁반 불러보니,

玉壺美酒詩百篇	귀한 술병 맛있는 술 시가 백 편이네.
今年遠謫會津縣	올해에는 멀리 전남 나주로 귀양 와서
竹籬茅屋荒山前	대나무울 초가집은 거친 산 앞에 있네.
秋風颯颯動林莽	가을바람 우수수 나무숲을 흔들어서
物像蕭條何悄然	물상이 앙상하여 너무도 쓸쓸하네.
是時對月倍怊悵	이 밤에 달을 보니 슬픔이 배가 되어
廻首舊遊散如煙	머리 돌려 옛 벗 보니 산 사람 거의 없네.
此身由來非異身	여기 온 이 몸은 다른 사람 아니듯이
今年明月似前年	금년의 밝은 달도 작년 달과 그대로네.
造物賦與原非	조물주가 준 것이야 모두가 다른가봐,
爲問明月之所	밝은 달아! 물어보자! 네가 가서 비치는 곳.
幾人歡樂幾人悲	즐기는 이 몇이며, 슬픈 이는 몇몇인가?
明年見月又何處	내년에는 또 어디서 이 달을 볼 것인가?
歡歟悲歟未可知	기쁨일까? 슬픔일까? 알 수가 전혀 없네.
明月無言夜將半	밝은 달은 말이 없고 밤만 깊어지네.
獨立蒼茫歌怨詩	홀로 서서 답답한 맘 원망의 시를 읊네.

(『동문선』 권 8)

이 작품은 삼봉(三峰) 정도전(鄭道傳)이 지은 「仲秋歌[한가위 노래]」 전문이다. 지은이가 우왕 1(4068, 1375)년에 원나라를 배척한 죄로 지금의 전라남도 나주시(全羅南道羅州市)에 딸린 회진(會津)으로 귀양 가서 머물고 있을 때에 유배지에서 외롭게 한가위의 밝은 달을 보고 느낀 자기의 회포를 노래한 것이다. 전체 22구 중에서 달이 7회나 언급되고 있으니, 나라의 큰 명절을 귀양살이를 하면서 마을에서 멀리 떨어진 외딴곳에서 겪어야 하는 외로움을 달과 벗하면서 읊어 당시 배소생활 중의 지은이의 심상을 잘 표출하고 있다. 아울러 우왕을 멀리 쳐내고 이성계를 도와 개혁하려는 사상을 굳게 기르고 있었을 것이다.

정도전 유배지

전남 나주시 다시면 운봉리에 위치, 출처 : https://intersjh.blog.me/221177306645

9. 2. 6. 칠언 절구(七言絶句)

고려시대 7언 절구 시의 지은이들도 대체로 5언 시를 즐겨 지은 이들과 비슷한 사람들이다. 『동문선』 권 19–22에 따르면, 고려시대 7언 절구의 지은이들은 최승로(崔承老)의 「代人寄遠(대인기원)」을 비롯하여 족암(足庵) 종령(宗聆)스님 · 방회재(放晦齋, 惺齋 · 月圃) 최충(崔冲) · 곽여 · 박인량(朴寅亮) · 김부의 · 고조기 · 김돈중(金敦中) · 김군수 · 최유청 · 정지상 · 박춘령(朴春齡) · 박호(朴浩) · 정항 · 대각(大覺)스님 · 이지씨(李之氏) · 정여령(鄭與齡) · 권적(權適) · 오정석(吳廷碩) · 김약수(金若水) · 임종비 · 안순지 · 이백순(李百順) · 김극기 · 임춘(林椿) · 이인로 · 김양경 · 이규보 · 진온(陳溫) · 유신(柳伸) · 진화 · 최자 · 김지대 · 이장용 · 홍공좌 · 김효인(金孝印) · 김찬(金贊) · 장일(張鎰) · 김구(金坵) · 천인스님 · 김방경(金方鏡) · 원감스님 · 유천우(兪千遇) · 허공(許珙) · 홍자번(洪子藩) · 정가신(鄭可臣) · 박항(朴恒) · 백문절 · 곽예 · 주열(朱悅) · 유보(柳葆) · 정개(鄭揩) · 정윤의(鄭允宜) · 홍간 · 한취(韓就) · 이혼 · 권단(權旺) · 채홍철(蔡洪哲) · 최성지(崔誠之) · 윤기 · 안진 · 백이정 · 권보(權溥) · 박전지(朴全之) · 이진(李瑱) · 박충좌 · 최사립(崔斯立) · 반부(潘阜) · 이조년 · 허부(許富) · 최해 · 형군소 · 김상한(金翔漢) · 박장(朴莊) · 홍약(洪瀹) · 안축 · 이성(李晟) · 왕백(王伯) · 이견간(李堅幹) · 안목 ·

오식(吳軾) · 정탁 · 김희조 · 김흔(金忻) · 이제현 · 선탄스님 · 이암 · 김득배 · 홍언박(洪彦博) · 윤택 · 채우(蔡禑) · 신천(辛蕆) · 황근(黃瑾) · 김윤(金倫) · 한종유(韓宗愈) · 신예(辛裔) · 이곡 · 이인복 · 백미견(白彌堅) · 이공수 · 윤여형 · 오순(吳洵) · 최원우(崔元祐) · 조계방(曺係芳) · 김인관(金仁館) · 전녹생 · 박상충 · 성사홍(成士弘) · 이존오 · 전유(田濡) · 박윤문 · 최함일(崔咸一) · 황석기(黃石奇) · 홍탁(洪鐸) · 정포 · 권한공 · 민사평(閔思平) · 유숙(柳淑) · 박원(朴瑗) · 안기(安起) · 남긍 · 하을지(河乙沚) · 나홍유 · 한수 · 이담(李湛) · 정추 · 권사복 · 설손 · 나옹(懶翁)스님 · 허금(許錦) · 함승경(咸承慶) · 김영돈(金永暾) · 요원(了圓)스님 · 이색 · 정몽주 · 이숭인 · 권홍 · 길재(吉再) · 김구용 · 서견(徐甄) · 김제안(金齊顔) · 조준(趙浚) · 변중량(卞仲良) · 윤소종 · 염흥방(廉興邦) · 정사도 · 강호문(康好文) · 한방신(韓方信) · 원송수(元松壽) · 정도전 · 권근 · 성석린(成石璘) · 하윤원(河允源) · 조운흘(趙云仡) · 설장수 · 강회백 · 이첨 · 이원(李原) · 정준(鄭俊) · 정이오 등의 순으로 많은 작품들이 전하고 있다.

9. 2. 6. 1. 絕句(절구)

滿庭月色無煙燭　　뜰에 환한 저 달빛은 내 없는 촛불이요.
入座山光不屬賓　　방안 가득 드는 경치 절로 온 손님일세.

更有松絃彈譜外　　거기에 솔거문고 악보 없는 곡을 타니,
只堪珍重未傳人　　너무너무 보배로워 나만이 즐기려네.

(『동문선』 권 19)

이 작품은 해동공자(海東孔子)로 널리 알려진 성재(惺齋) 최충(崔冲)의 「絶句(절구)」이다. 도통한(道通)한 노선비의 자연애(自然愛)를 엿볼 수 있는 작품이다. 첫째 구와 둘째 구에서는 지은이의 방 밖 안마당에 가득히 대낮처럼 밝은 빛을 토하여 내는 달빛의 주인공인 달을 손님으로 맞이하여 방안에서 이백(李白)의 노래에 나오는 경정산(敬亭山)처럼 아름다운 산의 경치와 벗이 되어 즐기고 있다. 셋째 구와 넷째 구에서는 소나무 거문고 연주를 감상하며 너무 좋은 분위기를 남에게 앗기지 아니하겠다는 욕심을 밝히고 있다.

"송현"은 곧 소나무 거문고라는 말이다. 솔바람 소리를 하나의 멋진 음악으로 감상할 수 있다는 것은 세속의 시정잡배들은 물론 권세 있는 사람들이 아닌 자연애에 흠뻑 젖은 선비들만의 특권에 속한다.

9. 2. 6. 2. 遊金剛山(유금강산)

金剛山下雨中遊　　금강산 선경에서 비 맞으며 노니노니,
白石入雲山無頭　　옥산이 구름 속에 들며 목이 사라지네.

정선필 금강전도(鄭敾筆 金剛全圖)
국보 제217호, 출처 : 문화재청

更宿山中夢泉菴　　다시 산속 몽천암서 하룻밤 자렸더니,
松風夜半鳴颼颼　　밤중에 솔바람이 우수수 울어대네.

(『동문선』 권 22)

이 작품은 조운흘(趙云仡)의 「유금강산」이다. 한 폭의 수묵화를 보는 듯하다. 첫째 구와 둘째 구는 금강산의 그림이다. 셋째 구는 잔다는 표현과 꿈이 잘 어울린다. 몽천암(夢泉菴)은 어느 스님이 절을 짓고 보니 먹을 물을 찾을 수가 없어 고민하다가 결국 꿈속에서 받은 계시로 아주 달고 맛있는 우물을 얻은 뒤, 그 절 이름도 마침내 몽천암이라고 지었다는 것이다. 그런데 이 시의 지은이는 결국 한밤중의 솔바람 소리 때문에 잠을 제대로 이루지 못하여 꿈도 못 꾸었다는 불평 아닌 불평을 호소하고 있다.

지은이 조운흘은 본관이 풍양(豊壤)이고, 호는 석간 서하옹(石澗棲霞翁)이라고 하였다. 생몰 연대는 알 수 없으나 공민왕 6(3690, 1357)년 문과에 급제하여 벼슬이 첨서밀직사사(簽書密直司事)에 이르렀다. 조선이 건국한 뒤에는 강릉대도호부사(江陵大都護府使)를 역임하였다.

9. 2. 7. 칠언 율시(七言律詩)

이 7언 율시의 지은이들도 다른 시체의 지은이들과 거의가 같은 사람들이다. 역시 『동문선』 권 12－17에 따르면, 최충의 「示座客(시좌객)」을 비롯하여 최약 · 이자량(李資諒) · 최석(崔奭) · 박인량 · 김연 · 김부식 · 이공승(李公升) · 곽여 · 김돈중 · 김돈시 · 최균 · 정지상 · 정항 · 임규(任奎) · 김이영(金貽永) · 박호 · 김신윤 · 김민 · 오정석 · 고순겸 · 채보문 · 최영유 · 임춘 · 오세재 · 혜문(惠文)스님 · 이인로 · 요일(寥一)스님 · 김극기 · 임유정 · 김양경 · 이규보 · 진화 · 최자 · 조충 · 홍공좌 · 이유지 · 김지대 · 임계일(林桂一) · 김녹연(金祿延) · 시녕(始寧)스님 · 이영(李穎) · 진정(眞靜)스님 · 유경(柳璥) · 정홍 · 김서(金湑) · 천인스님 · 조영(祖英)스님 · 김구 · 홍자번 · 안향(安珦) · 이승휴(李承休) · 김훤(金晅) · 한경 · 이혼 · 홍간 · 조간(趙簡) · 한취 · 달전(達全)스님 · 채홍철 · 노여(魯璵) · 권보 · 안진 · 박충좌 · 박항 · 우탁(禹倬) · 형군소 · 윤혁(尹奕) · 홍약 · 민광균 · 설문우(薛文遇) · 곽운 · 안축 · 양온(梁溫) · 박의 · 허백 · 신천 · 방서(方曙) · 한종유 · 이제현 · 백문거 · 선단스님 · 우길생 · 정을보 · 이곡 · 이인복 · 윤여형 · 장천익 · 최원우 · 전득량(田得良) · 이원지 · 허옹(許邕) · 전녹생 · 허소유 · 이용(李容) · 이존오 · 백문보 · 김대경 · 이길상 · 황석기 · 정포 · 권한공 · 남궁 · 민사평 · 이달충 · 박효수 · 권사복 · 임박(林樸) · 한수 · 송인 · 설손 · 허금 · 양이시 · 탁광무 · 이구 · 박형 · 이색 · 월창(月窓)스님 · 정몽주 ·

박진록(朴晉祿)·이숭인·김구용·윤소종·정사도·강호문·원송수·정도전·나옹스님·굉연스님·권근·조준·박의중·성석린·설장수·도원흥(都元興)·정총·강회백·이첨·이오(李敖) 등이 많은 작품들을 창작하였다.

9.2.7.1. 仰巖寺(앙암사)

前壓蒼波後翠巖	앞에는 푸른 물결 뒤에는 검은 바위
蕭蕭蘆葦半松杉	갈대와 소나무가 반씩 섞여 속삭이네.
謝公遺興唯雙屐	사영운의 남은 흥취 나막신 두 짝뿐.
張翰歸心滿一帆	장한의 고향 생각 한 돛에 가득하네.
只要猴山鞭皓鶴	후산(猴山)은 백학을 타야만 오르겠기
不須汾浦泣青衫	분포의 젊은 미녀 울려서 무엇하리?
十洲三島遨遊遍	신선세계 십주 삼도 두루두루 노닐면서
自愧飄然骨換凡	표연히 신선되니 내 스스로 부끄럽네.

이 작품은 이인로(李仁老)가 지은 「仰巖寺(앙암사)」이다. 이 시의 표제인 앙암사(仰巖寺)는 지금의 경기도 연천군 미산면(京畿道漣川郡嵋山面)에 있는 숭의전(崇義殿) 자리에 있었던 절 이름이다. 이 절은 왕건(王建 : 3210－3276, 877－943) 태조가 궁예(弓裔 : ?－3251, ?－918)의 밑에 있을 때에 철원(鐵原)과 송악(松嶽)을 오가며 쉼터로 머물렀던 인연으로 고려 왕실의 원

연천 숭의전(漣川 崇義殿)
사적 제223호, 경기도 연천군에 위치, 출처 : 위키피디아

찰(願刹)이 되었으나, 조선이 건국한 뒤에 그 자리에 지금의 숭의전을 지어 고려 왕건 태조의 위패를 모셔놓고 제사를 올리어 왔다. 제1 · 2구에서는 앙암사가 위치한 주위의 배경을 그리었으며, 제3 · 4구에서는 임진강과 연결되는 지금의 한탄강가 산언덕에 있는 앙암사에 오르는 길의 험함을 암시하는 뜻으로 남송(南宋)의 여행가 사영운(謝靈運)과 진(晉)나라의 장한(張翰)을 이끌어다가 등산의 명수인 사영운이 나막신 굽을 조절하여 산길의 오르내림을 잘하였던 고사를 말하고, 진나라의

외교관으로 유명한 장한이 오랜 외국 생활에서 고국을 그리워하는 마음을 돛배로 은유하고 있다. 제5 · 6구에서는 앙암사의 주변 경치가 신선세계임을 암시하여 백학이 필요할 뿐이고, 화려한 술집이 아닌 절이니, 젊은 여인들을 울릴 이유가 없다는 뜻을 펴고 있다. 제7 · 8구에서는 신선들만이 산다는 별세계를 두루 구경하며 노닐다 보니, 속세의 평범한 지은이조차도 저절로 신선이 된 듯하여 오히려 부끄럽다는 분외의 즐거움을 토로하고 있다.

지은이 이인로는 자가 미수(眉叟), 호가 쌍명재(雙明齋)이다. 어려서부터 총명하고 글씨도 잘 썼다. 정중부(鄭仲夫)의 난을 당하여 머리를 깎고 난을 피한 뒤에 환속하여 명종 10(3513, 1180)년 문과에 갑과로 급제하여 직사관(直史館)에 있으면서 오세재(吳世才), 이담(李湛), 임춘(林椿), 조통(趙通), 함순(咸淳), 황보항(黃甫抗) 등과 벗으로 결의하고 술 마시기와 시 짓기에 몰두하여 세상 사람들로부터 죽림칠현(竹林七賢)이라고 불리웠다. 성질이 급하여 크게 쓰이지 못하고 벼슬은 비서감우간의대부(秘書監右諫議大夫)에 이르렀다. 저술로는 『銀臺集(은대집)』, 『쌍명재집』, 『破閑集(파한집)』 등이 있다.

9. 2. 7. 2. 警世(경세)

金烏東上月沉西	해는 동에서 뜨고 달은 서로 지고,
生死人間事不齊	인간은 죽고 삶도 다 각각 다르다네.
口裏吐將三寸氣	입안의 세 치 혀로 기운을 토하다가
山頭添得一堆泥	산머리에 흙 한 더미 더 얹을 뿐이라네.
塵緣擾擾誰先覺	세상 인연 시끄러움 누가 먼저 깨달을까?
業識茫茫路轉迷	일과 앎이 망망하니 길을 잃고 헤맨다네.
要脫輪回無別法	윤회를 벗는 데는 다른 법이 없다 하니,
祖師公案好提撕	조사가 주신 공안 잘 받아 깨치소서.
寒暑催人日月流	세월은 사람을 재촉하며 시간 흘러
幾多讙喜幾多愁	얼마나 즐거웠고 근심도 많이 했나?
終成白骨堆青草	끝내는 백골 되어 푸른 풀에 덮여지니,
雖把黃金換黑頭	비록 돈이 많고 다시 청춘 된다 해도
死後空懷千古恨	죽은 뒤엔 부질없이 천고의 한만 되니,
生前誰肯一時休	생전에 잠시인들 누가 편히 쉴 수 있나?
聖賢都是凡夫做	성현들 여러 분도 범부에서 되셨으니,
何不依他樣子修	그분들 닦은 대로 왜들 닦지 아니하나?

이 작품은 나옹(懶翁)스님의 「警世(경세)」 전문이다. 나옹화상은 세간의 사부대중(四部大衆)들에게 성현들의 수도 방법을 잘 익혀서 풀끝의 이슬처럼 잠깐 사이의 흙더미 속의 백골이 되지 말 것을 당부하고 있다.

9.3. 사부(辭賦)

9.3.1. 사(辭)

고려시대 사문학의 지은이들은 역시 『동문선』 권 1에 의하면, 「和歸去來辭[귀거래사에 답함]」의 이인로(李仁老)를 비롯하여 이색(李穡) · 이숭인(李崇仁) · 정몽주(鄭夢周) · 정도전(鄭道傳)들이 유명하다.

9.3.1.1. 自訟辭[나를 고발하는 말]

汝之軀矮而陋兮	네 몸집은 작으면서 볼품조차 없으므로
人視之若將仆也	남이 보면 바로 앞서 넘어질 것 같구나.
視旣短而聽又瑩	보는 것도 짧은데다 들음 또한 어정쩡해
中人聲而左右顧也	사람의 소리 나면 좌우로 돌아보네.
驚麕駭鹿之入于市兮	놀란 사슴 저잣거리 뛰어들 듯하니,
孰肯從而相友	벗하여 사귈 친구 누가 좋아하리?
雖幸聚而乍成懽兮	혹시나 잠시 만나 벗하여 기뻐해도
倏肯焉而旋詬	얼마 못가 돌아서서 욕설을 퍼붓기에.
出肺腑肉以求可兮	속 창자 내어 주며 벗하자 하였건만,
藐異馳而莫之遇	다른 데로 급히 가며 만남마저 거절하네.
柔爾顔兮甘爾言	부드러운 네 얼굴에 말씨마저 달콤하게
瀉眞情之繼吐	진정을 계속해서 토하여 쏟아내도
猶北轅而適楚兮	오히려 남북으로 달아나는 수레 같네.

夫誰鏃而誰羽	그 누가 나를 위한 화살과 깃이 될까?
舒憂娛悲之何所兮	근심과 설움을 어디에도 풀 곳 없네.
豁茫茫其天宇	넓고도 또 넓은 그것은 바로 하늘
惟情親之乖離兮	정든 임을 생각하면 제각각 흩어졌네.
杳暮雲而春樹	저녁구름 아득하고 봄 나무도 아득한데,
觀吾身於宵壤兮	하늘과 땅 사이에서 이 몸을 살펴보네.
吹毛一於牛九	아홉 마리 소의 털 중 하나만큼 적은데,
疇其置齒牙間兮	그 누가 입안에 올려 흉을 보는가?
抑難知其所否	아니면 내 어려움을 아는가 모르는가?
豈予德之回譎兮	어찌 나의 덕이 순수하지 아니할까?
予則懷其純一也	내 딴에는 순일만을 품고 있었는데,
豈予行之奇邪兮	어찌하여 내 행동이 이상하고 간사한가?
予則視其正直也	내 딴에는 정직하다 생각을 하였는데,
豈予言之訐詐兮	어찌하여 나의 말이 간사하고 사특한가?
予則師其悃愊也	내 딴에는 괴로운 정성을 본받는데,
豈予學之鹵莽兮	어찌하여 나의 배움 거칠기만 하단 말가?
予則底于其極也	나야말로 바닥에서 극에 닿았건만,
豈予政之多疵兮	어찌하여 나의 정치 그리 흠이 많은가?
予則蹈夫繩墨也	내 딴에는 오직 법대로만 살았건만,
惟吾之顚頓狼狽兮	나야말로 허둥지둥 실패만 하였을 뿐.
莫知主善之克一也	선만을 외곬으로 고집하여 이루었네.
夫惟一之罔知恊兮	하나만 고집하며 타협을 모르니,
禽獸之歸而何擇	길짐승 날짐승과 다름이 있을 손가?

宜仁人之不齒兮	어진 이는 나를 비방 아니함 마땅하나
罔之生也是敵	속이며 사는 것은 정직함의 적이니라.
胡反觀之不蚤兮	어찌 일찍 그것을 돌아보지 아니했나?
上帝臨之而赫赫也	하느님이 내려 보심 너무도 밝고 밝네.
其循循而蹈禮兮	질서를 정연히 예의를 지켜내어
則不違於咫尺也	지척이나 호리만큼 어긋남이 없으니,
引罪率以謝過兮	죄를 이끌어 잘못을 빌어내니,
孰旣往之追責	누가 지난날의 내 잘못을 꾸짖겠나?
貸予褒兮何欣	나를 칭찬한들 내가 어찌 기뻐하며,
附予毁兮何休	나를 헐뜯은들 내가 어찌 곱게 볼까?
雍容袍笏之班兮	조정 안 백관들의 반열에 함께 끼어
不識不知而順帝之則也	이것저것 돌보잖고 하늘의 법 지키리.

이 작품은 이색 목은의 「自訟辭[나를 고발하는 말]」이다. 이 작품에 의하면, 목은은 그 몸집이 자그마한 선비이었음을 짐작할 수가 있다. 또 누가 무엇이라고 하여도 스스로의 판단 기준에 따라 예의를 지키며 살아가는 영리하지 못한 사람이었음을 아울러 헤아릴 수가 있다.

人我人不人不人	남이 나를 사람답다 해도 아님 사람 못돼.
人我不人我人人	사람답지 않다 해도 내가 기면 사람이다.

를 깊이 생각하게 하는 작품이다.

9.3.1.2. 江之水辭(강지수사)

江之水兮悠悠	영산강의 맑은 물아! 유유히 흐르누나!
泛蘭舟兮橫中流	목란 배를 타고서 중류에서 노닌다네.
高管激嘹兮歌聲發	드높은 피리 가락 노래 절로 소리하니,
賓宴譽兮獻酬	손님을 맞이하여 술잔을 주고받네.
或躍兮錦鯉	어쩌다 비단 잉어 제서 뛰고 있는 것가?
飛來兮白鷗	날아오는 흰 갈매기 보기가 너무 좋네.
煙沉沉兮極浦	멀리 뵈는 개펄에는 연기만 자욱하고,
草萋萋兮芳洲	경치 좋은 언덕에는 풀만이 우거졌네.
覽時物以自娛兮	철 따라 경치를 바라보고 즐기면서
蹇忘歸兮夷猶	돌아가기 잊은 채로 어정이고 있다네.
景忽乎西馳兮	갑자기 햇발이 서쪽으로 달려가고,
水沄沄兮逝不留	물은 돌아 흘러 머물지 아니하네.
曾歡樂之未幾兮	일찍이 기뻐 즐김 오래 가지 못하리니,
隱予心兮懷憂	숨어 사는 내 마음엔 시름만 가득하네.
嗟哉盛年不再至兮	서럽다! 젊음이 두 번 오지 아니하며,
老將及兮夫焉求	늙음이 다가오니 구할 것이 전혀 없네.
軒冕兮儻來	혹시나 우연한 벼슬살이 기회 올까?
富貴兮雲浮	부하고 귀히 됨은 한 조각 뜬구름.
惟君子所重者義兮	군자가 중히 함은 오직 의리 그뿐이니,
名萬古與千秋	이름이 만고와 천추에 길이 남네.
擧一杯以相屬兮	술 한 잔 높이 들어 서로 권하노니,

庶有企兮前修　우리도 옛사람 높은 자취 배워 보세.

이 작품은 정도전(鄭道傳) 삼봉(三峰)의 「江之水辭(강지수사)」이다. 지은이가 춥고 배고플 때인 회진(會津)의 배소에서 영산강(榮山江)의 흐르는 물을 보면서 지은 것으로 추정된다. 가는 세월과 흐르는 물을 연관하여 의(義)를 지키면서 옛 성현(聖賢)들처럼 맑은 이름을 만고에 길이 남기자는 것이다.

9. 3. 2. 부(賦)

『동문선』의 권 1-3에 따르면, 고려시대 부(賦)의 지은이는 「仲尼鳳賦(중니봉부)」의 김부식을 비롯하여 이규보 · 최자 · 강창서(姜彰瑞) · 정의(鄭義) · 이견(李堅) · 민지(閔漬) · 윤선좌(尹宣佐) · 이색 · 이달충 · 정도전 · 이첨 · 이홍제(李興悌)의 순으로 몇 사람이 되지 아니한다.

9. 3. 2. 1. 放蟬賦(방선부)

彼黠者蛛　거미란 저놈은 대단히 영리하고,
厥類繁滋　거미의 무리들은 자손이 번성하네.
孰賦爾以機巧　누가 네 기지와 교묘한 재주 줬냐?
養丸腹於網絲　그물실로 배를 채워 구슬처럼 키웠느냐?

有蟬見絓	매미가 그 그물에 걸려 매달려서
其聲最悲	매미의 우는 소리 처량키도 처량하네.
我不忍聞	나는 그 소리를 차마 듣지 못하겠기에
放之使飛	그 매미를 내가 구해 날아가게 도와줬네.
傍有人兮誰氏子	곁에 있던 알 수 없는 그 어떤 사람이
仍詰予以致辭	인하여 나를 꾸짖어 하는 말이
惟玆二物	이들 두 물건을 두고 생각하면,
等蟲之微	둘 다 똑같이 볼 것 없는 미물인데,
蛛於子何裨	거미 새끼는 어찌하여 천히 보며,
惟蟬之活	오직 매미만을 살리려 놓아주어
乃蛛之飢	거미만을 굶주려서 죽이려 하는 건가?
此雖德君	이런 짓은 비록 덕군이라 할지라도
彼必寃之	거미에겐 틀림없이 원망의 대상이네.
孰謂子智	누가 그댈 슬기로운 사람이라 하겠는가?
胡放此爲	어째서 이처럼 매미를 놓아주나?
予初矉頞而不答	나는 처음부터 상 찡긴 채 대답 않다.
俄吐一言以釋疑	문득 한 마디로 의문을 풀어 줬지.
蛛之性貪	거미의 본성은 탐욕이 심하지만
蟬之質淸	매미는 그 성질이 깨끗하기 그지없네.
規飽意難盈	배불리 먹을 욕심 채울 수가 없지 않나?
吸露之腸何營	이슬 먹는 창자에 뭐가 있겠나?
以貪汚而逼淸	욕심 많고 더러운 놈 깨끗한 이 핍박하니,
所不忍於吾情	내 마음에 이를 어찌 참아낼 수 있겠는가?

何吐緖之至纖	거미가 토한 실이 어찌 그리 섬세한지
雖離婁猶不容睛	눈 밝은 이루라도 보기가 어려운데,
矧玆蟲之不慧	슬기롭지 못한 매미 이런 벌레가
豈覘視之能精	어찌 그 거미줄을 자세히 보겠는가?
將飛過而忽罥	날아서 지나려다 갑자기 걸려들어
翅拍拍以愈嬰	날개를 파닥이다 점점 더 묶였다네.
彼營營之靑蠅	저들 윙윙대는 벌떼 같은 쉬파리가
紛逐臭而慕腥	냄새를 좇아 모여 비린 것을 좋아하네.
蝶貪芳以輕狂	나비들은 향기 찾아 가볍게 날아들어
隨風上下以不停	바람 따라 아래위로 쉴 틈이 전혀 없네.
雖見羅而何尤	비록 걸려든들 그 누구를 탓하리오?
原厥咎本乎有求	원래의 그 허물을 어디서 찾겠는가?
獨汝與物而無競	홀로 너 같은 것 다툴 일이 없을 텐데,
胡爲遭此拘囚	어찌하여 거미줄에 꽁꽁 묶였는가?
解爾之纏縛	묶인 너를 거미줄을 풀어줄 터이니,
囑汝以繆繆	제발 부탁이니 매미 너는 얽힌 대로
遡喬林而好去	높은 나무 꼭대기로 훨훨 날아가서
擇美蔭之淸幽	아름다운 그늘 맑은 그윽한 곳 찾아 봐라.
移不可屢兮	이리저리 자주 옮김 좋지가 아니하다.
有此網蟲之規窬	이 그물 친 거미들은 항상 너를 엿보노니,
居不可久兮	한 곳에서 오래오래 머물지는 말지어다.
螳螂在後以爾謀	땅강아지 같은 것도 네 뒤에서 엿본단다.
愼爾去就	조심하여 오며 가되 머물음을 잘 하여라.

然後無尤　　　그런 뒤라야 뒤탈이 없을 게다.

이 작품은 이규보가 지은 「放蟬賦[매미를 놓아줌]」이라는 시의 전문이다. 매미와 거미를 소재로 하여 당시 사회의 풍조가 선량한 선비들이 살아가기에 너무 어려움이 많은 것을 풍자한 것으로 풀이된다.

9.3.2.2. 礎賦(초부)

有礎孔碩惟楹之適/주춧돌이 크고 크니 기둥이 든든하고,
礎居下而謙謙/주춧돌은 기둥 밑에 얌전히 깔려 있네.
楹處高而赫赫/기둥은 우뚝 솟아 뽐내고 서서 있고,
楹乃語礎曰/기둥이 주춧돌에 이렇게 말하였네.
若之爲用旣卑且阨/너의 쓰임새가 낮고도 너무 좁다.
性何堅頑容何岑寂/성품은 왜 굳으며 형용은 왜 조용하냐?
安土而重遷/땅바닥을 편안하게 거듭 옮겨 앉아
韜光而晦跡/빛나기를 감추더니 자취조차 감추었네.
厥德非常厥名屢易/그 덕이 비상하여 그 이름도 많이 변해
從矩從規爲礩爲碣/둥근 돌 모난 돌 받침돌에 밑돌이네.
身之潤也必借德於陰機/몸의 윤기 음기 덕을 빌었기 때문이고,
質之硬也幸連支於氣校/체질이 단단함은 옥의 형제 얻음이네.
何不被鍊于補天之手/하늘 깁던 여왜 손에 어이 단련 아니하고,
彰爾五色獲登/너는 어이하여 오색만 얻었으며

又有硯而磨者端溪之紫/벼루로 갈린 것은 단계의 붉음 때문.
歌其爛者南山之白/찬란함은 남산백의 노래로 불리웠고,
被叱於道士之/황초평의 도술로는 꾸지람에 염소 되고,
支機於天女之織/하늘 선녀 베틀에는 굄돌로도 쓰이었네.
噫此類之寔繁/아아! 이런 것들 그 수가 너무 많아
名千古而歙艶/그 이름이 오랜 세월 새빨갛기 드날렸네.
以若所爲之卑汚/너처럼 천하고도 더러운 출신으로
寧免吾之峻責/어찌 나의 이 준엄한 꾸짖음을 면하겠나?
於是礎乃頫伏而復于楹曰/주춧돌이 엎드린 채 기둥에 답하였다.
子之堂堂所立卓爾/자네가 당당하게 서있음이 드높아서
疇類侁侁不偏不倚/무리들이 오가면서 기대지도 않지마는
孰爲之綱孰爲之紀/누가 과연 벼리이며, 누가 과연 법이 되냐?
孰爲之基孰爲之址/누가 과연 터가 되며, 누가 과연 집터인가?
匪吾則腐匪吾則靡/나 아니면 썩어지고, 나 아니면 쓰러지네.
阿房之失火也/아방궁도 화재 당해 잿더미가 되었으니,
吾獨存焉藺氏謀璧也/나 혼자 남아 있어 인상여가 구슬 꿴 것
吾不比焉視子之爲/나와는 무관한 일 그대의 짓 볼작시면,
何陋且鄙上承棟梁則以阿/왜 그리 비루한가 들보 받듦 아첨이네.
外彼丹雘則以侈/겉으로는 단청 입어 사치하기 끝이 없어
而況子之朋類無可儀刑/자네의 벗까지도 본받을 것 전혀 없네.
或封于秦或夢于/진시황의 작위 받고 정씨 꿈에 보였다며
或煤于墨或燎于庭/그을리면 먹이 되고 횃불 되어 뜰 밝히네.
何屑屑其不憚/어찌 그리 자잘하며 거리낌이 없는 건가?

賊其性而殘其形/도둑들은 그 성질과 그 몸을 남기었네.
子幸而爲大用/그대는 다행히도 크게 쓰였는데,
更何校於擧莛/다시 어찌 대들보를 받들면서 다투는가?
宜功我而德我/나의 공과 덕을 고맙게 생각하라.
扶帝宅於千齡/임금의 빛난 집을 천년토록 붙든다네.
適有匠石聞而議之曰/마침 석수장이 이야기를 듣고 평해
謙能受益高必易危/겸손해야 이익 받고 높아지면 위험하니,
彼楹之寄惟礎是資/저 기둥이 기댄 것은 주춧돌이 바탕이라.
錄礎名於上面/주춧돌의 윗면에다 이름을 기록하고,
且以楹而次之乃贊曰/기둥은 또 그 뒤에 써서 기리어라.
礎乎礎乎磬然而安/주춧돌아! 주춧돌아! 굽히면 안전하다.
磬然而安安其如磬/굽히면 안전하고 편안키로 굽히거라.
王室之賴帝王之完/왕실이 힘입었고 제왕이 온전한데,
礎乎礎乎楹胡敢謾/주춧돌아! 주춧돌아! 기둥 어찌 까불소냐?

(『동문선』 권 3)

이 작품은 이달충(李達衷)이 주춧돌을 찬미하여 지은 「礎賦(초부)」의 전문이다. 건축물을 시공할 때에 기초가 되는 주춧돌의 효용성을 강조하고 있다. 세상에서 가장 필요한 존재는 언제나 있는 듯 없는 듯 자기를 드러내지 아니하고, 숨어서 자기의 본분을 지키면서 묵묵히 봉사하는 자세를 갖추고 있어야 한다는 소박한 진리를 주춧돌을 의인화하여 경계하면서 주춧

돌이 지닌 겸양의 덕을 기리고 있다. 그러나 고대에 있었던 전설적인 고사의 인용이 많아서 감상하기 어려운 것이 흠이라고 하겠다.

9.4. 악부(樂府)

악부(樂府)는 원래 한(漢)나라 무제(武帝 : 2187-2245, 서력전 140-88)가 당시의 음악을 관장하게 하려고 세운 관청의 이름이었다. 한무제(漢武帝)가 하늘과 땅의 신에게 올리는 제사의 예[郊祀之禮]를 정하면서 이연년(李延年)을 협율도위(協律都尉)를 삼아 악부(樂府)라는 관청을 두고 시부(詩賦)와 율려(律呂)의 가곡(歌曲)을 지어서 관리하였기 때문에 문학의 한 양식으로 일컫는 말이 되어 이제에 이르게 되었다. 한고조(漢高祖) 유방(劉邦)이 지었다는 「大風歌(대풍가)」와 초패왕(楚覇王) 항우(項羽)가 지었다는 「垓下歌(해하가)」 등이 그 대표적 보기 작품으로 일컬어지고 있다. 당송(唐宋) 시절의 장단구(長短句)들과 금 · 원(金 · 元)나라 시절의 남북곡(南北曲)들은 악부체(樂府體)의 변체(變體)라고 한다. 한나라 악부의 관원들이 문학의 가사를 모아 음악의 관현(管絃)에 올리는 일이었으므로 가사 자체를 악부라고 부르게 된 것이다.

한국에서는 고려시대에 들어와서 남호(南湖) 정지상(鄭知常:

?-3467, ?-1135)의 「送人(송인)」이 악기에 올리어 노래되면서 악부체가 나타나기 시작하였다. 이후에 쌍명재(雙明齋) 이인로(李仁老)과 백운산인(白雲山人) 이규보(李奎報)이 악부체 사(詞)를 지어 익재(益齋) 이제현(李齊賢)의 이른바 「益齋小樂府(익재소악부)」로 이어지는 징검다리가 되었다.

「익재소악부」는 당시에 전하던 속악(俗樂) 「處容歌(처용가)」, 「鄭瓜亭曲(정과정곡)」, 「西京別曲(서경별곡)」 같은 고려 속요(俗謠)를 7언 뜻글시체로 뒤치어 『益齋亂藁(익재난고)』 권4에 실어서 전하게 된 11수를 일컫는 것이다.

앞의 "이름만 전하는 노래" 항에서 언급한 내용이므로 중복이 되지만, 또 원문을 소개한다.

小樂府(소악부)

①	拘拘有雀爾奚爲	구구! 어린 참새! 너는 어쩌다가
	觸着網羅黃口兒	그물에 걸렸느냐? 노란 부리 어린 것아!
	眼孔元來在何許	두 눈은 어디 뒀다 그렇게 걸렸느냐?
	可憐觸網雀兒癡	가엽구나! 그물 걸린 천치바보 어린 새야!
②	鵲兒籬際噪花枝	울타리 꽃가지엔 까치가 지저귀고
	喜子床頭引網絲	납거미 상머리서 그물을 치고 있네.
	余美歸來應未遠	내 낭군 돌아올 날 멀지 않음 틀림없어
	精神早已報人知	혼령이 먼저 와서 미리 알려주네.

③ 浣沙溪上傍垂楊	수양버들 시냇가서 빨래를 하는 중에
執手論心白馬郞	백마 탄 어르신네 내손 잡아 정을 주니,
縱有連簷三月雨	석 달 동안 긴긴 장마 처마 끝 빗물인들
指頭何忍洗餘香	손끝에 남은 향내 차마 어이 씻어지랴?

④ 黃雀何方來去飛	참새야! 어딜 그리 바삐 쏘다니냐?
一年農事不曾知	일 년 농사 풍흉 미리 알 수는 없지마는
鰥翁獨自耕耘了	홀아비 늙은이가 애써 지은 농작물을
耗盡田中禾黍爲	들판에서 모든 곡식 다 쪼아 먹어 대니?

⑤ 脫却春衣掛一肩	봄옷을 벗어서 한쪽 어깨 둘러메고
呼朋去入菜花田	벗들을 불러대며 유채꽃밭 뛰어들어
東馳西走追胡蝶	동서로 호랑나비 잡으러 달린 일들
昨日嬉遊尙宛然	어제처럼 그 놀이가 아직도 또렷하네.

⑥ 新羅昔日處容翁	옛날 신라 때에 살던 처용 할아버지
見說來從碧海中	푸른 바다에서 솟아났다 들었는데,
貝齒頳脣歌夜月	흰 이빨 붉은 입술 달밤에 노래하니,
鳶肩紫袖舞春風	덩실덩실 어깨춤이 봄바람에 너풀대네.

⑦ 木頭雕作小唐鷄	나무토막 깎아내어 작은 당닭 만들어서
肋子拈來壁上棲	죽지 잡아 묶어 닭 홰 위에 두었다가
此鳥膠膠報時節	이 닭이 꼬꾜하며 울어 때를 알리거든
慈顔始似日平西	그제야 엄니 얼굴 조금씩 여위소서.

⑧ 縱然巖石落珠璣　바위 위에 던지어도 구슬이 안 깨지듯
縷縷固應無斷時　갓끈이 정말 끊어지지 아니 하듯이
與郎千載相離別　낭군과 천년토록 헤어진다 하드라도
一點丹心何改移　한 점 붉은 마음이야 어찌 변하리오?

⑨ 憶君無日不霑衣　임금님 그린 눈물 매일 옷깃 적시니,
政似春山蜀子規　정말 봄 산의 접동새와 흡사하죠.
爲是爲非人莫問　옳고 그름 남에게는 묻지를 마오소서.
只應殘月曉星知　오직 지다 남은 새벽달과 별이 알죠.

⑩ 都近川頹制水坊　제주의 도근천 제방 둑이 무너져서
水精寺裏亦滄浪　수정사 절 안까지 물이 들어 넘실대네.
上房此夜藏仙子　상방스님 밤에 고운 여자 숨겼는데,
社主還爲黃帽郎　절 주인은 뱃사공이 되어서 돌아오네.

⑪ 從教壟麥倒離枝　비바람에 쓰러진 보리 이삭 그냥 있고,
亦任丘麻生兩岐　언덕 밭의 삼대들은 가닥가닥 벌어졌네.
滿載青瓷兼白米　청자와 하얀 쌀을 배에 가득 실고서
北風船子望來時　된바람에 배가 오기 목 빠지게 기다리네.

위의 작품 가운데서 ①은『高麗史(고려사)』「악지(樂志)」에 따르면, 「長巖(장암)」이라고 하는 작품이다. 두영철(杜英哲)이라는 벼슬아치가 장암으로 귀양 와서 지낼 때에 친하게 지내

던 토박이 노인은 두영철이 귀양이 풀리며 평장사(平章事)가 되어 가는 것을 경계하였으나, 두영철은 듣지 아니하고 돌아갔다가 곧 다시 귀양살이를 하게 되매, 그 노인이 이 노래를 지어 놀려준 것이라고 한다. ②는 「居士戀(거사련)」이라는 이름으로 일컬어지는 작품으로, 『고려사』에 따르면, 여행 중인 지아비가 빨리 돌아오기를 바라는 간절한 마음을 까치 소리와 거미가 밥상머리에 실을 뽑아 그물을 치는 것을 이끌어다가 자기 남편이 곧 돌아올 것을 알려 주는 조짐으로 자위(自慰)한 것이다. ③은 「濟危寶(제위보)」라고 하는 작품이다. 역시 『고려사』에 의하면, 어떤 사람의 아내인 여인이 죄를 입어 제위보(濟危寶)에서 일을 하고 있을 때에 백마를 탄 현장 감독에게 손목을 잡히고 그 분함을 참지 못하여 이 노래를 지어서 자기의 순결을 강조한 것으로 보아 필자는 이를 지은이가 자기 결백을 강조한 결백요(潔白謠)라고 이름 붙인다. ④는 일명 「沙里花(사리화)」라고 하는데, 역시 『고려사』에 따르면, 당시의 세정(稅政)이 문란하여 농민의 생활고가 극심한 것을 노래한 것이다. 1년 내내 피땀 흘려 지은 농사의 곡식을 들판에서 다 쪼아먹는 얄미운 새들을 관리들에 비유하여 노래한 것이라고 한다. ⑤는 일명 「呼朋歌(호붕가)」 또는 「少年行(소년행)」이라고 하는데, 우리나라 어린 소년들이 옛날 가난하였을 때의 놀이를 연상하게 하는 민속의 노래이다. ⑥은 「處容(처용)」으로 고려시대 전염병을 예방하기 위하여 행하는 놀이를 보고 지은 것이다. ⑦은 일명 「木頭鷄(목두계)」 또는 「五冠山(오관산)」이라고 하는데, 『고려사』에 따르면 이 작품은 효자 문충(文忠)이 지은 것이라고 한다. ⑧은 「西京別曲(서경별곡)」의 제 5련 한 수를 뜻글자로 뒤친 것이다. ⑨는 『고려사』에 의하면, 「鄭瓜亭(정과정)」을 뜻글자로 뒤친 것이다. ⑩은 일명 「水精寺(수정사)」라고 하는데, 당시의 고려 사원(寺院)과 승려들의 타락상을 풍자한 것이다. 여기에 나오는 "도근천"과 "수정사"는 김상헌(金尙憲 : 3903－3985, 1570－1652)이 암행어사로 제주도에 파견되었다가 지은 『南槎錄(남사록)』에 따르면, 제주도에 있는 지명이요 절 이름이다. ⑪은 일명 「탐라요(耽羅謠)」라고 하는데, 제주도민(濟州道民)들이 어떻게 살았는가를 알려주는 귀한 작품이다. 제주도민의 게으름과 토질의 척박함을 통한 당시 생활상의 궁핍함과 육지인들과의 밀접한 교섭 상황을 그린 것으로 풀이된다.

9. 5. 기행(紀行)

현전 고려시대 기행문학 작품은 의외로 적다. 의종(毅宗 : 재위 3480－3503, 1147－1170) 때에 하서(河西) 임춘(林椿)이 국내 산천경치를 찾아 두루 구경하고 지은 「東行記(동행기)」가 가장 오래 된 작품이다. 그 다음은 이규보의 「南行月日記(남행월일기)」이고, 그 다음은 천인(天因 : 3538 - 3581, 1205 - 1248)스님의 「天冠山記(천관산기)」이고, 그 다음이 무외(無畏)스님의 「孤石亭記(고석정기)」이고, 가정(稼亭) 이곡(李穀)이 충정왕(忠定王) 1(3682, 1349)년 5월에 부여(扶餘)의 용연(龍淵)에서 뱃놀이를 하며 여행하고 지은 「舟行記(주행기)」와 같은 해 가을에 금강산(金剛山)을 구경하고 지은 「東遊記(동유기)」로 이어진다. 특히 이 「동유기」는 현재까지 전하고 있는 금강산 기행문 중에서는 가장 오래된 작품이다. 글의 제목만으로는 기행문일 것 같으면서도 실제 내용은 기행문이 아닌 것으로, 이제현의 「金平章行軍記(김평장 행군기)」가 있다.

여기서는 천인스님의 「천관산기」와 이곡의 「주행기」를 감상한다.

9. 5. 1. 天冠山記(천관산기)

온 천하에 통하는 것은 한 가지 기운이다. 물기가 새면 도랑이나 시내가 되고, 흙의 기운이 쌓이면 산악이 된다. 조령(鳥嶺)의 남쪽 바닷가의 땅인 옛날의 오아현(烏兒縣) 접경에 천관산(天冠山)이 있다. 꼬리는 궁벽한 곳에 서리어 있고, 머리는 큰 바다로 향하여 잠겨 달리다가 우뚝 솟아났다 하면서 몇 고을

들의 땅을 지나와서 그 기운이 크게 쌓인 것이다. 세상에 전하여 오는 말로는 "이 산은 이름이 '지제산(支提山)' 이라고도 하니, 화엄경(華嚴經)과 같이 보살(菩薩)이 머물러 살면서 설법하는 곳이라 이름을 지제산이라고 하며, 현재는 보살 이름을 천관이라고 하니, 이곳이 바로 그 산이다. 천관산 남쪽으로 여러 바위들이 포개어져 우뚝하게 솟아 있는데, 그 높이가 약 8m는 되었다. 이것은 서천축국(西天竺國) 아육왕(阿育王)이 성사(聖師)의 신통력을 빌어서 세운 8만 4천 개 탑 중의 하나라."고 한다. 탑 앞에 칼로 잘라낸 듯한 절벽 위에 층대가 우뚝하게 솟아 있는데, 그 높이가 3m 남짓하니, 이것이 우리 부처님과 가섭이 편안히 앉아 있었던 곳이다. 『불원기(佛願記)』를 살펴보면, 거기에 이르기를, "나와 가섭이 편안히 앉아 있었던 곳에 아육왕(阿育王)이 있다가 '내가 열반한 뒤에 탑을 세워서 공양하겠습니다.' 한 곳이 바로 여기이다." 라고 하였다.

신라 효소왕(孝昭王)이 태자로 있을 때에 부석존자(浮石尊者)가 그 밑에 자리를 잡고 머물러 있었으니, 지금의 의상암(義湘菴)이 그곳이다. 의상암의 앞쪽 지세가 요충지이어서 맑게 빼어난 경치가 천하제일인지라 문을 열고 아래를 내려다보면, 호수와 산의 수많은 봉우리들이 함께 궤안(几案)으로 들어온다. 한가히 앉아 있노라면 사람으로 하여금 마음이 엉기고 형상이 풀리어 깊은 진리의 경지로 들어가게 한다. 이것이야말로 나의 부처님과 가섭이 이곳에 편안히 앉아서 계셨다는 것이 참으로 거짓말이 아니었다는 것을 알만 하다. 뒤에 통령화상(通靈和尙)이

천관산(天冠山)
전남 장흥군 관산읍에 위치, 출처 : 장흥문화관광

탑의 동쪽에 절을 처음 지으니, 지금의 탑산사(塔山寺)가 그것이다. 통령화상이 일찍이 꿈을 꾸었는데, 북갑(北岬)이 땅속에서 솟아나오므로, 가지고 있던 석장(錫杖)이 날아서 산봉우리를 지나 북갑에 이르러 꽂히었다. 꿈을 깬 뒤에 석장이 꽂힌 듯한 곳에 가시덤불을 베어내고 처음으로 가람을 지으니, 지금의 천관사(天冠寺)가 바로 이 절이다.

신라의 신호왕(神虎王=神武王 : 재위 3172, 839)이 태자로 있을 때에 마침 임금의 꾸지람을 당하여 천관산 남쪽 완도(莞島)에 귀양을 와서 있었는데, 화엄종의 홍진(洪震)스님이 평소에 태자와 친하게 지냈다. 태자가 위험하다는 소문을 듣고, 급히 달려가 이 절을 의지하여 밤낮으로 정성을 다하여 예를 올리며 화엄신중을 불렀다. 곧 신중들이 감동하여 천관사의 남쪽 봉우리에 쭉 늘어섰다. 지금의 신중암(神衆巖)이 이것이다. 천관사의 남쪽에서 바라보면, 바윗돌들이 우뚝하게 솟은 모양이 더욱 기이하여 뾰족한 것은 당암(幢巖)이고, 불쑥 튀어나 외롭게 매달려 있는 것은 고암(鼓巖)이다. (중략) 지난 경자년(庚子年 : 고종 27, 3573, 1240) 가을 7월에, 내가 일찍이 이 산에서 놀면서 성적(聖跡)을 탐방하였는데, 탑산사(塔山寺)의 주지인 담조(曇照)스님이 나에게 옛 책[古述]을 보여주며 말하기를, "이 초본(草本)이 천관산 뒤의 민가에 떨어져 버려져 있는 것을 우연히 가서 얻게 되었습니다. 세월이 오래 되어 책장이 찢어지고 썩어서 글자가 없어진 것이 많습니다. 그 뜻의 실마리를 찾아내어 새롭게 하여 후세에 보여주면, 이것도 또한 유통(流通)의 한 가지가 될 것입니다." 하였다. 그때 마침 내가 다른 곳에서 청하여 가게 되었다. 생각을 모아 볼 겨를이 없어서 뒤에 담일(湛一)이라는 사람이 이 초본을 또 나에게 주었다. 상자 속에 넣어둔 채 오래 시간을 보냈다. 요즈음 한가한 날에 우연히 검열하게 되어 대강 그 줄거리를 기록하여 그 뜻대로 행하고 초본과 함께 돌려보냈다.[103]

103 "通天下一氣也泄爲川瀆積成山岳則嶺之南瀆海之地古烏兒縣之境有天冠山尾蹯荒陬首漫大洋起伏穹隆距數州之壤其氣積之大者乎相傳云此山亦名支提山如華嚴經說有菩薩住處名支提山現有菩薩名曰天冠是也山之陽有累石屹立數仞者是西竺

이 작품은 천인(天因)스님이 지금의 전라남도 장흥군(長興郡)에 있는 천관산(天冠山)을 여행하고 지은 기행문이다. 지은 이의 신분이 스님이므로, 스님답게 천관산의 불교적인 지명연기설화들을 중심으로 여러 절과 암자들과 산봉우리들과 큰 바위들에 얽힌 불교적 설화들을 많이 소개하고 그 근거를 막연히 "고술(古述)" 이라고 하는 초본(草本)에 두고 있다.[104]

9. 5. 2. 舟行記(주행기)

충정왕 1(3682, 1349)년 기축(己丑) 5월 16일에 진강(鎭江) 원산(圓山)에서 한밤중에 배를 타고 흐르는 물을 거슬러

阿育王假聖師神力建八萬四千塔此其一也塔前斷崖之上有層臺斗起丈餘者是吾佛與迦葉宴坐處也按佛願記云我與迦葉宴坐之所有阿育王於我滅後起塔供養盖此所也新羅孝昭王在宥之時有浮石尊者卜居其下今義湘菴也面勢得要淸秀甲天下開戶而下瞰湖山萬朶倂入於几案間坐使人必凝形釋入希夷之境是知吾佛如迦葉宴坐于此眞不虛也後有通靈和尙創寺于塔之東今塔山寺也是師嘗夢北岬從地而湧所持錫杖飛過山頂至北岬而植焉於髣髴植杖處剪榛莽而創伽藍今天冠寺是也新羅神虎王爲太子時適遭天譴流山南莞島華嚴洪震師素善太子聞東宮事急走依是寺日夜精勤禮唱華嚴神衆因感諸神衆隨唱而應遍列寺南峰今神衆巖是也自寺南而望之巖石尤奇峭然而挺立者幢巖也突然而孤懸者鼓巖也(중략)嚮者庚子秋七月予嘗遊此山搜訪聖迹塔山主公曇照示予古述曰此草本遺落在山後民家偶往而得之歲久破爛文多盖闕若紬繹而新之照示於後斯亦流通之一段也時予方赴他請未遑屬思後有湛一者又以此本遺予委在篋中久矣今於暇日偶獲檢閱粗記其梗槪以副其意幷其本而歸之."
[『동문선』 권 68]

104 김산환, 「천관산연구」, 『사람과 산』 79호, 산악문화, 1996.5.

용연(龍淵)에 이르니, 아직 날이 새지 아니하였는데도 송정(松亭) 전거사(田居士)와 임주(林州)의 반사군(潘使君)이 이미 언덕 위에서 기다리고 있었다. 함께 뱃머리를 돌려 북으로 향하여 가다가 늦게야 옛 성에 닿았다.

이튿날 부여성(扶餘城) 낙화암(落花巖) 밑에 이르렀다. 옛날에 당(唐)나라에서 소정방(蘇定方)을 보내어 전 백제(百濟)를 쳤는데, 부여는 실상 그 당시 백제의 옛 수도이었다. 그때에 당나라 군사들에게 포위되어 사태가 너무 급하게 되자 임금과 신하들이 궁녀들을 버리고 달아났다. 궁녀들은 의리를 지키어 당병들에게 몸을 더럽히지 아니하려고 이 바위에 이르러 물에 몸을 던져 빠져 죽었으므로 낙화암이라고 이름을 붙이게 되었다.

부여 감무(監務)가 먹을 것을 바위 옆에 있는 절에 차려 놓았다. 날이 이미 한낮이 되어 배를 조금 서쪽에 있는 둥근 지붕모양을 한 여울 가 바위에 대어 놓았다. 그 바위 밑에는 못이 있는데, 물이 맑고 깊어서 그 깊이를 헤아릴 수가 없다. 당나라 군사들이 이미 강 건너편에 이르러 진을 치고 건너오려 하니, 구름과 안개가 덮여 캄캄하여 앞뒤를 분간할 수가 없었다. 사람을 시켜 살펴보게 하였다. 말하기를, "그 언덕 밑에 용이 살고 있어서 본국을 호위하는 까닭입니다." 하였다. 당나라 사람이 방술하는 사람의 꾀를 빌어서 낚싯밥을 던져 낚아 올리는데, 처음에는 용이 거칠게 저항하여 올라오지 아니하므로 힘을 다하여 끌어올리니 저항하여 부딪힌 곳의 돌에 홈이 파이었다. 지금도

낙화암(落花岩)
충남 부여군 부여읍 쌍북리에 위치,
문화재자료 제110호, 출처 : 문화재청

그 깊이와 넓이가 33cm가 넘었으며, 길이는 물가에서부터 한 길쯤이나 꼭대기까지 깎아서 일부러 만든 것처럼 홈이 나 있는데, 사람들은 그것을 조룡대(釣龍臺)라고 일컬었다. 이 조룡대에서 서쪽으로 2km쯤을 가면, 강의 남쪽에 절이 있는데, 호암(虎巖)이라고 하는 바윗돌이 벽처럼 서 있고, 절은 그 바위를 등에 지고 있다. 이 바위에는 호랑이의 발자국이 있어서 마치 호랑이가 바위를 끌어 잡고 올라온 것처럼 보이었다. 바위 서쪽에는 30여 m가 넘는 낭떠러지가 있고, 그 꼭대기를 천정대(天政臺)라고 하였다. 이는 대체로 백제 때에 하늘과 통할 수가 있어서 백제가 사람을 쓸 때면 그 이름을 써서 천정대 위에 두고, 임금과 신하들이 관원들의 옷과 홀을 갖추고, 그 북쪽 모래톱 언덕에 늘어 엎드려 하늘이 그 이름에 앉아 점을 찍는 것을 기다리어 인재를 등용하였다고 한다. 지방 사람들이 서로 전하는 말이 이와 같았다.

호암에서 걸어서 천정대에 이르면 대에 남은 터는 없고, 오직 돌이 허공에 솟아 있을 뿐이다. 이것이 이른바 부여의 4영(詠)이다. 이 지방에서 빼어난 경치이어서 일을 좋아하는 사람들이 400km, 곧 1,000리를 멀다 하지 아니하고 구경하러 온다. 나는 고향이 여기서 겨우 60여 리(곧 24km)인데, 젊어서부터 지나다니던 것이 또 한두 번이 아니지만 한 번도 눈여겨본 일이 없었다. 나 스스로가 일을 좋아하지 아니하는데다가 농사철을 당하여 노래하고 춤추는 사람과 손님들이 몰려오니 공급하는 것이 거의 100명이나 되고, 오고 가기에 3일이 넘었으니 일을 좋아하는 것이라 할 만하지 아니한가? 그러나 역사기록으로 남길 만한 일을 잃었으며, 또 참고할 만하게 기록된 비석도 없는데다 일이 또한 괴이한데 가까우니, 지방 사람들의 말이 믿음직한지도 알 수가 없다. 하물며 본 것이 들은 것보다 많이 못하겠는가? 나는 인하여 그 사실을 기록하여 뒷날에 올 일을 좋아할 사람들에게 경계가 되게 하면서 또 나의 경험을

적는다.[105]

이 작품은 지은이 이곡이 백제 멸망에 따른 전설이 살아 숨쉬고 있는 호암(虎巖)과 조룡대(釣龍臺)와 천정대(天政臺)를 둘러보고 자기의 소감을 기록하여 믿을 만한 증거가 없는 허탄한 이야기에 동요되지 말라는 경계의 말을 남긴 것이다.

9. 6. 비지(碑誌)

고려시대 비지문학 작품은 『동문선』 권 117－128에 따르면, 최유청(崔惟淸 : 3428－3507, 1095－1174)의 「白鷄山玉龍寺贈謚先覺國師碑銘(백계산 옥룡사 증시 선각국사비명)」과 「曹溪山

105 "己丑之歲仲夏旣望自鎭江圓山夜半登舟泝流至龍淵天猶未明已有松亭田居士與林州潘使君俟于岸上與之俱行折旋而北晩泊古城明日至扶餘城落花巖下昔唐遣蘇將軍伐前百濟扶餘實其故都也時被圍甚急君臣棄宮娥而走義不汚于兵群至此巖墮水而死故以名之扶餘監務設食于巖隈僧舍日已午解纜而小西則有磯石穹然其下淵澄深不可測唐兵旣至隔江而陣欲渡則雲霧晦冥不知所指使覘之云有龍穴其下衛護本國故也唐人用術者計餌而取之龍初拒而不上竟力致之石爲剜今有深廣尺餘長僅一丈自水際達于石頂若斲而爲之者謂之釣龍臺自臺而西五里許江之南岸有僧舍曰虎巖巖石壁立寺負巖巖有虎迹宛然若拏而上者巖之西有斷崖千尺崖頭曰天政臺蓋百濟時得與天通每當用人書其名置臺上君臣具袍笏列伏于北岸沙渚以候候天點其名然後取而用之土人相傳如此自虎巖步至其臺臺無遺址惟石聳于半空耳此所謂扶餘之四詠一方之勝境而好事之人不遠千里而至者也余鄕去此才六十餘里自少經過又非一再而不曾寓一目焉頗自謂不好事今乃當農月載歌舞盛賓客供給將百人往還踰三日其爲好事何如也雖然史失其事又無碑紀可考而事亦近怪土人之言不知信否況凡所見多不及所聞余因記之以爲後來好事者之戒且志余過云."(『동문선』 권 71)

修禪寺佛日普炤國師碑銘(조계산수선사 불일보조국사비명)」들을 비롯하여 이규보·최자·이제현·이곡·이달충·이색·이수(李需)·최해·이인복들의 작품들이 있는데, 여기서는 최해의 「唐城郡夫人洪氏墓誌(당성군부인 홍씨묘지)」와 이제현의 「大都南城興福寺碣(대도남성 흥복사갈)」을 소개한다.

9. 6. 1. 唐城郡夫人洪氏墓誌(당성군부인홍씨묘지)

돌아가신 연흥군(延興君) 행산(杏山) 노선생(老先生)이 손자를 두었는데, 이름은 문보(文琺)이다. 그 문객인 서원(西原) 정포(鄭誧)를 통하여 돌아가신 어머니의 행적을 적어가지고 와서 울면서 말하기를, "생각하여 보니, 선생께서는 일찍이 제 아버지와 제 외숙과 함께 오랫동안 친교가 있으셨습니다. 제 어머니의 무덤에 명문(銘文)이 꼭 있어야 하는데, 선생님이 아니면, 누구에게 찾아가서 청하겠습니까?" 하였다. 나는 말하기를, "아! 그렇군! 나의 보잘 것 없는 글을 어찌 아까워하겠는가?" 하였다.

살피건대, 당성홍씨(唐城洪氏)는 우리나라의 명망이 있는 겨레부치이다. 할아버지의 휘는 자번(子藩)이신데, 충렬왕을 도와 국태재(國大宰)가 된 지 15년 만에 벼슬이 첨의중찬(僉議中贊)이 되었다. 아버지는 휘가 경(敬)이신데, 그 돌아가신 아버지의 대를 이어 벼슬이 찬성사(贊成事)에 이르렀다. 부인은 나이 13세에 박씨(朴氏)의 집안에 뽑히어 시집와서 행산(杏山) 선생 댁의

며느리가 되었으니, 사실 광정대부(匡靖大夫) 전 정당문학(政堂文學) 원(遠)의 아내로 당성군부인(唐城郡夫人)에 봉하여졌다. 큰 아들 인룡(仁龍)은 작고한 판도정랑(版圖正郎)이었고, 둘째는 곧 문보(文珤)인데, 전의시승(典儀寺丞)이 되었다. 다음 아들 덕룡(德龍)은 동부부령(東部副令)이고, 그 다음 아들 수룡(壽龍)은 천우위 별장(千牛衛別將)이고, 그 다음 아들 천룡(天龍)은 수릉직(綏陵直)이다. 둘째 딸은 선비의 집안으로 시집가서 산원(散員) 허영(許齡)의 아내가 되었다. 부인은 충렬왕 14(3621,1288)년에 출생하여 충숙왕 5(3669, 1336)년에 이르러 49세에 병이 나서 7월 신유일(辛酉日: 18일)에 졸하시어 11월 갑술일(甲戌日: 초2일)에 아무 산 언덕에 장례를 모시었다. 장례를 모실 때에 인룡은 이미 작고하였고, 정당공은 연경(燕京)에 가서 미처 달려오지 못하였으니, 아! 슬픈 일이다. 명문(銘文)에 이르기를,

奧若洪宗 貴擅天東　옛날부터 홍씨 명성 동국에 드높으니,
匪積匪厚 曷殷而豊　후덕 쌓기 아니라면 어찌 그리 번성할까?
維文維武 有德有功　문관과 무관들에 덕도 있고 공도 있어
力贊靑社 世濟以忠　힘써 나라 도와 대대로 충성하네.
大宰之孫 有夫人美　태재의 후손으로 아름답게 태어나서
幼奉迺親 愛鍾衆子　어려서부터 효행하여 제일 귀염 받으셨네.
爰擇所從 適于朴氏　삼종의 도리 따라 박씨댁에 출가하여
自其入門 舅姑以喜　문에 들자말자 시부모가 기뻐했네.
旣敦女範 又婉婦儀　여자 예절 도타워서 아내의 일 잘하였고,

承事夫子 以箴以規　남편의 뜻 따라서 생활 규범 지켜냈네.
董治家政 有備無虧　살림을 맡아하며 준비성이 뛰어나서
亦克多慶 二女五兒　어려움 경사 이뤄 2녀 5남 길러냈네.
謂言夫人 享祿未艾　모두들 부인 평을 복록 있다 칭송터니
胡哲其身 年則不逮　현철하신 그 몸 어찌 그리도 단명하셔
夫子出遊 歸也無侍　사행으로 가신 남편 돌아와도 못 모시고
泉路幽幽 留恨千載　황천길 홀로 가니 천년토록 한이 남네.
嗚呼哀哉　아아! 슬프구나. 못 참도록 슬프구나!

라고 하였다.[106]

이 작품은 호를 졸옹(拙翁) 또는 예산농은(猊山農隱)이라고도 하는 최해(崔瀣)가 박씨 성을 가진 친구의 부인인 당성홍씨(唐城洪氏)가 작고한 뒤 그 자손들의 청을 받아 지은 묘지명(墓誌銘)이다.

106 "故延興君杏山老先生有孫文珤以其客西原鄭誧狀先夫人之行來泣而言曰惟先生嘗與吾父與吾舅俱有年契吾母之藏不可無銘非先生誰謁焉予曰嗚呼其然鄙文安足惜按唐城洪氏爲東方望族祖諱子藩相忠烈王爲國大宰十五年位僉議中贊考諱敬階其先積官至贊成事夫人年十三選歸朴氏爲杏山家婦實匡靖大夫前政堂文學遠之妻封唐城郡夫人長子仁龍故版圖正郎次子卽文珤爲典儀寺丞次德龍東部副令次壽龍千牛衛別將次天龍綏陵直女配王氏璉爲益興君夫人次嫁士族爲散員許齡妻夫人之生存至元戊子至後至元丙子春秋四十有九而病卒以七月辛酉葬以十一月甲戌宅兆某山之原其葬也仁龍已卒而政堂公赴輦下不及臨悲哉 銘曰.(하략)"(『동문선』 권 123)

9. 6. 2. 大都南城興福寺碣(대도남성흥복사갈)

불교의 인과법칙에 착한 일을 행하면, 그에 대한 보답을 얻는다는 것은 마치 뿌리에 물을 주면 열매를 먹을 수 있는 것과 같다. 그 쓰임은 길을 잃고 헤매는 무리들을 인도하여 공덕을 쌓게 할 수도 있다. 연경(燕京) 남쪽 성의 앞에 절이 있으니, 그 이름을 흥복사(興福寺)라고 한다. 저잣거리와 그리 멀리 떨어져 있지 아니하여도 쓸쓸하고 산골짜기가 아늑하고도 아름답다. 시주하려는 사람들은 매일 오고, 스님들은 몸을 보양하고 진리를 닦을 만한 곳이었다.

하루는 고려인 스님 원담(元湛)이 땅 5묘(49,500㎡)를 사서 그의 무리 숭안(崇安)과 법운(法雲) 등과 더불어 일찍이 터를 잡아 당(堂)을 지었다. 장성군 부인 임씨(長城郡夫人 任氏)라는 이가 있는데, 이도 또한 고려 사람이었다. 세조(世祖) 때부터 황후궁(皇后宮)이 아는 이를 만나 상을 내림이 매우 후하였으므로, 항상 축복을 올려 은혜에 보답할 길을 생각하였으나 계책이 없었더니, 원담 등이 이 절을 짓는다는 이야기를 듣고 기뻐하며 종이돈 몇 천 꾸러미를 내어 주고 토목 경영의 경비를 넉넉하게 하고, 좋은 밭 50묘(495,000㎡)를 주어 아침저녁 공양의 수요를 채우게 하였다. 기술자를 구하고 재목을 써서 위에는 들보를 얹고 아래에는 처마 지붕을 만들었다. 고려 충숙왕 즉위년(3646, 1313) 가을에 짓기 시작하여 충숙왕 4(3650, 1317)년 봄에 낙성하였다. 용마루는 높고 방과 창문은 깨끗하며, 재(齋)를 받드는 음식을 만드는 부엌은 환하게 밝고 불상(佛像)의 시설은 엄숙하였다. 만약 주장하는 이만 있으면 무엇이나 다할 수 있었다. 인하여 대대로 고려의 스님으로 강석(講席)을 주재하게 하기로 약속하였다. 대개 그들이 계율이 능통하였기 때문이다. 원담·숭안·법운·임부인이 고국인 고려를 떠나 수천 리 밖에서 기약하지 아니하게 모여서 좋은 일을 하기로 하여 힘을 덜고 공을 갖추게 된 것을 아름답게 생각한다. 여러 세대의 인연이 이렇게 만든 것이 아니겠는가? 이때부터 위로는 조정의 복을 받들어 빌고, 아래로는 생령(生靈)들에게 이로움을 단비처럼 적셔 줄 것이다. 천상의 궁에 이미 사리불의 줄이 나타나고, 큰 바람이 가난한 여인의 등불을 끄지 아니하였으니, 인과응보의 이야기는 그 또한 징험이 있는 것일까? 나는 본래 고려 사람으로 원담스님 등과 사귀어 노닐고 있으니, 감히 사양할 수 없어서 그의 말을 글로 써서 뒤에 오는 사람들에게 소리쳐 알린다.[107]

이 작품은 이제현(李齊賢)이 지은 「大都南城興福寺碣[지금

107 "佛敎之因果修善獲報猶漑根食實用能誘掖群迷以就功德京師南城之又南有寺曰興福去城市不遠蕭然有丘壑趣檀施者日來而釋子可以取養而修眞也日高麗僧元湛購地五畝與其徒崇安法雲等肇基而堂之有長城郡夫人任氏亦高麗人自世祖皇帝時遇知於椒蘭賞賚甚厚常思有以祝釐報上者莫爲之計開是擧也喜出楮幣若干緡以贍土木經營之費入腴田五十畝以充晨昏供養之需鳩工庀材上棟下宇經始于皇慶二年秋落成於延祐四年春薨桷之崇房櫳之潔於粲齋廚有嚴像設若有相之能事畢矣仍約世以高麗衲子主盟熏席盖爲其能精於戒律也嘉湛安及雲曁任夫人去鄕國數千里不期而萃作爲勝事力省而功備玆非宿因之所致乎自時以往上以奉福朝廷下以霑利生靈天宮旣見身子之繩大風不爐貧女之燈果報之說其亦有徵哉予固東人而與湛輩遊敢辭文其語以諗來者."(『동문선』 권 118)

의 북경(北京) 남쪽 성의 흥복사갈」의 전문이다. 이 글에 의하면, 지금의 북경(北京 : 현지 음 베이징) 북경성의 남녘에 있던 흥복사(興福寺)가 고려인들에 의하여 지어진 절임을 알 수가 있다. 당시에 고국인 고려를 떠나 원나라 땅에 옮겨와서 살고 있는 고려 사람들이 외로움을 달래는 집합장소의 역할을 할 뿐 아니라 원(元)나라 사람들에게도 고려의 대승불교를 전파하는데 일조를 하였던 것을 짐작하게 한다. 특히 오늘날 아메리카 합중국이나 그 밖의 여러 나라에 옮아가서 살고 있는 교포들이 우리 동포와 현지 주민들에게 포교 활동을 하기 위하여 교회를 짓거나 절을 창건하는 일들을 연상하게 한다.

9.7. 비평(批評)

필자는 이미 앞에서 "비평"을 "매김문학"이라고 부를 것을 제안하였지만, 여기서는 뜻글자 문학을 이야기하기 때문에 다른 문학 형식과 같은 뜻글자 말로 쓴다.

고려시대의 이 비평 분야의 작품과 지은이들은 『동문선』의 문체에 의하면, "계(啓) · 기(記) · 논(論) · 변(辨) · 설(說) · 지(志) 등에서 찾아볼 수가 있다.

계(啓)에서는 하서(河西) 임춘(林椿)의 「上按部學士啓(상안부학사계)」가 대표적이고, 기(記)에서는 가정(稼亭) 이곡(李穀)의

「趙貞肅公祠堂記(조정숙공 사당기)」가 인물 평가의 예가 되며, 논(論)에서는 이규보의 「反柳子厚守道論(반유자후 수도론)」을 비롯한 여러 편의 글들과 이제현의 「范增論(범증론)」· 이첨(李詹)의 「百里奚論(백리해론)」 등이 유명하고, 변(辨)에서는 삼봉(三峰) 정도전(鄭道傳)의 「佛氏輪廻之辨(불씨윤회지변)」을 비롯한 12편의 불씨변(佛氏辨)들이 지은이의 불교 배척의 불교관을 이론적으로 개진한 비평으로 대단히 유명하다. 지(志)에서는 이규보의 「桂陽望海志(계양망해지)」가 유명하다. 특히 고려시대의 대표적인 비평집으로 손꼽히는 것들은 이인로의 「破閑集(파한집)」· 최자의 「續破閑集, 補閑集(속파한집, 보한집)」· 이규보의 「白雲小說(백운소설)」· 이제현의 「櫟翁稗說(역옹패설)」· 「익재난고(益齋亂藁)」 등이 고려 5대 비평집이다. 여기서는 『백운소설』의 일부와 「속파한집」의 글 일부를 소개한다.

9. 7. 1. 人有詩病者(인유시병자)

시가 잘못된 곳을 지적하는 사람이 있으면 기뻐할 일이다. 그의 말이 옳으면 그 말을 따를 것이고, 옳지 아니하면 나의 뜻대로 할 뿐이다. 어찌하여 남의 말 듣기를 싫어하기를 마치 임금이 간언을 듣지 아니하려 하는 것처럼 하여 마침내 자기의 잘못을 알지 못하고 지내려 하는가? 무릇 시가 완성되면, 되풀이하여 읽고 또 읽어보되, 내가 지은 시로 보지 말고, 그 시를 남의 것이나 평생 깊이 미워하는 사람의 것처럼 생각하고 그 시를 읽어서 흠집을 열심히 찾듯이 하여 오히려 아무 흠도 찾아낼 수 없을 때에 그 시를 세상에 내어놓는 것이 좋다.[108]

이는 뜻글시[韓·漢詩] 작법에 있어서의 퇴고(推敲)를 강조한 글로 자기의 주장을 뚜렷하게 표현한 글이다. 이 글의 뜻은 관민의 모든 사람들의 처세에 응용하여도 매우 좋은 교훈이다. 제목은 필자가 원문의 앞 글자를 인용하여 임의로 붙인 것이다.

9. 7. 2. 言高何罪(언고하죄)

문종 태강 7년 신유(고려 문종 38, 3414, 1081)에 양평(良平) 최사제(崔思齊)가 송(宋)나라에 사신으로 들어갈 때에 배 안에서 이르기를,

하늘과 땅에 무슨 경계가 있겠는가?
산하가 저절로 같고도 달라지네.
그대는 송나라가 멀다고 말을 말게.
고개를 돌려보면 한 돛 바람이네.

108 "人有詩病者在所可喜所言可則從之否則在吾意耳何必惡聞如人君据諫終不知其過耶凡詩成反覆視之畧不以己之所著觀之如見他人及平生深嫉者之詩好覓其疵失猶不知之方可行之也."(『東國李相國集』 부록)

라고 하였다.

보궐(補闕) 진화(陳澕)는 서장관으로 대금(大金)에 들어갈 때에 이르기를,

서화는 이미 벌써 쓸쓸하여 외로운데,
북채는 아직도 어둠이 덮여 있네.
앉아서 문명한 아침을 기다리니,
동녘 하늘에는 밝은 해 뜨려 하네.

라고 하였다.

계사(癸巳, 고려 고종 20, 3566, 1233)년 봄에 조정에서 금나라 황제가 하남(河南)으로 파천하였다는 말을 듣고, 기거주(起居注) 최인(崔璘)과 내시(內侍) 권술(權述)과 나를 보내어 행재소로 가서 문안을 하게 하였다. 그때에 달단(韃靼)이 길을 막아서 배를 타고 가려고 철산개[鐵山浦]를 지나 요(遼)나라 해주진(海州津)에 이르렀다. 권술이 시를 지어 이르기를,

구천은 푸르러 사해를 옮긴 듯하고,
뗏배 타고 가는 길이 슬프기 그지없네.
만리 길 누구에게 물어야 알 것인가?
안개 어린 물결 위에 갈 곳을 모르겠네.

라고 하였다.

나는 지난해에 부사로 몽고에 사신으로 가다가 홍중부(興中府)에 이르러 자면서 어떤 절의 벽에 씌어진 한 편의 시를 보았

는데, 이르기를,

> 사해가 다 여우와 토끼 굴이 되니,
> 만방이 개와 염소 하늘을 우러르네.
> 사람이 살 낙국은 어디에 있는가?
> 못된 때에 난 나를 깊이 한탄하네.

라고 하였다.

최사제의 송나라 사행의 길이 매우 가깝다는 뜻이 있으나 진화는 사행의 한 사람으로 금나라에 들어가며 북채가 어둠에 덮여 있다고 한 말은 예의가 아니며, 권술의 시는 말이 비록 희미하고 괴로우나 뜻은 빨리 가서 문안하려는 데에 있고, 홍중의 시 한 편은 나그네가 지은 것이니, 말의 뜻이 높지만 무슨 허물이 되겠는가?[109]

이 시는 문맥상을 보았을 때 지은이 자신의 작품이요, 자기의 뜻이다.

이 작품은 원래 제목이 없는 것을 필자가 이 글의 맨 끝말로

109 "文宗大康七年辛酉崔良平公思齊使入宋船上云天地何疆界山河自異同君毋謂宋遠回首一帆風陳補闕澕以書狀官入大金云西華已蕭索北塞尙昏蒙坐待文明旦天東日欲紅癸巳春朝家問大金皇帝播遷河南遣起居注崔璘內侍權述及予詣行在問安時因韃靼路梗以木道過鐵山浦至遼地海州津權有詩云九天移四海悲乘槎去路憑誰問萬里烟波迷所之予於前歲以副樞使蒙古抵宿興中府見一寺壁上書一絶云四海盡爲狐兎窟萬邦猶仰犬羊天人間樂國是何處深歎吾生不後先崔有朝覲不遠千里之意陳以幕佐入朝稱北塞昏蒙非禮權詩言誰迷悶義存奔問興中一絶是客子所題言高何罪."[『속파한집』 권 상]

제목을 붙여본 것이다.

이 작품에 삽입된 시들은 작품 그 자체의 문학성보다 그 당시 고려의 국제 관계의 역학적 실상을 파악하는데 귀중한 자료가 된다고 필자는 생각하며, 당시의 혼란한 국제 관계 속에서도 고려인들이 기고만장한 민족 주체 의식에서 천손족(天孫族)의 기개가 감탄할 만하다. 앞으로 우리의 후손들은 이 겨레 얼을 이어나가야 한다.

9. 8. 서간(書簡)

고려시대 편지글인 서간문학의 지은이와 작품들을 『동문선』 권 57-62에서 보면, 임춘(林椿)의 「上李學士知命書[이학사 지명께 올리는 글]」를 비롯하여 이규보의 「寄吳東閣世文論潮水書[동각 오세문이 조수를 논한 데 부치는 글]」, 유승단(兪升旦)의 「回東夏國書[동하국에 회답하는 글]」, 김창(金敞)의 「與中山稱海兩官人書[중산·칭해 두 벼슬아치에게 주는 글]」, 박훤(朴暄)의 「答唐古官人書[당나라 옛 벼슬아치에게 답하는 글]」, 이장용(李藏用)의 「與吳悅官人書[오열이라는 벼슬아치에게 주는 글], 김구(金坵)의 「與張學士書[장학사에게 주는 글]」, 최해의 「國王與中書省請刷流民書[국왕께서 중서성에 유민을 돌려보내 줄 것을 청하는 글]」, 민지(閔漬)의 「獻都堂王濬書[도당 왕심께 드리는 글]」, 이제현의 「上征東省書[정동성에 올리는 글]」, 정규(鄭規)의 「病中戒子孫書[병중에 자손들을 훈계하는 글]」, 與同年中書崔獻納書[동방급제자인 중서성의 최헌납에게 주는 글]」 등의 많은 편지 글들이 있으나, 『동문선』에 실리어 전하는 고려시대 서간문들은 대체로 원(元)나라 왕이나 관리들에게 보낸 외교적 성격이 짙은 작품들이 주류를 이루고 있는 것이 특징이다.

9.8.1. 與眉叟論東坡書 [동파의 글을 논하여 미수께 보낸 글]

제가 보니, 근래에 동파(東坡)의 문장이 크게 유행되어 오늘날 배우는 사람들이 감탄하여 읊지 아니하는 사람이 없습니다. 그러나 다만 그 글을 음미하였을 뿐이고, 모방하고 표절하여도 그 풍골은 역시 거리가 먼 것 같습니다. 그러니 배우는 사람은 마땅히 그 기량에 따라 편안한 곳으로 나아가려고 할 뿐이니, 이치에 합당하지 아니하게 멋대로 기록하여 본질을 잃지 아니하는 것이 또한 하나의 중요한 일입니다. 다만 나와 그대는 비록 그 문장을 읽지는 못하였으나 가끔 구법이 서로 비슷하니, 그 심중에서 얻은 것이 어찌 서로 합치된 것이 아니겠습니까? 근래에 몇 편이 있어 자못 근본이 될 만하기에 지금 붙이오니, 읽어 보시고 가르쳐주시면 다행이겠습니다. 예의를 갖추지 못

하였습니다.[110]

이 작품은 서하(西河) 임춘(林椿)이 자를 미수(眉叟)라 하고, 호를 쌍명재(雙明齋)라고 하는 이인로(李仁老)에게 송(宋)나라 소동파(蘇東坡)의 글을 평하여 보낸 편지이다.

9.8.2. 與兪侍郎升旦手簡
[시랑(侍郎) 유승단께 보낸 글]

아무 달 아무 날 규보는 삼가 인사를 드립니다. 제가 젊었을 때부터 시상(詩想) 일으키기를 즐겨 하여 평소에 지은 것이 무려 8,000여 수가 됩니다. 이에 인연이 있는 사람들이 가져갔다가 돌려주지 아니하거나, 혹은 불에 태워버리기도 하고, 더러는 잃어버리기도 하여서 책 상자를 털어보아도 남아 있는 것이 없습니다. 이로 말미암아 책을 만들 생각이 없었는데, 근래에 어리석은 제 자식 함(涵)이 아비의 못남을 알지 못하고 스스로 말하기를, "남의 아들이 되어 글짓기와 책 읽기를 업으로 하면서 아버지의 시를 모으지 아니하는 것은 참으로 인정머리 없

110 "僕觀近世東坡之文大行於時學者雖不伏膺呻吟然徒翫其文而已就令有懤搭竄竊自得其風骨者不亦遠乎然則學者但當隨其量以就所安而已不必牽强橫寫失其天質亦一要也唯僕與君子雖未嘗讀其文往往句法已略相似矣豈非得於其中者闇與之合耶近有數篇頗爲其體今寄去幸觀之以賜指敎不具."(林椿, 『西河集』 권 4.)

는 것들과 같다."고 하면서 이에 온갖 힘을 다하여 찾아내어 내가 사귀어 노닌 벗들과, 선비들과, 절간의 스님들과, 혹은 새로 공부하러 드나드는 아이들이 가지고 있는 것까지 찾아내어 무릇 1,000여 수나 모아서 오히려 몇 권(卷)으로 나누지 아니한 채 1 · 2 · 3의 질(帙)로 표시하였는데, 제가 그것을 말릴 수가 없어서 하는 대로 맡겨 두었습니다.

저는 일찍이 다른 사람의 시가 잘못된 것을 말하여 주는 사람을 영원한 부모라고 생각하였습니다. 이에 먼저 한두 질을 각하께 받들어 올립니다. 윤색하여 주시기를 간절히 바랍니다.

삼가 생각하건대, 학사께서 조금만 고쳐 주시면, 역시 부모님 같은 헤아릴 수 없는 큰 은혜이겠습니다. 황공하여 다 말씀을 올리지 못하겠습니다.

규보는 두 번 절을 올리면서 삼가 아룁니다.[111]

이 작품은 이규보(李奎報)가 예부시랑으로 있던 당대의 최고 문장가인 유승단(兪升旦)에게 자기의 시집 두어 질을 보내며 첨삭을 부탁한 편지이다. 지은이 이규보는 호를 백운거사(白雲居士), 또는 백운산인(白雲山人)이라고 하였으며, 남들은 그가

111 "月日某頓首予自弱齡嗜作詩想平生所著無慮八千餘首乃緣人取去不還或焚棄或見失掃箱筐無遺矣由是無意於成編近者愚息涵不知乃翁無似自謂有子而業文不集父詩大類無情者於是窮技貪索或得於予所交遊儒家釋院或得於新學兒曹所畜者凡集一千餘首猶未分卷但以一二三秩標之予不能止之任其所爲僕嘗以爲言人詩病者曠劫之父母以是先以一二秩奉閣下未有以潤色之伏惟學士小加雌黃則亦父母不貲之恩也惶恐不宣奎報再拜謹啓."(李奎報,『東國李相國集』 권 27).

시, 거문고, 술 세 가지를 너무 좋아하였으므로 삼혹호선생(三酷好先生)이라고 불렀다. 명종 20(3524, 1191)년에 진사가 되고, 신종 2(3532, 1199)년에 지금의 경주(慶州)에 반란이 일어나매 토벌군의 병마록사(兵馬錄事)로 종군하였으며, 고종 5(3551, 1218)년에는 좌사간(左司諫) 등의 중앙 관리가 되고, 고종 20(3566, 1233)년에는 집현전(集賢殿) 학사가 되었으며, 고종 24(3570, 1237)년에는 문하시랑 평장사(門下侍郎平章事)가 되었다.

9. 9. 서발(序跋)

역시 『동문선』 권 83-96, 102-103에서 고려시대 서발 문학 작품들과 지은이들을 보면, 그 수가 상당히 많다. 하서 임춘의 「中秋會飮序(중추회음서)」를 비롯하여 이인로의 「題李佺海東耆老圖後[이전의 해동기로도의 뒤에 씀]」 · 이규보의 「李史館允甫詩跋尾[사관 이윤보의 시집 끝에 씀]」 · 조문발(趙文拔)의 「百家衣詩序(백가의시서)」 · 최자의 「속파한집서」 · 명우(明友)스님의 「圓鑑國師語錄序(원감국사어록서)」 · 최해의 「送安榮州序(송안영주서)」 · 이제현의 「書會巖心禪師道號堂名後[회암사 심암스님의 도호와 당명 뒤에 씀]」 · 임계일(林桂一)의 「萬德山白蓮寺靜明國師詩集序(만덕산 백련사 정명국사시집서)」·백문보(白文寶)의 「及庵集序(급암집서)」·이인복의 「及菴集跋(급암집발)」·이곡의 「題勤說後(제근설후)」·이숭인의 「題明極卷後[명극권 뒤에 씀]」·이색의 「題陶隱詩藁後[도은시고의 뒤에 씀]」·이달충의 「懶翁和尙語錄跋(나옹화상어록발)」·정도전의 「題蘭坡四詠詩軸末[난파 사영시축 끝에 씀]·이함(李涵)의 「李相國後集序(이상국후집서)」·안축(安軸)의 「丹陽北樓詩并序(단양북루시병서)」·정포(鄭誧)의 「贈妙瓊上人詩序(증묘경상인시서)」·박상충(朴尙衷)의 「贈曹溪禪師云鑑詩序(증조계선사 운감시서)」 등이 유명하다. 여기서는 고려 초기 선비가 쓴 서문과 고려 말엽의 선비가 쓴 서문과 발문을 소개하여 감상에 붙인다.

9. 9. 1. 大華嚴首座圓通兩重大師均如傳并序 (대화엄수좌 원통양중대사 균여전병서)

헌나명하(巘拏䄙賀 : gandavyuha의 음역으로 화엄경을 가리킴)(䄙은 名庚의 반절이다. 원주)의 10만 게송(偈頌)이 신독(身篤)[천축(天竺)이니, 또한 身薦이라고도 한다. 원주]에서 다시 일어나게 된 것은 오로지 용수보살(龍樹菩薩)에서 말미암은 것이요, 우리나라[扶桑]에서 처음 일컬어지게 된 것은 오로지 의상(義相)스님에서 말미암은 것이요, 고려왕조에서 앞장서서 많은 사람들을 화합시킨 것은 균여대사에서 말미암은 것이다. 당나라 벼슬로는 고서서원학사(故瑞書院學士)이며, 신라 벼슬로는 이철손(夷喆飡)인 청하공(淸河公) 최치원(崔致遠)이 의상전(義相傳)을 지었는데, 오로지 균여대사만이 아직 지어지지 아니하여 화엄종의 수행자들이 그것을 애석하게 생각하였고, 나도 또한 그 사실을 안타까워하였다. 근래에 전중성(殿中省)의 내급사(內給事)인 강유현(康惟顯)이 균여대사가 태어나서 입적할 때까지 드러난 자취를 글로 지은 것이 있는데, 글은 힘이 있고 아름답지만 균여대사의 일들이 많이 누락되거나 줄여져서 화엄종의 수행자들이 마음으로 좋게 생각하지 아니하고, 나도 또한 언짢게 생각하였다. 함옹(咸雍) 10(1074, 고려 문종 28, 3407)년 음력 4월이 되어서 신중경(神衆經) 주주대사(注主大師) 창운(昶雲)이 균여대사의 사실을 기록한 옛 원고 1권을 내게 보여주면서 나에게 지어달라고 부탁하였다. 나는 "그러겠다."고 받아들이기는 하였으나, 세상일에 매이어 바빠서 균여전을 짓는 일을 열심히 할 수가 없었다. 이에 달 밑에서 생각을 얽어 등불 앞에서 글을 엮으면서 긴 가을을 지내고 겨울도 넘기어 이듬해 봄에야 붓을 놓고 스스로 서를 짓는다.

전 진사 혁연정은 삼가 책머리에 쓴다.[112]

112 "巘拏䟽(名庚切)賀之一十萬偈復興於身篤(天竺亦云身篤也)職龍樹之由濫觴乎扶桑職義相之由祖洽乎聖朝職座首之由故瑞書院學士(唐職)夷喆飡(新羅職)淸河公致遠作相師傳獨首座之行狀闕焉一乘行者惜之予亦惜之近有殿中內給事康惟顯集首座初終現迹文則遒麗事多脫略一乘行者憾之予亦憾之迨咸雍十年首夏之月神衆經注主大師昶雲示以實錄舊稿一卷因托述於予予曰諾而塵網牽惹志未全功乃於月下搆思燈前綴文緜秋涉冬明春絶筆自爲序云前進士赫連挺謹序."[동국대학교 역경원 영인, 『高麗大藏經』 47, 「補遺」 iv]

이 서문에 의하면, 『大華嚴首座圓通兩重大師均如傳(대화엄수좌 원통양중대사 균여전)』은 당시의 전중성(殿中省)의 내급사(內給事)인 강유현(康惟顯)이 균여대사의 사적을 기록한 원고와 신중경 주주대사(神衆經注主大師) 창운(昶雲 : 3364－3437, 1031－1104)스님이 찬집한 구고 1권을 바탕으로 하여 전진사(前進士) 혁연정(赫連挺)에 의하여 문종 28(3407, 1074)년 4월에 저술을 착수하여 이듬해인 문종 29(3408, 1075)년 정월에 완성된 것임을 알 수가 있다.

지은이 혁연정은 현재로서는 그의 생몰 연대를 알 수 없고, 다만 『고려사』 권 11, 「세가」 11에 따르면, 숙종 5(3433, 1100)년 11월 24일(병술)에 방물을 바치러 요(遼)에 다녀왔고, 같은 책 권 13, 예종 즉위년(3438, 1105) 11월 6일(경자)조에 따르면, 장락전 학사판저학원사(長樂殿學士判諸學院事)에 임명된 것을 알 수 있을 뿐이다.

9. 9. 2. 檀君世紀序(단군세기서)

나라를 위한 도는 선비의 기운보다 더한 것이 없으며, 사학(史學)보다 급한 것이 없음은 무엇 때문인가? 사학이 밝지 아니하면, 선비들의 기운이 떨쳐지지 못하며, 선비들의 기운이 떨쳐지지 아니하면, 나라의 근본이 흔들린다. 정치와 법도 갈라진다. 대체로 사학의 법은 깎아내릴 것은 깎아내리고, 기릴 것은 기리어 인물을 평가하고, 시세의 상태를 논의하여 진단하니 만세의 표준이 아니 될 수 없다. 이 백성들의 삶은 참으로 오래되었다. 창세의 질서가 또한 바로잡아 고침을 더하여 나라와 역사가 함께 살고, 사람과 정치가 함께 일어나니, 모두가 나보다 먼저 하는 것은 소중하기 때문이다.

아! 정치는 그릇과 같은 것이고, 사람은 도와 같으니, 그릇이 도를 떠나서 있을 수가 없다. 나라는 형상과 같은 것이요, 역사는 혼과 같은 것이니, 형상은 혼을 잃고 보존될 수가 없다. 도와 그릇을 함께 닦는 것이 우리들이다. 형상과 혼이 같이 일그러지는 것도 또한 우리들이다. 그러므로 천하만사는 먼저 나를 아는 것으로 존재할 수 있다. 그렇다면, 그처럼 나를 알려고 하는 것이 어디서부터 비롯되는 것인가? 저 삼신일체의 도는 대원일(大圓一)의 뜻에 있으니, 조화의 신이 내려와서 우리의 품성이 되고, 교화의 신이 내려와서 우리의 생명이 되며, 치화의 신이 내려와서 우리의 정신이 된다. 그러므로 오직 사람만이 만물 중에서 가장 귀하며 가장 존경받는 것이다. 저 품성이라는 것은 신의 뿌리이다. 신은 품성에 근본을 두지만, 바로 신은 아니다. 기가 반짝반짝 빛이 나서 어둡지 아니한 것이 곧 참된 품성이다. 이런 까닭으로 신은 기에서 분리될 수 없고, 기는 신에서 떨어질 수 없다. 우리 몸의 신과 기는 합하여진 뒤에 우리 몸의 품성과 목숨이 드러날 수 있게 된다. 품성은 목숨과 떨어질 수 없으며, 목숨은 품성과 떨어질 수 없다. 우리 몸의 품성과 목숨이

합하여진 뒤에 우리 몸이 신의 품성이 비롯하지 않음과 기의 목숨이 비롯되지 아니함을 볼 수 있게 된다. 그러므로 그 품성의 영혼은 하늘신과 더불어 그 근원을 같이 하며, 그 목숨의 현생은 산천과 더불어 그 기운을 같이 하고, 그 정신의 영속은 무수한 백성들과 더불어 그 업을 같이 한다. 곧 하나를 잡아서 셋을 머금고, 셋이 모여서 하나로 돌아가는 것이 이것이다. 그런 까닭으로 정한 마음이 변하지 아니하는 것을 일컬어 참된 나라라고 하며, 신통하여 만변하는 것을 일컬어 하나의 신이라고 하니, 참된 나는 하나의 신이 아득히 사는 큰 집[宮]이다. 이 참된 근원을 알아서 법에 따라 수행하면, 길상이 저절로 모이고 광명은 항상 이를 비칠 것이다. 이에 하늘과 사람이 서로 같이 있을 때에 삼신을 붙잡아 계맹(戒盟)한 인연을 맺어서 비로소 하나로 돌아갈 수가 있다. 그러므로 품성과 목숨과 정신의 무기(無機)와 삼신 일체의 상제는 우주 만물과 더불어 혼연 동체가 되어 마음과 기운과 더불어 몸은 형적이 없고, 느낌[感]과 숨쉼[息]과 만짐[觸]의 무기(無機)가 길이 있게 하는 것이 환인주조(桓因主祖)인 것이다. 세계만방과 더불어 하나로 시행하여 하늘과 땅과 사람이 함께 즐기고 아무것도 하지 아니하여도 저절로 변화한다. 이런 까닭으로 입교(立敎)하려 하는 자는 모름지기 먼저 자아를 세우고 무형을 펼 것이니, 이것은 곧 나를 알고 나서 혼자서 하나의 도를 구하는 것이다.

아! 슬프다. 부여(夫餘)는 부여의 도가 없어진 뒤에 한인(漢人)들이 부여에 들어왔고, 고려(高麗)는 고려의 도가 없어진 뒤에 몽고인(蒙古人)들이 고려에 들어왔다. 만약 그때에 무엇보다 먼저 부여에 부여의 도가 있었다면, 한인들은 한(漢)으로 돌아갔을 것이며, 고려에 고려의 도가 있었다면, 몽고인들은 몽고로 돌아갔을 것이다.

아! 슬프다. 예전에 오잠(吳潛)과 유청신(柳淸臣)의 무리들이 펼친 사특한 주장들은 음흉하게도 백귀(百鬼)들과 더불어 밤중에 횡행하였고, 남생(男生)과 발기(發岐)의 역심으로 상응 합세하여 나라를 위하는 사람들을 억누르니, 도와 기가 상하고, 형상과 혼이 전멸하는 때에 어찌 스스로 안전할 수가 있었겠는가?

지금 외인(外人 : 몽고인, 필자주) 간섭의 정치는 갈수록 자심하여 임금을 마음대로 양위 시키며, 두목을 임명하여 희롱하고 멋대로 놀아나도 우리 대신들은 속수무책이니, 이것이 어찌된 일인가? 이는 나라에는 사학(史學)이 없고, 나라[形]가 혼[道]을 잃은 까닭이다. 한 대신의 힘으로는 조금도 구할 수가 없는 것이다.

말하자면, 곧 온 나라 사람들이 스스로 나라 구하기를 기약하고, 나라 구하기에 유익한 것을 찾은 뒤에야 나라를 구한다고 말할 수 있는 것이므로, 나라 구하기의 길이 어디에 있는가 하면, 앞에서 말한 바와 같이 나라에 사학이 있어야 형상에 혼이 있게 된다. 신시(神市)는 스스로 하늘을 열어서 그 법통이 있었다. 나라는 법통에 따라 세워지고 백성들은 법통에 따라 일어났다. 어찌 사학이 중요하지 아니하다고 할 수가 있겠는가? 즐거운 마음으로 이 글을 써서 『檀君世紀(단군세기)』의 서(序)로 삼는다.

상(上 : 공민왕) 12(3696, 1363)년 10월 3일 홍행촌수(紅杏村叟)가 강화도(江華島)의 해운당(海雲堂)에서 쓴다.[113]

이 글은 고려 말기의 학자이며, 서화가이면서 문신인 이암(李嵒 : 3630-3697, 1297-1364)이 작고하기 전 해에 지은 것이다. 지은이는 본관이 고성(固城)이고, 자는 고운(古雲), 호는 행

113 "爲國之道莫先於士氣莫急於史學何也史學不明則士氣不振士氣不振則國本搖矣政法歧矣盖史學之法可貶者貶可褒者褒衡量人物論診時像莫非標準萬世者也斯民之生厥惟久矣創世條序亦加訂證國與史竝存人與政俱擧皆自我所先所重者也嗚呼政猶器人猶道器可離道而存乎國猶形史猶魂形可失魂而保乎竝修道器者我也俱慫形魂者亦我也故天下萬事先在知我也然則其欲知我自何而始乎夫三神一體之道在大圓一也義造化之神降爲我性教化之神降爲我命治化之神降爲我精故惟人爲最貴最尊於萬物者也夫性者神之根也神本於性而性未是神也氣之炯炯不昧者乃眞性也是以神不離氣氣不離神吾身之神與氣合而後吾身之性與命可見矣性不離命命不離性吾身之性與命合而後吾身未始神之性未始氣之命可見矣故其性之靈覺也與天神同其源其命之現生也與山川同其氣其精之永續也與蒼生同其業也乃執一而含三會三而歸一者是也故定心不變謂之眞我神通萬變謂之一神眞我一神攸居之宮也知此眞源依法修行吉祥自臻光明恒照此乃天人相與之際緣執三神戒盟而始能歸于一者也故性命精之無機三神一體之上帝也與宇宙萬物混然同體與心氣身無跡而長存感息觸之無機桓因主祖也與世界萬邦一施而同樂與天地人無爲而自化也是故其欲立教者須先立自我革無形者須先革形此乃知我求獨之一道也嗚呼痛矣夫餘無夫餘之道然後漢人入夫餘也高麗無高麗之道然後蒙古入高麗也若其時之制先而夫餘有夫餘之道則漢人歸其蒙古也嗚呼痛矣向年潛淸輩之邪論陰與百鬼夜行以男生發歧之逆心相應而合勢爲國者抑何自安於道器兩喪形魂全滅之時乎今外人干涉之政去盖滋甚讓位重祚任渠弄擅如我大臣者徒束手而無策何也國無史而形失魂之故也一大臣之能姑無可救之爲言而乃擧國之人皆救國自期而求其所以爲有盖於救國然後方可得以言救國也然則救國何在哉向所謂國有史而形有魂也神市開天自有其統國因統而立民因統而興史學豈不重歟書此樂爲檀君世紀序上之十二年癸卯十月三日紅杏村叟書于江都之海雲堂."(『桓檀古記』)

정부 지정 표준본 단제
홍석창 화백, 가로 115cm×세로 170cm,
(사) 현정회, 서울 단제성전 소장, 1978년도 지정
(박현, 『한국고대 지성사 산책』 쪽 51에서 인용)

촌(杏村), 시호는 문정(文貞)이다. 17세 때인 충선왕 5(3646, 1313)년에 문과에 급제하여 벼슬이 우정승(右政丞)에 이르렀다. 홍건적(紅巾賊)이 침입하였을 때에는 임금을 모시고 남쪽으로 피란하여 그 공으로 철성군(鐵城君)에 봉하여지기도 하였다. 글씨를 잘 써서 동방의 조자앙(趙子昂)이라고 일컬어지기

도 하였다. 이 글이 실려 있는 『桓檀古記(환단고기)』는 식민사관과 큰 나라 섬기기 생각에 찌든 일부 학자들에 의하여 위서(僞書)로 무시당하여 이제까지는 주목받지 못하였으나, 근래에 이르러 민족 주체의식의 고양(高揚)을 주장하는 신진 학자들에 의하여 새로이 주목을 받고 있다.

9. 9. 3. 及菴集跋(급암집발)

급암(及菴) 민공(閔公)은 나보다 먼저 과거에 급제한 분이다. 그의 외손 경지(敬之)가 내 집을 지날 때에 나에게 말하기를, "선조께서 훌륭한 일을 하시었는데도 알지 못하는 것은 밝지 아니한 것이고, 알면서도 세상에 전하게 하지 아니하는 것은 어질지 아니한 것입니다. 저의 외할아버지의 공덕이 훌륭하신 것은 나라의 역사책에 매우 자세히 기록되어 있으므로 제가 전할 것을 꾀하지 아니하더라도 좋습니다. 만약 그 시가 수백 편이나 되는 것은 더욱 훌륭한 일인데, 세상에 그 시들이 전하지 아니한다면, 앞으로 누구의 책임이라고 꾸지람을 받겠습니까? 저는 그러므로 그 시들을 모아서 책으로 간행하여 널리 전하려 하면서 익재(益齋) 선생께서 맨 먼저 서문을 쓰시고, 담암(淡菴)과 목은(牧隱) 두 분께서 또 뒤따라 서문을 지어주시니, 대체로 소자의 근고를 애처롭게 여기시고 저의 외조부님의 미덕이 앞으로 사라지지 아니하게 하시고자 하신 것일 것입니다. 선생께서는 일찍이 저의 조부님과 함께 노시었으니, 홀로 한 마디 말을 여기에 남기지 아니할 수가 있으시겠습니까?" 하였다.

아! 시라는 것은 말이 글자로 된 것이다. 마음에서 말이 나와서 글자로 기록되면 어찌 시를 짓는 사람을 천박한 사람이라고 하겠는가? 급암은 순진하고도 돈후한 태생인데다가 가장 융성한 때를 맞이하여 그 본래의 마음을 평소에도 잘 닦아온 사람이다. 그의 시는 충화하여 담박하며, 격이 높고 속되지 아니하여 그의 시를 읽으면 읽을수록 남으로 하여금 지은이의 풍격을 이해할 수 있게 하므로 세 군자들께 칭송 받음이 이와 같은데, 어찌 나의 말을 기다린 뒤에야 전할 수가 있겠는가? 비록 그럼에도 경지가 나를 글을 잘 못하는 사람이라 하지 아니하고 편집한 뜻을 쓰도록 하기에 감히 그 말을 써서 후인들에게 그 사실을 보이려 한다.[114]

라고 한 것을 보면, 대체로 서문은 책머리에, 발문은 책 꼬리에 위치하며, 서문은 책 전체의 평가와 지은이의 사상과 책의 구성 등을 언급하는데 반하여 발문은 그 책이 발간되기까지의

114 "及菴閔公於予爲先達其外孫敬之過予言先祖有美而不知不明也知而不傳不仁也吾外祖功德之美載於國史者甚悉吾吾不謀可傳也若其詩累百篇尤爲有美而不傳於世責將誰任吾故集而刊之以廣其傳益齋先生首爲之序淡菴牧隱兩公文從而引之盖哀小子之勤而欲使吾祖之美不泯於將來也子嘗與吾祖遊可獨無一言於此乎於虖詩者言之文也言出於心而成文豈淺之爲詩者哉及菴以醇厚之資遭遇盛時其所以存養其心者有素故其詩沖淡高古讀之使人知有作者之風而見稱於三君子者若是何待予言而後爲可傳耶雖然敬之不以予爲不文俾書所以纂錄之意敢用其言以示來者云." (『동문선』 권 102)

경위를 밝히는 경향이 짙다.

이 글의 지은이는 고려 말기의 학자이며 문신이었던 이인복(李仁復 : 3641-3707, 1308-1374)이다. 그는 성산군(星山君) 이조년(李兆年)의 손자로, 자는 극례(克禮), 시호는 문충(文忠)이다. 19세에 문과에 급제하여 벼슬이 검교시중(檢校侍中)에 이르렀다. 백이정(白頤正)의 문인으로 주자학(朱子學)에 정통하였다.

9. 10. 송찬(頌讚)

고려시대 송찬 문학은 지은이와 작품들이 그리 많이 전하지 아니한다. 『동문선』 권 50-51에 의하면, 김부식의 「和諍國師影贊(화정국사영찬)」과 이규보의 「平契丹頌(평거란송)」을 비롯하여 이인로의 「太尉公騎牛圖贊(태위공기우도찬)」· 이제현의 「謁三王廟各獻頌[세 임금의 사당을 찾아뵙고 각각 기림]· 이색의 「受命之頌幷序(수명지송병서)」· 한복(韓復)의 「惕若齋贊(척약재찬)」· 이첨의 「天台宗師弘濟尊者眞贊(천태종사 홍제존자 진찬)」· 이숭인의 「草屋子傳幷贊(초옥자전병찬)」 등이 유명하다. 여기서는 「평거란송」과 「척약재찬」을 소개하여 감상하도록 한다.

9. 10. 1. 平契丹頌(평거란송)

獷彼頑戎闌入邊鄙/사나운 저 오랑캐들 우리나라 침노하여
呑噬我生民 血流于齒/우리 국민 물어뜯어 이빨에서 피 흐르네.
聖皇赫怒 克掃厥類/우리 황제 성내시어 그것들을 쓸어내니,
不知者皆曰 是韃靼之助/모르는 이 모두 말해 달단의 덕이라네.
與夫我軍 善用兵之致/우리 군대들이 용병 잘해 이겼단다.
予曰不是 非爾所議/내 말이 틀렸다고 너희는 말을 말라.
聖皇受命 寔天所畀/우리 황제 받은 명은 하느님이 내리셨고,
天爲我聖皇 假手韃靼耳/황제 위해 하느님이 달단의 손 빌린 거네.
韃靼雖狼 天其可避/달단이 이리라도 하느님은 피하시고,
我皇至仁 視人如子/우리 황제 인자하서 백성을 사랑했네.
人其忍不用 君父之命/국민들이 차마 왕명 거역을 하겠는가?
反以賊是遺也/도리어 도둑들께 공을 돌리려나?
是則天心之所助 與聖功之所自/하느님 도움으로 우리 황제 세운 공을
夫韃靼與我軍 何與是耶/저 달단과 우리 군사 한 것이 무엇인가?

(『동문선』 권 50)

이 작품은 이규보가 지은 「平契丹頌(평거란송)」이다. 이는 거란이 고종 3(3549, 1216)년에 거란의 남은 종자들인 금산(金山), 금시(金始) 등이 압록강을 건너 의주(義州)로 쳐들어온 것을 고려는 노원순(盧元純), 오응부(吳應富), 김취려(金就礪) 장

군들이 물리치려다가 실패하여 조충(趙冲)과 김취려의 분전으로 몽고군(蒙古軍) 합진(哈眞)의 도움을 받아 고종 4(3550, 1217)년에 물리친 것을 기린 것이다.[115] 이 작품에서 여러 차례 언급된 "성황(聖皇)"은 바로 이규보의 민족 주체의식이 드높았음을 반영하는 것이라고 생각된다. 이 성황은, 곧 고려의 고종을 일컫기 때문이다.

9. 10. 2. 惕若齋贊(척약재찬)

十目所視 十手所指	열 개 눈이 보며 여러 사람 손가락질
戰兢自持 愼終如始	두려워 몸 지키어 시종여일 조심하고,
對越上帝 齋焉嚴只	언제나 하느님을 대하듯 엄정하네.
爲賢爲聖之功	현인과 성인됨이 이런 공력 때문이니,
止乎此而已矣	이처럼만 행한다면 성현이 틀림없죠.

(『동문선』 권 51)

이 작품은 고려 공민왕 때의 학자인 척약재(惕若齋) 김구용(金九容 : 3671-3717, 1338-1384)의 진영(眞影)에 그의 제자인 한복(韓復)이 스승 척약재가 평소에 그 몸가짐을 통하여 자기 절제를 철저히 하여 후천적 노력에 의한 성현(聖賢)의 경지에 이른 것을 기린 것이다.

115 震檀學會, 『韓國史』 中世篇(乙酉文化社, 1962), 쪽 537-549.

9. 11. 애제(哀祭)

고려시대 애제(哀祭) 문학의 작품과 지은이들을 『동문선』 권 109 - 110, 116에 의하면, 애사(哀詞)의 지은이와 작품은 이규보의 「吳先生德全哀詞幷序(오선생 덕전 애사 병서)」가 유명하고, 제문의 지은이와 작품은 임춘의 「祭復源闍梨文 代門弟行(제복원도리문 대문제행)」 · 이인로의 「祭林先生文(제임선생문)」 · 최해(崔瀣)의 「代權一齋祭母文(대권일재제모문)」 · 천인스님의 「祭先師圓妙國師文(제선사 원묘국사문)」 · 무외스님의 「圓慧國統祭文(원혜국통제문)」 · 이곡의 「爲男付馬祭瀋王文(위남부마제 심왕문)」 · 밀암(密菴)스님의 「冲鏡王師祭文(충경왕사 제문)」 · 이색의 「祭樵隱先生文(제초은선생문)」 · 이달충의 「閔及庵祭文(민급암제문)」 · 정몽주의 「祭金得培文(제김득배문)」 · 정도전의 「祭文禧公文 代人作(제문희공문 대인작)」 · 이첨의 「祭雨師文(제우사문)」 등이 유명하다.

9. 11. 1. 祭錄事李惟諒文(제녹사이유량문)

사람들이 좋아하고 미워하는 것이 하늘이 좋아하고 미워하는 것과 크게 다릅니다. 어진 사람에게는 화를 주고, 나쁜 사람에게는 도움을 주며, 포악한 사람에게는 오래 살게 하고, 어진 사람은 일찍 죽게 합니다. 세상 사람들이 다 같이 미워하는데도 어떤 이는 오래 살게 하고, 오래 살았으면 하는 사람에게는 잠시도 늘려 주지 아니합니다. 사람의 목숨을 주고 빼앗는 것이 이와 같으니 누가 그 권한을 주장하겠습니까? 이제 그대의 죽음은 너무 원통하여 몹시 슬픕니다. 그대의 뛰어난 재주를 생각하니 수염은 길고, 이마는 넓으며, 담은 몸보다 컸습니다. 본래 소양을 쌓았으며, 젊어서 부귀하기는 사우(士友)들이 바라는 것이었습니다. 어린 나이에 그대를 그대의 친구들 사이에서 알게 되었습니다. 나이는 나보다 어리었지만, 기력은 씩씩하였습니다. 한번 누웠다가 갑자기 세상을 떠나니 나보다 먼저 가시었습니다. 부음을 들던 날 저녁에는 마치 내 몸이 잃어진 것 같고, 밥을 먹으려니 목이 메고, 마음은 한탄스러워 멍한 상태에 빠졌습니다. 평생의 좋은 의리가 황천을 꿰뚫었으니, 어찌 다시 서로 보며, 웃고 이야기를 나누며 손뼉을 칠 수 있겠습니까? 다른 날에 술을 대하면, 반드시 송나라 서주자사(徐州刺史)를 지내고 생명이 위급할 때에 애첩만 데리고 달아난 유창(劉昶)을 기억하겠습니다. 사신으로 먼 땅에 이르러야 하였으므로 끝내 장례식 참석을 못하였기에 이 한 잔의 술을 올리니 잊지 말고 받으소서.[116]

116 "人之好惡大異於天禍仁祐賊壽虐夭賢世所共厭或假之年欲其久存晷刻莫延與奪如是孰主其權今子之死愈怨愴然念其英拔長髯廣額膽大於身素有畜養青春富貴士友所望幼年識子於其輩行歲則少我氣力方壯一臥據蛻奄爾先往聞訃之夕若己之喪方食哽嚼於心悵惘平生之好義貫黃壤豈復相見笑談抵掌他時對酒必憶劉昶臨使絶域未由會葬奠此一危來擧勿忘."(『西河集』 권 6, 「제문(祭文)」)

이 글은 서하(西河) 임춘(林椿)이 이자연(李子淵)의 후손인 이유량(李惟諒)의 첫 제사를 당하여 이른바 고려의 죽림칠현(竹林七賢)의 한 사람인 이담지(李湛之)의 부탁을 받아 대신 지은 제문이다.

9. 11. 2. 祭金得培文(제김득배문)

아아! 슬프다! 하느님이시여! 하느님은 어떤 사람입니까? 대체로 들으니, 착한 사람에겐 복을 주고 간사한 사람에겐 벌을 주는 것이 하늘이요, 착한 사람은 상을 주고, 악한 사람에게 벌을 주는 것은 사람이라고 합니다. 하늘과 사람이 비록 다르지만, 그 이치는 한 가지입니다. 옛사람이 말하기를, "하늘이 정하면 사람을 이기고, 사람이 무리를 이루면 하늘을 이긴다." 고 하였으니, 이것이 또한 무슨 이치입니까? 옛날에 홍건적(紅巾賊)들이 유린하여 쳐들어올 때에 임금님이 남쪽으로 파천하시고, 나라의 운명이 위험하기가 한 가닥 실에 매달리어 있는 듯하였습니다. 오직 김득배가 대의를 제일 먼저 부르짖어 원근이 향응하였습니다. 몸소 만 번이라도 죽을 꾀를 내어 삼한(三韓)을 회복하는 일을 이루어냈습니다. 무릇 지금의 사람들이 이처럼 배불리 음식을 먹고, 편안히 잠을 잘 수 있게 된 것이 누구의 공이겠습니까? 비록 그가 죄가 있더라도 공이 크면 그 공으로써 그의 죄를 감하는 것이 옳습니다. 만일 죄가 공보다 무겁

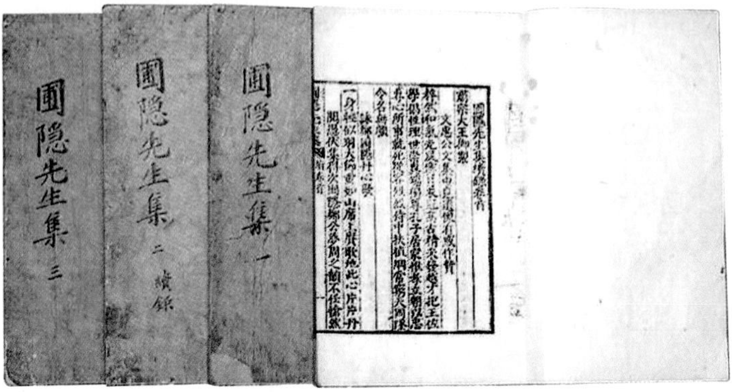

포은선생집(圃隱先生集)
가로 20.2cm, 세로 31.0cm, 출처 : 국립중앙박물관

다면, 반드시 돌아와서 그 죄를 벌 받게 한 뒤에 죽이는 것이 옳은데 어찌하여 말에 땀이 마르지도 아니하고, 개선의 노래가 끝나기도 전에 태산 같은 공을 도로 날카로운 칼끝의 피로 만든다는 말입니까? 이것이 내가 피를 토하며 흐느껴 울면서 하늘에 묻는 이유인 것입니다. 나는 압니다. 그의 충성된 혼과 장한 넋이 천추만세를 두고 구천의 땅속에서 울고 있을 것입니다. 아! 슬픕니다. 운명이지요? 어찌합니까? 어이할까요?[117]

117 "嗚呼皇天此何人哉盖聞福善禍淫者天也賞善罰惡者人也天人雖殊其理則一古人有言曰天定勝人人衆勝天亦何理也往者紅寇闌入乘輿播越國家之命危如懸線惟公首倡大義遠近嚮應身出萬死之計克復三韓之業凡今之人食於斯寢於斯伊誰之功歟雖有其罪以功掩之可也罪重於功必使歸服其罪然後誅之可也奈何汗馬未乾凱歌未罷遂使泰山之功轉爲鋒刃之血歟此吾所以泣血而問於天者也吾知其忠魂壯魄千秋萬歲必飮泣於九泉之下嗚呼命也如之何如之何."(『동문선』 권 109)

이 작품은 포은(圃隱) 정몽주(鄭夢周)가 지은 「제김득배문」의 전문이다. 이 글로 보면, 김득배라는 이가 홍건적의 무리들이 개경(開京)에 쳐들어왔을 때에 의병을 일으켜서 막아낸 공적이 많음에도 불구하고, 나라에 죄를 입어 억울하게 처형된 것을 지은이가 몹시 안타깝게 생각하고 그 억울함을 하느님께 호소한 글이다. 문장이 간결하면서도 하고자 하는 자기의 뜻을 명확하게 표현하고 있다. 당시 고려는 정치인들이 고려에 충성하면 몽고에서 벌하고, 몽고에 충성하면 고려에서 벌을 받는 괴로운 형상에 빠져있었다.

9. 12. 일기(日記)

작품의 이름이 「南行日記(남행일기)」라는 이규보의 글이 있지만, 이는 우리들이 오늘날 일컫는 하루하루의 일을 적은 일기(日記 : diary)는 아니고 기행문이어서 이미 앞에서 다루었다. 다만, 정확한 연대는 알 수 없으나 무외(無畏)스님의 「菴居日月記(암거일월기)」가 미흡한 대로 고려시대 일기문학의 대표 작품으로 인정될 수가 있겠다. 여기서는 「암거일월기(菴居日月記)」의 일부를 보인다.

9. 12. 1. 菴居日月記(암거일월기)

지난 무인(戊寅 : 고종 5, 3551, 1218)년 봄에 내가 오산현(鼇山縣) 용혈암(龍穴庵)에 머물러 있었던 것을 시작으로 경진(庚辰 : 충렬왕 6, 3613, 1280)년 여름에 이르러 상주(尙州) 지경으로 옮겨 갔고, 또 경인(庚寅 : 충렬왕 16, 3623, 1290)년 봄에는 다시 괘탑암(掛塔庵)으로 왔다. 이 암자는 나의 종조부께서 중창한 것이다. 서쪽에 있는 3칸의 건물이 허물어져 곧 땅에 쓰려지려 하매, 갑오(甲午 : 충렬왕 20, 3627, 1294)년 가을에 고쳐서 지었다. 을미(乙未 : 충렬왕 21, 3628, 1295)년 4월에는 남쪽 봉우리에 무성한 덤불을 베어내고 높은 대(臺)를 쌓아 그 이름을 "능허(凌虛)"라 하고, 시 2수를 지었다. 그 시는 이러하다.

新築高臺得勝觀　새로 높은 대를 쌓아 좋은 구경 얻었으니,
蓬山華岳陟何難　봉래산과 화악산에 오르기 너무 쉽네.
前呑巨浸雲煙洶　앞에는 넓은 바다 운연이 뭉게뭉게
後揖巉巖玉雪寒　뒤에는 높은 산봉 흰 눈이 차갑구나.

하였다. 또 한 수는 이러하다.

凌虛臺上獨遊觀　능허대에 혼자 올라 놀면서 둘러보니,
詩不能形畫亦難　시로나 그림으론 그려내기 어렵다네.
天見道人貧到骨　수도인의 뼈 속 가난 하늘이 아시고서
命專山水慰飢寒　춥고 배고픔을 산과 물로 달래라네.

라고 하였다.

또 정유(丁酉 : 충렬왕 23, 3630, 1297)년 봄에 대숲을 베어내고 돌을 쌓아 터를 만들고 작은 정자를 동쪽 언덕 시내 옆에 짓고, 이름을 초은(招隱)이라 하고 시 2수를 지었으니, 그 내용은 이러하다.(중략) 초은대 쌓기가 끝나자 곧 다른 곳으로 가려 하였으나 권선(勸善)의 일로 머뭇거리다가 가지 못하였다. 때때로 능허대와 초은대에서 시인들과 참선하는 손님들을 만나서 글도 짓고, 도를 말하여 성정을 즐겁게 하고, 혹 침울함을 토하고 싶으면 능허대에 올라 눈을 바삐 굴려 바라보기도 하고, 혹 마음이 들뜨고 허황할 때에는 초은대에 내려가서 마음을 통일하고 고요히 생각도 하곤 하였다. 스스로 자기 취미에 맞추어 가고 머무르는 것조차 잊었다. 하루는 학생이 와서『논어』안에 있는 산양(山梁)의 뜻을 물었다. 풀어서 알려주고 이어서 시 2편을 지었는데, 그 내용은 이러하다. (중략) 또 내가 평생에 살고 그치는 것이 일찍이 3년이 넘도록 머무른 적이 없었는데, 이 암자에 있은 지도 이제 13년이나 되었으니 아마 수토의 인연이 깊은가 보다. 그러나 언제까지나 머무르고 옮기지 않는 자는 없으므로, 이제 보월산(寶月山) 백운암(白雲庵)을 택하여 옮기게 되니, 때와 인연을 따라 기록하였다가 다음에 보는 것으로 삼겠다.[118]

118 "越戊寅春予始寓鼇山縣之龍穴庵焉至庚辰夏遷向尙州之界又於庚寅春復來掛塔庵乃吾從祖所重創也西偏三間隤將墜地於甲午秩改構之乙未四月於南峰誅榛莽而築崇臺名之曰凌虛題詩二絶云(중략)又丁酉春剪叢篠累石爲基立小亭於東崖溪側名以招隱有詩二首云(중략)修築旣畢卽欲他適乃緣善事因循未去時又於凌虛招隱逢詞人禪客則聯文話道以樂性情或寫沉鬱則上凌虛而縱目瞻眺或治浮蕩則下招隱而冥心寂默自適其適而都忘去留矣一日有一生來問魯論中山梁之意解說之因成二篇云(중략)且予平生居止未嘗終三年留也而栖此庵今十三年矣.(하략)"(『동문선』권 68)

이 글은 무외(無畏)스님이 지은 것인데, 이 글을 통하여 무외스님의 법랍이 오래이었음을 유추할 수 있는가 하면, 무외의 시문(詩文)의 능력도 보통 이상임도 헤아릴 수가 있다.

9. 13. 잠명(箴銘)

고려시대의 잠명문학과 그 지은이는 『동문선』 권 49-50에 의하면, 잠(箴)에는 이규보의 「面箴(면잠)」·「腰箴(요잠)」·「思箴(사잠)」·「蝨箴(슬잠)」 등을 비롯하여 이제현의 「猫箴(묘잠)」·「狗箴(구잠)」·「鷄箴(계잠)」, 이색의 「自儆箴(자경잠)」, 이달충의 「愛惡箴幷序(애오잠병서)」·「惕若齋箴(척약재잠)」, 정추의 「觀物齋箴(관물재잠)」 등이 소개되어 있다. 명(銘)에는 「兜率院鐘銘幷序(도솔원종명병서)」의 김부식을 비롯하여 「止止軒銘(지지헌명)」의 이규보, 「食堂銘(식당명)」의 계응(戒膺)스님, 「靈巖寺新井銘(영암사신정명)」의 이곡, 「三與銘(삼여명)」의 이색, 「圓齋銘幷序(원재명병서)」의 정추, 「惕若齋銘(척약재명)」의 정몽주, 「草屋銘(초옥명)」의 이첨, 「竹窓銘幷序(죽창명병서)」의 정도전 등이 유명하다. 여기서는 이규보의「自誡銘(자계명)」과 이제현의 「구잠」을 소개한다.

9. 13. 1. 自誡銘(자계명)

無曰親昵而漏吾微	친하고 가까워도 나의 비밀 누설 말라.
寵妻嬖妾兮同衾異意	한 이불속 처첩마저 속마음은 다르단다.
無謂僕御兮輕其言	부리는 종이라도 그 말을 무시 말라.
外若無骨兮苞蓄有地	겉보기는 지렁이나 마음만은 옹골차고,
況吾不媟近不驅使者乎	부리는 종 아니면 버릇없이 굴지 말라!

말이 많은 인간 세상에서 환란(患亂)의 원인이 되는 말을 조심하여야 한다는 자기 경계의 뜻을 담고 있다. 또 주변 사람들에게 예의를 지키며 생활하여 남에게 얕보이는 사람이 되지 아니하겠다는 의지를 드러낸 일상생활 속에서 꼭 지켜야 할 훌륭한 좌우명(座右銘)이다.

9. 13. 2. 狗箴(구잠)

而尾之媚 而舌之舐	꼬리로는 아첨하고, 혀로는 잘 핥아라.
毋鬪毋戲 惟藩之毁	싸움과 장난 말고 울타리도 헐지 말라.

(『동문선』 권 49)

오늘날 애완견(愛玩犬)을 기르는 이들에게 참고가 될 것이다.

9. 14. 잡기(雜記)

고려시대 잡기문학(雜記文學)의 지은이와 작품들을 역시 『동문선』 권 64-80, 107-108을 참고하면, 최충(崔冲)의 「奉先弘慶寺記(봉선홍경사기)」를 비롯하여 김부식(金富軾)의 「惠陰寺新創記(혜음사신창기)」, 이예(李預)의 「三角山重修僧伽窟記(삼각산 중수승가굴기)」, 김부철(金富轍)의 「淸平山文殊院記(청평산 문수원기)」, 권적(權適)의 「智異山水精寺記(지리산 수정사기)」, 임춘(林椿)의 「妙光寺十六聖衆繪象記(묘광사 십육성중회상기)」·「小林寺重修記(소림사중수기)」·「畵雁記(화안기)」·「逸齋記(일재기)」·「足庵記(족암기)」, 이인로(李仁老)의 「臥陶軒記(와도헌기)」·「雙明齋記(쌍명재기)」·「太師公吳賓亭記(태사공 오빈정기)」·「禪源寺毘盧殿丹靑記(선원사 비로전단청기)」·「公州東亭記(공주 동정기)」·「月燈寺竹樓竹記(월등사 죽루죽기)」, 이규보의 「止止軒記(지지헌기)」·「接菓記(접과기)」·「四可齋記(사가재기)」 등 40여 편의 기(記)와 「白雲居士語錄(백운거사어록)」 등 11편의 잡저(雜著), 무외스님의 「孤石亭記(고석정기)」, 이산(李㦃)의 「龍頭山金藏寺金堂主彌勒三尊改金記(용두산 금장사 금당주 미륵 삼존 개금기)」, 민지(閔漬)의 「國淸寺金堂主佛釋迦如來舍利靈異記(국청사 금당주불 석가여래 사리영이기)」, 박전지(朴全之)의 「靈鳳山龍巖寺重創記(영봉산 용암사 중창기)」, 안진(安震)의 「涵碧樓記(함벽루기)」, 최해

(崔瀣)의 「頭陀山看藏庵重創記(두타산 간장암 중창기)」·「禪源寺齋僧記(선원사재승기)」 등 4편, 안축(安軸)의 「襄陽新學記(양양신학기)」 등 4편, 이제현의 「重修開國律寺記(중수 개국율사기)」 등 4편의 기와 「策題(책제)」 등 4편의 잡저, 백문보(白文寶)의 「金牓記(금방기)」·「尹氏墳廟記(윤씨분묘기)」, 이곡의 「義財記(의재기)」 등 26편의 기와 「石問(석문)」 등 4편의 잡저, 이달충의 「全州觀風樓記(전주 관풍루기)」, 이색의 「碁記(기기)」 등 71편, 이숭인의 「復齋記(복재기)」 등 7편, 이첨의 「鼓篋齋記(고협재기)」 등 12편, 정도전의 「石亭記(석정기)」 등 6편의 기와 「家難(가난)」 등 5편의 잡저가 유명하다. 여기서는 이규보의 「접과기」와 이색의 「기기」 2편을 소개하여 감상에 보탬이 되게 한다.

9. 14. 1. 接菓記(접과기)

일이 처음에는 망령되고 허탄하여 이상하게만 생각되었지만 나중에는 참된 것이 있으니, 그것은 과목을 접붙이는 일이라고 하겠다. 나의 돌아가신 아버지께서 살아계실 때에 키다리 전씨(田氏)라고 하는 사람이 있어서 과일나무 접붙이기를 아주 잘하였다. 나의 돌아가신 아버지께서는 정원에 두어 그루 나쁜 배나무가 있어서 키다리 전씨에게 그것을 시험하여 보시려고 접을 붙여보라고 시키시었다. 키다리 전씨는 그 나무를 톱으로 잘라내고, 세상에서 이름난 배나무를 구하여 몇 개의 가지 끝을 깎아 자른 나무 끝 위에 꽂고 기름과 진흙으로 발라 봉하였다. 그 당시 볼 때에는 망령되고 허탄하게 생각되었다. 비록 싹이 뾰족하게 나오고 잎이 성하게 되어서도 역시 환영(幻影)을 보는 듯이 이상하게 생각되었다. 여름이 되어 그늘이 들만큼 무성하고, 가을에 열매가 주렁주렁 매달리어 익은 뒤에야 마침내 진실이라는 것을 믿어서 망령되고 환상처럼 이상하게 생각되던 의심이 비로소 내 마음에서 사라지게 되었다.

돌아가신 나의 아버지께서 세상을 떠나신 뒤 무릇 9년이 되었다. 나무를 보고 열매를 먹으니 그 엄하신 얼굴을 생각하지 아니한 때가 없고, 때로는 나뭇가지를 휘어잡고 목메어 흐느끼면서 차마 버리고 가지 못하였다.

또 옛날 주(周)나라의 제후로 정치를 잘하였던 소백(召伯)이라는 사람과 춘추시대 진(晉)나라 한선자(韓宣子)라는 사람의 고사 때문에 감당(甘棠)나무를 손질하지 아니하고 아름다운 나무를 북돋아 심은 사람이 있다는데, 하물며 아버지께서 일찍이 지니고 계시다가 자식에게 물려주신 그 아버지를 공경하는 마음에 어찌하여 다듬지 아니하고 봉하여 심기만 하겠는가? 그 열매도 또한 무릎을 꿇고 앉아서 먹어야 할 것이다. 아니 그보다도 돌아가신 나의 아버지께서 이 배나무를 내게 주신 것은 나로 하여금 잘못을 고치어 착한 데로 옮겨갈 것을 오로지 이 나무를 본받으라고 하신 것이 아니겠는가? 애오라지 뜻을 세워

경계할 뿐이다.[119]

요즈음 말로 나무 접붙이기라고 하는 원예(園藝)의 한 가지 기술을 예로 들어서 나쁜 배나무를 이름이 있는 훌륭한 배나무로 바꾸어지게 한 일을 사람의 개과천선(改過遷善)의 일과 같은 것으로 보고 지은이의 돌아가신 아버지께서 자기에게 주신 교훈으로 생각하고, 자기의 뜻을 세운 경계로 삼고 있는 것이 오늘날의 어떤 훌륭한 수필보다 못하지 아니한 빼어난 작품이라고 하겠다.

9. 14. 2. 記碁(기기)

돌아가신 아버지께서는 다른 기예에는 뜻을 두지 아니하시고, 오직 바둑만은 그 묘리를 터득하시었다. 당시에 바둑이 능한 고수까지도 때로는 양보를 하는 일이 있었다. 그러나 집에는 그 기구를 갖추어두지를 못하였다.

119 "事有初若妄誕幻怪而其終迺眞者其接菓之謂乎予先君時有號長身田氏者善接菓先君使試之園有惡梨凡二樹田氏鉅斷之求世所謂名梨者斫若干梢安於斷株以膏泥封之當其時見之似妄誕矣雖至茸抽葉茁亦似幻怪矣及鬱然夏陰茂賁然秋實成然後乃信其終眞者而妄誕幻怪之疑始去於心矣先君沒凡九稔覩樹食實未嘗不思嚴顔或攀樹嗚咽不忍捨去且古之人以召伯韓宣子之故有勿剪甘棠封植嘉樹者況父之所嘗有而遺之於子者其恭止之心何翅勿剪封植而已哉其實亦可跪而食矣抑慮先君以此及予者豈使予革非遷善當效玆樹耶聊志而警之耳."(『동문선』 권 66)

내가 일찍이 상주(喪主)가 되어 서울에서 고향으로 돌아와서 울적하고도 근심스러워서 공부를 접어두었다. 이미 소상(小祥)을 마치고 책들을 정리하다가 바둑알이 나와서 살펴보니, 그 하나는 조개로 하얀 바탕에 누런 무늬가 있었고, 하나는 돌로 옥돌처럼 윤이 나며, 또 검은데 갈고 다듬은 것이 정교하여 동글동글한 것이 마치 별 같아서 "선비의 자리 위에 놓일 보배를 가졌다."고 할 만하였다. 그러나 그 알이 겨우 200개이어서 파도에 씻긴 조약돌들로 채워서 겨우 부족함을 면하였다.

하루는 손군(孫君)이 찾아와서 말하기를, "이것은 내가 계홍(戒弘)스님에게서 얻은 것인데, 그대의 돌아가신 아버지께서 그대의 할아버지를 모실 때에 '우리 아이 기(起)가 올린 것이요', 하고, 곧 찾아다가 알의 수를 세어보고 말하기를, '처음에는 3백 60알이 넉넉하였는데, 이제 남은 것은 어찌 이리 적은가?' 하였다. 내가 그 말의 뜻을 살펴보니, 그 마음속에 슬퍼하는 듯함이 없지 않은 것 같았다. 나는 이어 속으로 풀어서 그 이유를 생각하여 보니, 비록 저 조그만 물건이라도 또한 반드시 명수(命數)가 그 사이에 있는 것이다. 군자라면 꼭 알아두지 아니하면 아니 된다. 그 근원을 거슬러 올라가 찾아보면, 계홍으로부터 더 위로 올라가서 이루어진 것이니, 그 누가 만들었는가? 바둑을 전한 사람은 또 누구이었을까? 계홍에서 손자에게 손자에서 이씨(李氏)에게로 전하여오는 동안에 잃어버린 것이 반의 반이니, 이제 여기를 지나 또 어느 사람에게 전하여질지 알 수 가 없다. 점점 흩어지고 잃어버리게 되면, 문득 어느 사람의 손에 들어가면 완전히 잃어버리게 될 것이다. 아니면 우리 선비들이 그것을 쓸 수나 있을지 모르겠다. 혹은 부자나 협객들의 노리개가 될 지도 모르겠다. 분개하는 마음으로 고금을 생각하고 물리를 자세히 살피면 어찌 눈물이 흐르지 아니하겠는가? 둥근 바둑알은 움직이고, 모가 진 바둑판은 고요한 틀이니, 바짝 마른 모양과 사나운 형세의 이론은 미처 할 겨를이 없네."라고 하였다.

삼가 기록하기를, "하얀 알 140개, 검은 알 109개"라고 두 통에 각각 기록하여 한 통은 손군에게 주어 이 바둑알을 보내준 사람을 알게 하고, 한 통은 이 바둑알이 온 곳을 기록하여 스스로 간직하여 혹 잃어버리는 일이 없기를 바란다.[120]

이 작품은 목은(牧隱) 이색(李穡)이 지은 「記碁[바둑에 관하여 씀]」의 전문이다. 지은이의 돌아가신 아버지께서 바둑을 즐기시었는데 그 바둑 기구가 집에 없어서 궁금하였었다. 지은이가 아버지를 여의고 상주가 되어 시골집에 머물면서 아버지

120 "先正於他藝一不留意獨於碁粗得其妙而當世之能者或見推焉然家不留其具也予始孤自都下還鬱邑廢業旣練整書秩因得碁子視之其一海介質白文黃其一石而玉潤且黑磨礱精巧團團如星可謂儒有席上珍矣然其子僅二百以波淘石充之始足一日孫君見訪曰此吾得之釋戒弘者令先大夫綵侍之日吾兒起所進者也因取而枚數之曰始者三百六十裕如也今存者何其若是之少乎余觀其意似不能不慨然於其懷予乃紬繹而思之雖纂爾小物亦必有數存乎其間君子不可不知也遡流而求之自弘而上成之者誰歟傳之者又誰歟自弘而孫自孫而李其亡失者已半之半不知過此以往傳之何人乎漸以散逸而頓失於何人之手乎抑不知吾儒者用之乎或爲膏粱豪俠之所戲謔者乎慨念古今細思物理能不潸然乎圓動方靜之機羸形猛勢之論不暇及也謹記之曰白子百四十黑子百單九因書二通一以與孫君使知其碁之所寓一以自藏志其碁之所自來且冀其無或失墜云."(『동문선』 권 72)

의 유품을 정리하다가 바둑알을 찾아내었으나, 바둑알이 많이 없어져서 안타까워하던 중 손군(孫君)이 찾아와서 그 바둑에 관한 이야기를 듣게 된 내력과 함께 있어야 할 것이 없어지는 것을 안타깝게 여기는 내용이 수필성을 띄고 있다.

9. 15. 전장(傳狀)

여기서의 전장(傳狀)은 서양에서의 바이오그라피(biography)에 해당하는 전(傳)과 사람이 죽은 뒤에 그의 평생 행적을 적은 행장(行狀)을 합친 말이다. 고려시대 전장문학의 작품과 지은이를 『동문선』 권 100－101, 116에 따르면, 임춘의 「麴醇傳(국순전)」은 술의 전기이고, 「孔方傳(공방전)」은 돈의 전기이다. 이규보의 「麴先生傳(국선생전)」은 누룩의 전이고, 「淸江使者玄夫傳(청강사자현부전)」은 맑은 물에서 사는 남생이의 전기이다. 이들 4편의 전기를 고려시대 4대 가전 작품(假傳作品)이라고 한다. 「白雲居士傳(백운거사전)」은 지은이의 자전이고, 「盧克淸傳(노극청전)」은 인물전이다. 최해의 「猊山隱者傳(예산은자전)」은 지은이의 자전이라고 하나, 필자는 느티나무의 가전으로 본다. 또 이곡의 「竹夫人傳(죽부인전)」은 죽부인의 전기로 가전 작품이나 「節婦曺氏傳(절부조씨전)」은 실존 인물의 전기이다. 이색의 「宋氏傳(송씨전)」·「吳仝傳(오동전)」·「朴氏傳(박씨전)」·「草溪鄭顯叔傳(초계정현숙전)」·「崔氏傳(최씨전)」·「白氏傳(백씨전)」·「鄭氏家傳(정씨가전)」, 권근(權近)의 「司宰少監朴强傳(사재 소감 박강전)」·「優人孝子君萬傳(우인 효자 군만전)」·「儒生裵尙謙傳(유생 배상겸전)」 등은 모두 실존 인물들의 전이고, 이숭인의 「草屋子傳(초옥자전)」·「裵烈婦傳(배열부전)」 등도 실존 인물들의 전기이다. 혜심(慧諶)스님의 「氷道者傳(빙도자전)」은 얼음을 의인화한 가전 작품이고, 같은 혜심스님의 「竹尊者傳(죽존자전)」은 대나무를 사람으로 비유한 가전이며, 식영암(息影庵)스님의 「丁侍者傳(정시자전)」은 지팡이를 의인화한 가전 작품이다. 정도전의 「鄭沉傳(정침전)」은 인물전이며, 가전 작품으로 고종 때의 문인 이윤보(李允甫)의 「無腸公子傳(무장공자전)」은 게[蟹]를 의인화한 것도 있었다는데, 현재는 전하지 아니한다.

행장류의 작품과 작가는 이곡(李穀)의 「高麗國承奉郎摠部散郎賜緋魚袋贈三重公匡僉議政丞判典理司事上護軍奇公行狀(고려국 승봉랑 총부산랑 사비어대 증삼중공광첨의정승 판전리사사 상호군 기공 행장)」이 유명한데, 이는 원(元)나라 순제(順帝)의 황후(皇后) 기씨(奇氏)의 친정아버지 기자오(奇子敖)의 행장이며, 정도전(鄭道傳)의 「高麗國鳳翊大夫檢密直提學寶文閣提學上護軍榮祿大夫刑部尙書鄭先生行狀(고려국 봉익대부 검밀직제학 보문각제학 상호군 영록대부 형부상서 정선생 행장)」과 「特

進輔國崇祿大夫靑城伯沈公行狀(특진 보국숭록대부 청성백 심공행장)」 등이 유명하다. 여기서는 이숭인(李崇仁 : 3682-3725, 1349-1392)의 「배열부전」과 이곡(李穀)의 「고려국승봉랑 총부산랑 사비어대 증삼중공 광첨의정승 판전리사사 상호군 기공행장」 등 두 편을 소개하기로 한다.

9. 15. 1. 裵烈婦傳(배열부전)

열부의 성은 배씨(裵氏)요, 이름은 아무인데, 경산(京山) 사람이다. 아버지는 전 진사인 중선(中善)이다. 15세가 지나서 사족(士族)인 이동교(李東郊)에게 시집와서 집안의 일을 잘 돌보았다.

경신(庚申 : 고려 원종 1, 3593, 1260)년 가을 7월에, 왜적(倭賊, 일본인 도둑)들이 경산에 쳐들어와서 온 고을을 분탕질을 하는데도 감히 막아내는 사람이 없었다. 이때에 남편 동교는 합포(合浦 : 지금의 마산시)에 있는 원수(元帥)의 군막에 나가서 돌아오지 아니하였는데, 일본인 도둑들은 열부가 사는 마을에 왔다. 열부가 젖먹이 아들을 안고 달아나니, 왜놈 도둑들은 그를 좇아 강에 이르렀다. 강물이 한참 불어 오르는 판이어서 열부는 화를 면하지 못할 것을 짐작하고, 젖먹이 어린아이를 강둑에 놓아두고 강물로 뛰어 들어갔다. 왜놈 도둑들은 활에 화살을 메워 힘껏 당기어 그를 겨누면서 말하기를, "우리에게로 오면 살려 주겠다.” 하였다. 열부는 적을 돌아보며 꾸짖기를, “어찌하여 나를 빨리 죽이지 아니하느냐? 내가 어찌 너희에게 더럽힘을 당할 사람으로 생각되느냐?” 하였다. 왜놈 도둑들은 화살을 쏘아 어깨를 겨냥하고 두 번 쏘아 두 번 다 맞히어 마침내 강물 속에 빠져 죽었다. 왜적들이 물러간 뒤에 집안사람들이 그의 시체를 찾아서 장례를 치렀다. 체복사(體覆使) 조공(趙公) 준(浚)이 그 사실을 나라에 보고하여 그 마을 입구의 문에 정표(旌表)를 세웠다고 한다.

도은자(陶隱子 : 지은이 李崇仁)는 말하기를, “사람들은 보통 신하가 되어서는 신하의 도리를 극진히 하며, 아들이 되어서는 아들의 도리를 극진히 하며, 아내가 되어서는 아내의 도리를 극

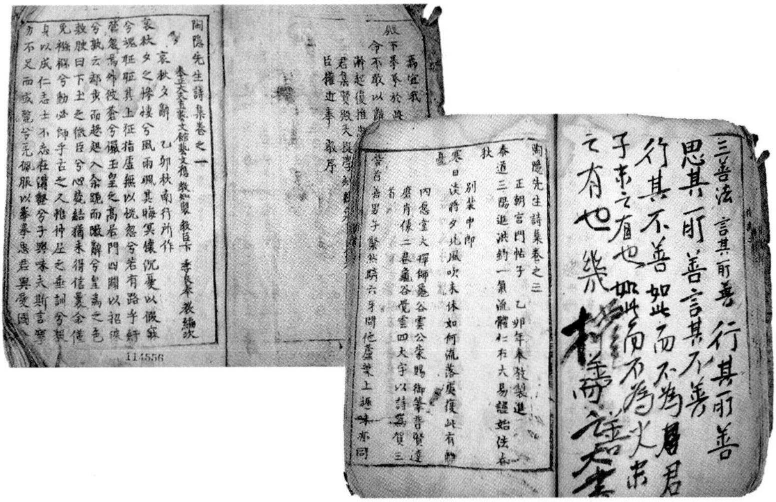

도은선생집(陶隱先生集, 권 1·권 3)
보물 제1465호, 출처 : 문화재청

진히 하여야 한다고 말은 하지만, 실제로 어려운 큰일을 당하여서는 이를 실천하는 사람은 극히 드물다."고 하였다.

배씨는 일개의 부인으로서 그가 죽음을 당연히 돌아갈 곳으로 보고 그렇게 생각하였다. 적을 꾸짖은 말은 비록 옛날의 충신열사라고 할지라도 이보다 더할 수가 없다. 내가 일찍이 남쪽 지방을 다니다가 소야강(所耶江)을 지났는데, 이곳이 곧 열부가 절조를 위하여 죽은 곳이었다. 여울물은 슬피 흐느끼고 숲의 나무들도 쓸쓸하여 사람으로 하여금 머리끝이 쭈뼛하여지게 하였다. 아아! 장렬하구나![121]

이 글에서는 고려시대 여인들의 정조관념과 항왜의식(抗倭意識)도 특별하였음을 엿볼 수가 있다.

이 작품의 지은이 이숭인(李崇仁)은 고려 말엽의 문신이며 학자이었다. 본관은 경산(京山)이고, 자는 자안(子安), 호는 도은(陶隱)이었다. 공민왕 때에 문과에 급제하여 벼슬이 밀직제학(密直提學)과 동지사사(同知司事)에 이르렀다. 숭명파(崇明

121 "烈婦姓裵氏名某京山人父前進士中善既笄歸士族李東郊善治內事歲庚申秋七月倭賊逼京山闔境擾攘無敢禦者時東郊赴合浦帥幕未還賊騎突入烈婦所居里烈婦抱乳子走賊追之及江江水方漲烈婦度不能脫置乳子岸上走入江賊持滿注矢擬之曰而來免而死烈婦顧見賊罵曰何不速殺我我豈汚賊者耶賊發矢中肩再發再中遂歿於江中賊退家人求得其屍葬之體覆使趙公浚上其事旌表里門云陶隱子曰人有恒言曰爲臣盡臣道爲子盡子道爲婦盡婦道至於臨大難鮮克踐之裵一婦人而其視死如歸罵賊之言雖古忠烈士蔑以加焉余嘗南遊過所耶江酒烈婦死節之地灘水悲鳴林木蕭瑟令人毛髮竪起嗚呼烈哉."(『동문선』 권 101)

派)와 친원파(親元派)의 모함을 받아 여러 번 옥사를 치루고 결국 정도전(鄭道傳)에 의하여 피살되었다. 저술로는 『도은집(陶隱集)』이 있다.

9. 15. 2. 高麗國承奉郎摠部散郎賜緋魚袋贈三重公匡僉議政丞判典理司事上護軍奇公行狀(고려국 승봉랑 총부산랑 사비어대 증 삼중공 광첨의정승 판전리사사 상호군 기공행장)

공의 휘는 자오(子敖)이고, 자(字)도 자오(子敖)이며, 행주(幸州) 사람이다. 처음에는 집안의 공으로 산원(散員)이 되었다. 지원 경인(충렬왕 16, 3623, 1290)년에 왕을 배반한 내안(乃顔)의 무리인 합란(哈丹)이 그 무리와 더불어 동쪽으로 진번(眞番)으로 달려와 우리 강토에 함부로 쳐들어오게 되니, 반역의 기세가 매우 커져서 이르는 곳마다 죽이고 약탈하였다. 충렬왕이 황제의 딸 안평공주(安平公主)와 같이 백관을 이끌고 강화도(江華島)로 들어가 그 칼날을 피하고 주군(州郡)이 모두 험한 지형을 의지하여 일면 싸우고, 일면 지키니, 중외가 흉흉하였다. 공이 그때에 중군(中軍)의 편장(偏將)이 되었는데, 큰 깃대를 지고 앞서 달려가 자못 공이 있었다. 도둑들이 평정되매, 여러 번 승진하여 총부 산랑(摠部散郎)이 되었다가 나아가서 선주군수(宣州郡守)가 되어 직무를 잘한다고 칭찬이 높았으나 벼슬을 그만 두고 싶은 생각이 있었다. 스스로 생각하기를, 여러 대를 내려오는 양반인데, 벼슬이 그리 드러나지 아니하였고, 천성이 너그럽고 후하였고, 윗사람에게 승진을 구하러 찾아가는 일을 싫어하였다. 날마다 어진 선비와 대부들과 더불어 놀이를 즐기기를 힘쓰고 집사람과 생산하는 일을 다스리지 아니하였다. 나이 63세로 천력 무진(충숙왕 15, 3661, 1328)년에 집에서 돌아갔다. 부인은 삼한국 대부인(三韓國大夫人) 이씨(李氏)인데, 좌복야(左僕射) 벼슬을 지낸 휘 주(湊)의 손이고, 국학 좨주(國學祭酒) 휘 행검(行儉)의 딸이다. 종족이 번성하고, 덕이 무성하여 군자의 좋은 짝이었다. 5남 3녀를 낳았으니, 지금의 기황후는 그 막내이다. 삼가 기씨(奇氏)를 살펴보면, 고려 초부터 무사(武士)의 재목으로 세상에 일컬어져서 그 노고와 명성이 드러났다. 인종(仁宗)의 비 임씨(任氏)가 의종(毅宗)·명종(明宗)·신종(神宗)의 세 왕을 낳으시니, 부르기를 공예왕태후(恭睿王太后)라고 하였는데, 공의 할머니는 사실 공예왕태후의 아우로 평장(平章) 벼슬을 지낸 휘 유(濡)의 손자요, 판사(判事) 벼슬을 지낸 경순(景恂)의 따님이시다. 이때부터 임씨(任氏)와 기씨(奇氏)의 두 성씨는 더욱 커져서 귀히 되어 동국에서 제일의 씨족이 되었다. 시중(侍中) 강정(康靖)은 총재(冢宰)로 의종·명종·신종의 세 왕을 도왔고, 의종 말년인 무인(戊寅 : 의종 24, 3503, 1170)에 정중부(鄭仲夫)가 난을 일으켜서 조정의 신하들을 죽이고 왕의 폐립을 마음대로 하게 되었다. 이때부터 권세를 잡은 신하가 뒤를 이으니, 높은 벼슬아치들이 두려워하였으나 도로써 조용히 끝까지 옛것을 붙잡아 버티어 낸 것은 시중 강정의 힘이 매우 컸다. 복야 이진(李溱)께서 의분이 북받치어 슬퍼하며 한탄하고 절의를 지키었으나 나라의 앞날이 매우 어려운 때를 당하였다. 진양공(晉陽公) 최이(崔怡)가 마음대로 홀로 나라의 일을 처단하매, 복야공은 비록 권신들과 인척 간이었으나 아첨하기를 좋아하지 아니하였다. 매양 반역과 순종을 화복으로써 깨우쳐주어 간악함이 드러날 수 없었다.(하략)[122]

이 작품은 지은이 스스로가 유족의 청을 받아 지은 것이 아니고, 원(元)나라 정부의 요구에 의하여 지어진 것임을 짐작할 수가 있다. 이 글의 피전자는 당시 세계에 고려 여인의 뛰어난 미모와 능력을 널리 알려준 이른바 기황후(奇皇后)의 친가 아버지이므로, 당시 원나라 황제이던 순제(順帝)가 자기의 국구(國舅)를 사모하여 그의 묘소를 돋보이게 치산(治山)하고자 고려의 석학에게 글을 짓게 한 것으로 추측이 된다.

122 "公諱子敖字子敖幸州人始以門功拜散員至元庚寅叛王乃顔之黨哈丹與其衆東走眞番闌入我彊逆氣張甚所至殺掠忠烈王偕帝女安平公主率百官入江華島避其鋒州郡皆據險且戰且守中外洶洶公時爲中軍偏將負囊前驅頗有功賊平累遷摠部散郎出守宣州所居稱職而有去思自以奕世衣冠仕不甚達性又寬厚且不喜干謁日與賢士大夫游務盡其歡不理家人事産年六十三以天曆戊辰卒于家夫人三韓國大夫人李氏左僕射諱溱之孫國學祭酒諱行儉之女族大德茂克配君子生五男三女今皇后其季也謹按奇氏自國初以武材稱世著其勞及仁王妃任氏生毅明神三王號恭睿王太后而公之祖母實后弟平章諱濡之孫判事諱景恂之女自是任奇兩姓益大以貴甲於東國侍中康靖以冢宰相毅明神當毅王末年戊寅鄭仲夫作亂殲朝臣擅廢立自是權臣繼踵紳搢重足而從容以道終始扶持不失舊物侍中之力居多矣僕射慷慨持節義當國步艱難晉陽公崔怡顓擅雖連姻權臣不肯阿諛每曉以逆順禍福姦不得發.(하략)" (『동문선』 권 116.)

9.16. 주의(奏議)

고려시대의 주의(奏議) 문학 작품들과 그 지은이들을 『동문선』 권 52-55에 의하여 살펴보면, 최승로(崔承老 : 3260-3322, 927-989)가 왕건(王建) 태조께 올린 「上時務書(상시무서)」를 비롯하여 임완(林完)의 「災異上書(재이상서)」, 김속명(金續命)의 「陳時務書(진시무서)」, 이존오(李存吾 : 3674-3704, 1341-1371)의 「論辛旽疏(논신돈소)」, 박상충(朴尙衷 : 3665-3708, 1332-1375)의 「請却北元使疏[북원의 사자를 물리칠 것을 청하는 소]」·「復上疏(부상소)」, 박의중(朴宜中)의 「戒逸豫書[안일을 경계하는 글]」, 이색의 「陳時務書(진시무서)」, 정포은의 「請勿迎元使疏[원나라 사신을 맞이하지 말 것을 청하는 소]」, 김진양(金震陽)의 「上恭讓王書[공양왕께 올리는 글]」, 윤소종(尹紹宗)의 「上恭愍王書[공민왕께 올리는 글]」·「勸經筵書(권경연서)」, 윤회종(尹會宗)의 「上恭讓王疏[공양왕께 올리는 글]」, 오사충(吳思忠)의 「論李穡疏(논이색소)」, 박초(朴礎)의 「闢佛疏(벽불소)」, 조준(趙浚)의 「條陳時務疏(조진시무소)」 2편, 권근의 「論救崇仁疏(논구숭인소)」 등이 유명하다.

이 밖에도 고려시대 뜻글자 문학 발전에는 왕건 태조의 『訓要十條(훈요십조)』도 큰 몫을 하였다고 필자는 생각한다. 『고려사』 권 2, 「世家(세가)」 권 2. 태조 26(34276, 943)년 4월조에는 왕이 대광(大匡) 박술희(朴述希)를 내전(內殿)으로 불러 훈요

10가지를 지적하여 왕업 계승에 거울[龜鑑]로 삼을 것을 당부하였음을 밝히고 있다. 그 훈요 10가지는 대략 다음과 같다.

① 고려 건국이 여러 부처님들이 보호하고 지켜주어 이루어졌으므로, 선교(禪教) 양종의 절들을 창건하여 주지와 분수사(焚修使)들을 뽑아 보내어 각각 맡은 일을 하도록 하고, 후세에 간신들이 정권을 잡아 스님들과 서로 통하여 사사로이 절을 뺏게 하지 말라.[123]

② 여러 절들은 도선(道詵)스님이 산수의 순역을 점쳐서 개창한 것이다. 도선스님은 말하기를, "내가 처음 지은 절 이외에 망령되이 새로 지으면, 땅의 기운을 손실하거나 약하게 만들어 왕업이 오래 가지 못할 것이다."라고 하였으니, 후세에 국왕과 공후(公侯)와 후비(后妃)와 조신(朝臣)들이 각각 원당(願堂)이라는 이름으로 함부로 절들을 지을까 크게 근심된다. 신라의 말엽에 부도(浮屠)들이 다투어 지어져서 땅의 기운이 손상되어 망하게 되었으니, 경계하는 것이 옳다.[124]

③ 나라를 전하는 것은 적자손(嫡子孫)으로 하는 것이 상례이나, 단주(丹朱)가 불초하자 요(堯)임금은 순(舜)임금에게 왕위를 물려주었으니, 이는 공변된 일이다. 만약 원자(元子)가 불초하

123 "其一日我國家大業必資諸佛護衛之力故創禪教寺院差遣住持焚修使各治其業後世姦臣執政徇僧請謁各業寺社爭相換奪切宜禁之."(『고려사』 권 2, 엽 15)

124 "其二日諸寺院皆道詵推占山水順逆而開創道詵云吾所占定外妄加創造則損薄地德祚業不求朕念後世國王公侯后妃朝臣各稱願堂或增創造則大可憂也新羅之末競造浮屠衰損地德以底於亡可不戒哉."(앞주와 같음.)

면 그 다음 아들에게 물릴 것이며, 그도 불초하면 그 형제 중에서 여러 사람들의 마음을 모아 추대하는 사람으로 하여금 대통을 잇도록 하라.[125]

④ 우리 동방은 요순(堯舜) 시대의 정치 체제를 사모하여 문물 예악(禮樂)이 모두 그 제도를 지켜왔다. 지역이 다르고 땅이 달라서 사람들의 성품이 다르므로 반드시 같지 아니하다. 거란(契丹)은 짐승의 나라이다. 그들의 풍속과 말은 우리와 같지도 아니하고, 또한 의관제도도 다르니, 조심하고 이를 본받지 말도록 하라.[126]

⑤ 짐(朕)은 삼한(三韓) 산천의 신(神)들이 몰래 도와주는 힘을 입어 대업을 이루었다. 서경(西京)은 수덕(水德)이 순조롭고 우리나라 지맥의 근본으로 대업 만대의 곳이니, 마땅히 네 계절의 2, 5, 8, 10월에는 100일 이상 머물러 있으면 나라의 안녕을 이룰 수 있을 것이다.[127]

⑥ 짐이 원하는 것은 연등(燃燈)과 팔관(八關)에 있었는데, 연등은 부처님을 섬기는 까닭이고, 팔관은 하느님[天靈]과 다섯 곳의 큰 산[五嶽]과 명산대천의 용신(龍神)을 섬기는 까닭이다. 앞으로 간신들이 더하고 줄일 것을 말하더라도 마땅히 금할 것

125 "其三曰傳國以嫡雖曰常禮然丹朱不肖堯禪於舜實爲公心若元子不肖與其次子又不肖其兄弟之衆所推戴者俾承大統."(앞주와 같음.)

126 "其四曰惟我東方舊慕唐風文物禮樂悉遵其制殊方異土人性各異不必苟同契丹是禽獸之國風俗不同言語亦異衣冠制度愼勿效焉."(앞주와 같음.)

127 "其五曰朕賴三韓山川陰佑以成大業西京水德調順爲我國地脈之根本大業萬代之地宜當四仲巡駐留過百日以致安寧."(앞주와 같음.)

이다. 내 또한 처음부터 마음에 맹세하기를, 회일(會日)은 국기(國忌)를 범하지 말고 군신이 함께 즐길 것이니, 마땅히 공경하며 이를 행하라.[128]

⑦ 임금된 사람은 신민(臣民)의 마음을 얻기가 매우 어렵다. 그 마음을 얻는 요긴한 길은 간언(諫言)을 따르고, 참언(讒言)을 멀리하는 데에 있을 뿐이다. 간언을 들으면 성군(聖君)이 되고, 참언은 꿀처럼 다나, 이를 듣지 아니하면 참언은 저절로 그쳐진다. 부역과 세금 걷기[傜賦]를 가볍게 하며, 농사의 일이 어려움을 알면 민심을 얻게 되고, 나라는 부강하고 백성들의 삶은 편안하게 된다. 옛사람의 말에 "좋은 미끼를 내리면 반드시 고기가 걸리고, 두터운 상을 내리면 반드시 뛰어난 장수를 얻을 수 있고, 활을 쏘면 반드시 새들이 피하게 되고, 어진 정사를 하면 좋은 백성들이 있고, 상과 벌을 알맞게 하면 음양이 순조롭다." 고 하였으니, 이는 옳은 말이다.[129]

⑧ 수레재[車峴, 車嶺]의 남쪽 공주강(公州江) 밖은 산형과 지세가 모두 등을 돌려 거슬리며 인심도 또한 그러하다. 그 아래 고을 사람들은 조정에 참여하여 왕후 국척들과 혼인하여 국권을 잡으면 나라에 변란을 일으키고, 때로는 통합의 원한을 말하

128 "其六曰朕所至願在於燃燈八關燃燈所以事佛八關所以事天靈及五嶽名山大川龍神也後世姦臣建白加減者切宜禁止吾亦當初誓心會日不犯國忌君臣同樂宜當敬依行之."(앞주의 책 엽 16)

129 "其七曰人君得臣民之心爲甚難欲得其心要在從諫遠讒而已從諫則聖讒言如蜜不信則自止又使民以時輕傜薄賦知稼穡之艱難則自得民心國富民安古人云芳餌之下必有懸魚重賞之下必有良將張弓之外必有避鳥垂仁之下必有良民賞罰中則陰陽順矣."(앞주와 같음.)

며, 임금님이 거동하는 길을 범하는 난이 일어날 것이다. 또한 그곳 관가와 절간의 노비와 나루터와 역원의 잡부들이었던 자들이 가끔 권세가의 집에 들어가 죽음을 면하고, 때로는 왕후와 궁원에 붙어 간교한 말로 국권을 농락하며 정사를 문란하게 하여 재변을 만들 사람들이 반드시 있을 것이다. 비록 양민이라도 고위(高位)에 쓰는 일은 옳지 아니할 것이다.[130]

⑨ 온갖 많은 관료들의 봉급은 나라의 크고 작음에 따라 제정하였으니, 더하고 줄이는 것은 옳지 아니하다. 또한 고전(古典)에 말하기를, "용렬한 것으로 녹을 정하고, 벼슬은 사사로움으로 하지 말 것이며, 만약 공이 없는 사람이나 친척으로 가까운 사람들이 왕이 주는 녹을 받으면 백성들의 원망과 비방이 그치지 아니하고, 그 사람 역시 오래 복록을 누릴 수 없다."고 하였으니, 마땅히 이를 경계하여야 할 것이다. 강포한 나라와 이웃을 삼으면, 편안하더라도 위태로움을 잊지 말고 군사들은 마땅히 보호와 구제를 더할 것이며, 매년 가을이면 군사 훈련을 하여 용감하고도 날랜 재주[勇銳]가 뛰어난 자를 살펴서 벼슬을 높여 주는 것이 마땅하다.[131]

---

130 "其八曰車峴以南公州江外山形地勢竝趨背逆人心亦然彼下州郡人參與朝廷與王侯國戚婚姻得秉國政則或變亂國家或啣統合之怨犯蹕生亂且其會屬官寺奴婢津驛雜尺或投勢移免或附王候宮院奸巧言語弄權亂政以致災變者必有之矣雖其良民不宜使在位用事."(앞주와 같음.)

131 "其九曰百辟群僚之祿視國大小以爲定制不可增減且古典云以庸制祿官不以私若以無功人及親戚私昵虛受天祿則不止下民怨謗其人亦不得長享福祿切宜戒之又以强惡之國爲隣安不可忘危兵卒宜加護恤量除徭役每年秋閱勇銳出衆者隨宜加授."(앞주와 같음.)

⑩ 나라를 가진 사람은 항상 경계하면 근심할 것이 없다. 널리 경사(經史)를 읽어 옛날의 경계를 거울삼아야 한다. "지금도 주공(周公)과 같은 대성이 남긴 무일(無逸) 한 편은 성왕(成王)을 경계하던 것이니, 마땅히 그림을 그리어 걸어놓고 드나들면서 보고 살필 것이다.[132]

라고 당부한 것이다.

이 훈요(訓要)에는 속담과 당시의 국제 관계 및 옛날의 역사와 선인(先人)들의 명언도 인용하면서 후세의 여러 임금[群王]들이 지켜야 할 도리와 민족 주체의식을 드러내 보이고 있다. 한편 풍수 도참 의식에서 나온 당부의 말은 이후 오늘날까지 이어져 오는 이른바 지역감정의 정서로 남아서 천손족의 단결에 적지 아니한 장애가 되기도 하는 흠이 있다.

특히 태조가 "거란(契丹)은 짐승의 나라이다. 그들의 풍속과 말은 우리와 같지도 아니하고, 또한 의관제도도 다르니 조심하고 이를 본받지 말도록 하라."고 한 것은 같은 동이족(東夷族)으로서의 동질성을 문화의 차이만으로 구별한 것이라고 풀이된다.

132 "其十曰有國有家儆戒無虞博觀經史鑑古戒今周公大聖無逸一篇進戒成王宜當圖揭出入觀省.(하략)" (앞주와 같은 책 엽17)

9. 16. 1. 戒逸豫言[안일함을 경계하는 말]

경서(經書)에 이르기를, "밝으신 임금님은 천도를 순하게 받들어서 뒤에 오는 임금과 여러 높은 벼슬아치들을 세우며 대부(大夫)와 사장(師長)들이 이를 이어서 오직 한가히 노닐 생각만 하여 백성들을 괴롭게 하지 아니하고 잘 다스린다." 고 하였습니다. 이러한 까닭으로 옛날의 임금님들은 백성에 관한 일들을 가볍게 생각하지 아니하고, 오직 어렵게 여기는 것이오며, 그 자리에서 편안히 앉아만 있지 아니할 뿐 아니라, 오직 위태로이 생각하여 아침부터 해가 중천을 지나 기울어질 때까지 밥을 먹을 겨를도 없이 열심히 일을 하여 만백성들을 모두 평화롭게 하였으니, 어찌 한가히 시간을 허송할 겨를이 있었겠습니까?

우리나라는 성조(聖祖)께서 처음 나라를 세우신 이래로 여러 성군(聖君)이 서로 이으시어 물이 넘치는 그릇을 받들 듯이 지켜 왔습니다. 전하께서는 밝고 어지신 자질로 어렸을 때에 왕위를 이어받아 능히 지켜 오신 지가 어느덧 아홉 해가 되었습니다.

몇 해 전부터는 왜적(倭賊)들이 날로 성하여져서 깊이 내륙으로 들어와서 도둑질을 하면서 백성들을 죽이고 노략질까지 하며 집채들을 불을 질러 헐어버리어 여러 고을들이 조잔하여지고, 농토가 묵어서 먹을 것이 없게 되었습니다. 게다가 가뭄과 흉년까지 겹쳐서 굶주림으로 죽는 백성들이 많고, 마을의 창고마다 텅텅 비어 씀씀이가 부족한데다가 또 좀도둑들까지 몰래 일어나서 사사로이 서로 찔러 죽이매 인민들이 흩어지고, 아버지와 자식들이 함께 살지 못하니 재앙과 환란이 이보다 더할 수 없이 심한데, 오히려 명(明)나라에서는 국경 가까운 곳에 군병을 주둔시키고 외교적 왕래를 방해하며 불화한 틈을 엿보고 있사옵니다. 또 그 위에 천재(天災)와 인요(人妖)와 지괴(地怪)가 일어나고 있사오니, 대체로 날짐승과 길짐승들과 물고기들이 이변을 자주 보여서 경고하므로 온 나라 안의 인민들이 크나 작으나 모두 무서워 벌벌 떨어서 두려워하는 마음을 가지지 아니한 사람이 없습니다. 전하께서는 참말로 전전긍긍하시며 감히 한가히 안일함이 없이 널리 여론을 들으시어 편안히 다스릴 것을 도모하시고, 재변을 없이 하시어 하루라도 혹시 게을리하지 마실 것이며, 한 가지 일이라도 소홀히 하지 마시오소서. 하물며 부릴 수 있는 사람을 부리어 급하지 아니한 사무를 일삼으며, 눈과 귀가 좋아하는 것을 따르거나 마음과 뜻이 하고 싶은 대로 놀며 즐김에 빠지거나 게으름 피우거나 거만을 부리시면 아니되겠습니다.

옛날 하(夏)나라에 태강(太康)이 있어서 임금 노릇을 제대로 하지 아니하고 한가로이 놀기만을 좋아하므로 그의 아우 다섯이 우(禹) 임금이 경계하던 말을 서술하여 이런 노래를 지었습니다.

우임금의 훈계를 들으소서. "집안에서 여자에게 미치거나 밖에 나가서 사냥에 미치고, 달콤한 술을 좋아하거나 음악을 지나치게 좋아하며, 높은 집과 화려한 담장을 지으면, 이 중에 하나만 있어도 망하지 않고는 못 견딘다." 하였습니다. 우임금의 교훈이 이처럼 엄하시었건만, 태강이 계속하여 안일에 빠져 법도를 지키지 아니하고 뉘우치는 마음도 없었으므로 마침내 나라를 보전하지 못하였던 것이옵니다.

상(商)나라의 태갑(太甲)은 욕심이 법도를 무너뜨리고, 방종이 예의를 벗어나서 이윤(伊尹)이 경계하여 이른 말이, "감히 궁궐 안에서 늘 춤이나 추시고, 술에 취하여 방안에서 노래만 부르시면, 시속 사람들이 '무풍(巫風)' 이라고 말하며, 감히 재물과 여색에 빠지거나 항상 놀이와 사냥만을 하신다면, 시속 사람들이 '음풍(淫風)' 이라고 하며, 감히 성인의 말씀을 업신여기고 충직한 신하를 거슬리며 원로들의 은덕을 멀리하고 완악한 젊은 것들을 가까이 하시면, 시속 사람들이 말하기를 '난풍(亂風)' 이라고 하옵니다. 오직 이 세 가지의 바람[風]과 그 세목인 항무(恒舞)・감가(酣歌)・순화(徇貨)・항유(恒遊)・항전(恒畋)・모성언(侮聖言)・역충직(逆忠直)・원기덕(遠耆德)・비완동(比頑童) 등 열 가지 허물 중에 서울의 선비들이나, 시골의 선비가 그 몸에 한 가지만 지니면 집을 반드시 망칠 것이며, 나라의 임금님이 그 한 가지에라도 몸이 빠지면, 나라를 반드시 망하게 할 것이옵니다." 하였는데, 태갑이 이 말을 경계로 삼아 마침내 그 덕을 쌓아서 상나라의 어진 임금이 되시었습니다.

대체로 태갑과 태강의 두 임금이 이러한 차이가 있었음은 그 교훈을 행하고 아니 행하고에 있을 따름이옵니다. 옛 선비들께서는 말하기를, "이 두 가지 교훈을 앉은 자리 앞에다 걸기도 하고, 기둥이나 자리에 새기기도 하여 마치 옛 성인께서 엄연한 자세로 그의 앞에 마주하여 계시는 듯이 하게 되면, 나라를 보전하는데 탄탄한 성이 되어 목숨을 보전하는 데에도 약석이 된다고 하였사옵니다. 엎드려 바라옵건대, 전하께오서는 태갑으로 본보기를 삼으시고, 태강으로 경계를 삼으셔서 매일 조심하시되, 이 두 가지 교훈으로서 몸소 세 차례씩 반성하시며 술과 색과 노래와 춤을 거두시며, 매와 개를 풀어서 노시는 놀이와 사냥을 끊으시고, 성인의 말씀을 거역하지 마시고, 충성스럽고 곧은 말을 물리치지 마시고, 원로들의 덕담을 멀리하지 마시고, 완악한 아이들을 가까이하지 마시고, 검소한 생활을 숭상하시며, 안일한 삶을 경계하시고, 참소를 멀리 하시며, 곧게 간하는 말을 들으시고, 어진 사람에게 벼슬을 맡기시며, 간사한 자들은 버리시고, 이른 아침부터 밤늦게까지 힘써 조심하는 마음으로 습관을 만드시어 늘 하느님을 공경하시며, 백성을 위한 일을 부지런히 힘쓰시면, 능히 하늘이 임금님을 세우신 뜻을 보답하실 것이옵고, 가히 선조께서 부탁하신 무거운 책임을 실행하시게 될 것이오며, 능히 신민들의 기대와 소망의 마음을 위로하게 될 것이옵니다. 그렇게 하셔야만 선조님들께서 이룩하여 오신 왕업을 가히 길이길이 보존하실 수 있으실 것이옵니다.[133]

133 "書曰明王奉若天道樹後王群公承以大夫師長不惟逸豫惟以亂民是以古之人君無輕民事而惟難無安厥位而惟危怵惕惟厲中夜以興坐以待旦自朝至于日中昃不遑暇食用咸和萬民奚暇爲逸豫哉我國家自祖聖創業已來列聖相承持盈守成殿下以明睿

이 작품은 고려 우왕(禑王) 때의 사람으로 그 신원에 관하여 자세한 것은 알려진 것이 없으나, 당시에 문인으로 이름이 꽤 널리 알려진 박의중(朴宜中)이라는 분이 우왕께 올린 간언의 말씀을 기록한 것이다.

이 작품의 핵심은 우(禹)임금께서 태강(太康)에게 주신 훈계와 이윤(伊尹)이 태갑(太甲)에게 준 교훈 두 가지와 열 가지의 세목인 이른바 "이훈 삼풍 십건(二訓三風十愆)"의 성찰(省察)과 실행에서 찾아야 한다.

....

之資幼沖嗣位亦克持守九年于玆比年以來倭賊日熾深入爲寇殺掠人民焚毁廬舍川郡凋弊田野荒無加之水旱饑饉荐臻而饑相望倉廩虛耗而用度不足又草賊竊發私相屠戮人民離散父子不保禍亂之極莫此爲甚矧惟上國不許通好屯兵近境窺伺釁隙又況天災人妖地怪擧夫鳥獸泉魚之異疊見譴告一國人民大小戰慄罔不憂懼殿下誠宜兢兢業業無敢逸豫廣廷衆論以圖治安以消變異不可一日之或怠一事之忽況可寫不急之務縱耳目之娛恣心志之欲而盤樂怠傲哉昔在有夏太康尸位以逸豫滅厥德厥弟五人述大禹之戒以作歌曰訓有之內作色荒外作禽荒甘酒嗜音峻宇雕墻有一於此靡或不亡大禹之訓如是其嚴而太康乃盤遊無道罔有悛心卒以不保商之太甲欲敗度縱敗禮伊尹訓之曰敢有恒舞于宮酣歌于室時謂巫風敢有狥子貨色恒于遊畋時謂淫風敢有侮聖言逆忠直遠耆德比頑童時謂亂風惟玆三風十愆鄕士有一于身家必喪邦君有一于身國必亡太甲以是爲戒而克終允德爲商之令王夫太甲太康之所以有間者顧訓之行與不行耳先儒謂以此二訓揭之座隅銘之楹席苦古聖人儼臨乎前則保國之金湯全生之藥石也伏望殿下以太甲爲法太康爲戒日以二訓三省于身輟酒色歌舞之樂絶鷹犬遊畋之戱無侮聖言爲逆忠直無遠耆德無比頑童崇素儉戒逸豫遠讒聽諫任賢去邪夙夜孜孜小心翼翼常以敬天勤民爲務則可以答上天立君之意可以勝祖考付托之重可以慰臣期望之心而盈成之業可永保矣."(『동문선』 권 52)

9. 16. 2. 請勿迎元使疏
[원나라 사신을 맞지 말기를 청하는 소]

신이 듣건대, "천하국가의 일을 맡은 사람은 반드시 먼저 큰 꾀를 정하는 법이니, 큰 꾀를 정하지 아니하면 사람의 마음이 의심을 품는다."고 하였사옵니다. 두 사람의 마음이 의심을 품는다면, 이는 백년의 재앙이 되옵니다.

생각하옵건대, 우리 동방은 한쪽에 치우쳐 바다밖에 있어서 우리 태조께서는 당나라 말년에 일어나서 예에 따라 중국을 사귀었으니, 그 사귐은 천하에 정의를 잡은 주인이기 때문이었사옵니다.

지난번 원씨(元氏 : 원나라)는 스스로 옮겨가고, 명나라가 용처럼 일어나서 엄연히 사해를 두었으므로, 돌아가신 우리 임금님께오서는 밝게 천명을 아시고 표문을 보내어 신이라 일컬었더니 황제가 아름답게 여겨서 왕으로 봉하고, 받는 것과 바치는 물건이 서로 비슷할 만큼 된 것이 이제 6년째나 되었사옵니다.

지금 임금님께오서 즉위하시던 처음에 적신(賊臣) 김의(金義)가 명나라 사신을 예의를 지켜 돌려보내다가 중로에서 제멋대로 죽이고는 나라를 배반하고 북원(北元)으로 들어가서 원씨가 끼친 후예와 함께 심왕(瀋王)을 드릴 것을 꾀하여 포악하게 반역함이 심하였사옵니다. 진실로 그 죄를 바로잡아 위로는 천자에게 고하고, 아래로는 방백에게 널리 알리시어 쳐죽이어야 마땅하였사옵니다. 그런 뒤에 그만 두시었어야 하는데도 나라에서는 오직 김의의 죄를 묻지 아니하시었을 뿐 아니라, 도리어 재상 김서(金湑)로 하여금 북방에 공물을 바치게 하시었고, 오계남(吳季南)은 봉강(封疆)의 신하로서 제멋대로 정요위(定遼衛)의 세 사람을 죽이었으며, 장자온(張自溫) 등은 김의와 일행으로 정요위까지도 가지 아니하고 공공연히 귀국하였으나 또 불문에 부치시었사옵니다. 이제 북쪽 사신이 이르니, 대신을 국경에까지 가서 맞이할 것을 의논하고는 말하기를, "북방 사람의 노여움을 일으키지 아니하게 하여 전쟁을 늦추려는 것이다." 하시었사옵니다.

저 원씨는 나라를 잃고 멀리 와서 먹을 것을 구하니, 한차례 배를 불리고 잠시 동안 목숨을 잇자는 것이거늘, 그 이름을 "임금을 들인다." 하였으니, 이는 실로 스스로만 이로워지려는 것이옵니다. 그 요구를 끊는다면 우리가 강하다는 것을 보여주는 것이옵고, 그들을 섬긴다면 도리어 그들의 뜻을 교만하게 하는 것이오니, 이른바 전쟁을 늦춘다는 것이 실상은 재촉하는 것이옵니다. 삼가 듣자옵건대, 그들의 조서에서는 우리에게 대역의 죄를 덮어 씌웠다가 곧 풀어주는 듯이 하였습니다. 우리는 애당초 죄가 없었는데, 무엇을 풀어주었다는 것이옵니까? 나라에서 만일 그 사신을 예로써 대우하여 보낸다면, 이것은 온 나라의 백성들과 신하들이 그 실상도 모르는 채 스스로 크게 반역한다는 이름을 뒤집어쓰게 될 것이므로 이를 사방에 알릴 수가 없는 일이온데, 신하된 자로서 그 일을 참을 수가 있겠사옵니까?

하물며, 또 조정에서 처음 김의의 일을 듣고서 이미 우리를 의심하였는데, 또 원씨와 더불어 서로 통하면서 김의의 죄를 묻지도 아니한다면, 그들은 반드시 우리들이 사신을 죽이고 적과 더불어 의심이 없다고 할 것이옵니다. 만약 이제 죄를 묻는 군사를 일으켜서 수륙 양면으로 나온다면, 나라에서 장차 무슨 말로 대답할 수 있겠사옵니까? 이것은 적은 적의 군대를 늦추기 위하여 천하의 군대를 움직이게 하는 것이옵니다. 이 이치가 지극히 명백하여 사람마다 알기가 쉬운 일이오나, 우리 조정의 윗사람들은 마치 말을 못하는 듯하니, 그 까닭은 알기 어려운 것이 아니옵니다.

대개 전날의 크고 작은 무리들의 사변에 당시 재상들이 조정의 꾸지람을 받을까 두려워서 사실로 김의와 더불어 꾀를 통하여 명나라와의 관계를 끊으려 하였으니, 안사기(安師琦)는 그 사정이 드러나자 스스로 목을 찔러 죽은 것이, 곧 이것이었사옵니다. 안사기가 이미 죽었으니, 마땅히 속히 꾀를 정하여 뭇 사람의 분함을 풀어야 하겠거늘 지금까지 아무런 처분도 들리는 바가 없으므로 인정이 흉흉하여 다른 변이 생길까 두렵사옵니다.

엎드려 생각하옵건대, 전하께오서는 임금님의 마음으로 영단을 내리시어 원나라의 사신을 가두고 원나라 조서를 거두며, 오계남·장자온과 아울러 김의가 데리고 갔던 사람들을 묶어서 명나라 서울로 보내신다면, 그 애매하였던 죄가 분별되기 전에 저절로 밝혀질 것이옵니다. 그래야 정요위와 약속하여 군사를 길러서 변이 날 것을 기다려서 북으로 향한다고 성명을 내면,

원씨가 남긴 씨알들이 자취를 거두고 멀리 도망쳐 달아나서 나라의 복을 무궁토록 기약하게 될 것이옵니다.[134]

이 글은 고려 말년에 포은(圃隱) 정몽주(鄭夢周)가 우왕(禑王)께 올린 상소문이다. 글의 내용으로 보아 우왕 5(즉위년 포함 6, 3712, 1379)년에 지어진 것임을 짐작할 수가 있다. 이 작품을 통하여 우리는 강대국의 틈새에 끼어 있는 작은 나라의 서러움을 새로 한번 깨달을 수 있다. 이미 망하여 버린 원(元)나라의 남은 그림자와 새로 중원의 넓은 대륙을 통일하여 불꽃처럼 일어나는 명(明)나라의 압박 틈 사이에서 외교적 설자리

134 "臣聞爲天下國家者必先定大計大計未定則人心疑貳人心之疑百事之禍也念吾東方僻在海外自我太祖起於唐季禮事中國其事之也視天下之義主而已頃者元氏自取播遷大明龍興奄有四海我上昇王灼知天命奉表稱臣皇帝嘉之封以王爵錫貢相望者六年于玆矣今上卽位之初賊臣金義因禮送天使中路擅殺叛入北元與元氏遺孽謀納瀋王旣殺天使又背其君惡逆甚矣誠宜正名其罪上告天子下告方伯請討而殺之然後已也國家不唯不問金義之罪反使宰相金湑奉貢北方吳季南封疆之臣也擅殺定遼衛三人張自溫等金義一行之人也不達定遼衛公然還國又置而不問今北使之來議請大臣禮接境上乃曰不欲激怒北方以緩師也夫元氏失國遠來求食冀得一飽以延須臾之命名爲納君實自利也絶之則示我之强事之則反驕其志其欲緩師實速之也竊聞其詔加我以大逆之罪因以赦之我本無罪又何赦焉國家若禮待其使而送之則是擧國臣民無其實而自蒙大逆之名不可使聞於四方爲臣子者其可忍乎況又朝廷初聞金義之事固已疑我矣又聞與元氏相通而不問金義之罪則必謂我殺使與敵無疑也若興問罪之師水陸竝進國家其將何辭以對之乎其欲緩小敵之師實動天下之兵也此理甚明人所易曉廟堂之上若不能言者其故不難知也盖以前日群小之變當時宰執恐被朝廷責詰實有與金義通謀欲以絶上國安師琦情見自刎是也師琦旣死宜速定計以快衆憤而至今未有聞也人情洶洶恐生他變伏惟殿下斷自宸衷執元使收元詔縛吳季南張子溫幷金義帶行之人送至京師則曖昧之罪不辨自明乃約與定遼衛養兵待變聲言向北則元氏遺種斂跡遠遁而國家之福無窮期矣."(『동문선』 권 53)

를 놓고, 지은이는 명나라를 이미 "조정(朝廷)"이라고 표현하거나 명나라 태조 주원장(朱元璋)을 "천자(天子)"라고 하였으며, 고려의 수도 개성(開城)을 무시하고 명나라의 수도(首都)를 "경사(京師)"라고 하는 등 친명파다운 큰 나라 섬기기[事大主義] 사상이 그대로 잘 나타나 있다. 이 글 중의 심왕(瀋王)은 고려 충숙왕(忠肅王)의 조카인 연안군(延安君) 고(暠)의 손자 탈탈불화(脫脫不花)를 가리키는데, 당시 고려왕조를 불안하게 하였던 반국가 단체의 우두머리이었다. 남북으로 쪼개져 휴전 상태에 있는 오늘날의 우리들에게 주는 교훈이 매우 크다고 하겠다.

명태조(明太祖) 주원장(朱元璋)
타이완 국립고궁박물원에 소장, 출처 : 위키피디아

10. 종교문학(宗教文學)

이제까지의 우리 국문학사나, 국문학 개론서들에서는 고려시대 종교문학이라는 항을 두고 논술한 예가 거의 없다. 그러나 필자는 한국문학 작품들 속에 깊이 흘러내리는 사상을 이해하려면 반드시 종교적 신앙을 배제하고는 말을 할 수가 없다는 점과, 또 이제까지의 수많은 선학들도 문학 개론서들과 문학사 책들 속에서 문학예술을 이야기할 때에는 자연스럽게 "유불도(儒彿道)", 또는 "유불선(儒彿仙)"이라고 말하여 우리 문학의 사상과 예술철학을 밝히고 있기 때문에 오늘날의 다양한 갈래로 분화 확대하는 학문적 추세에 따라 "종교문학(宗教文學)"이라는 항을 따로 설정하여 좀 더 깊이 있게 다루고자 한다.

다만 "유가문학(儒家文學)", 또는 "유교문학(儒教文學)"이라고 할 우리나라 문학의 대종(大宗)을 이루는 분야는 한국 문학의 본류로 보아 특별히 분류의 대상으로 삼지 아니한다. 특히 유가문학(儒家文學)은 "종교문학(宗教文學)"으로 볼 수 없기 때문이다. 그 이유는 엄밀한 의미에서 "유학(儒學)"은 신앙(信仰)의 대상이 아닌 "공자(孔子)의 가르침[Confucianism]"이거나 "공자의 가르침을 따르는 사람[Comfucianist]"이기 때문이다. 따라서 여기서는 무속신앙(巫俗信仰)의 본체인 "무교(巫教 : 薩滿教)[Shamanism]"와 "도교(道教)", 또는 "선교(仙教)", "도선교(道仙敎)"라고 하는 도교와 불교(佛敎)로 나누어 살펴보기로 한다.

10. 1. 무교문학(巫敎文學)

고려시대 무교문학(巫敎文學)은 무가(巫歌)가 대표적이다. 그나마도 여기서는 조선 초기에 이루어진 것으로 추정되는 『時用鄕樂譜(시용향악보)』에 실려 있는 고려시대 무가인 「儺禮歌(나례가)」와 「內堂(내당)」과 「大國(대국)」 1·2·3과 「大王飯

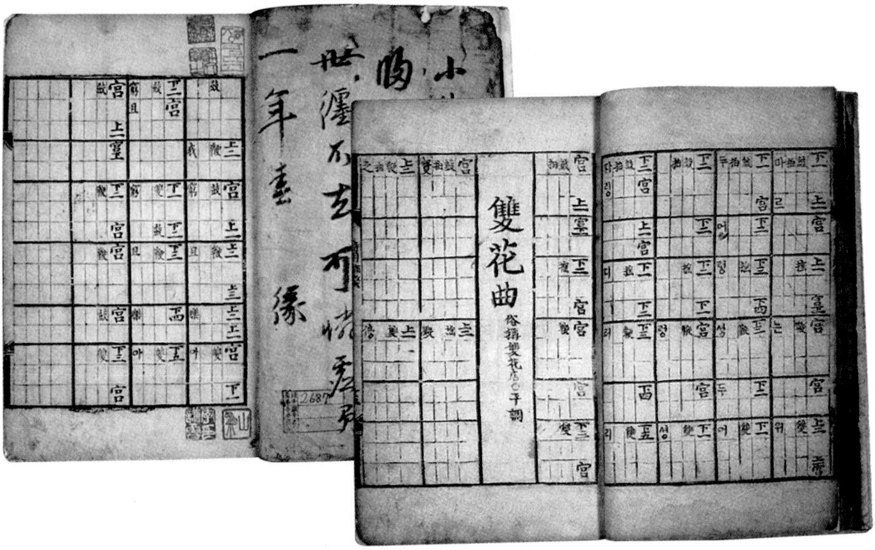

시용향악보(時用鄕樂譜)
보물 제551호, 출처 : 문화재청

(대왕반)」과 「三城大王(삼성대왕)」 등을 묶어서 무가(巫歌)로 보고 소개한다.

『시용향악보』는 그 편찬 원칙이 악보(樂譜) 중심으로 되어 있어서 노랫말은 오직 첫 연(聯)만을 싣는 것인데, 「대국(大國)」만은 1-3연을 다 싣고 있다. 필자는 이것을 『시용향악보』의 편찬 원칙의 예외로 보지 아니하고, 이름만 같고 내용이 서로 다른 작품으로 보아 각각 독립된 작품으로 나누어서 다룬다.

10. 1. 1. 儺禮歌(나례가)[135]

羅令公宅 儺禮日이
廣大도 金線이샤ᄉᆞ이다.
긍에사 山ㅅ굿 뵛졋더신든
鬼衣도 金線이리라.
리라리러 나리라 리라리.

(『시용향악보』)

이 작품의 제목인 나례(儺禮)는 음력 섣달 그믐밤에 민가와 궁중에서 역신(疫神)과 악귀(惡鬼)를 쫓는 의식(儀式)을 치루는

135 "평조(平調)"라는 악조 표시가 있다.

것을 이른다. 그 나례 의식을 제목으로 한 것을 보면, 나례 의식의 연희 전체의 광경을 노래한 여러 연으로 구성된 긴 내용의 노래인 듯하나 현재로서는 『시용향악보』에 실려서 전하는 첫 연뿐이므로 전체의 모양을 볼 수 없는 것이 안타깝다. 위에 소개한 노래의 내용이 나례 연희의 주체자인 광대(廣大)의 분장만을 노래하였기 때문에 더욱 그러하다. "나영공댁"은 나씨(羅氏) 성을 가진 높은 벼슬아치의 집에서 나례일(儺禮日)을 맞이하여 나례 의식을 베푸는데 광대(廣大)의 분장도 금실로 단을 누빈 찬란한 고급 의상이며, 산(山) 굿에 등장하는 귀신의 옷도 금선을 두른 것이라고 등장인물들의 분장이 화려함을 노래한 서련(序聯)임을 알 수 있을 뿐이다. "리라리러 나리라 리라리."는 흥을 돋우는 의미의 조흥사(助興詞)인데, 어떤 악기의 소리를 흉내 내어 기록한 것인 듯하기도 하다.

10. 1. 2. 內堂(내당)[136]

山水 淸凉 소릐와 淸凉애사두 스리 믈어디새라
道場애 사오시ᄂᆞ니 한 남종과 두 남종과
열 세 남종 주서 ᄲᅧ라 바회예 나ᄅᆞ새라.
다로럼 다리러

136 제목 끝에 "界面調"라는 주가 있음.

열 세 남종이 다 여위실 더드런
니믈 뫼셔 숄오지 聖人無上 兩山大勒아!
다로럼 다리러

(『시용향악보』)

이 작품은 내원당(內願堂), 또는 내불당(內佛堂)의 다른 말로 제목을 붙인 것으로 보아 궁중의 불당(佛堂)에서 기복 진재의식(祈福鎭災儀式)을 행하면서 불렀던 노래임을 짐작할 수가 있다. 『고려사』 권 26, 「세가(世家)」 26, 원종 10(3606, 1269)년 12월 4(기묘)일조에 "내원당 안에 관정도량을 베풀었다.[又設灌頂道場于內願堂.]"는 기록이 있는 것으로 보아 고려 후기에는 이 노래가 궁중 내원당에서 여러 가지 불교 의식을 행하면서 자주 있었던 무속적(巫俗的) 연희(演戲)에서 흔히 불리어졌을 듯하다. 여기서 "清凉애사두 스리 믈어디새라"는 "서늘하여지는데도 시려서 무너질 듯하네."의 뜻으로 풀어야 할 것 같다. "두스리"를 "2-3리(里)"로 푸는 것은 문맥상 맞지 아니한다. 더욱이 뒤에 이어지는 "믈어디새라"를 무너지는구나"로 풀이하면, 노랫말의 뜻이 아주 황당하여진다.[137] 또 "道場애 사오시└니"는 "道場에 사오시는 이"로 풀어야 사찰에서 살고 있는 스님들이 한두 남종 또는 열 셋까지 동원되어 빨아야 하

137 朴炳采, 『高麗歌謠語釋研究』(宣明文化社, 1968), 쪽 359-365.

는 많은 빨래감들의 주인공들이 많음을 암시하는 것이다. 그 빨래가 얼마나 힘이 드는지 13명의 남자 종들이 모두 여위어 질 때에는 "나(지은이 또는 무녀)"는 남산과 북산의 양산(兩山)에 계시는 성인(聖人) 대미륵(大彌勒)님을 모시고 살고 싶다는 염원을 밝히고 있다. 이 작품에서 우리는 고려인들의 미륵신앙을 엿볼 수 있다. 이 작품에서 옷을 빤다는 것은 어쩌면 "세속적인 삼독(三毒)에 찌든 마음의 옷을 빠는[洗心] 일"로 보아야 할 것이다.

10. 1. 3. 大國(대국)[138] (1)

술도 됴터라. 드로라.
고기도 됴터라. 드로라.
엇더타 別大王 들러신딕
四百瘴難을 아니 져차실가?
얄리 얄리 얄라 얄라셩 얄라.

이 작품의 노래는 이미 경험하여 본 사람이 새로 온 손님에게 술과 고기를 권하면서 자기가 체험한 결과 맛이 좋으니 많이 먹을 것을 권하고 있다. 그 대접을 받는 주빈은 별대왕(別大

138 제목 끝에 "平調"라는 주가 있음.

王)이고, 그 별대왕은 사백장난(四百瘴難)이라고 한 병마(病魔)를 퇴치하여 줄 것이라고 소원을 의문법 형식을 취하여 강하게 청하고 있다. "얄리 얄리 얄라 얄라성 얄라"라는 「청산별곡(青山別曲)」에서 볼 수 있는 재미있고도 부드러운 조흥사로 노래의 흥을 도와준다.

10. 1. 4. **大國**(대국) (2)

오부 샹셔 비샹셔 슈여天子
天子大王 景象여 보허릐허
天子大王 오시논 나래 ᄉᆞ랑 大王인돌 아니 오시려
兩分이 오시논 나래 命엣 福을 져미쇼셔.
얄리 얄리 얄라 얄라셩 얄라.

(『시용향악보』)

이 작품의 감상에 있어서 박병채(朴炳采)는 "슈여天子"를 "수여천자(授與天子)"로 보고, 여기서의 천자는 고려 명종(明宗)과 신종(神宗) 형제를 이르는 말로 풀이하였다.[139] 또 끝구의 "양분(兩分)"을 박병채는 "天子大王과 城隍神大王"이라고 풀이하였으나, 필자는 당시의 실력자로 박병채의 말처럼 "授與

139 朴炳采, 『高麗歌謠語釋硏究』, 宣明文化社, 1968.

天子"의 시행자이던 정중부(鄭仲夫)와 이의방(李義方) 두 사람을 이르는 것으로 해석한다. 당시의 상황으로 볼 때에 이 두 사람이 나타나면, 높은 벼슬아치들은 죽고 삶의 갈림길에서 향방을 알 수 없는 위기가 되므로 "命엣 福을 져미쇼셔." 하면서 "죽살이 명[生死命]의 복을 스스로 준비하소서."의 뜻으로 "정중부"와 "이의방"을 "天子大王과 城隍神大王"에 비의하여 비는 말이라고 풀이한다.

10. 1. 5. 大國(대국) (3)

大國도 小國이로다.
小國도 大國이로다.
小盤의 다ᄆᆞ샨 紅牧丹
셧디여 노니져
얄리 얄리 얄라 얄라셩 얄라

(『시용향악보』)

이 작품의 내용으로 볼 때에 제목을 "大國(대국)"이라고 한 것은 내용 중의 "소국(小國)"과 함께 "나라[國]"의 뜻이 아니고, 술과 고기와 소반(小盤)이라는 시어들을 연관시켜 생각하면, 술을 상징하는 "국(麴=누룩)"의 잘못인 듯싶기도 하나, 바로 그 뒤에 이어지는 "小盤의 다ᄆᆞ샨 紅牧丹 셧디여 노니져"와 연관

시켜 생각하면, 국화(菊花)의 "국(菊)"의 잘못인 듯싶기도 하다. 이 작품의 내용 어디에서도 "나라[國]"와 관계있는 시어는 없다. 다만 천자(天子)와 대왕(大王)이 있으나, 이는 이 작품 속에서는 "나라[國]"와 아무 관계가 없는 보통명사이거나 무격(巫覡)들이 신앙하는 성황당신(城隍堂神)이나 천제신(天帝神)이다. 그러므로 이 작품의 제목은 "큰 나라[大國]"가 아니고, "진한 누룩[大麴]"이거나 "큰 국화[大菊]"의 잘못으로 여겨진다.

한편 이것은 실제로 고려 충숙왕(忠肅王 : 재위 3646－3663, 1313－1330, 3665－3672, 1332－1339)과 충혜왕(忠惠王 : 재위 3663－3665, 1330－1332, 3672－3677, 1339－1344) 부자의 두 임금이 번갈아 왕위를 주고받은 일이 있었던 당시의 고려 왕실의 운명을 노래한 무가(巫歌)로 풀이할 수 있다고도 생각한다.

10. 1. 6. 大王飯(대왕반)[140]

八位城隍 여듧 位런 놀오쉬오.
뭇곳가ᄉᆞ리 쟝화새라.

140 제목 끝에 "ᄀᆞᄅᆞ와디 平調, 內堂ᄀᆞᄅᆞ와디 樂同"이라는 주가 있음.

當時예 黑牧丹고리[141]
坊廂애 ㄱ드가리
노니실 大王아!
디러렁다리 다리러 디러리

이 작품도 『시용향악보』에 실려 있다. 이 작품의 제목은 대왕이 드시는 수라를 뜻한다. 그러나 여기서의 대왕은 무속(巫俗)에서 신앙의 대상으로 일컫는 여덟 분의 성황신(城隍神)을 가리킨다. 그래서 이 노래의 내용도 "8방의 성황신들이 놀며 쉬고, 많은 갖가지 까끄라기가 덧날 모양임을 예고하고 있다. 고려 당시에 의학이 발달되지 못한 상태에서 흑목단이 담겨진 그릇들이 온 마을 집집마다 가득가득하니, 한가하게 노니실 대왕이여!"라고 하여 손거스러미 같은 조그만 것을 잘못 다루어 큰 병이 될 조짐이 보이는데 그 치료제인 흑목단이 마을의 집마다 가득가득하니, 대왕님은 할 일이 없지요? (용용 죽겠지?! 약올라 죽겠지?)" 식의 풍유가(諷諭歌)이다. 특히 "믓곳가ᄉᆞ리 쟝화새라."라고 한 것은 "갖가지 까끄라기가 화농(化膿)할 일[事]이라."는 뜻이므로 일이 매우 잘못될 조짐이 보인다는 예언적 의미를 품고 있기도 하다.

141 黑牧丹고리=박병채는 "鬼神에 홀린 女人들을 比喩함인듯하다."고 하였으나, 이 노래의 전체 문맥으로 보아 비약인 듯하다. 흑목단은 가공하지 아니한 목단 뿌리로 혈열(血熱)을 치유하는 약재로 쓰이는 점을 언급한 것이다.

10. 1. 7. 三城大王(삼성대왕)[142]

獐ᄀᆞᅀᆞ실가 三城大王 일ᄋᆞᅀᆞ실가 三城大王
獐이라 難이라 쇼셰란ᄃᆡ 獐難을 져차쇼셔.
다롱다리 三城大王 다롱다리 三城大王
녜라와 괴쇼셔.

(『시용향악보』)

이 작품은 무가(巫歌)의 한 가지이다. 제목의 "삼성대왕(三城大王)"은 성황신(城隍神)의 하나인데, 내용은 이 삼성대왕께

장독(獐毒)을 끊어 주시겠죠? 일을 못하게 하시겠죠?
장독은 재난이니, 씻어내어 주실 바에는 장독의 재난을 쫓아주소서.
다롱다리 삼성대왕! 다롱다리 삼성대왕!
옛날보다 사랑하여 주소서.

라고 축원한 것이라고 감상된다. 여기서 셋째 구는 흥을 돋우어 주는 조흥구이므로 본사와 분리한다면, 이 노래는 신라 말 고려 초에 유행하던 삼구육명체(三句六名體)의 잔영(殘影)이 남아 있다고 하겠다.

142 "평조(平調)"라는 악조 표시가 있다.

10. 1. 8. 城皇飯(성황반)

東方애 持國天王님하
南方애 廣目天子天王님하
南無西方애 增長天王님하
北方山의소 毗沙門天王님아
다리러 다로리 로마하
디렁디리 대리러 로마하
도람다리러 다로링 디러리
內外예 黃四目天王님하

여기서 "성황(城皇)"은, "성황(城隍)"이다. 성황(城隍)은 성지(城池=城地)와 성지(城池)의 수호신(守護神)을 뜻하기도 하지만

영주 금광리 성황당(榮州 金光里 城隍堂)
경상북도 영주시 평은면 금광리에 위치. 시도민속문화재 제141호, 출처 : 문화재청

영토 수호의 뜻도 있는데, 여기서는 후자의 뜻으로 풀이된다. 성황은 보통 선왕당(仙王堂), 또는 당수(堂樹), 당산(堂山), 석단(石壇)이라고도 일컬어지는데, 이 작품의 제목인 "성황반(城隍飯)"은 곧 민간 신앙으로 제주(祭主=巫女)가 성황신에게 바치는 먹을거리이라는 뜻으로 해석된다.

고려시대 성황신을 나라에서 섬긴 구체적 기록은 문종 9(3486, 1153)년 선덕진 신성(宣德鎭新城)에 성황신사(城隍神祠)를 설립하고 봄과 가을에 제사를 모신 것이 그 시초라고 한다.[143]

넷째 구의 "비사문천왕(毗沙門天王)"은 사천왕(四天王) 중 북쪽 방위의 신인 다문천왕(多聞天王)을 가리킨다. 그리고 끝구의 "황사목천왕(黃四目天王)"은 나례희(儺禮戲)에서 역귀(疫鬼)를 물리치는 방상씨(方相氏)를 가리킨다.

10. 2. 도선교(道仙敎) 문학

많은 사람들은 우리나라 도교(道敎)를 "신선도(神仙道)"라고도 하고, "도선(道仙)"이라고도 하고, 최치원(崔致遠 : 3190-?, 857-?)은 "현묘지도(玄妙之道)", 또는 "풍류도(風流道)"라고

143 都珖淳, 「韓國의 道敎」, 『道敎』 3(上海古籍出版社, 1992), 쪽 101-105.

도 일컬었다. 그리고 그 연원(淵源)은 차이나에서 전하여 왔다는 사람이 있는가 하면,[144] 밝다조선[古朝鮮] 개국 초인 신시시대(神市時代)에, "한인(桓仁)은 동방 선파(東方仙派) 조종으로 그 뜻을 그 아들 한웅(桓雄)에게 전하니, 한웅은 아버지의 뜻을 받들어 동방의 족속들을 교화하였으며, 다시 한웅의 아들인 단군[檀帝]이 그 일을 계승해서 1,000년 동안 나라를 다스리다가 아사달에 들어가 선거(仙去)하였는데, 그후 그 도(道)가 문박씨(文朴氏)에게 전승되고, 문박씨는 단군[檀帝]의 도를 향미산인 영랑(向彌山人永郎)에게 전수하였다고 하였다." 면서 『청학집(青鶴集)』의 기록을 인용하여 우리나라 자생의 종교로 주장하는 이도 있다.[145]

특히 도광순(都珖淳)은 "고려시대는 한국 역사상 도교가 가장 번영한 시대였다."라고 하면서 문종(文宗)-의종(毅宗) 때(3379-3503, 1046-1170)까지의 5왕조에 가장 흥륭하여 대규모의 도관(道館)을 건축하기도 하고, 도사(道士)의 제도와 제사제도(祭祀制度)를 확립하였으며, 그 당시의 도사(道士)들은 노자(老子)의 『도덕경(道德經)』을 읽고 외기도 하면서 단학파(丹學派)를 형성하여 권청(權淸)은 중시조로 설현(薛賢)에게 전

144 車柱環, 『韓國道教思想研究』, 서울大學校韓國文化研究所, 1978.
朱越利, 『道教問答』, 華夏出版社, 1993.
145 안창범, 『한민족의 신선도와 불교』, 국학자료원, 1987.

수하여 100여인들에게 도법을 전하니, 그중에 유명한 사람으로 강감찬(姜邯贊), 이영간(李靈干), 한식(韓湜), 한유한(韓惟漢), 곽여(郭輿), 정호(丁皓), 왕윤부(王允孚), 최당(崔讜), 권경중(權敬中), 이명(李名) 등으로 이어졌다고도 하였다.[146]

도선교의 대표적인 문학은 대체로 초사류(醮詞類)이다. 현재 조선시대에 엮어진 한국문학사(韓國文學史)라고 할 수 있는 『동문선』에 실려 있는 대표적인 작품들을 소개하면 다음과 같은 작품들이 있다.

10. 2. 1. 乾德殿醮禮青詞(건덕전 초례청사)

억지로 이름을 붙이면, 도(道)가 되고, 오묘한 사물을 신(神)이라고 부릅니다. 도와 신이 깊고 그윽한 곳에 잠기어 성인과 같은 근심은 하지 아니하고, 알려지지 아니한 조화의 이치를 밝히는 것은 천지의 주재자의 공이 있습니다. 움직이되 굴하지 아니하고, 느낌을 베풀어서 마침내 통하여 내려옵니다. 보살펴 주시는 말씀과 엷은 덕으로 나라의 큰 기틀을 이어받아 지켜냅니다. 비록 천하가 다 같은 본원이 되는 춘추를 본받아서 왕도(王道)를 바르게 하고 싶사오나, 홍범(洪範)의 모(貌), 사(思), 시(視), 언(言), 청(聽)의 다섯 가지를 쓸 수 없어서 천시(天時)를

146 朱越利의 앞 책.

받들지 못하여 민업(民業)이 길이 편안한 데에 이르지 못합니다. 해마다 곡식이 잘 되기를 바라오나 풍년이 들지 아니하오니, 생각하옵건대 덕이 부족한 저는 두렵고 불안하와 조심하기에 겨를이 없사옵니다. 신명께 복을 받아 나라의 보존과 화합을 얻고자 드디어 법에 근거하여 대궐의 뜰에 물을 뿌리고 쓸어 깨끗이 하고, 저 술그릇에 술을 부어 바치며 맑고 깨끗한 신선의 행차를 바라옵니다. 삼가 지극한 정성으로 아뢰오니, 하느님께서는 굽어 살피시고 내려오시어서 저 한 사람으로 하여금 길이 건강하고 편안한 길함을 누릴 수 있게 하시고, 제 원자에게까지도 미쳐서 복과 녹으로 편안하게 하여 주시고, 밭과 들에 풍년이 들어서 도둑이 사라지고, 서북쪽의 미개인들을 품어서 무기가 없어지게 하시고, 남은 은덕을 베푸시어 편안함이 창생들에게 미치도록 하오소서.[147]

이 작품은 뇌천(雷川) 김부식(金富軾)이, 왕이 제주(祭主)가 되어 올리는 도교 제사의 제문으로 지은 「乾德殿醮禮青詞(건덕전초례청사)」의 전문이다.

"청사(青詞)"는 도교(道敎)의 제사에 쓰는 문체(文體)의 글을

147 强名爲道妙物曰神藏用窈冥不與聖人之患闡幽造化若有眞宰之功動不屈以施爲感遂通而降格眷言凉德嗣守丕基雖欲體春秋之一元以貞王道未能用洪範之五事以奉天時民業未至於永康歲望屢乖於大有思惟不德恐懼靡遑庶幾受祉於神明得以保和於邦域遂據科式灑淸闕庭薦酌彼之潢汚望泠然之仙馭伏望至誠上達冲鑒俯臨使予一人永享康寧之吉及我元子允宜福履之綏田野稔而盜賊消戎狄懷而干戈戢普推餘澤燕及蒼生.[『동문선』 권 115, 청사(青詞)조]

말한다. 원래 이 청사는 청등지(靑藤紙)라는 푸른 종이에 붉은 글씨[朱字]로 쓰기 때문에 붙이어진 이름이다. 그러므로 이 청사는 도교문학의 한 가지이라고 하겠다.

10. 2. 2. 王本命靑詞(왕본명청사)

보아도 형태가 없고, 들어도 소리가 없어서 참으로 헤아릴 수 없으나 황홀하게 상이 있는 듯도 하며, 갑자기 물체가 있는 듯도 하오니 붙잡아 기댈 만합니다. 생각하면, 하나의 작은 몸뚱이로 높은 자리[三重]의 그릇이 되는 운을 따랐습니다. 항상 어려움을 생각하며 쉬움을 꾀하려 하오나, 어떻게 처리하여야 할지를 알지 못하고 길한 쪽으로 향하며, 흉한 쪽을 등지려 하오나 어떻게 꾸며야 옳은지도 알지 못합니다. 오직 잘 구하여 주심을 힘입어 긴 방책을 잘 보전하려 하옵니다.

본래 명운의 좋은 때를 맞이하여 오묘한 법을 귀한 의식에서 살피고, 법에 따른 제사를 성대하게 베풀어 정성껏 도교의 진리를 깨달은 사람들이 노는 꽃 문지방과 옥 대궐을 향하여 경건히 인사를 올립니다. 비록 대궐이 깊고 아득한 곳에 있사오나, 구슬 마차에 옥 수레를 타고 오실 것을 생각하며 향기로운 잔치에 모십니다. 삼가 바라옵건대, 잘못한 허물은 묵가의 저술에 기록하여 두고, 잘한 공은 도교의 비기(秘記)에 올려서 재앙을 없이 하여 주시며 재앙도 길이 물리쳐 주소서. 호랑이 꼬리를 밟는

> 근심과 의심을 사라지게 하시어 목숨을 늘리어 거북의 수명만 큼 오래오래 살 수 있도록 도와 주소서.[148]

이 글은 김극기(金克己 : 명종 때의 학자)가 지은 「왕본명청사(王本命靑詞)」의 전문이다.

김극기는 본관이 광주(廣州), 호를 노봉(老峰)이라고 하였다. 어려서부터 문재가 있어서 당대에 유명한 문인으로 높이 추앙되었으나, 벼슬에 뜻이 없어 산수에 묻혀 숨어 살았다. 『삼한귀감(三韓龜鑑)』에는 김극기의 저술이 150권이나 있다고 하였으나 현재는 전하지 아니한다. 이 작품은 아마도 당시의 임금이시던 명종(明宗)을 대신하여 왕의 수명 연장을 비는 제사를 올린 제문이었던 듯하다.

10. 2. 3. 도선교의 이야기 문학

10. 2. 3. 1. 지귀(志鬼)와 心火繞塔(심화요탑)

지귀(志鬼)는 사람의 이름이다. 이 이야기는 조선 성종 때의 문신이며 학자이었던 성임(成任 : 3754 - 3817, 1421 - 1484)이

148 "視無形聽無聲固難測度恍有象忽有物猶可攀依念一么軀膺三重器常思艱而圖易不知所裁欲向吉而背凶何飾而可但承善救能保永圖丁本命之靈辰按妙科於寶典盛張法醮虔屈眞遊蘂闥珠宮雖宅窈冥之域瑤軿玉輅想臨芬苾之筵伏望過落墨編功加黃籙祛殃逐咎永消虎尾之憂疑保命延生終嚮龜齡之悠久."(『동문선』 앞주의 책.)

지은 『太平通載(태평통재)』 권 73에 『新羅殊異傳(신라수이전)』의 일문임을 전제하고 실어서 소개하고 있다. 그 전문은 아래와 같다.

태평통재 권 칠십삼 지귀조는 역시 신라수이전에서 인용한다. 수이전에 이르기를, 지귀(志鬼)는 신라 활리역(活里驛) 사람이다. 선덕왕(善德王)의 단아하고도 엄격하며 미려함을 사모하여 걱정과 근심으로 눈물을 흘리면서 흐느껴 울기까지 하여 형용이 바짝 말라 야위었다. 왕이 듣고 불러서 말씀하시었다. "짐(朕)이 내일 영묘사(靈廟寺)에 가서 향을 피울 것이다. 그 절에서 짐을 기다리도록 하라!" 지귀는 다음날 영묘사 탑 아래에 가서 왕의 행차를 기다리다가 홀연히 깊은 잠이 들었다. 왕은 절에 이르러 향을 피우시고 지귀가 잠이 든 것을 보시었다. 왕은 팔찌를 빼어 그 가슴에다 놓고 궁으로 돌아가시었다. 뒤에 임금님의 팔찌가 가슴에 놓여 있는 것을 알고 임금님을 기다리지 못한 것을 한스러워 하면서 오래도록 몹시 근심하였다. 울화가 치솟아 그의 몸을 태워버리니, 지귀는 곧 불귀신으로 변하였다. 이에 왕은 방술을 하는 사람에게 주문을 짓게 하시었다. 그 주문의 내용은 이러하다.

지귀의 마음속에 이글이글 타는 불꽃
몸마저 변하여 불귀신이 되었네.
창해 밖으로 멀리멀리 띄워버려

보이지도 아니하고, 친하지도 않게 하리.

당시의 풍속에 이 주문을 문 위와 벽에 붙이어 화재를 예방하였다.[149]

이 「지귀(志鬼)」와 같은 내용으로 「심화요탑(心火繞塔)」이 있는데, 이 「심화요탑」에 관한 이야기는 초간(草磵) 권문해(權文海)의 『大東韻府群玉(대동운부군옥)』 권 20 「心火繞塔(심화요탑)」조에 실려서 전하는데, 그 내용은 아래와 같다.

지귀(志鬼)는 신라 활리역(活里驛)에 사는 사람인데, 선덕왕(善德王 : 재위 2965-2980, 632-647)의 아름다운 자태를 사모하여 근심하며 울어서 모습조차 수척하여졌다. 왕이 부처님께 분향하고자 절로 거동하시다가 그 이야기를 들으시고 지귀를 부르시었다. 지귀는 절에 가 탑 아래에서 임금님께서 가시기를 기다리다가 홀연히 단잠에 들고 말았다. 왕은 분향을 마치고 나오시다가 지귀가 자고 있는 것을 보시고 팔찌를 빼어 지귀의 가슴 위에 놓아주고 대궐로 돌아오셨다. 뒤에 곧 잠을 깬 지귀는 간절하게 생각하기를 한참 하더니, 심화(心火)가 일어나 그

149 "卷七十三志鬼條亦引新羅殊異傳曰志鬼新羅活里驛人也慕善德王之端嚴美麗憂愁涕泣形容憔悴王聞之召見曰朕明日幸靈廟寺行香汝於其寺待朕聞志鬼翌日歸靈廟寺寺塔下待駕幸忽然睡酣王到寺行香見志鬼方睡者王脫臂環置諸胸卽還宮然後乃御環在胸恨不得待御悶絶良久心火出燒其志鬼卽變火鬼於是王命術士作呪詞曰志鬼心中火燒身變火神流移滄海外不見不相親時俗帖此詞於門壁以鎭火災."

탑을 돌다가 곧 불귀신으로 변하였다. 왕은 술사(術士)에게 명하시어 주문(呪文)을 짓게 하시니 그 글은,

지귀의 마음속에 이글이글 타는 불꽃
몸마저 변하여 불귀신이 되었네.
창해 밖으로 멀리멀리 띄워버려
보이지도 아니하고, 친하지도 않게 하리.

라고 하였다. 그때의 민가에서는 문이나 벽 위에 이 글을 붙여서 불의 재앙(災殃)을 면하려고 하였다.[수이전][150]

라고 한 것인데. 서로 자구의 같음은 많고, 다름은 적다. 내용이 너무 흡사하고 두 작품이 모두 『신라수이전』과 『수이전』에서 인용한 것이어서 필자는 한 작품으로 인정하여 묶어서 다루었다.

이 작품에 관하여 인권환(印權煥)의 주장에 따르면, 이 「심화요탑」 이야기의 근원은 불교 경전인 『대지도론(大智度論)』에서 온 것이니, 『大智度論(대지도론)』의 설화에 주인공으로 등장하는 왕녀(王女)와 술파가(術波加)라는 고기잡이 어부가 신라의 토착 설화로 변하면서 그 주인공이 「심화요탑」에서는 선덕여

150 "志鬼新羅活里驛人慕善德王之美麗憂愁涕泣形容憔悴王幸寺行香聞而召之志鬼歸寺塔下待駕幸忽然睡酣王脫臂環置胸還宮後乃睡覺志鬼悶絶良久心火出繞其塔卽變爲火鬼王命術士作呪詞曰志鬼心中火燒身變火神流移滄海外不見不相親時俗帖此詞於門壁以鎭火災.[殊異傳]"

왕(善德女王)과 지귀(志鬼)라는 젊은 남자로 바뀐 것이라고 밝히며 「심화요탑」의 근원 설화를 불교 경전에서 찾고 있다.[151]

10. 2. 3. 2. 竹筒美女(죽통미녀)

이 「竹筒美女(죽통미녀)」 이야기는 "대나무 통 안의 미녀"라는 뜻인데, 조선 명종 때의 학자 초간(草磵) 권문해(權文海)의 『대동운부군옥』 권 9에 실리어 전한다. 그 원문은 아래와 같다.

> 김유신(金庾信 : 2928-3006, 595-673)이 서주(西州 : 지금의 충청남도 舒川)에서 귀경할 때에 길에 이상한 나그네가 앞서 가고 있었다. 머리 위에는 이상한 기운이 서리어 있었는데, 길을 가다가 나무 밑에서 쉬기에 유신도 따라서 쉬면서 거짓으로 자는 척하였다. 그 나그네는 행인이 없음을 살피고 몸에서 한 개의 대나무 통을 꺼내어 흔들자, 그 나무통에서 두 명의 미녀가 나와서 같이 앉아 이야기를 하다가 도로 통 속에 넣어 품에 감추고 일어서서 가는 것이었다. 유신이 급히 따라가 물으니, 말씨가 온아하여 동행이 되어 서울[경주, 필자주]에 들어와 유신이 객을 데리고 남산에 이르러 소나무 아래에서 주연을 베풀었다. 그 두 명의 미녀도 역시 나와서 참석하였다. 그 나그네

151 印權煥, 『韓國佛敎文學硏究』, 고려대학교 출판부, 1999.

가 말하기를, "나는 서해에 있는데, 동해로 장가들어 처를 데리고 부모님께 인사 올리러 가는 길입니다." 하더니, 풍운이 일어나 어두워지면서 갑자기 사라져 보이지 아니하였다.[수이전][152]

이 이야기는 육조(六朝)시대의 괴기적 우화(怪奇的寓話)의 영향을 받아 이루어진 듯하다. 여기서의 둔갑장신(遁甲)과 풍운 조화를 이루는 것이, 곧 도선 문학의 예가 된다.

10. 2. 3. 3. 老翁化狗[개로 둔갑한 노인]

이 "老翁化狗[개로 둔갑한 노인]"의 이야기도 초간(草磵) 권문해(權文海)의 『대동운부군옥』 권 12에 실리어 전한다. 그 원문은 아래와 같다.

신라 때에 한 노옹이 있어서 김유신(金庾信 : 2928-3006, 595-673)의 집 문밖에 이르니, 김유신이 그 노옹을 데리고 집으로 들어와 잔치를 베풀었다. 유신이 그 노옹에게 "지금도 옛날처럼 변화할 수 있소?" 하고 물으니, 그 노옹은 그 자리에서 변화하여 호랑이가 되었다가 닭이 되고, 매도 되고 하더니

152 "金庾信自西州還京路有異客先行頭上有非常氣憩于樹下庾信亦憩佯寢客同行客伺絶行人探懷間出一竹筒拂之二美女從竹筒出共坐語還入筒中藏懷間起行庾信追迅之言語溫雅同行入京庾信與客携至南山松下設宴二美女亦出參客曰我在西海娶女於東海與妻歸寧父母已而風雲冥暗忽失不見.[殊異傳]"

나중에는 집에서 기르는 개가 되어 나가 버렸다.[수이전][153]

이 작품도 김유신 장군이 직접 체험한 둔갑술의 목격담이다. 삼국 당시의 상황에서 거의 불가능한 신라의 삼국 통합의 위업을 이룩한 주역이 김유신 장군이므로, 후세인들이 김유신 장군을 이인(異人)으로 생각한 데에서 이와 같은 둔갑술이 김유신 장군과 어우러지게 된 듯하다.

10. 2. 3. 4. 寶開(보개)

이 보개(寶開)의 이야기는 일재(逸齋), 또는 안재(安齋)라고 호하는 성임(成任)이 저술한 『태평통재(太平通載)』 권 20에 실리어 전한다. 그 원문은 다음과 같다.

> 보개(寶開)는 우금방(隅金坊)에 사는 여자이다. 아들 장춘(長春)이 장사를 하려고 바다를 건너가서 1년이 지나도 어디에 있는지조차 알 수가 없었다. 보개는 민장사(敏藏寺)의 관음보살 앞에 가서 한 이레(7일) 동안 기도를 하였더니, 아들 장춘이 와서 어머니의 손을 잡았다.
>
> 어머니는 깜짝 놀라며 기뻐서 더럭더럭 울었다. 이를 본 절

153 "新羅時有一老翁到金庾信門外庾信携手入家設筵庾信謂翁曰變化若舊耶翁變爲虎或化爲鷄或爲鷹終變爲家中狗子而出.[殊異傳]"

안의 여러 사람들이 까닭을 물었다. 장춘이 대답하기를, "바다 가운데서 흑풍을 만나 배가 모두 부서지고, 같이 가던 사람들도 모두 물에 빠져 죽었습니다. 저는 한 쪽의 널판자를 타고 오(吳)나라 땅에 닿았습니다. 오나라 사람들은 저를 가두어 종을 삼고 들에 나가 농사를 짓게 하였습니다. 갑자기 어떤 스님이 와서 제게 말하기를, '네가 네 나라를 기억하느냐?' 하였습니다. 저는 바로 무릎을 꿇고, '저는 늙으신 어머니가 계시는데, 그리운 생각이 망극합니다.' 하였더니, 스님이 말하기를, '만약 네가 그렇게 너의 어머니를 사모한다면, 나를 따라서 가자.' 하고는 말이 끝나자마자 같이 왔습니다. 저는 따라오다가 어떤 깊은 도랑을 만났습니다. 그 스님이 제 손을 잡고 일으키자 어렴풋이 꿈속 같은데, 갑자기 신라인들의 말소리가 들리고, 또 소리를 내어 우는 곡소리도 나서 잘 살펴보았습니다. 저는 오히려 꿈속에 있는 듯하였으나 꿈이 아니었습니다." 하였다. 절의 중들은 들은 대로 빠짐없이 갖추어 나라에 아뢰었다. 나라에서는 그 영험함을 존경하고 숭배하여 재물과 땅을 관음보살을 모신 곳에 바치었다. 당(唐)나라 천보(天寶) 4(신라 경덕왕 4, 3078, 745)년 을유(乙酉) 4월 8일 신시(申時 : 16시)에 오나라를 떠나 술시(戌時 : 20시)에 민장사에 이른 것이다.[154]

154 "寶開隅金坊女也子長春因販賣泛海去而經年不知所在寶開就敏藏寺觀音前祈禱七日子長春來執母手母驚喜哭泣寺衆問所由長春曰海中遇黑風船檝皆破同行人皆溺死予乘一板至於吳吳人囚之爲奴耕於野田忽有一僧來謂曰憶汝國乎予卽跪曰予有老母憶戀罔極僧曰若慕汝孃隨我行言訖同行予隨行有一深渠僧執予手起之昏昏如夢忽聞羅語亦有哭聲審之我猶疑夢中而非也寺僧具事升聞國家尊崇靈驗以財貨田地納菩薩所天寶四年乙酉四月八日申時離吳戌時到敏藏寺."

이 이야기는 일연스님의 『삼국유사』 권 3, 「탑상」 4, "민장사(敏藏寺)" 조에도 실리어 있으나 원 출전을 밝히어 놓지 아니하여 역시 『삼국유사』의 글은 『신라수이전』의 일문이라고 할 수는 없다. 내용은 민장사에 있는 관음보살상의 영험한 힘을 예찬한 것이다. 보개의 아들 장춘이 오나라 땅에서 신라의 민장사까지 겨우 4시간 만에 꿈속 스님의 도술력에 의하여 이르렀다는 것은, 곧 도선교의 둔갑술(遁甲術)의 덕이라고 해석된다.

10. 2. 3. 5. 虎願(호원)

이 虎願[호랑이의 소원]이라는 이야기도 초간(草磵) 권문해(權文海)가 지은 『대동운부군옥』 권 15에 실리어 전한다. 그 전문은 아래와 같다.

> 신라의 풍속에 매년 2월이 되면, 초8일부터 보름까지 경주 시내의 여러 남녀들이 다투어 흥륜사(興輪寺) 탑을 도는 복회(福會)를 하였다. 원성왕(元聖王 : 재위 3118-3131, 785-798) 때에 김현(金現)이라는 사나이가 있어서 밤이 깊도록 쉬지 아니하고 혼자 이 탑을 돌고 있었다. 그때에 한 처녀가 김현의 뒤를 따라 돌더니, 마침내 사랑하는 사이가 되어 따라 갔다. 처녀가 말하기를, "첩이 내일 시내에 들어가 사람의 목숨을 해롭히면, 왕께서 반드시 높은 벼슬로 역사(力士)를 모집하여 나를

잡으려 할 것입니다. 낭군께서는 그것을 겁내지 마시고 북림(北林) 속으로 저를 따라 오시면, 제가 기다리고 있겠습니다. 다만 저를 위하여 절을 지어 주신다면, 그야말로 낭군의 은혜입니다." 하고, 곧 서로 울며 작별하였다. 이튿날 과연 맹호가 성중에 들어오니, 감히 당하여 내는 사람이 없었다. 왕은 명령을 내려 "저 범을 잡는 사람은 2급의 벼슬을 주겠다." 하였다. 김현이 대궐에 들어가 왕께 아뢰기를, "소신이 하여 보겠습니다." 하고, 김현이 단검을 가지고 북림(北林) 속으로 들어갔더니, 범은 낭자로 변하여 웃으며 말하기를, "어제의 잊을 수 없었던 정을 생각하여 낭군께서는 소홀히 하지 마오소서." 하고는, 이어 김현이 차고 있던 칼을 빼어 스스로 목을 찔러 엎어지니, 범이었다. 김현이 등용된 뒤에 서천(西川)가에 절을 짓고, 그 이름을 호원(虎願)이라고 하였다.[수이전][155]

이 이야기는 호원사(虎願寺) 창건의 연기 설화로 보아야 할 것이다. 또 호랑이가 처녀로 변한 것은 역시 도선교의 둔갑술(遁甲術)에 의한 것이라고 풀이된다.

155 "新羅俗每當仲春初八至十五日都人士女競遶興輪寺塔爲福會元聖王時有郎金現者夜深獨遶不息有一女隨遶現遂通而隨去女曰妾明日入市爲害則王必募以重爵而捕我矣君其無怯追我于北林中吾將待之但爲我創資報勝則郎君之惠也遂相泣別翌日果有猛虎入城中無敢當者王令曰有能捕虎者爵二級現詣闕奏曰小臣能之現持短兵入北林中虎變爲娘子笑曰昨日繾綣之事惟君無忽乃取現所佩刀自刎而仆乃虎也現旣登庸創寺於西川邊號曰虎願.[殊異傳]"

10. 2. 3. 6. 崔致遠(최치원)

이 최치원(崔致遠 : 3190 - ?, 857 - ?)에 관한 이야기는 일재(逸齋), 또는 안재(安齋)라고 호 하는 성임(成任 : 3754 - 3787, 1421 - 1454)의 저술인 『太平通載(태평통재)』 권 68에 실리어 전한다. 장황하지만, 이제 그 전문을 소개한다.

최치원(崔致遠)의 자는 고운(孤雲)인데, 나이 12세에 서쪽으로 당(唐)나라에 가서 글을 배웠다. 건부(乾符) 갑오년(3207, 874)에 학사 배찬(裵瓚)이 주관한 과거 시험에 단번에 갑과에 장원으로 급제하여 율수현(溧水縣)의 현위가 되었다. 일찍이 율수현 남쪽 경계의 초현관(招賢館)에서 놀았는데, 이 관 앞에 있는 산언덕에 오래된 무덤이 있어 쌍녀분(雙女墳)이라고

쌍녀분(雙女墳)
중국 남경시 고순구에 위치. 출처 : 바이두백과

불렀다. 이곳은 고금 명현들이 놀던 곳이었다. 치원이 돌문에다가 시를 지어 쓰기를,

뉘 집의 두 딸이 여기에 묻혀 있어
적적한 저승에서 몇 봄을 원망했나?
모습은 시냇가의 달빛 속에 남아 있어
이름이 무엇인지 무덤은 대답 없네.
꽃다운 정 있어서 꿈에라도 통한다면,
긴긴 밤 객회를 위로를 받으리라.
외로운 초현관서 운우의 정 맺는다면,
그대들과 낙신부(洛神賦)를 이어서 지으리라.

라고 하였다. 시를 다 쓴 뒤에 초현관으로 돌아오니, 이때는 달이 밝고 바람도 시원하였다. 청려장을 끌며 천천히 걷는데, 갑자기 어떤 여인이 나타났다. 아름다운 용모에 키가 늘씬하였다. 손에는 붉은 전대를 들고 치원의 앞으로 와서 말하기를, "팔낭자와 구낭자께서 수재께 말씀을 전하라 하십니다. 아침에는 발걸음을 수고로이 하시어 찾아주셨고, 그 위에 훌륭한 글까지 지어주셨으므로, 두 낭자께서도 역시 화답의 글을 지었기에 여기 삼가 올리옵니다." 하였다. 공이 돌아보며 깜짝 놀라 황급히 그녀의 이름이 무엇인가를 거듭 물으니, 그녀는 말하기를, "아침나절 수풀을 헤치고 돌을 닦고 시를 써 놓으신 곳이 바로 두 낭자께서 사시는 곳입니다." 하였다. 공은 이내 깨닫고, 첫

번째 전대를 보니, 이는 팔낭자가 치원에게 바치는 화답시이었다. 그 시의 내용은 이러하다.

저승 넋이 이별한을 고분에서 지내더니,
젊고 예쁜 내 얼굴은 남정이 그립다오.
학 타고 신선세계 찾아가지 못하니까
봉황새 비녀 꽂고 저승으로 떨어졌죠.
당시 세상 있을 때는 남자를 피했건만,
오늘은 초면이기 교태를 부립니다.
시로써 제 뜻 알림 부끄럽게 느끼면서,
일면은 기다리며 일면 속을 끓입니다.

라고 하였다. 다음으로 둘째 전대를 보니, 이것은 구낭자의 것이었다. 그 시의 내용은 이러하다.

오가면서 누구도 안 돌보던 길가 무덤
난경과 원앙금침 먼지만 쌓였지오.
한번 죽고 한번 남은 하늘의 명이라죠.
꽃이 피고 짐은 세상의 봄이지요.
늘 진녀는 탈속만을 바라면서 살았기에
임희가 남편 섬김 배우지 않았지요.
양왕과의 운우지정 꿈에라도 바라자니,
이 생각 저 생각에 마음만 상합니다.

하였다. 또 뒤폭에도 쓰기를,

이름을 숨긴다고 이상히 생각 마소.
외론 혼이 세상 사람 두려워 해서이죠.
앞으로 저희 마음 다 여쭈려 하옵니다.
잠시만 친하도록 허락하여 주시오소.

하였다. 공이 이미 그 정겨운 시를 다 읽고는 자못 기쁜 기색으로 곧 그녀의 이름을 물으니, "취금(翠襟)이옵니다." 하였다. 치원이 기뻐하면서 그녀에게 농담을 거니, 취금이 성을 내면서 말하기를, "수재께서는 답서나 써 주심이 옳건만, 공연히 남을 발가벗기려 하십니까?" 하였다. 치원은 이에 시를 지어 취금에게 맡기니, 그 시의 내용은 이러하였다.

우연히 미친 시를 옛무덤에 썼었는데,
선녀가 세속일 물을 줄은 몰랐지요.
취금도 오히려 경화처럼 예쁘거늘,
두 분은 옥수춘을 머금고 있겠지요?
한갓 이름 숨겨 속객을 속이면서
교묘히 글자 엮어 시인을 괴롭히오.
오직 두 분 모셔 즐김 애타게 바라오며
천만의 신령님께 거듭거듭 비나이다.

하고는 끝폭에 이어서 쓰기를,

심부름꾼 취금이가 뜻밖의 소식 주니,
잠시나마 정들어서 눈물을 흘립니다.
오늘밤 만약에 선녀들을 못 만나면,
단연코 이 목숨은 죽고야 말겁니다.

하였다. 취금은 시를 받아가지고 돌아가는데, 그 빠르기가 마치 회오리바람 같았다. 치원은 홀로 서서 슬피 읊조리며 한참을 기다리어도 오는 기색이 없었다. 이에 짧은 노래를 읊어 거의 끝내려 할 때에 향긋한 냄새가 갑자기 나더니, 조금 있으니까 두 여인이 같이 왔다. 이야말로 정말 한 쌍의 빛나는 구슬이요, 두 송이의 서기 어린 연꽃이었다. 치원이 놀랍고도 기쁘기가 꿈결 같아서 얼른 절하면서 말하기를, "치원은 바다 건너 섬 같은 나라의 보잘 것 없는 선비요, 속세의 말단 벼슬아치입니다. 어찌 외람되이 선녀들이 범부를 돌볼 줄을 기약이나 하였겠습니까? 그냥 장난으로 쓴 글인데, 문득 꽃다운 발걸음을 내려 주셨습니다." 하니, 두 여인은 미소만 짓고 말을 하지 아니하였다.(중략) 뒤에 치원은 과거에 급제하고, 신라로 돌아오다가 길에서 시를 지어 노래하였다.

덧없는 세상 영화 꿈속의 꿈이니,
백운 깊은 곳서 편히 쉼이 좋겠구나.

하였다. 그는 곧 벼슬살이를 그만두고 길이 숨어 산림과 강해로 중을 찾아갔다. 작은 집을 짓고 석대(石臺)를 찾기도 하면서 옛 글과 책을 즐기고, 풍월을 읊조리며 유유히 살아갔다. 남산의 청량사(淸凉寺), 합포현(合浦縣)의 월영대(月影臺), 지리산의 쌍계사(雙谿寺), 석남사(石南寺), 묵천 석대(墨泉石臺)에 목단을 심어 놓은 것이 이제까지 남아 있는데, 이런 곳들이 모두 그가 노닐었던 곳이다. 가장 마지막에는 가야산(伽倻山) 해인사(海印寺)에 들어가 숨어서 형님인 현준(賢俊)스님과 남악(南嶽)의 정현(定玄)스님과 더불어 불경의 이론을 깊이 연구하며 담담한 경지에서 여생을 마치었다.(신라수이전에서 뽑았다.)[156]

156 "崔致遠字孤雲年十二西學於唐乾符甲午學士裵瓚掌試一擧登魁科調授漂水縣尉常遊縣南界招賢館館前崗有古冢號雙女墳古今名賢遊覽之所致遠題詩石門曰誰家二女此遺墳寂寂泉扃幾怨春形影空留溪畔月姓名難問塚頭塵芳情儻許通幽夢永夜何妨慰旅人孤館若逢雲雨會與君繼賦洛川神題罷到館是時月白風淸杖藜徐步忽覩一女姿容綽約手操紅袋就前曰八娘子九娘子傳語秀才朝來特勞玉趾兼賜瓊章各有酬答謹令奉呈公回顧驚惶再問何姓娘子女曰朝問披榛拂石題詩處卽二娘所居也公乃悟見第一袋是八娘子奉酬秀才其詞曰幽魂離恨寄孤墳桃臉柳眉猶帶春鶴駕難尋三島路鳳차空墮九泉塵當時在世長羞客今日含嬌未識人深愧詩詞知妾意一回延首一傷神次見第二袋是九娘子其詞曰往來誰顧路傍墳鸞鏡鴛衾盡惹塵一死一生天上命花開花落世間春每希秦女能抛俗不學任姬愛媚人欲薦襄王雲雨夢千思萬憶損精神又書於後幅曰莫愧藏名姓孤魂畏俗人欲將心事說能許暫相親公旣見芳詞頗有喜色乃問其女名字曰翠襟公悅而挑之翠襟怒曰秀才合與回書空欲累人致遠乃作詩付翠襟曰偶把狂詞題古墳豈期仙女問風塵翠襟猶帶瓊花艶紅袖應含玉樹春偏隱姓名欺俗客巧哉文字惱詩人斷腸唯願陪歡笑祝禱千靈與萬神繼書末幅云靑鳥無端報事由暫時相憶淚雙流今宵若不逢仙質判卻殘生入地求翠襟得詩還迅如飇逝致遠獨立哀吟久無來耗乃詠短歌向畢香氣忽來良久二女齊至正是一雙明玉兩朶瑞蓮致遠驚喜如夢拜云致遠海島微生風塵末吏豈期仙侶猥顧風流輒有戱言便垂芳躅二女微笑無言(중략)後致遠擢第東還路上歌詩云浮世榮華夢中夢白雲深處好安身乃退而長往尋僧於山林江海結小齋尋石臺探翫文書嘯詠風月逍遙偃仰於其間南山淸凉寺合浦縣月影臺知理山雙溪寺石南寺墨泉石臺種牧丹至今猶存皆其遊歷也最後隱於伽倻山海印寺與兄大德賢俊南岳師定玄探賾經論遊心沖漠以終老焉出新羅殊異傳." 徐士鴻 외,『雙女墳與崔致遠』, 江蘇省高淳縣委員會, 1998.

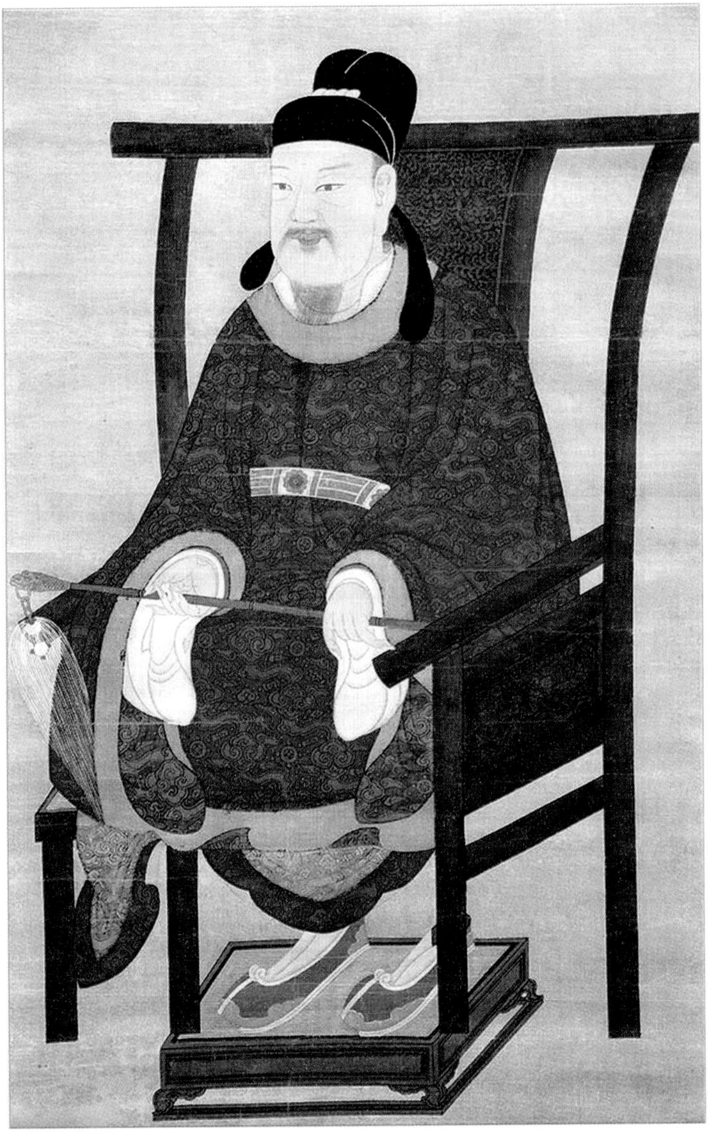

최고운(崔孤雲, 최치원) 초상
가로 75.5cm, 세로 116cm, 소장품번호 신수 18148
국립중앙박물관 소장, 출처 : e뮤지엄

이 작품이야말로 최치원의 자전소설(自傳小說)이라고 할 수는 없다. 이 언급은, 곧 이 작품의 지은이가 최치원이 아니라는 증거가 될 뿐 아니라 고려 초기에 지어진 거짓 꾸며낸 이야기[小說]이라고 하는 주장들에는 이의가 없다. 조선시대의 매월당(梅月堂) 김시습(金時習 : 3768 – 3836, 1435 – 1493)이 지은 단편소설집인 『金鰲新話(금오신화)』보다 질량의 면에서 거짓 꾸며낸 이야기[小說]로서 결코 못하지 아니한 작품이라고 평가된다.

필자는 이 작품을 사람의 이름과 구별하기 위하여 「최치원전(崔致遠傳)」이라고 부를 것을 제의한 바가 있다.[157]

그리고 이 작품의 내용이 사람(최치원)과 죽은 사람의 혼백(쌍녀)과의 수작이 도선교의 신선 놀이에 속하기 때문에 필자는 도선교 문학으로 다루었다.

10. 2. 3. 7. 仙女紅袋(선녀홍대)

이 「仙女紅袋(선녀홍대)」는 앞에서 읽은 작품 「최치원」을 압축하여 앞뒤를 잘라내어 내용을 대폭 줄여서 제목을 「선녀홍대」로 바꾼 것이다. 이 글은 조선시대 문신이며 학자이던 초간(草磵) 권문해(權文海)의 『대동운부군옥』 권 15에 실려서 전

157 崔康賢, 『韓國文學의 考證的硏究』, 高麗大學校 民族文化硏究所, 1996.

하고 있다. “선녀홍대”라는 이름은 초간이 「신라수이전」에서 그대로 옮긴 것인지? 아니면 초간이 스스로 인명 “최치원”과 혼동되니까 고친 것인지는 알 수가 없다.

10. 2. 3. 8. 首插石枏(수삽석남)

이 「首揷石枏(수삽석남)」 이야기도 역시 꾸며낸 거짓 이야기[小說]라고 하겠다. 이 작품의 내용은 신라시대 사람들의 자유연애 사상을 엿볼 수 있게 하는 좋은 자료적 가치를 지니는 일종의 괴기소설이라고도 말할 수 있으나, 실제 이 작품을 지은 이가 고려 초기 시대인이 신라인을 주인공으로 지은 것이기에 고려문학에서 다루는 것임을 거듭 밝혀 둔다. 그 전문은 아래와 같다.

> 신라의 최항(崔伉)은 호를 석남(石南)이라 하는데, 사랑하는 여인[妾]이 있었으나 부모가 금하여 보지를 못하였다. 몇 달 만에 항은 갑자기 죽었다. 8일이 되는 밤중에 항이 애인의 집에 갔더니, 애인은 그의 죽음을 알지 못하였다. 애인이 대단히 반갑게 맞아들이자 항이 머리에 꽂고 있던 석남(石枏) 가지를 애인에게 나누어 주며 말하기를, “부모님이 너와 동거하기를 허락하셨기 때문에 온 것이다.” 하고, 곧 애인과 함께 그의 집으로 돌아왔다. 항이 담을 넘어 들어가더니, 밤이 새도록 소

> 식이 없었다. 집사람이 나와 보고 그녀가 온 까닭을 물으니, 애인은 그 이야기를 전부 하였다. 집사람은 "항이 죽은 지 8일이다. 오늘은 장사를 지내고자 하는데, 무슨 괴상한 소리를 하느냐?"고 하였다. 애인은 "지아비가 꽂고 있던 석남 가지를 나누어 저에게 주었으니, 이것으로써 징험하여 보는 것이 좋겠습니다." 하였다. 이에 관을 열어보니, 시체의 머리에는 석남이 꽂혀 있고, 옷은 이슬에 젖었으며, 신도 신고 있었다. 애인이 그 죽은 것을 알고 통곡하며 까무러치려 하니, 항이 이어 살아나서 함께 늙기를 20년을 하다가 죽었다.[158]

고 한 이 작품은 늦어도 고려시대에 이미 결혼 적령기의 남녀들이 자유연애를 즐기고 있었다는 사실을 오늘날의 우리들에게 깨우쳐주고 있을 뿐 아니라 종교적으로는 도교적 의식(道敎的意識)이 짙은 것도 이해할 일이다.

---

158 "新羅崔伉字石南有愛妾父母禁之不得見數月伉暴死經八日夜中伉往妾家妾不知其死也顚喜迎接伉首揷石枏枝分與妾曰父母許與同居故來耳遂與妾還到其家伉踰垣久無消息家人出見之問其來由妾具說家人曰伉死八日今日欲葬何說怪事妾曰良人與我分揷石枏枝可以此爲驗於是開棺視之屍首揷石枏露濕衣裳履已穿矣妾知其死痛哭欲絶伉乃還蘇偕老二十年而終.[殊異傳]"

10. 3. 고려의 불교문학(佛教文學)

10. 3. 1. 고려 왕실과 불교

앞에서 말한 바와 같이 왕건 태조(王建太祖)는 스스로가 고려의 건국은 부처님의 가호로 이루어질 수 있었으므로 앞으로 계계승승 불교를 독실하게 믿을 것을 그의 「訓要十條(훈요십조)」 제1조와 2조와 6조에서 밝히고 있다.

그래서 태조의 셋째 아들로 고려 제4대왕으로 등극한 광종(光宗)은 통치 9(3291, 958)년에 과거제도(科擧制度)를 확립하고 승과제도(僧科制度)도 마련하여 우수한 인재를 승려로 발탁하여 경덕국사(景德國師) 난원(爛圓)이나, 대각국사(大覺國師) 의천(義天), 홍호사(弘護寺) 준류(俊流) 같은 스님들이 줄줄이 불교 발전에 크게 기여하였다. 특히 경덕국사(景德國師) 난원(爛圓)은 현종(顯宗)의 비(妃)인 원성태후(元成太后)·원혜왕후(元惠王后)·원평왕후(元平王后)와 남매간이었으며, 문종의 아들인 대각국사 의천을 머리 깎고 스님이 되게도 하였다.[159]

대각국사는 고려 문종(文宗)의 넷째 왕자로 태어났다. 이름은 후(煦), 자는 의천(義天)이고, 호는 문종에게서 하사 받은 우세(祐世)이고, 시호가 대각(大覺)이다.

159 震檀學會, 『韓國史(中世篇)』(乙酉文化社, 1962), 쪽 271-274.

순천 선암사 대각국사 의천 진영(順天 仙巖寺 大覺國師 義天 眞影)
보물 제1044호, 가로 110.2cm, 세로 144cm, 출처 : 문화재청

문종 19(3398, 1065)년에 11세의 나이로 스님이 되어 불교 관계 책들을 모을 목적으로 장삿배를 이용하여 송(宋)나라 진수 정원법사(晉水淨源法師)와 교통하며 불서들을 교환하고, 아버지 문종께 「請入大宋求法表[불법을 공부하러 송나라에 들어가려 하오니 허락하여 주소서]」라는 글을 올렸으나 거절당하고, 큰 형님인 현종(顯宗)과 둘째 형님인 선종(宣宗)께도 송나라에 들어갈 것을 청하였으나 모두 거부되었다. 마침내 선종

2(3418, 1085)년 4월 한밤중에 제자 수개(壽介) 등 두 사람을 데리고 풍덕(豊德)에 이르러 송나라 상인 임영(林寧)의 배를 타고 밀항을 시도하였다. 선종은 늦게 사실을 알고 어사(御使) 위계정(魏繼廷)을 보내어 추적하였으나 실패하였다. 국사는 7월에 송나라 수도 개봉(開封)에 들어가 새 임금이 된 철종(哲宗)에게 매우 두터운 대접을 받아 항주(杭州)에 있는 혜인원(慧因院)의 정원법사(淨源法師)를 만나 법을 논하는 등 여러 송나라 고승들과 화엄(華嚴)·천태(天台)·율법(律法)·정토(淨土) 등을 두루 익혔다. 송나라에서 14개월을 지내고, 어머니 인예왕후(仁睿王后)의 강요에 견디지 못하고 귀국하는 고려 사신의 일행과 함께 귀국하면서 불교 경전 3천여 권을 구하여 돌아왔다. 귀국 후에는 부왕 문종께서 창건한 흥왕사(興王寺)의 주지가 되어 천태학의 진흥을 위하여 나라 안의 각 사찰은 물론 요(遼)·송(宋)·일본 등의 외국에서까지 불교 경전들을 수집 정리하는 일에 힘을 쏟아 모은 경서들이 4,700여 권에 이르자, 흥왕사에 교장도감(敎藏都監)을 두고 불경 간행을 시작하였다. 문종 27(3406, 1073)년에 『新編諸宗敎藏總錄(신편 제종교장 총록)』 3권과 『代世子集敎藏願疏(대세자집교장원소)』를 지었다. 특히 『新編諸宗敎藏總錄(신편 제종교장 총록)』에는 원효(元曉) 44부(部) 76권, 의상(義湘) 4부 4권, 의융(義融) 1부 1권, 대현(大賢) 41부 84권, 경흥(憬興) 11부 85권, 원측(圓測) 6부 35권,

연기(緣起) 4부 44권, 의적(義寂) 8부 10권, 둔륜(遁倫) 8부 43권, 자장(慈藏) 2부 3권, 체관(諦觀) 1부 1권 등 저자 21인의 저술 142부 402여 권의 방대한 신라인의 업적과 요(遼)나라 사람 도종(道宗)·각원(覺苑)·지복(志福)·수진(守臻)·법오(法悟)·비탁(非濁)·희린(希麟)·사효(思孝)·선연(鮮演)·홍종(興宗) 등 12명의 학승(學僧)들이 저술한 글들 29부 190권이 들어 있다. 이것은 어쩌면 고려와 요(遼)나라가 같은 겨레부치임을 알고 한 것이 아닌가 하는 생각이 든다. 대각국사는 이 목록의 글들을 차례차례 간행하여 『高麗續藏經(고려속장경)』을 이

합천 해인사 대장경판(陜川 海印寺 大藏經板)
경남 합천군 가야면에 위치. 국보 제32호, 출처 : 문화재청

륙하였다. 그러나 대각국사는 47세를 일기로 숙종 6(3434, 1101)년에 입적하여 그의 빛나는 출판 업적은 물론 고려 장경 간행의 위업도 일시 중단되고 말았다.

대각국사가 천태종단(天台宗團)을 개설한 뒤로는 고려 불교가 5교 양종으로 정비되었다. 5교는 계율종(戒律宗), 법상종(法相宗), 법성종(法性宗), 열반종(涅槃宗), 원효종(元曉宗 : 뒤에 圓融宗)이고, 양종은 대각국사의 천태종과 구산선문(九山禪門)을 일컫는 선적종(禪寂宗 : 뒤에 曹溪宗)을 가리킨다. 이처럼 고려 불교가 발전하면서 세간(世間)에서는 부처님을 섬기는 연등회(燃燈會)와 천령(天靈)과 명산대천(名山大川) 및 용신(龍神)을 섬기는 팔관회(八關會)를 통하여 민속이 되니, 고려 문화와 문학 발전에 큰 영향을 주었다.

문화적으로는 종교계의 팔관회(八關會)와 연등회(燃燈會)의 행사를 통한 백희(百戲) · 가무(歌舞) · 사선악(四仙樂) · 용봉상거마선희(龍鳳象車馬船戲) 등의 신라 유속(新羅遺俗)이 계승되었는가 하면, 도선(道詵)스님의 지리비보(地理裨補)의 도참사상(圖讖思想)이 전국 국민들 사이에 만연하게 되고, 왕실과 귀족들과 밀접한 관계를 가진 고려 불교의 사원(寺院)들은 풍부한 재산으로 이른바 장생고(長生庫)라는 자선기관(慈善機關)을 설치하여 사회 복지 사업에 이바지하였으며, 사찰 중심의 경제생활의 한 수단으로 차 재배[茶栽培]와 제다업(製茶業)과 주

류(酒類) 생산 등의 산업으로까지 발전 변천하게 되었다.[160]

특히 신라(新羅)에서 유행하던 풍속이 이어져 고려시대까지도 널리 즐겨지던 사선악(四仙樂)과 용봉상거마선희(龍鳳象車馬船戲) 등의 전통 민속이 조선이 건국한 뒤 불교 배척의 풍조에 밀리어 모두 사라져버린 것은 우리 천손족 겨레의 정통성을 잊어버리게 하는 큰 원인이 되었다.

문학으로는 고려 말까지의 여러 선승들이 끊임없이 시문을 창작하여 고려의 불교문학이 흥륭하게 되었다. 고려시대 불교문학의 대표적 문학 양식인 선시(禪詩)는 아래와 같은 스님들의 작품들이 유명하다.

10. 3. 2. 고려 스님들의 시문(詩文)

이미 앞에서 말한 바와 같이 고려의 승려들은 왕실의 비호를 받아 왕자의 신분으로 스님이 된 사람도 많거니와 과거제도에서도 승과(僧科)를 두어 지식인 스님들의 배출도 매우 활발하였다. 이처럼 많이 배출된 지식인 스님들은 불법을 일반 서민들에게 널리 보급하는 활동도 하면서 수행과 문학 작품 생산에도 열을 올리어 불교문학의 텃밭을 넓게 확장하였다.

160 앞주의 책, 쪽 271-302.

10. 3. 2. 1. 대각국사(大覺國師)의 선시(禪詩)

千里歸來問舍人	천리를 돌아와서 사인을 찾아뵈니,
青山獨立幾經春	청산은 홀로 서서 몇 해를 보내었나?
若逢末世難行法	만약 말세 불법 행키 어려운 때 당하면,
我亦如君不惜身	나 또한 임처럼 몸을 바치려네.

이 작품은 대각국사(大覺國師) 의천(義天 : 3388 – 3434, 1055 – 1101)스님이 신라 법흥왕(法興王) 때에 불교를 널리 보급하는 데 생을 마친 사인(舍人) 벼슬의 박염촉(朴厭髑)의 사당을 찾아보고 지은 「厭髑舍人廟(염촉사인묘)」의 7언 절구 한 수의 전문이다. 지은이는 이 시에서 불교 보급을 위하여 순교한 박염촉처럼 자기도 불교 보급에 몸 바칠 것을 스스로 서원하고 있다.

10. 3. 2. 2. 대감국사(大鑑國師)의 선시

一室何廖廓	하나의 방이 어이 이리도 밝고 큰가?
萬緣俱寂寞	온갖 생각들이 스르르 다 사라지네.
路穿石罅通	돌을 뚫어 길을 내어 물을 흘리우니,
泉透雲根落	샘물이 하늘에서 떨어지는 듯하구나.
皓月掛簷楹	밝은 달은 처마 끝에 걸린 듯 환하고,
凉風動林壑	시원한 바람결은 온 숲을 뒤흔드네.

誰從彼上人　　누가 저 스님을 따라 모시고서
清坐學眞樂　　조용히 앉아서 선 수행을 배울 건가?

(『동문선』 권 4)

이 작품은 한 폭의 신선도를 보는 것 같기도 하고, 신선한 절간의 풍광을 보는 것 같은 느낌을 주기도 한다. 여기서 "일실(一室)"이라고 한 것은 단순히 하나의 건물 안에 있는 방(房)만을 이르는 것이 아니고, 우리 인간이 살고 있는 이 지구상의 전공간(全空間)을 가리키기도 하고, 우주(宇宙)의 공간까지를 이르기도 하며, 지은이의 가슴속에 있는 마음의 세계일 수도 있을 것이다. 또 "상인(上人)"은 불특정의 스님일 수도 있는가 하면, 유마거사(維摩居士)일 수도 있고, 가섭(迦葉)일 수도 있다.

지은이는 속성(俗姓)이 손(孫)이고, 밀양(密陽) 사람이다. 이름은 탄연(坦然 : 3402 – 3491, 1069 – 1158)이며, 호는 묵암(默庵)이고, 대감(大鑑)은 시호이다. 어려서부터 시문에 능하여 15세에 명경생(明經生)으로 뽑히어 당대에 이름을 떨쳤다. 숙종이 뒤에 예종이 된 세자를 돌보게 하였으나 속세에 뜻이 없어 몰래 궁을 탈출하여 19세의 나이로 송경(松京) 북쪽의 산에 있는 안적사[京北山安寂寺]에서 스님이 되어 예종 16(3454, 1121)년에 선사(禪師)가 되고, 인종 24(3479, 1146)년에는 왕사(王師)가 되었다. 진주 단속사(晉州斷俗寺)에서 종풍(宗風)을 떨치다가 입적하매 국사(國師)로 추봉되었다. 글씨에 특히 뛰어나 신라의 김생(金生)에 버금간다고 하였다.

10. 3. 2. 3. 보조국사(普照國師)의 산문

대체로 처음 부처님을 믿기로 마음먹은 사람은 나쁜 벗을 멀리 하고, 어질고 착한 이를 가까이 하여야 한다. ① 살생을 말 것, ② 도둑질을 말 것, ③ 간사하고 음란한 짓을 말 것, ④ 망령된 말을 말 것, ⑤ 술을 마시지 말 것 등의 오계(五戒)와 이 오계에다가 ① 남의 잘못이나 허물을 말하지 말 것, ② 제 자랑이나 남을 비방하지 말 것, ③ 인색하지 말 것, ④ 성내지 말 것, ⑤ 불보와 법보와 승보를 비방하지 말 것 등을 더한 십계(十戒)를 받아 옳게 여길 줄 알고, 범함을 트고 막을 줄을 알아야 한다. 오직 부처의 말을 의지하고, 용렬한 사람들의 허망한 말을 따르지 말아야 한다.

이미 집을 나와서 중이 된 사람은 청중(淸衆)들을 참여하여 모실 때에는 항상 유순하며 온화하고, 나의 게으름을 높이 천거하지 말라.

나이 많은 이는 형이요, 나이 어린 사람은 동생으로 생각하라.

혹 다투는 이가 있거든 두 사람의 말을 화합시키되, 자비스러운 마음으로 대하고 나쁜 말로 남의 비위를 상하게 하지 말라.

만일 벗을 속이거나 업신여기며 옳고 그름을 따진다면, 그런 출가는 이로울 것이 전혀 없다.

재물이나 여색의 화는 독사보다 독하니, 자기를 살펴 그름을 알아 항상 반드시 멀리 하여야 한다.

필요한 일이 없으면 남의 방이나 요사(寮舍)에 들어가지 말고, 으슥한 곳에서라도 굳이 남의 일을 알려고 하지 말라.

육재일(六齋日)이 되지 아니하였으면 속옷을 빨지 말고, 세수할 때에는 큰 소리로 코를 풀거나 침을 뱉지 말며, 음식을 돌릴 때에는 당돌하게 차례를 넘지 말고, 거닐 때에는 옷자락을 헤치거나 팔을 휘젓지 말며, 말을 할 때에는 높은 소리로 희롱하거나 시시덕거리지 말아야 한다.

중요한 일이 아니면 산문밖에 나가지 말고, 병자가 있으면 인자한 마음으로 간호하며, 손님이 오거든 반갑게 맞이하고, 어른을 만나면 공손히 길을 피하여야 한다.

도구를 마련할 때에는 반드시 검소하게 하여 만족할 줄 알고, 음식을 먹을 때에는 마시고 씹되 소리를 내지 말며, 그릇이나 수저를 들거나 놓을 때에는 모름지기 조용히 하고, 얼굴을 들어 쳐다보지 말며, 깨끗하고 나쁜 것을 가리지 말고, 잠자코 말하지 말며 잡생각을 내지 말라. 그리하여 음식을 받는 것은 다만 몸을 여위지 아니하게 하여 도를 이루려는 데 있음을 알아야 하고, 반드시 반야심경(般若心經)을 염송하며, 삼륜(三輪)의 깨끗함을 관(觀)하여 도를 닦는 일에 어김이 있게 하지 말아야 한다.

예불(禮佛)을 올릴 때에는 아침저녁으로 부지런히 행하여 게으름을 스스로 꾸짖고, 여럿이 다닐 때에는 차례를 어지럽히지 말라.

범패(梵唄)로 찬송하거나 축원할 때에는 글을 외고 뜻을 생각할 것이요, 다만 소리를 내어 곡조를 틀리지 말며, 성현의 얼굴을 우러러 뵈올 때에는 다른 경지를 원인으로 하여 좋은 결과를 맺으려 하지 말라.

모름지기 자신의 죄업(罪業)이 마치 산이나 바다 같음을 알되, 이성으로 뉘우치고 육신으로 참회(懺悔)하여 소멸할 수 있음을 알고, 예배하는 사람이나 예배 받는 이나 모두 참 성품에서 일어난 줄을 알라.

깊이 믿어야 한다. 감응은 허망하지 아니하여 형상에 그림자가 따르고 소리에 메아리가 따르는 것과 같다. (중략)

다만 뜻과 절개를 굳게 지켜 스스로 꾸짖어 게으르지 말고, 잘못임을 알았거든 착한 일로 옮겨가며, 허물을 뉘우치고 마음을 항복 받을 것이니, 부지런히 수행하면 관(觀)하는 힘이 더욱 깊어지고, 갈고 닦으면 행하는 일이 더욱 깨끗하여질 것이다.

법을 만나기 어렵다는 생각을 늘 일으키면 도를 닦는 일이 항상 새로울 것이요, 다행하다는 마음을 항상 가지면 마침내 타락하지 아니할 것이니, 이렇게 오래 계속하면 선정과 지혜가 저절로 원만하여져서 제 성품을 보고, 다시 환술과 같은 자비와 지혜로 중생을 제도하면 인간과 천상의 큰 복밭[福田]이 될 것이니, 부디 부지런히 힘써야 할 것이다.

태화(泰和) 을축(乙丑 : 고려 희종 1, 3538, 1205)년 겨울 해동

조계산(曹溪山)의 늙은 중 지눌(知訥) 씀.[161]

이 글은 보조국사(普照國師) 지눌(知訥 : 3491 - 3543, 1158 - 1210)스님의 대표적 산문인 『誡初心學人文(계초심 학인문)』이다. 이 글은 이제까지도 우리나라 불교계에서는 불교 초학인들에게 반드시 읽고 외게 하는 교과서로 사용되고 있다. 사실 그 내용은 불승들이 아닌 일반 속인(俗人)들도 꼭 한 번 읽어서 생활의 지침으로 삼을 만하다.

지은이 보조국사는 속성이 정씨(鄭氏)이고, 이름이 지눌(知訥)이며, 호는 목우자(牧牛子), 시호가 불일 보조국사(佛日普照國師), 당호(堂號)가 감로(甘露)이다. 황해도 서흥군(黃海道瑞興郡) 사람으로, 8세에 조계(曹溪)의 운손(雲孫) 종휘(宗暉)의 문

161 "夫初心之人須遠離惡友親近賢善受五戒十戒等先知持犯開遮但依金口聖言莫順庸流妄說旣已出家參陪清衆常念柔和善順不得我慢貢高大者爲兄小者爲弟儻有諍者兩說和合但以慈心相向不得惡語傷人若也欺凌同伴論說是非如此出家全無利益財色之禍甚於毒蛇省己知非常須遠離無緣事則不得入他房院當屛處不得强知他事非六日不得洗浣內衣臨盥漱不得高聲涕唾行益次不得搪突越序經行次不得開襟掉臂言談次不得高聲戲笑非要事不得出於門外有病人須慈心守護見賓客須欣然迎接逢尊長須肅恭廻避辦道具須儉約知足齋食時飮啜不得作聲執放要須安詳不得擧顔顧視不得欣厭精麤須默無言說須防護雜念須知受食但療形枯爲成道業須念般若心經觀三輪清淨不違道用赴焚修須早暮勤行自責懈怠知衆行次不得雜亂讚唄呪願須誦文觀義不得但隨音聲不得韻曲不調瞻敬尊顔不得攀緣異境須知自身罪障猶如山海須知理懺事懺可以消除深觀能禮所禮皆從眞性緣起深信感應不虛影響相從(중략)但堅志節責躬匪懈知非遷善改悔調柔勤修而觀力轉深鍊磨而行門益淨長起難遭之想道業恒新常懷慶幸之心終不退轉如是久久自然定慧圓明見自心性用如幻悲智還度衆生作人天大福田切須勉之.

泰和乙丑冬月海東曹溪山老衲 知訥 誌."(『初發心自警文』, 寶蓮閣, 1980.)

대구 동화사 보조국사지눌진영
(大邱 桐華寺 普照國師知訥眞影)
보물 제1639호, 출처 : 문화재청

하에 들어가 중이 되어 명종 12(3515, 1182)년 승과시(僧科試)에 급제하여 지금의 전라남도 나주(全羅南道羅州)의 청원사(淸源寺)에 머물기를 비롯하여 여러 절을 순력하며 스스로 불경의 깊은 뜻을 깨치었다. 신종 3(3533, 1200)년에는 송광산(松廣山) 길상사(吉祥寺)에 머물며 조계산(曹溪山) 정혜사(定慧社)를 설립하여 뒤에 희종 즉위년(신종 7, 3537, 1204)에 희종이 수선사(修禪社)로 이름을 고쳐 주었다. 희종 6(3543, 1210)년에 법연(法筵)을 베풀고, 돌아가신 어머니의 천도제(薦度祭)를 올린 뒤에 제자들에게 입적을 예고하고 열반하였다. 세수는 53이었으며, 보조국사의 저술은 『看話決疑論(간화 결의론)』, 『勸修定

慧結社文(권수정혜 결사문)』, 『修心訣(수심결)』, 『圓頓成佛論(원돈성불론)』, 『眞心直說(진심직설)』 등이 있다.

10. 3. 2. 4. 진각국사(眞覺國師)의 선시

新年佛法爲君宣　새해에 그대 위해 불법을 설하노니,
大地風流氣浩然　대지 위에 풍류 일어 기운이 넓고 크네.
宿障舊殃湯沃雪　숙세의 업장을 눈 녹이듯 씻어내려
神光遍照日昇天　신령한 빛 비치면서 해가 점점 솟아나네.

이 작품은 진각국사의 「正旦[설날 아침]」이다. 여기서 "위군(爲君)"의 군(君)은 당시의 임금님일 수도 있고, 지은이의 친구일 수도 있으며, 막연한 사부대중(四部大衆)을 가리키는 것으로 볼 수도 있다. 또 둘째 구의 "대지(大地)"는 속인(俗人)들이 생각하는 땅을 뜻하는 것이 아니고, 불교에서 보살의 단계를 십지(十地)로 나눈 중 가장 높은 층을 이르는 말이다. 셋째 구의 "숙장구앙(宿障舊殃)"은 전생에 지은 죄 때문에 생기는 장애와 재앙을 이른 것이다. 끝구의 "신광(神光)"은 부처님의 몸에서 나는 밝은 빛을 뜻한다. 그러므로 여기서의 "正旦[설날 아침]"은 세속인들이 말하는 12월 말일인 제석(除夕)의 다음날인 1월 1일만을 가리키는 것이 아님을 이해하여야 이 작품을 제대로 감상할 수 있을 것이다.

지은이는 속성이 최씨(崔氏)로, 화순(和順) 사람이다. 이름은 혜심(慧諶 : 3511 - 3567, 1178 - 1234), 자는 영을(永乙), 호는 무의자(無衣子), 시호가 진각(眞覺)이다. 어려서 아버지를 여의고 홀어머니 밑에서 유학(儒學)을 공부하여 신종 4(3534, 1201)년 사마시(司馬試)에 급제하여 태학(太學)에 입학하였으나 어머니가 병들어 시골로 내려가서 어머니를 간병하면서 불경을 읽다가 어머니가 기세하매, 조계산(曹溪山)에 들어가 보조국사(普照國師) 지눌(知訥)의 제자가 되었다. 보조국사가 열반한 뒤에 보조국사의 뒤를 이어 조계종(曹溪宗) 2세가 되었다. 저술로는 『眞覺國師語錄(진각국사어록)』, 『眞覺國師心要(진각국사심요)』, 『禪門拈頌(선문염송)』, 『無衣子詩集(무의자시집)』 등이 있고, 가전(假傳) 작품인 「氷道子傳(빙도자전)」은 얼음을 의인화한 것이고, 「竹尊者傳(죽존자전)」은 대나무를 사람에 비유하여 자연 사물에서도 불교의 깊은 이치가 있음을 그리어 포교에 힘썼다.

10. 3. 2. 5. 천인(天因)스님의 선시

君從山中來	그대가 산속에서 나를 찾아 나왔으니,
勝境閱多少	산수의 좋은 경치 많이도 보았겠네.
自言所歷多	스스로 말하기를 구경한 곳 너무 많고
象外極高妙	세상에선 볼 수 없는 정말 높고 오묘하데.

初經月南洞　처음에는 월남골을 걸어서 지났는데,
千嶂洗秋雨　많은 산봉우리 가을비에 씻겨 있네.
樓臺出基下　누각과 높은 언덕 그 아래 솟아 있고,
金碧照巖宇　화려한 단청 빛은 바위 골에 빛이 나네.
行行轉淸曠　가면 갈수록 더욱 넓고 시원하여
襟抱豁披露　옷깃을 활짝 열어 가슴을 드러냈네.
巉巖上絶頂　험한 바위 높은 정상 올라가 굽어보니,
下瞰衆衆步　발밑을 굽어보니 많은 스님 오가시네.
留詩謝禪翁　시를 지어 참선 수도 노스님께 올리오니,
恨不相從早　일찍이 사귀지 못한 것이 한이 돼요.
淸風響萬壑　맑은 바람 부는 소리 온 골짝에 울렸으나
千偈猶未了　오히려 즈믄 게송 다 부르지 못했다네.

(『동문선』 권 4)

이 작품은 천인(天因 : 3539－3581, 1206－1248)스님이 「次韻晼上人山中作[완스님이 산에서 지은 시에 답함]」이라는 시의 전문이다. 한편의 풍경화처럼 시각적이면서도 음악을 감상하는 듯 청각적 분위기까지도 잘 그려내고 있어서 공감각적 표현이 인상적이다.

지은이는 속성이 박(朴), 시호는 정명(靜明)이다. 17세에 진사시에 합격하여 성균관에 들어갔으나 예부(禮部)에서 하는 일에 실망하여 허적(許迪)·신극정(申克貞) 등과 함께 20세에 지금의 전라도 강진(康津)의 만덕산(萬德山) 원묘국사(圓妙國師) 요세(了世 : 3497-3578, 1163-1245)스님에게서 중이 된 뒤 송광사(松廣寺)의 혜심(慧諶 : 3511-2457, 1178-1234)스님에게서 조계종의 깊은 뜻을 깨닫고, 여러 절을 다니다가 다시 원묘국사에게 돌아가 천태 교관(天台敎觀)을 전수받았다. 몽고군의 침입으로 상왕산(象王山)의 법화사(法華寺)에 머물다 입적하였다. 저술로는 「天冠山記(천관산기)」를 비롯한 산문으로 제문(祭文)과 소(疏)와 각체의 시들이 여러 편 『동문선』에 실리어 전한다.

10. 3. 2. 6. 일연(一然)스님의 시문

10. 3. 2. 6. 1. 일연스님의 선시

披榛跨海冒烟塵　산 넘고 바다 건너 험한 길을 무릅쓰고,
至相門開接瑞珍　지상사에 이르러서 귀한 법을 배웠다네.
采采雜花我故國　잡된 꽃 캐어내어 고국에 심었으니,
終南太伯一般春　종남산과 태백산의 봄빛이 한 가지네.

이 작품은 『삼국유사』 권 4, 「의해(義解)」 제5 "義湘傳敎(의상전교)" 에서 의상스님을 기린 찬(讚)의 전문이다. 제1구는 기구(起句)로 의상(義湘)스님이 입당구법(入唐求法)의 어려운 길을 무릅쓰고 당(唐)에 들어가게 된 일을 기린 것이고, 제2구는

승구(承句)로 의상스님이 입당할 당시에 당나라 화엄종(華嚴宗)의 일인자인 지엄대사(智儼大師)가 머물고 있는 지상사(至相寺)에 입문하여 지엄대사의 제자가 된 것을 이른 말이며, 제3구는 전구(轉句)로 당나라의 화엄학을 현수법장(賢首法藏)과 동문수학하며 화엄 일승학(一乘學)을 배워서 모국인 신라(新羅)로 귀국하여 신라 화엄종의 비조(鼻祖)가 된 것을 기린 것이다. 끝구는 결구(結句)로, "종남(終南)"은 지금의 중화인민공화국 서안시(西安市)에 있는 종남산으로 의상대사가 당(唐)나라에 들어가 불법을 공부한 지상사(至相寺)를 이르는 것이고, "태백(太伯)"은 의상대사가 귀국한 뒤에 머물러 있었던 부석사(浮石寺)가 있는 소백산(小白山)을 일컬은 것이다. 그래서 당나라의 화엄종과 신라국의 화엄종이 같은 꽃 같은 향기를 피운다는 속뜻을 전하며 의상대사의 공덕을 기린 것이다.

지은이 일연(一然)스님의 속성은 김(金), 이름은 견명(見明 : 3539-3613, 1206-1280), 자는 회연(晦然), 뒤에 일연(一然)으로 고치었다. 호는 무극(無極)·목암(睦庵), 법호(法號)는 원경충조(圓經冲照), 시호는 보각(普覺), 탑호(塔號)는 정조(靜照)이다. 고종 1(3547, 1214)년에 9세의 나이로 무량사(無量寺)에 들어가 학문을 닦으며 열심히 수행하다가 5년 뒤에 대웅(大雄)스님에게 중이 되어 고종 27(3573, 1240)년 승과(僧科)에 급제하였다. 고종 46(3592, 1259)년에 대선사(大禪師)에 올랐으며,

충렬왕 3(3610, 1277)년에 왕의 명에 따라 운문사(雲門寺) 주지에 올랐다. 충렬왕 9(3616, 1283)년 국존(國尊)이 되고, 원경충조(圓經冲照)의 법호를 하사 받았다. 군위(軍威)의 인각사(麟角寺)를 중건하고, 궁궐에 들어가 구산문도회(九山門都會)를 열고, 다시 인각사로 돌아와 머물면서 한국 원조 국문학사(韓國元祖國文學史)인 『三國遺事(삼국유사)』를 저술하였다. 그 밖의 저술로 『語錄(어록)』, 『界乘雜著(계승잡저)』, 『重編曹洞五位(중편조동오위)』, 『祖圖(조도)』, 『大藏須知錄(대장수지록)』, 『諸僧法數(제승법수)』, 『祖庭事苑(조정사원)』, 『禪門拈頌事苑(선문염송사원)』 등이 있다.

10. 3. 2. 6. 2. 三國遺事(삼국유사)

이제까지 우리나라의 각종 사전류의 책들에서는 거의가 이 『삼국유사』를 역사책으로 다루고 있다. 특히 현재 우리나라 백과사전으로는 가장 대표적이고 방대한 분량을 자랑하는 『한국민족문화대백과사전』에서는 "고려 후기의 고승 일연(一然)이 1281년(충렬왕 7)경에 편찬한 사서(史書)"라고 정의하고 있다.

그러나 필자는 달리 생각하여 고려시대에 이루어진 한국 최초의 국문학사(國文學史) 책이라고 주장한다. 그 이유는 다음과 같다.

『삼국유사』는 5권 2책으로 되어 있으나, 그 편제(篇題)는 각

권(卷)과는 관계없이 역사 이야기인 "「王曆(왕력)」 제1"만을 제외하면, 나머지 "「紀異(기이)」 제1(59마리) · 「興法(흥법)」 제3(6마리) · 「塔像(탑상)」 제4(31마리) · 「의해(義解)」 제5(14마리) · 「神呪(신주)」 제6(3마리) · 「感通(감통)」 제7(10마리) · 「避隱(피은)」 제8(10마리) · 「孝善(효선)」 제9(5마리)"의 8편(138마리)으로 이루어져 있다.

여기서 우리가 요즈음 말하는 어느 한 나라의 정치적 흥망사를 중심으로 서술한 역사 기록이라고 할 만한 편제는 「왕력」 제1(1마리)밖에 없다. 이제까지 우리들은 『삼국유사』의 내용

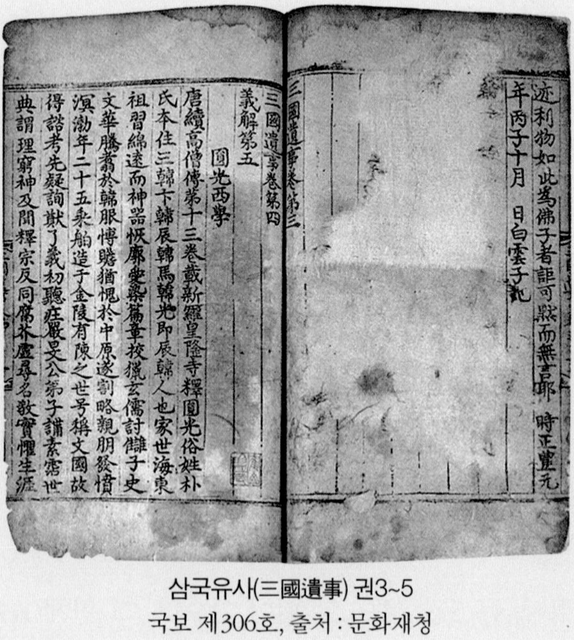
迹利物如此焉佛子者詎可默而無言耶 時正德元
年丙子十月 日白雲子記
三國遺事卷第三

三國遺事卷第四
義解第五
圓光西學
唐續高僧傳第十三卷載新羅皇隆寺釋圓光俗姓朴
氏本住三韓卞韓辰韓馬韓光即辰韓人也家世海東
祖習綿遠而神器恢廓愛染篇章校獵玄儒討讎子史
文華騰翥於韓服博贍猶愧於中原遂割略親朋發憤
溟渤年二十五乘船造于金陵有陳之世號稱文國故
得諮考先疑詢猷了義初聽莊嚴旻公弟子講素霑世
典謂理窮神及聞釋宗反同腐芥虛尋名教實懼生涯

삼국유사(三國遺事) 권3~5
국보 제306호, 출처 : 문화재청

중에서 「왕력」 제1을 너무 비중 있게 다루어 『삼국유사』 전책을 김부식(金富軾)의 『삼국사기』와 같은 역사책으로 간주하여 왔다. 그러나 필자의 소견으로는, 이 『삼국유사』를 역사서로 생각하게 한 「왕력」은 본기(本紀)와 열전(列傳)체로 된 기전체(紀傳體)의 역사책도 아니고, 연대의 순서에 의하지 아니하고 사건마다 그 본말을 종합하여 적은 기사본말체(紀事本末體)의 역사기록도 아닌 일종의 구전문학(口傳文學)의 성격이 짙은 문학사(文學史) 서술이 가지는 개국 기원의 신화(神話), 또는 사화류(史話類)와 전설류(傳說類)에 지나지 아니한다.

「왕력」 다음의 여러 편제(篇題) 아래에 나열된 작은 제목들의 글 138마리가 모두 설화요, 전설에 드는 구전문학(口傳文學) 작품 아니면, 『古記(고기)』·『新羅殊異傳(신라수이전)』·『金光寺本記(금광사본기)』·『求法高僧傳(구법고승전)』·『唐續高僧傳(당속고승전)』·『海東高僧傳(해동고승전)』·『任道大監柱貼(임도대감주첩)』·『討論三韓集(토론삼한집)』·『三寶感通錄(삼보감통록)』·『三國史記(삼국사기)』·『前漢書(전한서)』·『後漢書(후한서)』·『舊唐書(구당서)』·『君國志(군국지)』·『通典(통전)』 등 이제까지 전하여져 오는 책, 또는 지금은 전하지 아니하는 옛날의 귀중한 문헌들에서 옮겨 적은 문학작품에 해당하는 글들을 소개한 것이다. 그래서 필자는 이 『삼국유사』를 고려시대에 이루어진 한국 최초의 국문학사(國文學史) 책이라고 규명하면서 앞으로는 이 『삼국유사(三國遺事)』를 역사책으로 분류하기보다 문학사 책으로 분류할 것을 주장한다.

10. 3. 2. 7. 무극(無極)스님의 산문

진표율사(眞表律師)는 전주 벽골군 도나산촌 대정리(全州碧骨郡都那山村大井里) 사람이다. 12세에 출가할 뜻을 가지니, 아버지가 허락하여 금산수(金山藪) 순제법사(順濟法師)의 처소에 가서 스님이 되었다. 순제가 사미계법을 주고 『供養次第秘法(공양차제비법)』 한 권과 『占察善惡業報經(점찰선악업보경)』 두 권을 전하여 주며 이르되, "너는 이 계법을 가지고 미륵 · 지장 두 보살 앞에서 정성으로 참회하여 친히 계법을 받아서 세상에 전하라." 하므로, 율사는 가르침을 받고 물러나와 명산을 두루 순력하였다.

나이가 이미 27세가 되니, 상원 원년 경자(신라 경덕왕 19, 3093, 760)년에 쌀 20말을 쪄 말려 식량을 만들어 보안현(保安縣)으로 가서 변산(邊山)의 불사의방(不思議房)에 들어가 하루의 식량을 5홉으로 정하되, 그중 1홉은 쥐를 먹이기로 하였다. 율사가 미륵상 앞에서 부지런히 율법을 구하였으나 3년이 되어도 수기(授記)를 얻지 못하였다. 분한 마음이 일어 바위 밑에 몸을 던지니, 갑자기 청의동자(靑衣童子)가 손으로 받아서 돌 위에 놓았다. 율사가 다시 분발하여 서원의 뜻을 세워 21일을 기약하고 밤낮으로 부지런히 수련하였다. 돌을 두드리며 참회하기

3 · 7(21일)일이 되자 손과 팔뚝이 모두 빠졌다. 7일 밤이 되자 지장보살이 손으로 금석(金錫)을 흔들며 와서 질병과 재난을 면하게 하여[加持] 주어 손과 팔뚝이 회복되고, 보살이 가사와 발우를 주었다. 율사는 그 영험에 감격하여 전보다 배는 더 정진하니 3 · 7(21)일에 차차 천안(天眼)을 얻어 도솔천(兜率天)의 무리들이 와서 예를 올리었다. 이에 지장보살과 누님[姊氏]보살이 율사의 앞에 나타나서 누님보살이 율사의 이마를 만지며 이르기를, "장하다! 대장부로구나! 이처럼 계를 찾아 몸을 아끼지 아니하고 지성으로 참회하는구나!" 하고, 지장보살은 계본(戒本)을 주고, 누님보살은 다시 두 개의 목간을 주니, 하나는 구(九)라고 썼고, 하나는 팔(八)이라고 쓰여 있었다. "이 두 목간은 내 손가락뼈인데, 시(始)와 본(本)의 두 깨달음을 비유한 것이다. 또 구(九)는 법이요, 팔(八)은 새로 훈목하여 부처를 이르는 종자이니, 이것으로 내보(來報)를 알 것이다. 네가 이 몸을 버리면 큰 나라 왕의 몸을 받고, 그 후예들은 도솔천궁(兜率天宮)에 날 것이다." 하고는 두 성인들은 사라졌다. 그때가 임인(신라 경덕왕 22, 3095, 763)년 4월 27일이었다.

율사가 교법을 받고는 금산사(金山寺)를 창건하려고 산에서 내려와 대연진(大淵津)에 이르니, 갑자기 용왕이 나와서 옥으로 만든 가사를 바치고 8만의 권속을 데리고 금산 숲까지 오니, 사방에서 아들들처럼 모여 며칠 만에 완공하였다. 다시 자씨보살이 도솔천에서 구름을 타고 내려와 율사를 위하여 계법을 주는 것을 감득하고, 율사가 불도들을 권하여 약 5m 높이의 미륵 장육상(彌勒丈六像)을 주성하였다. 다시 계법을 받던 위용을 금당(金堂)의 남쪽 벽에 그리었다. 갑진(경덕왕 23, 3097, 764)년 6월 9일에 주성하여 병오(혜공왕 2, 3099, 766)년 5월 1일에 금당에 안치하니, 이 해가 대력(大曆) 원년(신라 혜공왕 2, 3099, 766)이었다.

율사가 금산사에서 나와서 속리산(俗離山)으로 가다가 길에서 소가 끄는 수레를 타고 오는 사람을 만났다. 그 소들이 율사 앞을 향하여 무릎을 꿇고 우니, 수레에 탔던 사람들이 내려와서 묻기를, "무슨 이유로 이 소들이 화상을 보고 웁니까? 스님은 어디서 오십니까?" 하였다. 율사는 "나는 금산사의 진표(眞表)라는 중인데, 내가 일찍이 변산의 불사의 방에서 미륵과 지장 두 보살 앞에서 계법 진성(眞性)을 직접 받고 절을 창건하여 길이 수도할 곳을 찾고자 한다. 이 소들은 겉으로는 어리석어 보이지만, 속으로는 현명하여 계법 받은 것을 알고 법을 존중하여 무릎을 꿇고 우는 것이다." 하였다. 그 사람들이 그 말을 듣고, "짐승도 오히려 이러한 신심이 있는데, 하물며 우리가 사람이 되어 어찌 마음이 없겠는가?" 하고는, 곧 스스로 낫으로 머리털을 잘랐다. 율사가 자비한 마음으로 다시 그들의 머리를 깎아 주고 계를 내려 주었다. 속리산에 이르러 길상초(吉祥草)가 자라는 곳을 보고 기억하여 두고 명주(溟州)로 향하여 바닷가를 천천히 걸어서 돌아가는데, 물고기와 자라와 악어들이 바다에서 나와 율사의 앞으로 모여 육지처럼 이어졌다. 율사가 그 물고기들을 밟고 바다 가운데로 들어가서 계법을 소리 내어 외워 주고 다시 나와 고성군(高城郡)에 이르러 개골산(皆骨山)에 들어가 발연수(鉢淵藪)를 창시하고 점찰법회(占察法會)를 열어 7년을 살았다. 그때에 명주(溟州) 경내가 흉년이 들어 백성들이 굶주리므로 율사가 그들을 위하여 계법을 강설하니, 사람마다 받들어 모시며 삼보(三寶)를 공경하였다. 얼마 뒤 고성 바닷가에 무수한 물고기들이 저절로 죽어 나오므로 백성들이 이것을 건지어 팔아서 죽기를 면하게 되었다.

율사가 발연수에서 나와 다시 불사의 방에 이르렀다가 뒤에 고향집에 가서 아버지를 뵈옵고, 때로는 진문대덕방(眞門大德房)에 가서 살기도 하였다. 그때 속리산의 대덕 영심(永深)이 대덕 융종(融宗)과 불타(佛陀) 등과 함께 율사의 처소를 찾아와서 간청하기를, "우리들이 천리를 멀다 하지 아니하고 와서 계법을 구하오니, 바라건대 법문을 열어주소서." 하였으나 율사는 묵묵부답이었다. 세 사람이 복숭아나무에 올라가 거꾸로 땅에 떨어지면서 힘써 참회하였다. 이미 율사가 전교하여 머리에 향수를 뿌리어 인가하여 주는 의식인 관정(灌頂)을 하고 가사와 발우와 『供養次第秘法(공양차제비법)』 1권, 『占察善惡業報經(점찰선악업보경)』 2권, 189 목간을 주고 다시 미륵의 진성 구라는 것과 팔이라는 것을 주며 경계하여 이르기를, "구는 법이요, 팔은 새로 훈목하여 부처가 되는 종자이다. 내가 이미 부탁하였으니, 너희는 이것을 가지고 속리산으로 가라! 그 산에는 길상초가 나는 곳이 있으니, 거기에다 정사를 짓고 이 교법에 따라 인천(人天)을 제도하여 후세에 유포하라!" 하였다. 영심등이 가르침을 받들어 곧바로 속리산으로 가서 길상초가 나는 곳을 찾아 절을 세우고 이름을 길상사라고 하였다. 영심이 여기서 처음으로 점찰법회를 개설하였다.

율사는 아버지와 함께 다시 발연으로 와서 도업을 닦으며 아버지가 돌아가실 때까지 효행을 다하고, 천화할 때에 절의 동쪽 바위에 올라 입적하였다. 제자들이 시신을 움직이지 아니하고 공양하다가 뼈들이 산락할 때에 이르러 흙으로 덮어 무덤을 삼았다. 그 묘소에 소나무 한 그루가 곧 돋아났다가 오랜 세월이 흐른 뒤에 말라 죽고, 다시 한 나무가 나고, 뒤에 또 한 그루가 났는데 뿌리는 하나이었다. 지금까지도 두 그루의 소나무가 서 있다. 대체로 경의를 표하는 사람들이 소나무 밑에서 뼈를 찾아내기도 하고, 혹 못 얻기도 하였다. 나는 그 성골(聖骨)이 다 없어져버릴까 염려되어 정사(고려 명종 27, 3530, 1197)년 9월에 소나무 밑에 가서 뼈를 주워 통에 담으니 3홉 남짓하였다. 바위 위의 쌍 소나무 밑에 비석을 세우고 뼈를 봉안하였다고 하였다.

이 기록에 기록된 진표율사의 사적은 「鉢淵石記(발연석기)」와 다른 점이 있으므로 영잠(瑩岑)이 기록한 것을 발췌하여 기록하였으니, 뒷날의 어진 사람들은 자세히 살펴보라! 무극(無極)이 기록한다.[162]

162 "眞表律師全州碧骨郡都那山村大井里人也年至十二志求出家父許之師往金山藪順濟法師處零染濟授沙彌戒法傳教供養次第秘法一卷占察善惡業報經二卷曰汝持此戒法於彌勒地藏兩聖前懇求懺悔親受戒法流傳於世師奉教辭退遍歷名山年已二十七歲於上元元年庚子蒸二十斗米乃乾爲糧詣保安縣入邊山不思議房以五合米爲一日費除一合米養鼠師勤求戒法於彌勒像前三年而未得授記發憤捨身嵓下忽有青

이 글은 영잠(瑩岑)이라는 스님이 고려 신종 2(3532, 1199, 기미)년에 지은 「鉢淵藪石記(발연수석기)」를 뒤에 일연(一然) 스님의 문하생인 보감국사(寶鑑國師) 혼구(混丘) 무극(無極)스님이 다시 쓴 「關東楓岳鉢淵藪石記(관동풍악 발연수석기)」의

衣童手捧而置石上師更發志願約三七日日夜勤修叩石懺悔至三日手臂折落至七日夜地藏菩薩手搖金錫來爲加持手臂如舊菩薩遂與袈裟及鉢師感其靈應倍加精進滿三七日卽得天眼見兜率天衆來儀之相於是地藏慈氏現前慈氏磨師頂曰善哉大丈夫求戒如是不惜身命懇求懺悔地藏授與戒本慈氏復與二栍一題曰九者一題八者告師曰此二簡子者是吾手指骨此喩始本二覺又九者法爾八者新熏成佛種子以此當知果報汝捨此身受大國王身後生於兜率如是語已兩聖卽隱時壬寅四月二十七日也師受教法已欲創金山寺下山而來至大淵津忽有龍王出獻玉袈裟將八萬眷屬侍往金山藪四方子來不日成之復感慈氏從兜率駕雲而下與師受戒法師勸檀緣鑄成彌勒丈六像復畫下降受戒威儀之相於金堂南壁 於甲辰六月九日鑄成丙午五月一日安置金堂是歲大曆元年也師出金山向俗離山路逢駕牛乘車者其牛等向師前跪膝而泣乘車人下問何故此牛等見和尙泣耶和尙從何而來師曰我是金山藪眞表僧予曾入邊山不思議房於彌勒地藏兩聖前親受戒法眞栍欲覓創寺鎭長修道之處故來爾此牛等外愚內明知我受戒法爲重法故跪膝而泣其人聞已乃曰畜生尙有如是信心況我爲人豈無心乎卽以手執鎌自斷頭髮師以悲心更爲祝髮受戒行至俗離山洞裏見吉祥草所生處而識之還向溟州海邊徐行次有魚鼈黿鼉等類出海向師前綴身如陸師踏而入海唱念戒法還出行至高城郡入皆骨山始創鉢淵藪開占察法會住七年時溟州界年穀不登人民饑饉師爲說戒法人人奉持致敬三寶俄於高城海邊有無數魚類自死而出人民賣此爲食得免死師出鉢淵復到不思議房然後往詣家邑謁父或到眞門大德房居住時俗離山大德永深與大德融宗佛陀等同詣律師所伸請曰我等不遠千里來求戒法願授法門師默然不答三人者乘桃樹上倒墮於地勇猛懺悔師乃傳教灌頂遂與袈裟及鉢供養次第秘法一卷日察善惡業報經二卷一百八十九栍復與彌勒眞性九者八者誡曰九者法爾八者新熏成佛種子我已付囑汝等持此還歸俗離山山有吉祥草生處於此創立精舍依此教法廣度人天流布後世永深等奉教直往俗離尋吉祥草生處創寺名曰吉祥永深於此始設占察法會律師與父復到鉢淵同修道業而終孝之師遷化時登於寺東大巖上示滅弟子等不動眞體而供養至于骸骨散落於是以土覆藏乃爲幽宮有青松卽出歲月久遠而枯復生一樹後更生一樹其根一也至今雙樹存焉凡有致敬者松下覓骨或得或不得予恐聖骨湮滅丁巳九月特詣松下拾骨盛筒有三合許於大巖上雙樹下立石安骨焉云云此錄所載眞表事跡與鉢淵石記互有不同故刪取瑩岑所記而載之後賢宜考之無極記."(『삼국유사』 권 4, 「의해(義解)」 제5)

전문이다.

이 글의 주인공인 진표율사(眞表律師)는 신라 중기의 고승(高僧)으로, 속성은 정(井), 완산주 만경현(完山州萬頃縣) 사람이다. 12세에 금산사(金山寺)에서 숭제법사(崇濟法師)에게 중이 되어 선계산(仙溪山)의 불사의암(不思議菴)에 들어가 7일 7야의 고행 끝에 지장보살(地藏菩薩)의 현신을 만나 정계(淨戒)를 받고, 다시 영산사(靈山寺)로 옮겨 가서 수행하여 미륵보살(彌勒菩薩)의 현신을 맞아 『日察善惡業報經(일찰선악업보경)』 2권과 간자(簡子) 189개를 받았다. 그 뒤 경덕왕(景德王)의 부름을 받아 대궐 안에서 보살계(菩薩戒)를 베풀고 많은 재물 보시를 받아 여러 절에 나누어주어 불교 중흥에 큰 공을 이루었다. 제자에 영심(永深), 보종(寶宗), 신방(信芳), 체진(體眞), 융종(融宗), 진해(珍海), 진선(眞善), 석충(釋忠)들이 있다. 『삼국유사』 권 4, 「義解(의해)」 제5에는 "眞表傳簡(진표전간)"이라는 글이 따로 실리어 있어서 진표율사의 이적을 거듭 소개하여 주고 있다.

10. 3. 2. 8. 선탄(禪坦)스님의 선시

有琴掛寒壁　　차가운 벽에는 거문고 걸렸는데,
爛盡南山石　　남산의 돌들이 다 닳아 없어지고,
唐堯與虞舜　　상고시대 요임금과 철천지효 순임금이

九泉已零落　모두 죽어 땅에 묻혀 사라져 없어졌네.
秋燈一曲謌　가을 등불 아래 한 곡조 노래하며,
坐待東方白　면벽 참선으로 날 새기를 기다리네.

(『동문선』 권 4)

이 작품은 선탄(禪坦)스님이 지은 「古風(고풍)」의 전문이다. 제1구는 낙엽이 우수수 떨어지며 찬바람이 불어대는 늦가을의 을씨년스러운 산사(山寺)의 차가운 선방의 벽에 거문고 한 채가 덩그러니 걸려 있는 시각적 풍경을 그린 듯하지만, 실은 역경을 상징하는 세찬 바람이 분다는 뜻이거나 솔바람 소리를 비정한 듯하고, 제2구는 찬바람을 예불의 찬불가인 범성(梵聲)으로 생각하는 동안 흘러가는 시간을 가리킨 것이다. 제3구는 우리 조상님들이 가장 살기 좋은 세상으로 생각하여 온 요순(堯舜)시대를 그리워하고, 제4구에서 눈 깜짝하는 사이에 태고와 현재가 함께 존재하는 심령을 바탕으로 세속의 모든 일들이 한 방울의 샘물과 같이 허망하게 흘러간다고 설파하며, 제5 · 6구에서는 노년기의 한 스님이 찬불가를 독송하면서 무한한 광명의 이상세계를 기다리며 자기를 찾는 참선수도의 모습을 노래한 선시이다.

현재로서는 지은이에 관한 자세한 사적을 밝힐 수 없음이 안타깝다.

10. 3. 2. 9. 충지(冲止)스님의 선시

邯鄲枕上事荒唐	한단에서 노생의 꿈 황당하기 그지없고,
寵辱眞同夢一場	영화와 욕 당함이 무상한 한 꿈이네.
盡道吾能窮此理	이 이치 다 깨친 듯 내 한 말로 밝히리라.
逢些順境却顚忙	편한 때엔 조그마한 일에도 허둥대네.

(「원감국사비문(圓鑑國師碑文)」)

이 작품은 원감국사(圓鑑國師)가 지은 것으로 알려진 「우연히 씀[偶書]」의 전문이다. 첫째 구의 "한단 침상(邯鄲枕上)"은 전국시대(戰國時代)에 조(趙)나라 서울인 한단(邯鄲)에서 도사(道士) 여옹(呂翁)의 베개를 잠시 빌려서 한잠을 잔 노생(盧生)이 꾼 부귀영화의 꿈을 황당하다고 이르는 것이고, 둘째 구에서는 영화(榮華)와 오욕(汚辱)도 똑같이 무사함을 강조하였으며, 셋째 구에서는 도통한 지은이이므로 이러한 이치를 한 마디 말로 싸잡아서 답할 수 있다고 큰 소리를 쳤으며, 마지막 구에서는 항시 수도하라는 경계를 주고 있다.

지은이는 속성(俗姓)이 위(魏), 이름이 법환(法桓 : 3559－3625, 1226－1292)인데, 뒤에 충지(冲止)로 고치었다. 호는 복암(宓庵), 시호가 원감국사(圓鑑國師)이니, 조계종의 제6세조로 추앙되고 있다. 고종 31(3577, 1244)년 과거에 응시하여 19세의 어린 나이로 장원급제를 하여 일본에 사신의 일원으로 다녀오는 등 벼슬길이 크게 열릴 만한데, 벼슬을 그만두고 원오국사(圓悟國師) 천영(天英)에게서 중이 되어 감로사(甘露寺) 주지를 지내며 선불교 발전에 진력하였다. 원(元)나라 세조(世祖)의 부름을 받아 북경(北京)에 들어가 금란가사(金襴袈裟)와 백불(白佛)을 선사받아 귀국하였다. 충렬왕 18(3625, 1292)년에 입적하니, 세수 67세에 법랍이 39세이었다. 저서로는 충렬왕 27(3634, 1301)년에 간행된 『圓鑑國師語錄(원감국사어록)』과 『圓鑑國師歌頌(원감국사가송)』이 세상에 전한다.

10. 3. 2. 10. 무외(無畏)스님의 시문

10. 3. 2. 10. 1. 新築高臺(신축고대)

新築高臺得勝觀 높은 대 새로 쌓아 승경을 보게 되니,
蓬山華岳陟何難 봉래와 화악산을 밟는 것도 쉽겠구나.
前呑巨浸雲煙洶 앞에는 바다처럼 구름 안개 흉흉하고,
後揖巉巖玉雪寒 뒤에는 높은 산봉 눈처럼 차갑구나.

凌虛臺上獨遊觀 능허대에 홀로 올라 고운 경치 구경하니,
詩不能形畵亦難 시화로는 그려내기 너무도 어렵구나.
天見道人貧到骨 하늘은 도인의 마른 모습 보셨는지
命專山水慰飢寒 산수에 내 주림을 위로하게 명했구나.

(『동문선』 권 68)

이 작품은 『동문선』 권 68, 「菴居日月記(암거일월기)」에 삽입되어 있는 무외(無畏)스님의 7언 절구 2수의 전문이다. 제목은 필자가 임의로 붙인 것이다.

10. 3. 2. 10. 2. 圓慧國統祭文(원혜국통제문)

噫大道之豊夷兮	아아! 대도의 성함과 쇠함이여!
在哲人之有無	밝은 사람 있고 없음 거기에 달려있네.
惟我師之雄偉兮	생각하면 우리 스님 크시고 크시도다!
乃間世而降塵區	여러 대만에 이승에 오셨다네.
妙齡穎悟兮	어렸을 때부터 뛰어나게 총명하셔
博通三部擇法眼明兮	삼부경을 널리 통해 법안이 밝으셨네.
善別精麤初主白蓮兮	정추를 잘 아시어 백련사 주지 됐네.
重興祖道卒爲國統兮	조종의 도 중흥하셔 끝내 국통 되시었네.
德與名俱及還源日兮	덕과 이름 갖추시어 나신 날 돌아갔네
從容解脫實所謂善	조용히 해탈하셔 사실은 착하시네.
始令終之大丈夫	처음부터 대장부로 끝까지 같으셨네.
於期時也乾坤寂兮	열반하신 그날에는 천지가 고요했네.
三光慘淡泉澤渴兮	삼광도 참담했고 샘과 못물 다 마르니,
百草焚枯嗚呼哀哉	온갖 풀들 불타 죽네. 아아! 슬프구나!
顧予暗短而無似兮	나의 아둔 짧은 지식 짝이 없건마는
幸以宿緣而忝一門	다행히 숙연으로 문하의 하나 됐네.
徒昵受鉗槌之鍛鍊兮	문도들과 어울리며 편달로 단련했네.

其恩賜也豈可量乎	그 은혜 내려주심 헤아릴 수 전혀 없네.
今當百日兮辦齋奉福	이제 백일 졸곡 맞아 재계하고 복을 들어
兼陳薄祭兮庶愍屋愚	박제 차려 제하오니 세상 사람 돌보소서.

(『동문선』 권 109)

이 작품은 무외(無畏)스님이 지은 「圓慧國統祭文(원혜국통제문)」의 전문이다. 지은이 무외스님의 이름은 정오(丁午), 호는 목암(牧菴) 또는 무외(無畏)라고 하였다. 원혜국사(圓慧國師)의 제자로 승과에 장원급제하여 일월산 백운암(日月山白雲庵)에 머무는 중 충렬왕의 부름을 받아 묘련사(妙蓮寺)의 주지가 되고, 충렬왕 말년(34, 3641, 1308) 7월 충렬왕이 승하하여 충선왕이 즉위하는 즉위식에서 선종 각종 산문도반 총섭제조(禪宗各宗山門道伴總攝提調)가 되고, 충숙왕 즉위년(3646, 1313)에는 영원사(靈源寺) 주지로서 국통(國統)이 되어 대천태종사 쌍홍 정혜 광현 원종 무외국통(大天台宗師雙弘定慧光顯圓宗無畏國統)의 호를 받았다. 저술로는 「菴居日月記(암거일월기)」 이외에 지금의 강원도 철원군(江原道鐵原郡)에 있는 명승지로 이름이 높은 고석정에 관한 기록인 「孤石亭記(고석정기)」라는 산문도 유명하다.

10. 3. 2. 11. 진정(眞淨)스님의 선시

黑頭黃閣坐魁然	젊은 나이로 정승이 되었으니,
知是生當五百年	오백 년에 한 번 날 그런 분임 알았지요.
大手四分蟾窟桂	네 번이나 시관 되어 인재를 뽑았으니,
香根幾種鷲峰蓮	영취산에 향기로운 연꽃 많이 심으셨네.
早曾厭飫空門味	일찍부터 불교의 맛 배불리 즐겼으니,
況復虛明古鏡圓	게다가 허명한 옛 본심도 원만하셔.
更有故藏彌露處	숨겨온 모든 것 드러난 것 또 있으니,
韓公鉞與謝公篇	한금호의 절월 외에 사안의 명편이죠.

이 작품은 짐정(眞淨)스님이 지은 「奉答柳平章蓮字詩寄呈[유평장이 보낸 연자시에 답하여 올림]」의 전문이다. 제1·2구는 서장으로, 유평장(柳平章)이 젊은 나이에 무사로서 평장사에 오른 것을 기리어 수(隋)나라 대장으로 진(陳)나라를 쳐 대승한 한금호(韓擒虎)와 동진(東晉)의 명재상(名宰相)으로 풍류에 뛰어났던 사안(謝安)에 비유한 것이고, 제3·4구는 유평장이 지공거(知貢擧)로 우수한 인재를 많이 선발한 개인적 영예를 월궁(月宮)의 계수나무 가지를 꺾는다는 비유로 과거 시험을 주관하였던 일과 유평장의 독실한 불교 신앙을 기린 것이다. 제5·6구는 유평장의 불심에 기초한 원만한 마음씨를 기린 것이며, 제7·8구는 이 작품의 결사장으로, 결국 유평장이야말

로 수나라 대장 한금호와 동진의 이름난 재상 사안과 흡사한 500년대의 위인임을 밝힌 것이다. 어찌 보면, 아첨성이 있는 송찬시로 보이지만 글자 속에 숨겨진 깊은 뜻은 모두가 무상하다는 가르침이 담겨 있다. 여기서의 유평장은 원종(元宗) 4(3596, 1263)년에 문하시랑 동중서 문하평장사(門下侍郎同中書門下平章事)를 지낸 유경(柳璥 : 3544 - 3622, 1211 - 1289)을 이른 것이다.

지은이는 속성이 신(申), 이름이 천책(天頙), 자가 몽차(蒙且), 진정(眞淨)은 호이다. 젊어서 문과에 급제하였으나 충선왕 때에 만덕산(萬德山)의 원묘국사(圓妙國師)에게서 스님이 되었다. 보현도량(普賢道場)에 들어간 뒤 만덕산 백련사(白蓮寺) 제4대 조사(祖師)가 되었다. 만년에 용혈암(龍穴菴)에서 수도에 정진하여 "용혈대존숙(龍穴大尊宿)"이라는 존칭을 받았다. 그의 저술로는 『海東傳弘錄(해동전홍록)』, 『室簿錄(실부록)』, 『禪門寶藏錄(선문보장록)』, 『湖山錄(호산록)』 등이 있다.

10. 3. 2. 12. 식영암(息影菴)스님의 산문

10. 3. 2. 12. 1. 식영암스님의 菊坡說(국파설)

3년 병인(元나라 晉宗의 泰定 3, 고려 충숙왕 13, 3659, 1326)에 음력 9월 9일 중양절(重陽節)에 복암(復菴) 휴공(休公)과

더불어 뒤뜰에서 국화를 구경하다가 휴공이 말하기를, “내 친구 숙산(肅山) 전경(全卿)이 성 안에 살면서 국화를 매우 사랑하였네. 인하여 그가 거처하는 곳을 ‘국파(菊坡)’라고 이름을 붙이었으니, 전경은 어진 군자이네.”라고 하였다.

내가 말하기를, “군자는 물건에 대하여 반드시 자기에게 합하는 것이 있은 뒤에야 취하는 것인데, 내가 들으니, 전경이 사랑하는 것이 국화라고 하니, 전경이 과연 어진 것을 알겠네. 대개 국화의 꽃이 된 것이 그 빛이 누르니, 내가 전경의 도(道)가 중심을 얻고 똑발라서 편벽되지 아니한 것을 알겠네. 국화향기가 멀리 풍기니, 내가 전경의 덕이 이웃으로 통달하여 숨기기 어려운 것을 알겠네. 국화가 피어나는 것도 봄여름에는 피지 아니하고 반드시 늦은 가을에 피니, 나는 전경이 벼슬길에 나오는 것이 양수(陽數)에 응하는 군자임을 알겠네. 대개 군자는 독한 풀 옆에서 놀지 아니하고, 못쓸 나무 밑에서는 쉬지 아니하네. 그러므로 전경이 놀고 쉴 곳이 국화가 피는 언덕이 아니고 어디이겠는가?” 하였다. 휴공이 말하기를, “자네가 말귀를 알아듣는군.” 하면서 글로 쓰기를 명하였다.[163]

163 “三年丙寅菊節與復菴休公在後庭看菊休曰吾友肅山全卿居城中頗愛菊因名其居爲菊坡全卿賢君子吾曰君子之於物必有合於己者而後取之吾聞全卿之所愛者菊知全卿之果賢也夫菊之爲花其色黃吾知全卿之道中正而不頗也菊之臭馨吾知全卿之德旁達而難掩也菊之開不于春夏必於秋季吾知全卿之出應陽數而爲君子人也夫君子不遊于毒草之傍不息乎惡木之下然則全卿之所遊息非菊坡而何休曰子知言命書之.”(『동문선』 권 97)

이 작품의 지은이는 호를 식영암(息影菴)이라고 한 고려 충선왕(忠宣王)의 셋째 아들인 덕흥군(德興君)이다. 덕흥군은 이름이 혜(譓)이고, 원나라 이름은 타스티므르[塔思帖木兒]이다. 충정왕(忠定王) 3(3684, 1351)년에 입산하여 스님이 되었다. 불문에서 쫓겨나자 원나라로 도망하여 원나라 임금에게 아첨하여 고려에 많은 해를 입힌 것으로 알려졌다. 공민왕(恭愍王) 13(3697, 1364)년에는 연경(燕京)에 있는 고려인들을 수합하여 거짓 벼슬을 주어 임명하고, 원나라 임금으로부터 왕호(王號)를 받아 최유(崔濡)와 함께 요양성병(遼陽省兵) 1만을 얻어 고려를 치러 의주(義州)에 이르렀다가 안우경(安遇慶)과 최영(崔瑩)장군에 의하여 패전하고 원나라로 돌아갔다. 공민왕 14(3698, 1365)년에는 원나라 관리의 미움을 받아 군호(君號)를 빼앗기고 영평부(永平府)로 유배되었다. 이 식영암은 지팡이를 사람으로 가탁하여 지은 가전(假傳) 작품 「丁侍子傳(정시자전)」의 지은이로 더 유명하다.

10. 3. 2. 12. 2. 식영암스님의 丁侍者傳[지팡이전]

입동날 어둑한 새벽에 식영암(息影菴)이 암자 안에서 담에 기대어 졸고 있는데, 바깥마당에서 어떤 사람이 절을 하면서 문안을 드린다는 소리가 있었다. "새로 온 정시자(丁侍者)가 인사를 올립니다." 하였다. 이상하게 생각되어 나가서 그를 보

왔더니 어떤 사람이 있었다. 모양이 몸은 가늘고 키가 크며, 낯빛이 검고 눈빛은 광채가 있었다. 붉은 뿔이 높고 뾰족하여 마치 싸우는 소의 뿔과 같았으며, 검은 눈동자가 툭 튀어나와서 마치 성이 나서 부릅뜬 눈알 같은 것이 조금 걷다가 쉬면서 집 안으로 들어와 외로운 장구벌레처럼 서 있었다. 식영암이 비로소 두려운 생각이 들어서 한참 있다가 그를 불러서 말하기를, "자네는 내 앞으로 와보게! 진실로 자네에게 물어볼 것이 있네. 또 자네는 어찌하여 이름을 곰배[丁]라고 하였는가? 어디서 왔으며, 무엇 때문에 왔는가? 또한 나는 평소에 자네를 알지 못하고, 자네 얼굴도 알지 못하는데, 자네가 시자라고 하는 것은 무슨 이유이며 무슨 할 말이 있는가?" 하니, 말이 끝나기도 전에 정시자가 마침내 깡충깡충 뛰듯이 앞으로 나와서 느린 말씨로 조심스레 대답하여 아뢰었다. "옛날에 처음 성인(聖人)이 계셨으니, 그는 머리가 소의 머리 같았던 포희(包犧)라고 하는 분이 저의 돌아가신 아버지이시고, 그 몸이 뱀이신 여왜(女媧)라고 하는 분이 저의 돌아가신 어머니이십니다. 저는 나무숲에서 낳아 버려져서 제대로 길러지지 못하여 서리와 우박에 학대를 받아서 마치 여위어 죽을 뻔하였는데, 비바람의 은혜를 받아 살아나서 매우 영화롭게 살면서 추위와 더위를 천백 번 겪은 뒤에야 다 자라서 인재(人材)가 되었습니다. 여러 대를 거쳐 진(晉)나라의 속된 세상에 이르러 범씨(范氏)네 가신(家臣)이 되어 비로소 몸에 옻칠을 하는 기술을 배우며 살아오다가 당(唐)나라의 승려가 되어 조로(趙老 : 趙州和尙)의 문인이 되어 무쇠 주둥이[鐵嘴]

라는 호를 더하여 받았습니다. 뒤에 정도(定陶)라는 곳에서 놀다가 정삼랑(丁三郎)이라는 사람을 길에서 만났습니다. 그는 뚫어지게 저를 보더니 말하기를, '네 모양을 보면 위는 옆으로 벌어지고 아래로 세워지니, 마땅히 내 성을 네 성으로 주겠다.' 하였으나 저는 그의 말대로 고치지 아니하기로 하였습니다. 무릇 제가 하는 직책이 사람을 부축하여 모시는 일이기에 사람마다 저를 부려서 저는 천하고 고달팠습니다. 그러나 그 사람이 아니면, 감히 저를 부리지 못하기 때문에 제가 붙들어 모시는 사람이 대체로 적었습니다. 생각하여 보니, 그 사람을 만나지 못하면 의지하여 함께 살아갈 수가 없어서 해내(海內)를 떠돌며 지내다가 토우(土偶)에게 비웃음을 받기도 하였으나 이제까지 오래 견디어 왔습니다. 어제 하느님께서 저의 기박한 운명을 불쌍히 여기시어 명하시기를, '너를 화산(花山)의 시자(侍者)로 삼노니, 그리로 가서 직을 받들고 그를 스승으로 모시어라!' 하시므로, 저는 그 명령을 듣자마자 기뻐 뛰며 외다리로 왔습니다. 바라옵건대, 어르신께서는 용납하여 받아들여 주소서." 하였다. 식영암이 말하기를, "덕성스럽구나! 정상좌는 옛 성인이 남긴 몸으로 뿔이 무너져 내려 앉지 아니하였으니, 장(壯)하구나! 눈이 빠져도 달아나지 아니한 것은 굳셈[勇]이요, 몸에 옻칠을 하여 은혜와 원수를 생각하는 것은 미쁨[信]과 옳음[義]이며, 쇠로 된 주둥이로 민첩하게 묻고 대답하는 것은 슬기로움[智]과 말을 잘함[辯]이요, 어른을 붙들어 모시는 것은 어진 것[仁]이며 예(禮)를 지키는 것이요, 돌아가 의지할 것을 택하는 것은 바름

[正]이며 밝음[明]이다. 이 여러 아름다운 덕을 모아 길이 살아 늙지도 아니하고 죽지도 아니하니, 자네야말로 성인(聖人)이 아니면, 곧 신(神)일세. 내가 어찌 자네를 부릴 수가 있겠는가? 나는 이 중에서 하나도 가진 것이 없으니, 자네의 친구가 되는 것조차도 마땅하지 아니하거늘 하물며 스승이 될 수가 있겠는가? 화도(華都)에 또 화산(花山)이 있는데, 각암(覺菴) 노화상(老和尙)이 그 산에 머물러 살아온 지가 벌써 2년이 되었다. 산은 이름이 같으나 사람은 덕이 같지 아니하니, 하늘이 자네를 가라고 명한 것은 이곳이 아니요, 대개 그곳일 것이다. 자네는 그리로 가보게!" 하고, 이어서 노래를 불러 보내니,

정(丁)아! 성큼성큼　　각암의 뜰로 가라!
나는 여기서　　박[匏]과 오이[瓜]처럼
매이어 사는 몸이　　정 너만 못하구나!

하였다.[164]

164 "立冬日昧爽息影菴在菴中倚墻睡聞外有庭拜問訊聲云新到丁侍者參怪而出視之有人焉形纖而長色默而光赤角高撑若觝鬪玄睛挺露若瞋督行而入孑而孑立息影菴始而瞿然頃而呼曰子來前姑有問於子且子何名爲丁何自而來來何爲乎抑吾素不識子面子而稱侍者何以豈有說乎言未旣丁逡雀躍以進徐其辭而謹對曰古初有聖人其首牛者曰包犧吾考也其身蛇者曰女媧吾妣也生吾林中棄而不育霜雹暴之則若悴而死而風雨恩之則若榮而生而歷寒暑千百而後長而成人材綿代迄于晉俗而爲范氏家臣始學漆身之術降于唐僧而爲趙老門人又加鐵嘴之號于後遊定陶遇丁三郎於途熟瞪而謂曰見子形上橫下竪宜以吾姓累汝姓吾固當因而不革焉凡吾職在扶侍人人使吾吾賤且勞矣然非其人莫敢使故吾所扶侍盖寡惟其不遇失所歸附流寓海宇爲土偶所笑今而久矣昨天哀吾奇命之曰命汝爲花山侍者其往奉職師事之惟謹吾聞命欣躍隻脚以來願長老容受息影菴曰德哉丁上座古聖之遺體也角不崩壯也目不逃勇也漆

이것은 「丁侍者傳(정시자전)」의 전문이다. 이 정시자(丁侍者)가 무엇을 상징한 것이냐에 관하여는 여러 이설이 있으나 지팡이를 의인화한 가전(假傳) 작품이다. 지은이가 왕자(王子)로서 스님이 되어 수도 중일 때에 세속이 어지러움을 탄식하며, 지팡이가 지니고 있는 장(壯)·용(勇)·신(信)·의(義)·지(智)·변(辯)·인(仁)·예(禮) 등의 유가적(儒家的) 도덕성을 강조하면서 어른을 부축하여 모시는[扶侍] 봉사자로서의 지팡이를 의인화하여 그 높은 인격과 미덕(美德)을 기리고 있다. 특히 정시자의 선대를 우리나라 상대 신화적 인물들인 포희(包犧)와 여왜(女媧)를 부모로 표현한 것이나, 화도(華都)의 화산(花山)과 지은이가 머물고 있는 화산(花山)을 이름만 같고 실제는 다른 곳이라며 화도의 화산에 있는 각암노화상을 높이고, 그를 모시러 가라고 정시자를 보내면서 자기를 깎아내리는 겸손을 보이고 있다. 여기서의 화도(華都)는, 곧 원(元)나라의 수도인 지금의 북경(北京)을 가리킨다는 사실을 생각한다면, 이것은 고려시대 송(宋)나라의 문화에 눌리어 알아서 송나라를 섬기던 큰 나라 섬기기 사상[事大思想]의 나쁜 버릇이라고 하겠다.

身以念恩讎信也義也鐵嘴以掩問對智也辯也職扶侍仁也禮也擇歸附正也明也集斯衆美長生不老死非聖卽神烏可企也予不敢有一於此不當子之所友況所師乎華都復有山花其名者匿菴老和尙住彼山二年山雖同名人不同德天命子往者非于此蓋于彼也子往矣因爲歌而送之曰丁哉趨而之乎匿菴之庭予匏瓜於此不若汝丁."(『동문선』 권 101)

지은이 식영암(息影庵)스님의 저술은 이 밖에도 설(說) 3편과 소(疏) 6편이 『동문선』에 전한다.

10. 3. 2. 13. 태고(太古)스님의 시문

10. 3. 2. 13. 1. 雲山吟(운산음)

山上白雲白	산위의 흰 구름은 희기만 하고,
山中流水流	산속의 흐르는 물 쉼 없이 흘러가네.
此間我欲住	이 산속서 내가 살려 마음을 정했더니,
白雲爲我開山區	백운이 나를 위해 산 한 곳을 열어주네.
白雲話盡心中事	백운과 마음속 일 말들을 다 하렸더니,
有時行雨難久留	때때로 비가 내려 오래는 못 머무네.
又被清風便	때로는 맑은 바람 그 힘을 빌어서
行盡三千歷四洲	삼천세계 사대주를 빠짐없이 쏘다니네.
我亦隨君馭清風	나도 또한 그대 따라 맑은 바람 몰고 가서
江山處處相追遊	강과 산 어디든지 함께 얼려 노닐려네.
爲何事堪與	무엇하러 그대 따라 힘들여 노니는가?
白鷗戲波頭	새하얀 갈매기와 물결 위서 놀아보세.
卻來共坐松下月	돌아와 소나무 밑 달과 함께 앉았으니,
松聲動啾啾	소나무에 부는 바람 그 소리 쓸쓸하네.
此心共誰話	누구와 이 마음을 함께 나눠 말해 볼까?
恒沙佛祖盡悠悠	수많은 부처님들 모두가 한가하네.
懶臥白雲裏	흰 구름 덮인 산속 게을리 누웠으니,

青山笑我大無憂	청산은 웃으면서 걱정 하나 없다 하네.
我卽笑而答	나도 곧바로 웃으면서 대답하니,
汝山不識吾來由	산아! 너는 내가 온 까닭을 모르겠지?
平生睡不足	평생에 언제나 나는 잠이 모자라서
愛此水石爲衿裯	이곳 수석 사랑하며 옷과 이불 삼고 자네.
青山爲笑我	푸른 산은 나를 위해 웃음을 날리면서
何不早歸來吾儔	왜 빨리 돌아와서 내 벗이 안 되는가?
君若愛青山	만약에 그대가 푸른 산을 사랑커든
藤蘿影裏大休休	덩쿨풀 그늘에서 마음껏 쉬라 하네.
我從青山語	나는 푸른 산의 그 말을 따라서
放身大臥青山樓	몸을 놓고 푸른 산의 다락에 편히 쉬네.
有時夢有時覺夢	어떤 때는 꿈을 꾸고 어떤 때는 깨어나니,
覺元無拘夢裏	꿈꾸고 깨어남에 원래 구애 아니 받네.
卻尋來時路	도리어 꿈속에서 온 때의 그 길 찾아
長安酒肆騎木牛	장안의 술집에서 나무소를 타 보았네.
木牛化作春風意	나무소는 변화하여 봄바람 같아지니,
綻花開柳如琳球	꽃과 버들 피워내어 아름다운 옥과 같네.
桃花紅似火	복사꽃 붉은 것이 불꽃 흡사한데,
柳絮白如毬	버들 꽃은 희기가 제기술과 비슷하네.
中有梨花白又白	그 가운데 배꽃처럼 희고 또 희어서
無言引得幽言求	말없이 그윽한 곳 인도하며 말 청하네.
珍禽啼破刹那夢	진기한 새가 울어 허무한 꿈 깨우지만,
睡味猶甘身不動	잠의 맛이 너무 달아 내 몸 꼼짝 못하겠네.

이 작품은 태고 보우(太古普愚)스님이 지은 「운산음(雲山吟)」의 전문이다. 5언과 7언을 섞어 지은 40구이다. 흰 구름[白雲]과 푸른 산[青山]을 의인화하여 선문답을 하고 있는 것이 선승의 선미(禪味)가 높다. 백운은 곧 변화무상한 속세의 인간이고, 청산은 인간이 추구하는 이상 세계임을 은연중에 그려내고 있다.

지은이 태고(太古)화상은 속성이 홍(洪)으로 홍주(洪州) 사람이다. 태고(太古)는 호인데, 또 다른 호는 보우(普愚), 또는 보허(普虛)라고도 하였다. 13세에 출가하여 양주(楊州) 회암사(檜巖寺)의 광지(廣智)스님에게서 도를 깨치고, 26세 되던 해에 화엄선(華嚴選)에 합격하여 용문산 상원암(龍門山上院菴)과 성서(城西)의 감로사(甘露寺)에서 고행 정진을 하고, 충숙왕 2(3679, 1346)년에 원(元)나라 호주(湖州)로 가서 임제종(臨濟宗) 석옥청공(石屋淸珙)의 법을 잇고 돌아와 고려 임제종의 초조가 되었다는 사실을 이미 앞에서 언급한 바가 있다.

10. 3. 2. 13. 2. 辭石屋和尙[석옥화상(石屋和尙)을 떠남]

제자 보우(普愚)는 오랫동안 도풍(道風)을 우러러 천만리를 멀다 하지 아니하고 이 하무산(霞霧山) 꼭대기를 찾아와 끝내 스승님[函丈]을 모시게 되매, 마치 빈궁한 아들이 그 아버지를 만난 것 같았습니다. 그리하여 반달 동안 모시고 있으면서

심요(心要)를 가리어 결정하고 법의 젖[法乳]을 마음껏 먹었습니다. 그 은혜는 비록 몸을 가루로 내더라도 실로 갚기 어려웠는데, 이제 하직하게 되었으니, 어찌 정의가 없을 수 있겠습니까?[165]

삼가 덕을 칭송하며 아울러 발원하여 게송(偈頌)을 지어 조그만 정성을 표합니다.

吾觀本師大圓鏡	내 보기에 스님께선 둥글고 큰 거울!
亦觀弟子平等性	또 제자의 평등성도 살펴 보셨지요.
同是一體徧十方	본래 한 본체로서 시방 세계 가득 차니,
廓然瑩徹了無影	환히 밝고 트여 끝내 그림자도 없었어요.
無生無佛絶能所	중생과 부처 없이 능소도 끊어졌죠.
靈通皎潔常寂照	신통하며 항상 희어 고요히 비쳐주니,
萬像森羅現其中	삼라만상 그 속에서 저절로 드러나죠.
吾師水月形亦露	우리 스승 그 얼굴이 물속의 달로 뜨니,
亦有弟子空華身	또한 제자 중엔 하늘 꽃 몸 또 있지요.
淨穢苦樂皆現了	깨끗하고 더러움이 고락 속에 다 있으니,
今以吾師大和尙	이제 우리 큰 스님을 스승으로 모셨지요.
大圓鏡中弟子某	둥글고 큰 거울 속 이 제자 아무개는
歸命禮弟子鏡中	제자의 거울 속 부처님께 귀의합죠.
本師和尙古佛老	우리 스승 큰스님은 오래된 노불이죠.

165 "弟子普愚久嚮道風不遠千萬里尋此霞霧山頂果參函丈若窮子逢其父然於是侍留半月決擇心要飽受法乳如斯大恩雖碎身實難爲報今於辭也豈無情義哉謹頌德兼發志願作偈獻之以表寸誠云."(게송의 원문은 번역을 참조.)

發誠願語異加被	진심으로 부처님의 중생 제도 발원하죠.
世世生生亦如是	세세생생 언제까지 이러하기 비옵니다.
師爲華藏世界主	스승님이 화장세계 주인이 되신다면,
我爲長子助其利	저는 맏이 되어 그 이익을 돕습니다.
或住兜率演法時	어쩌다 도솔사와 연법사에 계실 때에는
我爲天主常衛侍	저는 하느님을 위하여 늘 지킵니다.
或坐菩提樹下時	어쩌다 보리수 밑 앉아 계실 때엔
我爲國王行法施	저는 국왕 위해 법보시를 행합니다.
如我今日本誓願	오늘의 제 소원을 이룰 수 있다면,
種種莊嚴悉圓備	갖가지 장엄을 다 원만히 갖춥니다.
供養十方無盡佛	시방 세계 다함없이 불공을 드리옵고,
大乘菩薩及一切	대승 보살들과 모든 부처 모시지요.
普與法界諸佛子	사부 대중과 법계의 모든 부처
同證如來常寂理	여래의 고요한 법 늘 함께 증득하죠.
滅除煩惱無餘垢	번뇌를 없이 하니 남은 죄도 없어
一切妙行皆成就	일체의 묘행을 다 이루게 하렵니다.
當來佛佛會會中	미래의 부처님들 모이신 가운데에
互爲賓主須相遇	서로가 주객 되어 반드시 만나겠죠.
師爲主我爲伴師	스승님이 주인 되면 저는 그 짝 되고
師爲伴我爲主師	스승님이 제 짝 되면 저는 주인 되죠.
盡未來際作佛事	미래 세상 다하도록 부처님 모시면서
度盡衆生歸去後	중생을 다 건지고 돌아간 뒤에도
同遊無上大涅槃	위가 없는 열반에서 함께 얼려 노닐면서

一如今日遊霞霧　한결같이 하무산서 오늘을 놀듯이
吾雖幻質分彼此　제가 비록 환영 바탕 피차로 나뉘어도
此心終不離左右　이 마음은 끝내 스승 곁을 지킵니다.

이 작품은 태고화상이 원(元)나라 하무산(霞霧山)의 석옥청공(石屋清珙)스님에게서 법을 배우고 떠나 귀국할 때에 남긴 고별시의 게송(偈頌) 40구와 서문을 포함한 전문이다.

10. 3. 2. 14. 나옹(懶翁)스님의 시문

10. 3. 2. 14. 1. 示諸念佛人[염불하는 사람들에게 보임] 8수

深沈無語意彌長　깊이 가라앉아 말이 없어 뜻 더 깊어
妙理誰能敢度量　묘한 이치 누가 감히 헤아릴 수 있을까?
坐臥行來無別事　앉고 눕고 가며 와도 다른 일은 전혀 없고,
心中持念最堂堂　마음속에 지닌 생각 가장 당당하네.

自性彌陀何處在　자성의 아미타불 어디에는 없겠는가?
時時念念不須忘　언제나 염불하기 제발 부디 잊지 말게.
驀然一日如忘憶　갑자기 어느 하루 기억을 깜빡하듯
物物頭頭不覆藏　일마다 물건마다 감춤 없이 드러나리.

彌陀憶念佛須間　아미타불 염호하기 쉴 틈을 두지 말게.
二六時中仔細看　하루 종일 쉼이 없이 자세히 살펴보라.

驀得一朝親憶着　갑자기 어느 아침 친하여 잊지 않듯.
東西不隔一毫端　동서의 먼 거리에 한 터럭 틈도 없다.

人人錯步不還鄕　사람마다 허튼 걸음 고향에 못 돌아가
山野慇懃又發揚　산과 들로 은근히 또 세차게 떠도누나.
忽憶念頭俱熱處　문득 생각날 때 뜨거운 곳 함께 하면,
飜天覆地覺花香　하늘과 땅 뒤엎어도 꽃 냄새 깨달으리.

念念無忘憶自持　생각마다 잊지 말고 절로 지켜 기억하라.
切忌求見老阿彌　부디 늙은 아미타불 보려 하지 말지어다.
一朝忽得情塵落　하루아침 문득 정의 티끌이 없어지면,
倒用橫拈常不離　가로 세로 잡고 쓰면 언제나 안 떠나리.

阿彌陀佛在何方　어디에 아미타불 계시는지 모르겠네.
錯得心頭切莫忘　마음에 붙들어서 조심스레 잊지 말게.
念到念窮無念處　생각이 다하여 없는 곳에 이르러도
六門常放紫金光　육도문엔 붉고 노란 밝은 빛이 부서지네.

幾劫勞勞六途廻　괴롭게 몇 겁이나 육도를 돌았는가?
今生人道最爲稀　이승의 사람으로 난 것 가장 귀하다네.
勸君早念彌陀佛　그대들에 권하노니 아미타불 염호하게.
切莫閑遊失好時　부디부디 한유하면 좋은 때를 잃지 말게.

六道輪廻何日休　육도를 윤회하기 언제나 그칠 겐가?

思量落處實爲愁　떨어질 곳 생각하면 사실은 근심되네.
唯憑念佛勤精進　열심히 염불만을 외고 외어 정진하라.
拶透塵勞驀倒頭　세속 번뇌 떨친 뒤에 고향 찾아 곧장 가라.

이 작품은 나옹스님의 『나옹화상법어집(懶翁和尙法語集)』에 실려 있는 「示諸念佛人[염불하는 사람들에게 보임]」 8수의 전문이다. 첫 수에서 끝수까지 아미타불의 이름을 생각하며 염불할 것을 강조하고 있다. 이 작품에서는 나옹화상의 정토사상(淨土思想)을 엿볼 수가 있다.

나옹화상의 반빈글노래[部分借字歌]와 뜻글 가사에 관하여는 이미 앞에서 말한 바가 있으므로 여기서는 나옹화상의 뜻글 게송(偈頌) 한 수를 감상하기로 한다.

10. 3. 2. 14. 2. 山居[산속에서 살다]

一鉢一甁一瘦藤　바리 하나 물병 하나 한 개 가는 지팡이
深山獨隱任騰騰　깊은 산에 홀로 숨어 자연에 맡겨 사네.
携藍採蕨和根炙　바구니에 고사리 캐 뿌리째 구워 먹고,
衲被蒙頭我不能　누덕 옷 입고 나니 내 머리 못 싸매네.
我有眞空無事禪　나는 참 허공의 무사선을 즐겨 하니,
巖間倚石打閑眠　바위틈의 돌에 기대 열심히 참선하네.
有人忽問何奇特　어떤 이가 홀연 묻되 무엇이 기특하죠?
一領鶉衣適百年　한 벌 헌옷 그것으로 백 년을 살아가네.

松窓盡日無塵鬧	하루 종일 송창에는 시끄러움 전혀 없고,
石槽常平野水淸	돌구유와 들판 물은 언제나 맑다 하네.
折脚鐺中滋味足	절름발이 퉁노구솥 밥맛조차 좋은 터에.
豈求名利豈求榮	어떻게 명리와 영화를 구하겠나?
白雲堆裏屋三間	흰 구름 덮인 속에 초막이 3간 있어
坐臥經行得自閑	앉고 눕고 거닐기에 스스로 한가롭네.
磵水冷冷談般若	돌 틈의 맑은 물은 반야경을 설법하고,
淸風和月遍身寒	시원한 맑은 바람 달과 얼려 몸이 차네.
幽巖靜坐絶虛名	그윽한 바위 위서 헛이름을 끊어내니,
倚石屛風沒世情	돌 벽에 기대어서 세상 인연 전무하네.
花葉滿庭人不到	꽃잎들은 뜰에 가득 찾는 사람 하나 없고,
時聞衆鳥指南聲	때맞추어 온갖 새들 봄날을 알려주네.
深山竟日無人到	깊은 산엔 하루 종일 오는 사람 하나 없고,
獨坐茅菴萬事休	외로이 초막에만 앉았으니 만사 쉬네.
三尺柴扉推半掩	낮으막한 사립문을 반쯤만 열어놓고,
困眠飢食任逍遙	피곤하면 단잠 자고 시장하면 먹고 노네.
我自居山不厭山	내가 산에 살고부턴 산이 너무 좋아져서
柴門茅屋異人間	사립문과 초가집이 속세와는 딴 세계네.
淸風和月簷前佛	맑은 바람 달과 얼려 집 앞이 불국이니,
磵水穿胸洗膽寒	바위 틈 냇물소리 간담을 차게 씻네.
無端逐步到磎邊	뜻밖에 발길 따라 냇가에 다다르면,
流水冷冷自說禪	차갑게 흐르는 물 절로 설법 참선하네.
遇物遇緣眞體現	만나는 모든 물건 만난 인연 참 몸 보니,

何論空劫未生前　나기 전의 공겁을 논하는 것 쓸 데 없네.

이 작품은 7언체 형식을 취한 나옹화상의 뜻글 게송 「山居[산속에서 살다]」의 전문이다. 이 작품에서는 청정한 서왕세계(西往世界), 곧 극락세계(極樂世界)를 연상하게 하는 선미(禪味)를 느낄 수가 있다.

10. 3. 2. 15. 백운(白雲)스님의 시문

10. 3. 2. 15. 1. 居山[산에서 살다]

洞中流水如藍染　산 마을에 흐르는 물 쪽빛 물감 푼듯하고,
門外青山畵不成　문 밖의 푸른 산은 그림보다 아름답네.
山色水聲全體現　산 빛과 냇물 소리 오롯이 드러나니,
箇中誰是悟無生　죽음을 이곳에서 깨달을 이 그 뉘실까?

이 작품은 경한(景閑)스님의 연작시 「居山[산에서 살다]」 25수 중의 셋째 수이다. 제1-3구는 지은이가 머물고 있는 세상이 온통 청록(靑綠)의 푸르름으로 물들어 있는 아주 깨끗하고도 맑은 자연(自然)이라서 그 아름다움이란 어떤 화가일지라도 결코 그려내지 못할 극락세계처럼 느껴지는 공간미(空間美)를 예찬한 것이다. 임제종(臨濟宗)이 즐겨 추구하는 조사선(祖師禪)의 화두(話頭)로서 조주선사(趙州禪師)의 "지도무난(至道無

難)"의 공안(公案)을 연상하게 한다.[166] 제4구의 "개중(箇中)"은 무생무사(無生無死)의 극락세계, 도가(道家)의 말로라면 신선세계(神仙世界)라고 할 그런 공간과 우주를 뜻한다. 극락에서 생(生)과 사(死)는 아무 의미도 없는 빈 말일 뿐이다. 특히 "무생(無生)"이라는 시어는 "모든 법의 실상은 본래 생멸(生滅)이 없다"는 것이다. 그런데 세속 사람들은 그 진여(眞如)를 깨닫지 못하고, 탐진치(貪瞋癡)의 삼독(三毒)과 미망(迷妄) 속에 빠져 헤어나지 못하니, 열심히 수도하여 깨우치라는 선기(禪機)를 제시한 것이다.

지은이 백운 경한(景閑 : 3632 – 3708, 1299 – 1375)스님은 현재로서는 불행히도 자세한 생애가 밝혀지지 아니하여 궁금한 것이 많지만, 현재 알려진 기록만으로는 고려 말엽의 삼대선승(三大禪僧) 중에서 속세의 나이로는 태고 보우(太古普愚 : 3634 – 3715, 1301 – 1382)와 나옹 혜근(懶翁慧勤 : 3653 – 3709, 1320 – 1376)보다 2~21세의 차이가 있는 선배이지만, 그 법계로는 세 사람 중에서 가장 후배이다. 태고가 그의 나이 25세(3658, 1325)에 고려 승과에 급제하고, 충목왕(忠穆王) 3(3680, 1347)년에 원나라로 나가서 임제종(臨濟宗)의 큰 스님 석옥청공(石屋淸珙 : 3605 – 3685, 1272 – 1352)에게서 법을 배워 의발을 전

166 井上秀天, 『碧巖錄新講話』, 京文社書店, 1933.

수받고, 이듬해에 귀국하여 고려 임제종의 초조(初祖)가 되었으며, 나옹은 같은 해에 원나라로 법을 배우러 나가서 평산처림(平山處林)에게서 선법(禪法)을 배우고, 원나라 수도 연경(燕京)의 광제선사(廣濟禪寺)의 주지로 있다가 인디아 출신 선승 지공(指空)스님을 만나 그의 법을 배우고, 공민왕 9(3693, 1360)년에 귀국하여 오대산 상두암(五臺山象頭菴)에 머물고 있을 때에 경한스님은 충정왕(忠定王) 3(3684, 1351)년에야 원나라로 나가서 태고스님의 은사인 석옥청공스님에게서 임제의 종법(宗法)을 배웠다. 7년 뒤에 귀국하여 바로 공민왕 9(3693, 1360)년에 해주 신광사(神光寺)에서 종풍을 드날리다가 천녕(川寧)의 취암사(鷲巖寺)에서 열반하였다. 저술로는 『白雲和尙語錄(백운화상 어록)』이 전한다.

10. 3. 2. 15. 2. 示禪禪人[선선인에게 보임]

여러 해 보지 못하였다고 하여 옛날에 보았다고 하지는 마십시오. 살피지 못하여 알지 못하나 옛날의 여행 짐 보따리를 바꾸었습니까? 만일 바꾸었다면 자기가 본 것에 앉아 있지 말고, 긴 장대 끝에서 한 걸음을 더 나아가서 불조(佛祖)의 정수리 위의 묘한 이치를 밝히십시오. 무릇 모든 행동이 모두 거짓에 떨어지지 아니하여야 비로소 고요히 앉아 있음을 알 것입니다. 보지도 못한 옛 어른이 이르기를, "백 척(약 33m)의 긴 장대 끝에서 다시 한 걸음을 나아가면, 시방세계(十方世界)가 바로 온몸이다." 하였고, 또 본 일이 없는 옛날의 큰 스님은 "깨치거든 반드시 사람을 만나야 한다. 만약 사람을 만나지 못하면, 마치 꼬리 없는 원숭이와 같아서 재롱을 피우면 곧 웃음거리가 되고 만다."고 하였습니다. 부탁하여 이릅니다. "깨치려면 반드시 사람을 만나야 합니다. 사람을 만나지 못한다면, 향상의 눈을 얻지 못하고, 또 견해의 미혹(迷惑)으로 말미암아 여전히 흘러갈 것입니다. 혹 조금씩 나누어진 깨달음을 얻으면, 홀로 곧 그것으로 만족하고 스스로 사특한 생각을 고집하여 다시는 앞으로 한 걸음도 나아가지 못하고, 또한 사람을 만나지도 못하여 큰 병에 걸릴 것입니다. 그것은 자기만을 속임이 아니라 또한 불조를 속이는 것이니, 살피어 생각하십시오. 만일 향상의 종승(宗乘)의 일을 알려 하거든 한번 찾아주시면, 잠깐이라도 스님을 위하여 한 번 비결을 짓겠습니다. 우선 이로써 답합니다."[167]

이 작품은 백운화상이 선선인(禪禪人)에게 준 편지이다. 선선인이 누구인지는 알 수 없으나 열심히 자기 수도를 하라고 권하는 글임을 알겠다.

167 "多年不相見莫作舊時看未審老宿換却舊時行李處麼若也換得莫坐在己見上急宜竿頭進步究明佛祖頂顟上妙致凡所擧止悉不落虛僞始解穩坐不見古人云百尺竿頭須進步十方世界是全身又不見先德云悟了須遇人若不見人如無尾巴猢猻相似才弄出便取唉囑曰悟了須見人若不見人不得向上眼又被見刺惑依前流浪去其或得小分覺觸便以爲足自執邪見更不進步亦不見人卽成大換非唯自謾亦謾佛祖思之諦思之若也要會向上宗乘中事枉垂相訪不惜眉毛爲君一訣姑此書覆."(『白雲和尙語錄』, 「示禪禪人書」)

10. 3. 2. 16. 요원왕사(了圓王師)의 선시

三界癡如作繭蠶	삼계는 어리석어 고치 짓는 누에 같고,
白駒光景不亭驂	흰 망아지 빠른 세월 쉼 없이 달려가네.
茫茫天地無人省	아득한 이 천지에 아는 사람 전무한데,
早吾浮虛只幻菴	일찍이 인생무상 깨친 이는 환암일네.

이 작품은 『동문선』 권 22에 실려 전하는 「幻菴(환암)」이라는 제목의 7언 절구 1수의 전문이다. 고려 말엽의 선승인 환암(幻菴) 혼수(混脩 : 3653 – 3723, 1320 – 1392)스님의 호 환암을 풀이하여 지은 선시이다.

현재로서는 지은이 요원왕사(了圓王師)의 저술 중 『法華靈驗傳(법화영험전)』 이외에 유일한 뜻글시 작품이다. 불행히도 현재 지은이의 생애와 업적에 관한 자세한 기록은 널리 전하지 아니하여 잘 알 수가 없으나 각종 문헌들의 기록에 의하면, 충혜왕 원년(2664, 1331)에 왕사(王師)가 되었음을 알 수가 있을 뿐이다. 이 시의 제목이 세상만사(世上萬事)가 무상(無常)하여 몽환(夢幻)이라는 뜻의 은유가 아닌 환암(幻菴)이라는 스님을 가리킨다면, 지은이는 아마도 같은 시대를 산 환암의 선배스님이거나 환암스님 자신이었을 것으로 추정된다.

환암스님은 이름이 혼수(混脩), 자는 무작(無作), 환암이 호이고, 시호는 보각국사(普覺國師), 속성은 풍양조씨(豊壤趙氏)

이다. 대선사(大禪師) 계송(繼松)에게서 머리를 깎고 중이 되어 충혜왕(忠惠王) 2(3674, 1341)년 선시(禪試)에 장원하여 금강산에 들어가 2년 동안 섭심(攝心)을 연구하고, 노모를 위하여 경산(京山)에서 6년을 지내고, 어머니가 작고하자 대자법화경(大字法華經)을 써서 명복을 빌었다. 공민왕(恭愍王) 19(3703, 1370)년에는 조정에서 베푸는 공부선장(工夫選場)에서 나옹화상(懶翁和尙)의 선문(禪問)에 유일하게 응답하여 왕의 존경을 받았으나 자주 산림으로 숨었다. 우왕(禑王) 9(3716, 1383)년에는 대조계종사 선교도총섭 오불 심종 홍자운비 복국이정 묘화 무궁 도대선사 정편 지웅존자(大曹溪宗師禪敎都摠攝悟佛心宗興慈運悲福國利正妙化無窮都大禪師正遍智雄尊者)라는 호를 받았다. 입적한 뒤의 탑호는 정혜원융(定慧圓融)이다.

10. 3. 2. 17. 굉연(宏演)스님의 선시

大婦舂東臼	큰며느리 동쪽 방아 찧고 있는데,
小婦舂西臼	작은며느리 서쪽 방아 찧고 있네.
小郎舂南臼	작은아들은 남쪽 방아 찧는데,
大郎舂北臼	큰아들은 북쪽 방아 찧고 있네.
幼女護力攀碓頭	어린 딸은 거드느라 방아공이 부여잡고,
幼兒弄米飜柳斗	어린아이 쌀 장난에 유두별들 뒤집히네.
青裙大婦雲鬟高	푸른 치마 큰며느리 고운 머리 드높은데,

氣猛脚健踏碓牢 기운 세고 힘찬 다리 방아다리 밟아대네.
大郎小婦驚相問 큰아들이 제수에게 놀라며 서로 묻고
謔郎笑傲聲嘈嘈 익살과 웃음으로 왁자지껄 시끄럽네.
汗流浹背時蹔息 등골에 흐르는 땀 가끔가끔 쉬기도 해
以手挼看白米白 손으로 쌀을 집어 흰가를 살펴보네.
欲白未白還更舂 쌀은 흰 듯 만 듯 다시 방아 찧어
努力辛勤眞可惜 수고롭게 애를 씀이 참으로 애석하네.
天之降才非爾殊 하늘이 주신 재능 다름 별로 없지마는
奈何貧富不同途 가난과 부자의 길 어이 이리 달라지나?
雖然由此勞逸異 그러므로 편안함과 고생도 같지 않아
一治一養還相須 나랏일과 농사일은 서로가 의존하네.
去年秋熟米價落 작년 가을 풍년으로 쌀값이 떨어졌고,
今年痲麥殊兩獲 올해에는 삼과 보리 모두가 잘 되었네.
那堪政又減科徭 정치조차 세금 요역 줄여서 주었으니,
婦簸夫篩良不惡 지어미와 지아비의 키와 체질 너무 좋네.
或舂或揄或揉簸 방아를 찧어 껍질 날리거나 까불러서
淅之叟叟蒸浮浮 설렁설렁 일어내어 지글지글 끓여내네.
大雅蒸民歌后稷 대아의 증민편엔 후직을 노래하니,
功奏萬古何時休 그 공이 만고에 길이길이 이어지네.
只今閭閻逢歲樂 지금 여염에선 풍년을 만났기에
四海淸和塵不起 사해가 평화로워 티끌조차 일지 않네.
但願年年世太平 오직 바라노니 해마다 태평하여
斗米三錢差可擬 한 말 쌀값 서푼이란 옛말처럼 되어주소.

(『동문선』 권 8, 「칠언고시」)

이 시에서 고려 말엽의 농촌 생활수준을 짐작할 수가 있다. 방아 찧기를 주제로 하고 있지만, 방아를 찧는다는 것은 수도승의 선수행(禪修行)의 은유(隱喩)라고 하겠다. 여기서 큰며느리 내외와 작은며느리 내외는, 곧 동서남북 사방의 신장들의 역할을 상징한 것으로 보인다.

이 작품의 지은이는 나옹화상(懶翁和尙)의 문인으로 『懶翁和尙法語集(나옹화상법어집)』과 『懶翁和尙歌頌集(나옹화상가송집)』을 엮어서 그 이름이 널리 알려져 있으나 그의 생애에 관한 기록은 별로 없는 것 같다.

10. 3. 2. 18. 기타 스님들의 시문

생몰 연대를 정확히 알 수 없는 밀암(密菴)스님은 『동문선』에 제문(祭文) 4편이 전하고, 시녕(始寧)스님은 7언 율시 1편, 달전(達全)스님은 「登燕京昊天寺九層大塔(등연경 호천사 구층대탑)」 등 7언 고시 4편과 「次韻李正言混花山懷古(차운 이정언혼 화산회고)」 등 7언 율시 2편, 계응(戒膺)스님의 「送智勝(송지승)」 5언 율시 1편과 「食堂銘幷序(식당명병서)」 산문 1편, 망우(亡雨)스님의 5언 율시로 「山中(산중)」과 「送日本僧文溪(송일본승문계)」 2편, 신여(信如)스님의 산문 「金剛經序(금강경서)」 1편, 요일(寥一)스님의 7언 율시 「乞退(걸퇴)」 1편 등이 각각 『동문선』에 실리어 전하고 있다. 이들은 모두 현재로서는 그들의 생애를 알 수 있는 기록들이 없어서 안타까울 뿐이다. 다만 달전스님만은 현재 전하는 그의 7언 율시 「次韻李正言混花山懷古(차운 이정언 혼 화산회고)」가 그의 생존 시대를 충선왕(忠宣王)과 충렬왕(忠烈王) 시대이었음을 짐작하게 한다. "이정언 혼(李正言混)"이 바로 충선왕 때의 문신 이혼(李混 : 3585－3645, 1252－1312)임을 가리키기 때문이다. 이혼은 자는 거화(去華) 또는 태초(太初)이고, 시호는 문장(文莊)이다. 본관은 전의(全義)이다. 원종 9(3601, 1268)년 17세에 문과 급제를 하여 국학학정(國學學正)이 되고, 충렬왕 때에는 승지(承旨)가 되어 간언(諫言)의 일로 여러 번 파면되기도 하고 유배 생활도 하였으나 벼슬이 첨의정승(僉議政丞)에 이르렀다. 특히 영해(寧海)로 귀양 갔을 때에는 무고(舞鼓)를 지어 악부(樂府)로 전하게 하였다.

고려시대의 이러한 불교문학 양상은 조선시대에 들어와서 한때 유가(儒家) 정치인들에 의하여 쇠미하여지기도 하였었지만, 나라에 큰 전란이 있을 때마다 승군(僧軍)이라는 이름의 특수 집단을 형성하여 꾸준히 나라를 지키는 호국불교(護國佛敎)의 이념으로 행동하는 불교로 발전되어 왔다.

10. 3. 3. 고려 불교의 이야기 문학

10. 3. 3. 1. 도참적 설화(圖讖的說話)

지금 충청북도 청주시 상당구 남문로에 있는 용두사(龍頭寺)의 옛터에 남아 있는 철당간지주(鐵幢竿支柱)에 얽힌 이야기가 유명하다. 이 당간지주는 대한민국 국보 제41호로 원래는 30단이었으나, 지금은 20단만 남아 있는 철당간지주인데, 그 조성 연대가 명기된 것으로는 유일한 문화재이다. 여기에는 다음과 같은 설화가 전하여 온다.

> 고려 초 혜원(慧願)스님이 전국의 이름난 절과 명승지를 두루 돌며 수행(修行)하다가 하루는 청주(淸州)의 용두사(龍頭寺)터 인근에서 밤을 보내게 되었다. 집 주인의 융숭한 대접을 받고 잠자리에 들기 전 참선에 드니, 이상하게 번뇌와 망상이 기승을 부리었다. 참선을 마치고 마당으로 나가 집터를 두루 살피는데, 갑자기 소낙비가 쏟아져 옷을 흠뻑 적시었다. 비를 피하여 방으로 급히 들어가 옷을 벗어 말리려 하니, 날씨가 거짓말처럼 맑아지며 아름다운 무지개까지 서쪽으로 떠올랐다. 혜원스님은 속으로 생각하기를, 반드시 무슨 변고가 있을 것을 예견하면서 잠자리에 들어갔다. 꿈에 부처님이 나타나서 혜원스님에게 말을 걸었다. "이보게 혜원아! 지금 예서 무엇을 하고 있는가?" 하시었다. "보시다시피 소승은 부처님처럼 중생들에

게 올바른 법을 전하여 주고자 전국을 구름과 물처럼 흘러 다니고 있습니다." 하였다. 부처님은 혀를 끌끌 차면서 먼저 "이 고장이 물에 빠져 떠내려가게 되었으니, 그것부터 해결하여 보게." 하고는 간 곳이 없이 사라졌다. 혜원스님은 날이 밝자 용두사를 찾아가서 주지스님을 만나 자초지종의 이야기를 하면서 "소승은 간밤 꿈속에서 부처님을 뵈었는데, 부처님께서는 제게 '청주 고을이 떠내려가려고 하니, 빨리 용두사로 가서 돛대를 세우라.' 고 하시고 사라지시었습니다." 하였다. 용두사 주지는 그 이야기를 듣고 깜짝 놀라면서 자기도 같은 꿈을 꾸었노라고 말하였다. 두 스님들은 3일을 두고 그 뜻을 풀이하려 하였으나 답을 얻지 못하였다. 4일째가 되는 날 아침 한 어린 동자가 용두사로 찾아와서 머리를 깎고 중이 될 것을 청하였다. 주지스님은 기특하게 생각하며 동자의 머리를 깎으며 동자에게 넌지시 자기의 꿈 이야기를 들려주면서 그 속뜻을 아는지를 물었다. 동자는 "곧 용두사에 소금배가 들어올 것인데, 돛대가 없습니다." 하면서 자취를 감추어 절문 밖으로 나가는 것이었다. 주지스님은 동자의 뒤를 좇아가 "지금 뭐라고 하였느냐? 소금 배는 무엇이며, 돛대는 무엇이냐?" 하니, 동자는 "그 뜻을 정말로 알고 싶으면, 목암산(木巖山=牛巖山)에 올라가 용두사를 바라보시면 될 것입니다." 하고는 달아나 버렸다. 주지스님은 혜원스님을 만나 그 이야기를 전하고, 두 스님이 같이 목암산에 올라가 지형을 살피었다. 혜원스님은 주지스님에게 "스님! 용두사를 중심으로 주변 산세를 잘 살펴보세요." 하며 계속하여

"지금 용두사가 자리한 곳이 청주고을의 가장 중심이 되는 곳입니다. 주변의 산세들은 마치 거대한 배 모양을 하고 있습니다." 하였다. 그제서야 주지스님은 "그렇게 말씀하시니, 참 그렇군요. 그런데 배가 북쪽으로 떠내려가는 형국이군요." 하며 동조하였다. 원혜스님은 "네 그렇습니다. 이런 지형을 행주형(行舟形)이라고 합니다. 그래서 부처님이나 동자가 돛대 이야기를 한 것 같습니다."하고는, 용두사에 두 스님이 힘을 모아 철당간지주 30단을 만들어 세워 청주 고을이 북쪽으로 떠내려가지 못하게 고정시켰다고 한다. 이후에는 청주를 "주성(舟城)"이라고도 부르게 되었다고 한다.[168]

이 이야기는 용두사(龍頭寺)의 철당간지주 조성의 연기설화(緣起說話)이기도 하고, 청주(淸州)의 다른 이름으로 "주성(舟城)"이라고 불리어지게 된 지명 연기 설화로 풍수지리의 도참의식(圖讖意識)을 드러내 보여주는 좋은 보기이라고 할 수 있다.

10. 3. 3. 2. 천룡사 연기 설화(天龍寺緣起說話)

일연(一然)스님의 『삼국유사』「탑상」 제4에 다음과 같은 "천룡사(天龍寺)"의 이야기가 있다.

168 『청주문화』 23호, 용두사지 문화관광 해설사, 2008.

동도(東都 : 지금의 경주시)의 남산(南山) 남쪽에 봉우리 하나가 우뚝 솟아 있다. 세상에서는 고위산(高位山)이라고 하였다. 고위산의 남쪽에는 절이 있는데, 속칭 고사(高寺), 혹은 천룡사(天龍寺)라고도 한다. 토론삼한집(討論三韓集)에는 이르기를, "계림(鷄林)의 땅에는 두 줄기의 다른 곳에서 흘러들어오는 물[客水]과 한 줄기의 거슬러 들어오는 물[逆水]이 있는데, 그 역수와 객수의 두 근원이 홍수[天災]를 막지 못하면, 천룡사가 뒤집혀 물속에 가라앉는 재앙에 이른다." 고 하였다.

또 세상에서는 "다른 곳에서 흘러들어오는 물은 이 고을 남쪽의 말들어온 마을[馬等烏村] 남쪽으로 흐르는 시내가 이것이다. 또 이 물의 근원이 천룡사에 있다. 중국에서 온 사신[使者] 악붕귀(樂鵬龜)가 와서 보고 말하기를, '이 절이 없어지면, 나라도 금방 망할 것이다.' 라고 하였다." 고 기록되어 있다. 또 대대로 전하여오는 이야기는 "옛날 절에 시주를 잘하는 사람[檀越]에게 두 딸이 있었는데, 이름을 천녀(天女) · 용녀(龍女)" 라고 하였다. 부모는 이들 두 딸을 위하여 절을 새로 짓고, 딸들의 이름으로 절의 이름을 지었다. 이곳은 지경이 이상하여 불도(佛道)를 닦는 도량이 있었는데, 신라(新羅) 말엽에 파괴되어 폐허가 된 지가 오래 되었다.

중생사(衆生寺)는 관음보살이 젖을 먹여서 키운 최은성(崔殷誠)의 아들 승로(承魯)가 자란 곳이다. 승로는 숙(肅)을 낳았고, 숙은 시중(侍中) 제안(齊顔)을 낳았는데, 제안이 곧 이 없어진 중생사를 중수하였다. 그리고 석가만일도량(釋迦萬日道場)을 설치하고, 조정의 명과 함께 신서(信書)와 발원문(發願文)까지 받아서 절에 남겨 두었었다. 그가 세상을 떠나자 그 가람을 보호하기 위하여 신이 되었는데, 자못 신령스럽고도 이상한 일들을 많이 나타내었다. 그 신서의 내용은 대략 이러하다.

"단월인 내사시랑(內史侍郞) 동내사(同內史) 문하평장사 주국(門下平章事柱國) 최제안은 씁니다.

경주의 고위산 천룡사가 허물어진 지 이미 여러 해가 되었습니다. 이에 제자 최제안은 특별히 임금님께서 만수무강하시어 나라가 태평하고, 만백성들이 편안하기를 바라면서 전당(殿堂)과 낭각(廊閣)과 방사(房舍)와 부엌과 곳간을 모두 새로 짓고, 또 돌을 쪼아 만든 부처님과 흙을 빚어 불로 구워 만든 불상 몇 구를 만들어서 석가 만일 도량(釋迦萬日道場)을 새로이 설치하였습니다. 이미 나라를 위하여 고치어 손을 보아 세웠으므로 관가(官家)에서 절의 주지를 정하여 보내는 것이 옳은 일이었습니다. 그러나 이 절의 주지를 교대할 때에는 도량의 스님들이 불안하여 하였습니다. 희사한 토지를 가지고 사원의 넉넉함을 보면, 팔공산(八公山)의 지장사(地藏寺)와 같은 절은 희사 받은 토지가 200결이었고, 비슬산(毗瑟山)의 도선사(道仙寺)는 희사 받은 토지가 20결이었으며, 서경(西京)의 사방에 흩어져 있는 산사(山寺)들도 각각 20결씩이었으니, 모두 유직 무직을 물론하고 반드시 계(戒)를 갖추고 재주가 뛰어난 사람을 뽑아서 절의 중망에 따라서 여러 차례 계속하여 주지로 삼아서 분향하며 수도하는 것을 평상시의 일처럼 하여 왔습니다. 제자 제안은 이 풍속을 알고 기뻐서 저는 이 천룡사도 또한 절의 중들 가운데서 재주와 덕이 모두 갖추어진 높고 크신 스님으로 나라의 기둥과 서까래가 될 만한 사람을 골라 뽑아서 주지로 삼아 길이 분향하고 수도하게 하려 합니다. 이를 문자로 갖추어 기록하여 절에서 법회의 의식을 주관하는 스님인 강사(剛司)에게 맡겨 두었으니, 지금 맡고 있는 주지를 비롯하여 유수의 관문(關文)도 받아서 도량의 여러 스님들에게 이를 보여 여러 스님들이 각각 모두가 알아 두게 합니다.

중희 9(고려 정종 6, 3373, 1040)년 6월 어느 날 관직을 갖추어 앞과 같이 서명합니다."

라고 하였다.

살피건대, 중희는 거란(契丹) 흥종(興宗)의 연호이니, 고려의 정종(靖宗) 7(즉위년 포함)년인 경진(3373, 1040)년이다."[169]

---

169 "東都南山之南有一峰屹起俗云高位山山之陽有寺俚云高寺或云天龍寺討論三韓集云鷄林土內有客水二條逆水一條其逆水客水二源不鎭天災則致天龍覆沒之災俗傳云逆水者州之南馬等烏村南流川是又是水之源致天龍寺中國來使樂鵬龜來見云破此寺則國亡無日矣又相傳云昔有檀越有二女曰天女龍女二親爲二女創寺因名之境地異常助道之場羅季殘破久矣衆生寺大聖所乳崔殷誠之子承魯魯生肅肅生侍中齊顏顏乃重修起廢仍置釋迦萬日道場受朝旨兼有信書願文留于寺旣卒爲護伽藍神頗著靈異其信書略曰檀越內史侍郎同內史門下平章事柱國崔齊顏狀東京高位山天龍寺殘破有年弟子特爲聖壽天長民國安泰之願殿堂廊閣房舍廚庫已來興構畢具石造泥塑佛聖數軀開置釋迦萬日道場旣爲國修營官家差定主人亦可然當遆換交代之時道場僧衆不得安心側觀入田稠足寺院如公山地藏寺入田二百結毘瑟山道仙寺入田二十結西京之四面山寺各田二十結例皆勿論有職無職須擇戒備才高者社中衆望連次住持焚修以爲恒規弟子聞風而悅我此天龍寺亦於社衆之中擇選才德雙高大德兼爲棟梁差主人鎭長焚修具錄文字付在剛司自當時主人爲始受留守官文通示道場諸衆各宜知悉重熙九年六月日具御如前署按重熙乃契丹興宗年號本朝靖宗七年庚辰歲也."

이 이야기는 비록 일연스님이 지은 『삼국유사』에 실려 있기는 하나, 실제 이야기의 내용은 일연스님이 살고 있던 당시에 전하여 들은 이야기를 일연스님이 기록한 것이므로 삼국시대 문학이 아니고, 고려시대 문학으로 보아야 옳다. 특히 일연스님은 이 글을 인용하면서 지은이를 "내사시랑(內史侍郎) 동내사(同內史) 문하평장사 주국(門下平章事柱國) 최제안은 씁니다."라고까지 밝혀 놓고 있기 때문에 이 작품은 신라시대 문학으로 다루기보다는 고려문학으로 다루는 것이 옳다고 생각하여 여기에서 다룬다.

10. 3. 3. 3. 백엄사 석탑 사리(伯嚴寺石塔舍利)

고려 정종(定宗) 원년(3281, 948)인 개운(開運) 3년 병오(丙午) 10월 29일에 강주(康州 : 지금의 경상남도 진주시)땅 임도대감 주첩(任道大監柱貼)에 이르기를, "선종(禪宗)의 백엄사(伯嚴寺)는 초팔현(草八縣 : 지금의 초계)에 자리하고 있는데, 그 절의 간유상좌(侃遊上座)는 나이가 39세라고 하였으나 백엄사가 처음 지어진 때는 알 수 없다."고 하였다.

다만, 예로부터 전하여 오는 말로는 "전대인 신라(新羅) 때에 북택청(北宅廳)터를 희사하여 이 절을 지었는데, 중간에 오랫동안 허물어져 없어졌다가 지난 병인년(丙寅年 : 고려 광종 17, 3299, 966) 중에 사목곡(沙木谷) 양부화상(陽孚和尙)이 다시 지어서 주지로 있다가 정축년(丁丑年 : 경종 2, 3310, 977)에 입적하였다.

을유년(乙酉年 : 성종 4, 3318, 985)에는 희양산(曦陽山)의 긍양화상(兢讓和尙)이 와서 10년 동안을 머물다가 을미년(乙未年 : 성종 14, 3328, 995)에 희양산으로 돌아갔다. 그때 신탁화상(神卓和尙)이 남원(南原)의 백암수(白嵒藪)에서 이 원으로 와서 법식대로 주지가 되었다. 또 고려 문종(文宗) 19(3398, 1065)년 11월인 함옹(咸雍) 원년에는 이 절의 주지 득오미정대사 석수립(得奧微定大師釋秀立)이 절의 안에서 늘 지켜야 할 예규(例規) 10가지를 정하고, 새로 5층 석탑을 세우고 부처님의 진신사리 42알을 맞이하여 모시었다. 또 사재를 가지고 계의 일종인 보(寶)를 세워서 해마다 공양하였다. 예규의 제1조는 이 절에서 불법을 지키며 스님들을 공경하고, 엄흔(嚴欣)스님과 백흔(伯欣)스님인 두 명신(明神)과 근처 높은 산[近嶽] 등 3위의 앞으로 보(寶)를 세워 공양할 것을 규정하고 있다.(입말로 전하여오는 이야기는 엄흔과 백흔 두 스님들이 자기 집을 희사하여 절을 세웠으므로 인하여 절 이름을 백엄사라고 하였으며, 인하여 호법신(護法神)으로 모시게 되었다고 한다. 원주) 또 1조는 대웅전의 약사여래 앞으로 나무 발우에 매달 초하룻날 공양미를 바꿀 것 등인데, 나머지 예규는 기록하지 아니한다.[170]

170 "開運三年丙午十月二十九日康州界任道大監柱貼云伯嚴禪寺坐草八縣(今草溪)寺僧偘遊上座年三十九云寺之經始則不知但古傳云前代新羅時北宅廳基捨置玆寺中間久廢去丙寅年中沙木谷陽孚和尙改造住持丁丑遷化乙酉年曦陽山兢讓和尙來住十年又乙未年却返曦陽時有新卓和尙自南原白嵒藪來入當院如法住持又咸雍元年十一月當院住持得奧微定大師釋秀立定院中常規十條新竪五層石塔眞身佛舍利四十二粒安邀以私財立寶追年供養條第一當寺護法敬僧嚴欣伯欣兩明神及近岳等三位前立寶供養條(諺傳嚴欣伯欣二人捨家爲寺因名曰伯嚴仍爲護法神)金堂藥師前木鉢月朔遞米條等已下不錄."

이 작품도 일연스님의 『삼국유사』 권 3 「탑상」 제4에 실려 있지만, 삼국시대의 이야기가 아니고 고려시대에 있었던 불교 설화이므로 여기에서 소개하였다.

11. 휘갑의 말

위에서 고려왕조의 문학이 어떻게 흘러왔는가에 관하여 간략하게 살펴보았다.

고려왕조는 압록·두만 두 강의 남쪽 땅[韓半島]을 외부 세력의 힘을 빌지 아니하고, 오직 자력(自力)으로 통합(統合)한 우리 역사상 최초의 통일왕조이었다. 그러나 그 결과는 오늘날까지 압록강과 두만강과 토문강 등 삼강(三江) 이북의 드넓은 고구려와 발해국의 옛 영토를 잃고 압록·두만 두 강 땅 이남으로 위축되어 약소국이 되어버렸다.

당시로서는 통일왕조 고려 건국의 위업(偉業)을 이룩한 태조 왕건(王建 : 3210-3276, 877-943, 재위 3251-3276, 918-943) 장군은 처음부터 천수(天授)라는 연호(年號)를 쓰면서 제후(諸侯)의 나라가 아닌 천자(天子)의 나라, 곧 황제(皇帝)의 나라임을 만방(萬邦)에 선포하였다. 후손이 잘못 나서 뒤에는 제후의 작은 나라로 떨어져 결국 몽골[蒙古]의 지배를 받는 수모(受侮)를 당하다가 그마져 역성혁명(易姓革命)에 의하여 영원히 멸망(滅亡)되고 말았다.

건국이념이 부처님의 덕을 입어 세워졌으니, 길이 불교를 숭봉하라는 태조의 훈요십조(訓要十條)에 있으므로 고려왕조시대의 문화도 그 밑바탕에는 예술과 음악 등 문화 전반에 불교 색채가 짙게 깔려지게 되었다.

문학에 있어서도 불교의 색채가 매우 짙다.

연대순으로 고려 왕조시대 문학의 흐름을 살펴볼 때에 문종(文宗) 29(3408, 1075)년에 혁연정(赫連挺)에 의하여 지어진 『大華嚴首座圓通兩重大師均如傳(대화엄수좌 원통양중대사 균여전)』, 또는 『大華嚴歸法寺主圓通首座均如傳(대화엄 귀법사주 원통수좌 균여전)』, 또는 『均如大師傳(균여대사전)』이라고 일컬어지는 책에 실리어 전하는 고려시대 최초의 온빈글노래 「十種願佛歌(십종원불가)」가 불교 문학 작품이고, 예종(睿宗 : 재위 3439-3456, 1106-1122)의 온빈글노래 「도이장가(悼二將歌)」도 팔관회(八關會)라는 불교 행사장에서 지어진 귀중한 작품이다. 그 밖의 이른바 "속요(俗謠)"라고 하는 시가 작품들은 고려 중기 이후에 발달한 지은이들의 생활을 바탕으로 하여 자기의 신변사(身邊事)에서 소원(所願)이나 원망(怨望), 애정(愛情)들을 주제(主題)로 하였으나, 대부분 그 노래들에 들어 있는 조홍사(助興詞 : 후렴구)는 불교적 향훈(香薰)이 넘친다. 또 『時用鄉樂譜(시용향악보)』에 실리어 전하는 갖가지 작품들도 거의 무가(巫歌)이지만, 불교와도 전혀 무관하지 아니하다.

또 산문의 경우도 초기의 작품들은 거의가 불교적 색채가 두터웠다. 특히 『新羅殊異傳(신라수이전)』에 실려서 전하고 있는 작품들은 거의가 불교적 풍미(風味)와 함께 도교적 향취(香臭)가 짙음을 확인하였다.

그리고 이른바 고려 속가라는 문학 작품들 속에도 불교의 향훈이 깊게 숨겨 있고, 심지어는 명경 거유(名卿巨儒)들의 수많은 뜻글자 문학 작품들 속에서도 불교적 색채는 매우 짙다.

그 대표적인 보기는 고려 유학(儒學)의 비조(鼻祖)로 해동공자(海東孔子)라고 추앙받으면서 방회재(放晦齋)·성재(惺齋)·월포(月圃)·문헌공(文憲公)으로 일컬어진 최충(崔冲 : 3317-3402, 984-1069)이 여러 지방 향교의 문묘(文廟)에 배향되어 존경받다가도 정작 유학(儒學)을 건국이념으로 한 조선시대에 들어와서는 성균관(成均館)의 문묘(文廟)에 배향되지 못한 이유가 불교국가이었던 고려왕조에서 왕명을 받들어 지은 지금의 천안시 성환(成歡)에 있는 「奉先弘慶寺記(봉선홍경사기)」를 비롯한 몇 편의 친불적 금석문들을 근거로 친불학자(親佛學者)라는 비방과 함께 이런 저런 핑계를 들어 문묘 배향에 제외되

었다는 사실에서 찾을 수가 있다.[171]

고려시대 문학의 특징으로는 종교문학 작품들이 무가(巫歌)의 형태와 뜻글 청사(靑詞) 등의 형태로 전하는 것을 들 수 있고, 또 고려 중기 이후에는 민본 사상(民本思想)의 보편화에 따라 개인의 진솔한 사랑 이야기와 그리움과 한(恨)의 정서를 표출하는 문학 활동이 활발하여져 창작 작품도 점진적으로 많아지게 되었다. 이를 한마디로 줄여서 말한다면, 고려왕조의 문학은 "사람 냄새가 나는 작품들이 많아졌다."고 평가할 수가 있다.

특히 고려 후기에 이르면 비록 뜻글문학 작품이기는 하나 가전 수필 작품과 주옥같은 일반 수필 작품들이 일상생활 주변의 일들을 제재(題材)로 하여 많이 창작된 것은 고려시대 문학의 질을 높이는 데에 크게 공헌하였다.

또 고려시대에는 신라 때에 볼 수 없던 허풍 떠는 보이기식 경기하여체가가 연희면으로 발달되어 고려문학의 살을 두텁게 하였다.

이를 종합하여 한 마디로 평한다면, "한국 문학사 중에서 고려왕조 문학은 황금기의 문학사"라고 말할 수 있다.

171 『조선왕조실록』「성종실록」 권 224. 엽 2-3, 230. 엽 9.

[참고문헌]

고려대학교, 『六堂 崔南善全集』, 玄岩社, 1974.
高敬植 외, 『時調 · 歌辭論』, 예전사, 1988.
고재환, 『제주속담총론』, 민속원, 2001.
權 近, 『陽村集』, 民族文化推進委員會, 1980.
權文海, 『大東韻府群玉』, 正陽社, 1950.
權相老, 『三國遺事』, 東西文化社, 1978.
權永弴, 『韓國漢文學史』, 대영문화기획, 1994.
琴基昌, 『韓國詩歌의 硏究』, 螢雪出版社, 1982.
금일권, 『한글의 신비[桓契神秘]』, 천부동사람들, 2005.
김광순, 『한국고전문학사의 쟁점』, 새문社, 2004.
金根洙, 『時調文學論攷』, 油印本, 1976.
金大幸, 『시조유형론』, 梨大出版部, 1986.
金東旭, 『國文學史』, 日新社, 1984.
金東旭 외, 『韓國古小說入門』, 開文社, 1985.
金東俊, 『時調文學論』, 進明文化社, 1974.
김득황 외, 『우리 민족 우리 역사』, 삶과꿈, 1999.
김명준, 『악장가사연구』, 다온샘, 2004.
金秉模, 『韓國人의 발자취』, 정음사, 1985.
金三龍, 『동방의 등불 한국』, 행림출판, 1994.
김선풍 외, 『한국민간문학개설』, 국학자료원, 1992.
金聖培, 『韓國佛敎歌謠의 硏究』, 문왕사, 1973.
—— 외, 『註解歌辭文學全集』, 1961.

김수업,『배달문학의 길잡이』, 鮮一文化社, 1983.
———,『배달말꽃 갈래와 속살』, 지식산업사, 2002.
金榮喆 외,『韓國詩歌의 再照明』, 螢雪出版社, 1984.
김웅세,『한국의 마음』, 동서문화, 1994.
김윤식 외,『한국문학사』, 민음사, 1973.
김일렬 외,『속사씨남정기와 사씨남정기』, 태학사, 2009.
金鍾權,『우리 뿌리의 風俗圖』, 正東出版社, 1990.
金鍾湜,『時調概念과 詩作法』, 大東文化社, 1950.
김종오,『고려가요감상』, 민족문화추진회, 1986.
———,『옛시조 감상』, 정신세계사, 1990.
金鍾潤,『古代朝鮮史와 近朝疆域研究』, 동신, 1997.
金俊榮,『韓國古典文學史』, 금강출판사, 1971.
———,『韓國古詩歌研究』, 螢雪出版社, 1991.
김창룡,『가전산책』, 한성대학교출판사, 2004.
金泰坤,『韓國巫歌集』 I · II, 圓光大學校, 1971.
———,『韓國民俗學』, 圓光大學校 民俗學研究所, 1973.
김태곤 외,『한국의 신화』, 시인사, 1988.
金學成,『韓國古典詩歌의 研究』, 圓光大學校出版部, 1980.
김학성,『한국고시가의 거시적 탐구』, 집문당, 1997.
金學成 외,『古典詩歌論』, 새문社, 1984.
김한규,『한중관계사』 I, 아르케, 1999.
金亨奎,『古歌註釋』, 白暎社, 1955.
나정순 외,『규방가사의 작품세계와 미학』, 亦樂, 2002.
도수희,『백제의 언어와 문학』, 주류성, 2004.
路 談,『韓國의 詩僧 - 고려 -』, 고운, 2006.
류연석,『韓國歌辭文學史』, 국학자료원, 1994.
馬 鳴,『韓國佛教史話』, 通文館, 1965.

민족문학사연구소, 『민족문학사강좌』 상, 창작과비평, 1995.
민족문화추진위원회, 『東文選』, 민족문화추진위원회, 1969.
朴魯埻, 『高麗歌謠의 硏究』, 새문社, 1990.
박노준, 『향가여요의 정서와 변용』, 태학사, 2001.
―――, 『옛사람 옛노래 향가와 속요』, 태학사, 2003.
朴魯春, 『韓國文學雜考』, 시인사, 1987.
朴炳采, 『高麗歌謠語釋硏究』, 宣明文化社, 1968.
박선식, 『한민족 대외 정벌기』, 청년정신, 2000.
朴性奎, 『補閑集』, 啓明大 出版部, 1984.
―――, 『역주 보한집』, 보고사, 2012.
―――, 『고려 후기 사대부 문학 연구』, 고려대학교출판부, 2003.
朴性鳳 외, 『三國遺事』, 瑞文文化社, 1985.
朴晟義, 『韓國詩歌文學論과 史』, 예그린, 1978.
朴時仁, 『알타이 문화사 연구』, 탐구당, 1970.
―――, 『알타이 인문 연구』, 서울대출판부, 1970.
―――, 『알타이문화기행』, 청노루, 1995.
朴堯順, 『韓國詩歌의 新照明』, 探求堂, 1984.
―――, 『玉所 權爕의 詩歌硏究』, 探求堂, 1987.
朴乙洙, 『韓國古時調史』, 瑞文堂, 1975.
―――, 『韓國時調文學全史』, 成文閣, 1978.
―――, 『韓國時調大事典』, 아세아문화사, 1991.
박정진, 『아직도 사대주의에』, 전통문화 연구원. 1994.
朴喆熙 외, 『時調論』, 一潮閣, 1978.
朴致和, 『舟谷遺稿』, 1871.
방학봉, 『중국동북민족관계사』, 대륙연구소 출판부, 1991.
배규범 외, 『외국인을 위한 한국고전문학사』, 夏雨, 2010.
불교전기문화연구소, 『道詵國師』, 불교영상회보사, 1997.

史書衍譯會, 『三國遺事』, 高麗文化社, 1946.
서대석, 『구비문학』, 해냄, 1997.
徐首生, 『國文學論攷』, 文理堂, 1965.
———, 『高麗朝漢文學研究』, 형설출판사, 1971.
———, 『韓國詩歌研究』, 螢雪出版社, 1978.
徐元燮, 『時調文學研究』, 螢雪出版社, 1977.
———, 『歌辭文學論』, 螢雪出版社, 1983.
徐居正 외, 『東文選』, 民族文化推進委員會, 1968.
서병국, 『거란 거란인』, 五政株式會社, 1992.
成均館大, 『高麗歌謠研究의 現況과 展望』, 集文堂, 1996.
蘇在英, 『韓國說話文學研究』, 崇田大 出版部. 1984.
———, 『韓國文學論藁』, 숭실대출판부, 1989.
———, 『企齋記異研究』, 고려대학교 민족문화연구소, 1990.
———, 『조선조 문학의 탐구』, 아세아문화사, 1997.
손종흠, 『속요 형식론』, 박문사, 2010.
宋芳松, 『韓國古代音樂史研究』, 一志社, 1985.
宋在周, 『古典詩歌要論』, 합동교재공사. 1978.
신익철 외, 『송천필담』, 보고사, 2009.
申海鎭, 『權伏과 漢文小說』, 보고사, 2008.
安自山, 『朝鮮文學史』, 韓一書店, 1922.
안창범, 『한민족의 신선도와 불교』, 국학자료원, 1993.
梁柱東, 『麗謠箋注』, 乙酉文化社, 1947.
———, 『國學研究論攷』, 乙酉文化社, 1962.
양태순, 『고려가요의 음악적연구』, 이회, 1997.
———, 『한국고전시가의 종합적 고찰』, 민속원, 2003.
양회석 외, 『샤마니즘』, 新聖出版社, 2005.
언어문학연구실, 『조선문학통사』 상, 북한 사회과학원, 1989.

여증동, 『한국문학사』, 형설출판사, 1973.
———, 『한국문학역사』, 형설출판사, 1983.
우리어문학회, 『國文學概論』, 一成堂書店, 1949.
柳東植, 『韓國巫俗의 歷史와 構造』, 延世大出版部, 1978.
柳鍾國, 『古詩歌樣式論』, 啓明文化社, 1990.
尹光鳳, 『韓國의 演戲』, 半島出版社, 1992.
윤명철, 『바닷길은 문화의 고속도로였다』, 사계절, 2000.
尹錫昌, 『歌辭文學概論』, 깊은 샘, 1991.
尹榮玉, 『時調의 理解』, 영남대출판부, 1985.
———, 『高麗詩歌의 研究』, 영남대출판부, 1991.
———, 『韓國의 古詩歌』, 文昌社, 1995.
柳在泳, 『破閑集』, 一志社, 1978.
———, 『補閑集』, 圓光大 出版局, 1981.
李家源, 『李朝漢文小說選』, 民衆書館, 1975.
———, 『三國遺事新譯』, 太學社, 1991.
———, 『朝鮮文學史』, 太學社, 1995.
李能雨, 『入門을 위한 國文學概論』, 以文堂, 1954.
———, 『古詩歌論攷』, 宣明文化社, 1966.
———, 『歌辭文學論』, 一志社, 1977.
李能和, 『朝鮮道敎史』,
李島相, 『韓民族의 國威水準』, 普文社, 1990.
李東英, 『歌辭文學論攷』, 螢雪出版社, 1979.
이만규, 『조선교육사』 I, 거름, 1988.
李明九, 『高麗歌謠의 研究』, 新雅社, 1974.
李秉岐 외, 『國文學全史』, 新丘文化社, 1982.
李丙燾, 『三國遺事』, 東國文化社, 1956.
———, 『高麗時代의 研究』, 亞細亞文化社, 1980.

李丙疇 외, 『漢文學史』, 새문사, 1998.
李相寶, 『韓國古詩歌의 硏究』, 형설출판사, 1975.
———, 『한국불교가사전집』, 집문당, 1980.
———, 『한국고전시가 연구 속』, 태학사, 1984.
———, 『한국 가사문학의 연구』, 형설출판사, 1989.
이상비, 『한국문학의 재평가』, 이회, 1997.
李聖周, 『高麗詩歌의 硏究』, 雄飛社, 1991.
이승헌, 『한국인에게 고함』, 한문화, 2001.
李　信, 『韓民族主體史』, 고려원, 1989.
李嵒(杏村), 『檀君世紀』, 사본, 1363.
이어령, 『詩 다시 읽기』, 문학사상사, 1995.
이인택, 『신화와 중국문학』, UUP, 2005.
李鍾燦, 『韓國佛家詩文學史論』, 불광출판부, 1993.
이진원, 『한국고대 음악사의 재조명』, 민속원, 2007.
李昌世, 『破閑集 · 補閑集』, 亞細亞文化社, 1972.
李霈馥, 『牧隱李穡先生의 生涯와 思想硏究』, 新進商事, 1990.
이훈구, 『만주와 조선인』, 성진문화사, 1987.
印權煥, 『토끼傳 · 水宮歌硏究』, 高麗大學校民族文化硏究院, 2001.
任東權, 『韓國民謠集』, 東國文化社, 1961.
———, 『日本안의 百濟文化』, 한국국제교류재단, 1994.
임재해, 『민족신화와 건국영웅들』, 천재교육, 1995.
임종욱, 『高麗時代 文學의 연구』, 태학사, 1998.
———, 『우리 고승들의 禪詩 세계』, 보고사, 2000.
———, 『韓國漢文學의 이론과 양상』, 이회, 2001.
林　椿, 『西河集』, 一志社, 1984.
張德順 외, 『口碑文學槪論』, 一潮閣, 1971.
張師勛, 『韓國音樂史』, 韓國音樂學會, 1970.

張漢基, 『韓國演劇史』, 東國大學校出版部, 1986.
全圭泰, 『高麗歌謠』, 正音社, 1965.
全壹煥, 『朝鮮歌辭文學論』, 전주대학교 출판부, 1994.
정병욱, 『한국고전시가론』, 신구문화사, 1977.
鄭尙均, 『韓國古代詩文學史硏究』, 翰信文化社, 1984.
정선희, 『19세기 소설작가 목태림문학연구』, 보고사, 2005.
鄭寅普, 『薝園鄭寅普全集』, 延世大出版部, 1983.
鄭在書, 『山海經』, 民音社, 1985.
鄭在晧, 『韓國歌辭文學의 理解』, 고려대학교 출판부, 1998.
―――, 『한국 시조 문학론』, 태학사, 1999.
정하영, 『한국 민중의 문학』, 박이정, 1998.
제갈태일, 『한사상의 뿌리를 찾아서』, 더불어책, 2004.
조규익, 『高麗俗樂歌詞 · 景幾體歌 · 鮮初樂章』, 한샘, 1993.
―――, 『鮮初樂章文字硏究』, 崇實大出版部, 1999.
―――, 『鮮初樂章文學硏究』, 崇實大出版部, 1999.
趙東一, 『한국문학통사』 1-3, 지식산업사, 2005.
趙斗鉉, 『漢詩의 理解』, 一志社, 1976.
조성기, 『새롭게 읽는 한국의 신화』, 동아일보사, 2002.
趙潤濟, 『朝鮮詩歌史綱』, 東光堂書店, 1937.
―――, 『朝鮮詩歌의 硏究』, 乙酉文化社, 1948.
―――, 『國文學史』, 東方文化社, 1949.
趙子庸, 『三神民考』, 가나아트, 1995.
曺平煥, 『鄕歌의 背景論的硏究』, 寶蓮閣, 1994.
조희웅, 『이야기문학 모꼬지』, 박이정, 1995.
지교헌, 『한민족의 정신사적 기초』, 한국정신문화연구원, 1988.
池浚模, 『三國遺事의 語文學的硏究』, 이회, 2005.
池憲英, 『鄕歌麗謠新釋』, 正音社, 1947.

池炯律, 『鄕歌正讀』, 지형률, 1996.
진경환, 『古典의 打作』, 月印, 2000.
陳泰夏, 『東方文字뿌리』, 이화문화출판사, 1997.
車溶柱, 『韓國漢文小說史』, 아세아문화사, 1989.
———, 『改稿韓國漢文學史』, 아세아문화사, 2008.
車柱環, 『韓國道敎思想硏究』, 서울大學校韓國文化硏究所, 1978.
———, 『中國詞文學論考』, 서울대 출판부, 1982.
崔康賢, 『歌辭文學論』, 새문사, 1983.
———, 『韓國古典隨筆講讀』, 고려원, 1983.
———, 『韓國文學의 考證的硏究』, 고대 民族文化硏究所, 1996.
———, 『한국수필문학신강』, 서광학술자료사, 1984.
———, 『김삿갓을 닮지 말자 - 바로잡는 한국상고문학사』, 지식과교양, 2012.
———, 『젊은이가 읽을 한국중고문학사』, 지식과교양, 2013.
최규성, 『이야기로 배우는 한국의 역사』, 고려원 미디어, 1993.
崔南善, 『新訂三國遺事』, 三中堂, 1946.
최미정, 『고려속요의 전승연구』, 계명대출판부, 1999.
崔三龍, 『韓國初期小說의 道仙思想』, 螢雪出版社, 1982.
최승범 외, 『우리문화의 길잡이』, 고려원, 1989.
崔信浩 역, 『文心彫龍』, 玄岩社, 1975.
최운식, 『韓國說話硏究』, 集文堂, 1991.
崔長洙, 『古詩歌解說』, 世運文化社, 1979.
崔珍源, 『國文學과 自然』, 成均館大 出版部, 1977.
———, 『韓國古典詩歌의 形象性』, 成均館大大東文學硏究院, 1996.
崔　喆 외, 『譯註均如傳』, 새문社, 1986.
崔　虎, 『三國遺事』, 홍신문화사, 1991.
한국문학개론 편찬위, 『韓國文學槪論』, 혜진서관, 1991.
한국역사민속학회, 『역사민속학』, 이론과실천, 1991.

한국학 중앙연구원, 『대전안동권씨유회당가 한글 간찰 외』, 태학사, 2009.
韓相壽, 『韓國의 神話』, 文音社, 1986.
鄕土硏究協議會, 『鄕土硏究』 5, 鄕土硏究協議會, 1993.
玄容駿, 『濟州島 巫俗과 그 周邊』, 集文堂, 2002.
현종호, 『국어고전시가사연구』, 보고사, 1996.
황인덕, 『한국기록소화사론』, 태학사, 1999.
黃浿江 외, 『鄕歌麗謠硏究』, 二友出版社, 1985.

북한

류　렬, 『조선말역사』, 사회과학원, 1990.
사회과학원, 『조선고대사』, 한마당, 1989.
정렬모, 『향가연구』, 사회과학원 출판사, 1965.
정홍교, 『고려시가유산연구』, 과학·백과사전출판사, 1984.
정홍교·박종원, 『조선문학개관』, 사회과학출판사, 1986.
홍기문, 『향가해석』, 과학원, 1956.

일본

金達壽 外, 『朝鮮と古代日本文化』, 中公文庫, 1982.
藤田豊八, 『慧超往五天竺國傳箋釋』, 泉水東文書藏, 1922.
白柳秀湖, 『日本民族論』, 千倉書房, 1942.
白川靜 저·袁林 역,『西周略史』, 三秦出版社, 1992.
卞宰洙, 『朝鮮文學史』, 青木書店. 1985.
上田正昭, 『古代の 道教と 朝鮮文化』, 人文書院, 1989.
出石誠彦, 『支那神話傳說의 硏究』, 中央公論社, 1960.
穴澤辰雄, 『中國古代思想論考』, 汲古書院, 1982.

차이나

僑務委員會,『中華歷史講話』上下, 1981.
郭茂倩,『樂府詩集』, 里仁書局, 1984.
屈守元,『中國文學簡史』, 四川人民出版社, 1980.
祁志祥,『中國古代文學原理』, 學林出版社, 1993.
段玉裁,『說文解字注』, 藝文印書館, 1967.
唐文標,『中國古代戲劇史初稿』, 聯經出版事業公司, 1984.
文史知識編輯部,『古代社制風俗漫談』, 中華書局, 1992.
傅樂成,『中國通史』上下, 大中國圖書公司印行, 1980.
徐士鴻 외,『雙女墳與崔致遠』, 江蘇省高淳縣委員會, 1998.
徐師曾,『文體明辨』, 上海古籍出版社, 1992.
楊家駱,『宋歌舞劇考』, 世界書局, 1979.
―――,『元人雜劇鉤沈』, 世界書局, 1982.
楊昭全 外,『中朝邊界史』, 吉林文史出版社, 1993.
楊正潤,『傳記文學史網』, 江蘇教育出版社, 1994.
王元化,『道教』, 上海古籍出版社, 1992.
王護帆,『語文審美教育概論』, 浙江美術學院出版社, 1993.
魏黎明,『朝鮮歷史風雲錄』, 商務印書館出版, 1992.
韋旭升,『朝鮮文學史』, 北京大學出版社, 1986.
劉麟生,『中國詩詞論』, 淸流出版社, 1976.
劉葉秋,『歷代筆記概述』, 木鐸出版社, 未詳.
劉玉建,『中國古代龜卜文化』, 廣西師範大學出版社, 1993.
劉　勰,『文心彫龍』, 人民文學出版社, 1983.
劉征外,『中國寓言大觀』, 北京出版社, 1994.
張永諄,『漢樂府硏究』, 江蘇省新華書店, 1992.
張　毅,『往五天竺國傳箋釋』, 中華書局, 1994.
丁如明,『唐五代筆記小說大觀』(上下), 上海古籍出版社, 2000.

朱其鎧, 『中國文學史二百四十題』, 山東文藝出版社, 1985.
주법고, 『중국어문연구』, 화강출판부, 1975.
朱越利, 『道教問答』, 華夏出版社, 1993.
陳玉剛, 『簡明中國文學史』, 陝西人民出版社, 1985.
蔡正人, 『古神話選釋』, 長安出版社, 1983.
何鎭華, 『朝鮮文學硏究論文集』, 中國廣播電視出版社, 1992.
허문섭 외, 『고대가요 고대한시』, 민족출판사, 1988.
胡朴安, 『中華全國風俗志』, 商務印書館, 1923.

찾아보기

ㄷ

ㅁ

ㅅ

ㅇ

ㅈ

ㅋ

ㅌ

ㅍ

ㅎ

새로 읽는
한국고전문학사
• 고려편

초판 인쇄 2019년 6월 5일
초판 발행 2019년 6월 15일

지은이 | 최강현
발행자 | 김동구
디자인 | 이명숙·양철민
발행처 | 명문당(1923. 10. 1 창립)
주 소 | 서울시 종로구 윤보선길 61(안국동)
우체국 010579-01-000682
전 화 | 02)733-3039, 734-4798(영), 733-4748(편)
팩 스 | 02)734-9209
Homepage | www.myungmundang.net
E-mail | mmdbook1@hanmail.net
등 록 | 1977. 11. 19. 제1~148호

ISBN 979-11-90155-07-6 (04800)
ISBN 979-11-90155-05-2 (세트)
25,000원